232番目の少女

イヴ&ローク56

J・D・ロブ

小林浩子 訳

DESPERATION IN DEATH

by J.D. Robb

Translation by Hiroko Kobayashi

mira

DESPERATION IN DEATH

by J.D. Robb

Japanese translation rights arranged with Writers House LLC
through Japan UNI Agency, Inc.

Published by K.K. HarperCollins Japan, 2023

あどけない子供、
軽く息をはずませ、
全身に命をみなぎらせる子に、
死のなにがわかるだろう。

――ウィリアム・ワーズワス

この門をくぐる者は一切の希望を捨てよ。

――ダンテ・アリギエーリ

232番目の少女

イヴ&ローク56

おもな登場人物

イヴ・ダラス――ニューヨーク市警察治安本部（NYPSD）殺人課警部補
ローク――実業家。イヴの夫
ディリア・ピーボディ――イヴのパートナー捜査官
メイヴィス・フリーストーン――イヴの親友。ミュージシャン
リー・モリス――NYPSD主任検死官
シャーロット・マイラ――NYPSD精神分析医
イアン・マクナブ――電子探査課（EDD）捜査官。ピーボディの恋人
カレンダー――EDD捜査官
ライアン・フィーニー――EDD警部
ジェイミー・リングストローム――フィーニーの名付け子
ゼラ・ウィロビー――性犯罪特捜班（SVU）捜査官
ティーズデール――FBI捜査官
ナディーン・ファースト――〈チャンネル75〉キャスター
セバスチャン――メイヴィスの恩人
マイナ・キャボット――13歳の少女
ドリアン・グレッグ――13歳の少女

1

取引をした時点で、それが死の危険と隣り合わせだということはわかっていた。でも、そこで暮らすだけなら――愉楽の園《プレジャー・アカデミー》にいることを暮らしと呼べるなら――大した取引ではない。

もちろん、三度の食事は判で押したようにきっちり出る。眠るためのベッドもある――消灯時間は十時なんてとんでもない時間だけれど。清潔な服がある――ダサい制服でさえ、〝自由〟というものがただの概念だけではなかった頃にもらったり盗んだりしたものよりも上等だった。

授業はどれも冗談みたいなものだが、フランス語のクラスだけは内心気に入っている。おばさま《アンティ》（最上級のビッチ）は、第二外国語が話せると洗練されたエレガントな女性になれると力説するが、そんなことでは、もうずっと屋外の空気を吸っていないという事実を帳消しにはできない。あれは……いつとは正確には言えないが、ちょうどクリスマスの前、街でいいカモを見つけたと思ったら、相手はとんでもないやつらで彼らにさらわれたのだった。

そんなことになったのは、たしかに少し油断があったのかもしれない。その前週に連れてこられた子は、あれは五月だったと言う。もしかするとそうなのかもしれないけど、あの子は〈オリエンテーション〉のせいでまだ頭が混乱しているのだろう。それに、その新入りはまだ幼く——たぶん七歳か八歳——よく泣く子なのだ。

冬も春もずっと屋内にこもったきりでいられたことが、自分でも信じられない。夜の暗闇のなかにいると、何もかもぼやけてきて、まるで自分がずっとアカデミーで暮らしてきたような錯覚を起こすことさえある。

起床は七時きっかり！　ベッドをちゃんと整えないと罰点一。罰点が十になると〈瞑想《めいそう》室《しつ》〉で一時間過ごさなければならない。

シャワーを浴び、着替えをし、その日の課題にふさわしい髪型とメイクにする。朝食は八時。遅刻すると罰点一。テーブルマナーが悪いと、電撃棒《ショック》が飛んでくるか、もっとひどい目に遭わされる。

あらゆる罰とひどい目に遭わされることを経験したあとは、従順なふりをすることを学んだ。

制服を着る日は、フランス語のほか、礼儀正しい会話、立ち居振る舞い、身だしなみ、個人の衛生習慣、スキンケア、ヘアケア、体重管理などのクラスを受講する。

週に一度検査があり、体重測定や各種評価がおこなわれる。その後、希望するしないにかかわらず〈サロン・デー〉がやってくる。最初の数回は太腿のシミや痣《あざ》などの傷を除去するため、縛りつけられ麻酔をかけられた。歯のクリーニングと矯正をされたときは何日も痛んだ。

しかし、それより何よりいやなのは〈情交の実践〉の日だ。ときにはアカデミーの卒業生が、服を脱いだり相手の服を脱がせたりする正しい方法を〝教える〟こともある。体を愛撫《あいぶ》されて思わず教官を殴ったときは、ショック棒を食らい、丸一日瞑想室に入れられた。

教官が男のときもある。その場合は相手を愛撫しなければならないので、どうかするともっと悪い。

彼らは実際のセックスを除いて、あらゆることをさせた。縛られなければならないのなら、それもレッスンになると彼らは言った。パートナーを縛るのが好きな客《オーナー》もいるから。オーナーが女のときや、女の子同士が絡み合うのを見て興奮する者のときは、ほかの生徒とペアを組まされることもある。

そうして、ドリアンはマイナと結びついた。

ベッドで裸になり、評価のためにすべてを記録する何台ものカメラの下で、ドリアンは抵抗し、マイナの唇から顔をそむけた。

マイナは体の上に乗ってくると、唇をドリアンの耳に押し当てた。「わたしだっていやよ」とささやいてから喘《あえ》ぎ声《ごえ》をあげ、体をこすりつけてくる。「いやじゃないふりをすれば、早く終わる。頭を切り替えて自分じゃないふりをすればいいの。だって本当の自分じゃないんだもの」

「どいてよ」

「そしたら二人ともあの最悪の瞑想室行きよ。あなたは寝返りを打って、わたしの上に乗るの。体をくっつけたままあそこまで手を下げて――いいから早く。わたしはイキそうなふりをするから。彼らが望んでるのはそれよ」

マイナはごろりと転がると、ドリアンの手を引っ張った――思ったより力が強かった。そして腰を動かし、狂おしい声をあげ、頭を左右に振った。驚いたことに、マイナは腰に両脚を巻きつけてきて、体の中心をこすり合わせた。「演技して」と低くささやく。「さあ、演技して。そうすれば終わるから」

屈辱的なことだが、縛られるよりはまし、ショック棒や瞑想室よりはましだ。

だからドリアンはマイナのような狂おしい叫び声をあげた。屈辱の涙が二、三滴垂れたとしても、そんなことはかまわない。

「はい、よろしい」アンティは観察用の椅子から腰をあげた。「二人とも大変よくできました。研修生二三二番は期待どおりの出来です。二三八番はかなりの進歩が見られます。罰点をひとつ減らしてもいいでしょう。願わくは〈緊縛オンリー〉の地位を超えてほしいものです」

　彼女は目をきらりと光らせ、返事を待った。

「ありがとうございます、アンティ」マイナは神妙な顔つきで言うと、二人の体のあいだに手を差し入れ、ドリアンをつねった。

「ありがとうございます、アンティ」

「どういたしまして。さあ、丹念にシャワーを浴びてきなさい。〈リラクゼーション・エリア〉で十分間くつろいでもよろしい。それから夕食の着替えをするように」

〈情交エリア〉のシャワー室は豪華だった——ささやかな恩恵だ。もちろん、カメラはまわっている。ささやかな恩恵にプライバシーは含まれないから。

けれどもお湯は熱く、蒸気が立ち昇っている。マイナはシャンプーしながら、その蒸気の下でささやいた。

「わたしはマイナ。ここに来てから半年と十日になると思う」

「ドリアンよ。あたしははっきり覚えてないけど、五カ月ぐらいかな」

「授業で何度か見かけた。もっと従順なふりをしないとだめね。瞑想室に放り込まれたり、薬漬けにされたり、叩《たた》かれたりを繰り返していると、いつまでたっても脱出できないわよ」

「脱出は無理。試したんだ。方法を探したのよ」

「入る方法があるなら出る方法もある」マイナは長い赤毛に丁寧にコンディショナーを塗りつけながら、ドリアンをちらっと横目で見た。「たぶんわたしが考えてる計画には、二人必要だと思う」

　そしてピンクのシャワーボールにボディソープを垂らしながらほほえみ、「あなたはフランス語のクラスの優等生よね」と声を普通の調子に戻して言った。

　ドリアンはレンガで頭を殴られなくても相手の意図がわかったので、肩をすくめてみせた。「フランス語の授業が大好きなのよ。〈礼儀正しい会話〉のクラスは退屈」

「あら、そんなに退屈じゃないし、会話ができるのはいいことよ。あなたはフランス語でわたしを助けて。わたしはほかのことであなたを助けられるかもしれない。上達すれば〈リラクゼーション・エリア〉で過ごせる時間が増える――あそこは最高よ」

　そんなことは退屈このうえないけれど、ドリアンはふたたび肩をすくめた。「そうね。そういうのは許されてるの？」

「アンティが研修生の読書を手伝ってやりなさいって言ってるから、大丈夫じゃないかな。頼んでみるわ」

「うん、頼んでみて。あんたはアンティに気に入られてるから」

「わたしは人に好かれやすいの」マイナは美しいハート形の顔を輝かせるが、目は笑っていなかった。「わたしは相手に好かれたい。いつかわたしのことを好きになるご主人さまが現れて、きれいな服を着せてくれるし、快楽も与えてくれるのよ。ああ、とても待ち遠しいわ！」

それが嘘なのはわかる。マイナはここから抜けだしたがっている。自分も同じ気持ちだ。だから二人は同盟を結んだ。

二人の共通点はあまりないように思える。

ドリアン自身は黒人、というか、ほとんど黒人で、マイナはどこから見ても白人だ。会話のはしばしから、マイナはフィラデルフィア郊外の豪邸に住んでいたことがわかった。サッカーの練習が終わって、学校――私立学校《プライベートスクール》――から徒歩で帰宅する途中でさらわれたそうだ。家族は弟ひとり、両親、祖父母四人。親友は三人。ボーイフレンドのような人もいたらしい。

ドリアンは彼らにさらわれるまで、数カ月間路上で暮らしていた。暴君的な母親と、母親が付き合うろくでもない男どもと、フリーホールドのゴミ溜《た》めのような安アパートから逃げだしたのだ。

彼らにさらわれる数週間前にはニューヨークに到着し、そこでの暮らしにも慣れはじめたところだった。ようやく自由になれると思ったら、騙《だま》されて、気がつけばアカデミーのベッドに縛りつけられていた。

最初は病院だと思った――見るからに病院のようだったから。

そうではないことをアンティが説明した。

自分とマイナは思ったとおり住む世界がちがっていた。けれど、共通点もいくつかあった。アカデミーに対する憎悪、そこから死に物狂いで逃げだそうとしていること、そして賢さ。

それから数週間が過ぎ、同盟は友情に発展した。ドリアンはふりをすることを学び、ふりをすることの利点を知った。

ドリアンは褒められ、ささやかな褒美をもらった。それよりずっと嬉《うれ》しかったのは、教官、看守、寮母《メイトロン》、アンティの鋭い目がこちらにあまり向けられなくなったことだ。

そして、だんだん信用されるようになった。マイナほど厚い信頼ではないが、必要にして充分な信頼は得られた。まわりで誰かがうっかり口を滑らせた情報は、整理してマイナに伝えた。

マイナも同じことをした。そうやって少しずつ、アカデミーの見取り図ができあがっていった。それは頭のなかにあるだけだが、二人とも頭の働きはよかった。

やがて、マイナはトンネルのことを知る。

「二六四番は自殺した。はっきりとはわからないけど、死んだことはたしか。シーツで首を吊《つ》ったの」

　ドリアンは胸にひりひりする痛みを感じた。「どの子のこと？」

「新入りのひとり。わたしたちは幸い〈美少女〉グループにいるから、〈召使い〉や〈ペット〉のグループに入れられた子たちみたいに虐待されずにすんでるのよ。昨日、特別審査のためにアンティのオフィスに呼ばれたとき、そのグループのひとりがやってきた。アンティはドアの外に出たけど、わたしは話を聞いてたの」

「そんなところをもし見つかったら――」

「見つからなかった。それに彼女のオフィスにはカメラがない。アンティを見張る者なんていない。彼女は指示を出した。今夜消灯後に3号エレベーターを使って、死体をトンネルに降ろし、火葬場まで運べ。死んだ子はたかがドブネズミだから、どっちにしても時間と資源の無駄だ、ですって」

　ドリアンの胸に怒りの炎が燃えた。「いつかあの女を殺してやる」

「ドリアン、しっかりして。トンネル。そこがきっと探してた出口よ」

「エレベーターに乗るにはスワイプカードがいるわよ」

「そこであなたの出番よ。そういうの得意なんでしょ？」

　たしかに通りで観光客を相手にするうちに腕はあがったかもしれないが、これは話がちがう。

「あたしにスワイプカードを盗んでほしいの？」

「それがないと、この計画はうまくいかない」マイナが発散する絶対的な自信が、こちらにも伝染しそうになる。「あなたはできるだけ消灯時間ぎりぎりにカードを手に入れる」

「たとえカードを手に入れたとしても、部屋から出られないでしょ。夜間はロックされてるんだから」

「今夜はそうならない。その点はわたしに任せておいて。十時半にエレベーターを診療室の階まで降ろし、そこでわたしを乗せて。一緒にずっと下まで降りたら、わたしたちは外に出られる」

すでに長く話しすぎていることは二人ともわかっていたが、マイナはもう一分だけリスクを冒した。「わたしたちは脱出しなければならないのよ、ドリアン。素敵なものを買ってくれるハンサムなご主人さまが欲しいってアンティに言ったら、もうすぐオークションがあると言われた。これ以上は待てない。わたしたちは売られるのよ。早く逃げださなきゃ」

売られる、とドリアンは思った。それならもう、ふりをする必要なんてない。ふりをすることに耐えるのを支えてくれるマイナもいなくなってしまう。

「カードを手に入れるわ」

「十時半に診療室の階で。わたしは食べたものが合わなかったと言う」

現実のこととは思えない。数カ月間、ドリアンは脱出することを夢見て、その方法を考えていた。けれども今、頭に浮かぶのは捕まった場合の罰のことだけ。

というより、いつバレるかだけだ。

それでも、やらなければならない。やらなければ、コンビニで売っているお菓子みたいにアンティがあたしたちを売ってしまう。

ドリアンはもちろんそれがどういうことか知っている。自分の祖先が奴隷として売られていたことは知っていた。普通の学校に通っていた頃は、奴隷制度をめぐる戦争についても学んだ。

だけど、今は二〇六一年なのよ！　人が人を売るなんてありえないでしょ。

だけど、彼らならそうする。平気でそんなことをするだろう。

胃がむかむかする。体も熱い——まるで熱が出て、本当に診療室に行ったほうがいいかのように。

けれどもそこでドリアンは、自分にはひとつ才能があることを思いだした——スリを働くコツを心得ている。カモから品物を掏《す》って、気づかれずに去っていく秘訣《ひけつ》を知っている。

消灯時間まであと十五分、ドリアンは小さなバッグを持ち、小走りで自室へ向かっていた。小走りは規則違反なので、メイトロンに呼び止められて罰点と警告を受けることはわかっている。

「二三八番！」

ドリアンはどきどきしながら急に足を止めた。

「廊下で走ると罰点一。あなたの合計は何点になるかしらね？」

「三点です、メイトロン。申し訳ありません」

「反省しなさい。何を持っているの？」

「衛生用品です、メイトロン」そしらぬ顔で、残り少ないトイレットペーパー、石鹸《せっけん》のミニチューブ、洗顔料のチューブが入った袋を差しだす。

腰のベルトにショック棒を差した、大柄で屈強なメイトロンが袋を手に取ると、ドリアンはそっと近づき、ジーンという耳鳴りを聞きながら、彼女の上着の左ポケットに留めてあるカードを手に入れた。

「寝支度をしていたら、衛生用品やスキンケア用品が切れているのを思いだして、それで──」

「それなら罰は二点ね、二三八番。不注意により二点目が追加されます。消灯時間までに自室に戻って寝支度を終えないとさらに一点追加よ」

「わかりました、メイトロン。ありがとうございます」

ドリアンはやみくもに自分の部屋へ戻った──部屋じゃない、監房だ。ドアを閉めるまで、震えることを自分に禁じた。

そして、いつもどおりに寝る準備を整えた。廊下にいるビッチが点検しにくるといけないから。それでも、ダサいナイトウェアの下には服を着たままにした。照明が点滅して消灯一分前を知らせると、ドリアンはベッドに入り、シーツと薄い毛布を顎まで引き上げた。

やがて、恐れていたとおりにドアが開いた。

メイトロンがベッドまでつかつかと進んでくると、頭のなかで恐怖が炸裂《さくれつ》した。バレていた！　バレていたのだ！

メイトロンは凶悪な目でこちらを見下ろした——怪物の目だ。ドリアンはショック棒が振るわれるのを覚悟した。

けれどもメイトロンはドリアンの顔をじっと見つめ、指先で頬をさっと撫《な》でただけだった。

彼女は口を引き結んでうなずき、何も言わずに出ていった。

ドアがロックされる音が聞こえ、明かりが消えた。

暗闇のなかで震えながら、ドリアンは天井にかすかに浮かぶ数字を見つめた。

10:00　P.M.

バレていなかった。今のところはまだ気づかれていない。

ドリアンは刻々と変化する数字を見つめながら、あの怪物メイトロンがこの階に二十八ある部屋をひとつひとつ点検しているところを思い浮かべた。彼女はそれから階段を使うだろう――どうか彼女が今夜にかぎってエレベーターを使う気になりませんように。それからほかの階も点検していくだろう。

ほかの階にも部屋があるに決まっている。見たかぎり研修生は六十人以上いた。もっと大勢いるはずだ。この階には〈美少女〉しかいない。研修生はほかにも〈召使い〉〈繁殖用〉〈ペット〉がいる。

監房には防音設備がないので――彼らは研修生が漏らす声を聞きたいのだ――ドリアンは話し声、足音、警報など、あらゆる音に耳をそばだてた。

階段の重い扉が閉まる音が聞こえ、目を閉じると涙がこぼれた。

彼女はまだ気づいていない。

診療室の狭い診察台の上でマイナは横向きになり、指を喉に突っ込んでナースの靴にゲロを吐いた。

「何すんのよ、二三二番！」

「ごめんなさい」マイナは哀れっぽい呻《うめ》き声《ごえ》をあげながら謝った。「ごめんなさい」

ナースは汚物入れを押しつけた。「また吐きたくなったらこれを使いなさい。どこにも行かないでよ！」

診療室のドアはロックされている——もちろん、薬品棚も消耗品棚もすべて鍵がかかっている——なのに、どこへ行くというの？

マイナは呻き、息を殺し、もう一度呻いてからさっと床に降り立ち、デスクのコンピューターまでダッシュした。ログインはされていたので、パスコードは必要なかった。コンピューターの授業はきちんと受けていたし、コンピューターのことにやたら詳しい友達もいる。だから何をどうすればいいかはわかっていた。

鍵《ロック》の情報を呼びだし、ドリアンの部屋のロックを解除し、指を交差させて幸運を祈ると抽斗《ひきだし》を引っ張った。

ナースはしょっちゅうガムを噛《か》んでいる。

願ったとおりガムは一パック入っていた。マイナはそこから二枚手に取り、猛烈な勢いで噛みながら急いで診察台まで戻った。ガムが丸まって頬の裏側に押し込めるようになったとき、靴を履き替えたナースが戻ってきた。

「すみませんでした、ナース。でも、だいぶよくなりました。疲れたせいか、ちょっと弱っていたみたいですけど、胃はもう痛みません」

ナースは唸《うな》り声《ごえ》をあげ、患者の体温を測り、脈を診た。マイナは自分の肌がじっとりしているのを感じた――恐怖のせいであり、興奮のせいでもあった。

「わざわざ上階の部屋まで送り届けてもらえるなんて思わないで。また具合が悪くなったら、誰かがここまで連れてこないとならないでしょ。今夜は病室で眠ってもらいます」

「眠れるならどこでもいいです」

ナースの手を借りて体を起こすと、マイナはナースにもたれ、廊下の向かい側にある部屋に入った。病室の広さは自分の部屋の半分で、簡易ベッドと医療従事者が使うキャスター付きの椅子が置いてあった。

ドアの前でマイナはふらついたふりをし、ナースにさらに体重を預けながら、手で口を覆ってガムを吐きだした。

「ふう……」マイナは吐息をつき、ガムの塊をドアノブのラッチに押しつけてロックがはずれた状態のままにした。「勘違いだったようです。さっきほどじゃないけど、少し気分が悪いです」

ナースは押しやるようにしてマイナをベッドに寝かせ、ポケットに入っているミニタブレットで病室が使用中であることを記録した。それからベッドの脇にバケツを置いた。

「出さないとだめよ。もう一度吐いてしまいなさい、そのバケツを使って。助けが必要なときは、ベッドガードについてるボタンを押しなさい。医療補助が必要なとき以外はわたしを煩わせないで。わかったわね？」

「はい、わかりました。なんだかとても疲れました。今はただ眠りたいだけです」

「楽でいいわね。こっちはあなたが汚した後始末をしなきゃならないってのに。ライト、十パーセント」と彼女は命じた。「だからちゃんとバケツに入れてよ」

ナースは出ていった。

時計を持っていなかったので、マイナは秒数をかぞえた。

あのナースは掃除用具を取りにいき、床のゲロを拭き、それからまた戻って自分の靴をきれいにしなければならないだろう。彼女にあてがわれた小部屋には寝椅子とスクリーンがある。

もしかするとその前にデスクについて、嘔吐《おうと》案件の報告書を作成するかもしれないが、その場合、顔はガラスドアのほうではなく、コンピューター画面に向けているだろう。

マイナはそっとベッドから抜けだし、ドアまで行った。ドアに耳を押し当てたが、何も聞こえてこない。

今しかない、と自分に言い聞かせ、ドアを細めに開ける。

アラームは鳴らなかったので、ラッチを留めておいたねばつくガムをつまみ取り、こっそりと廊下に出た。ナースはデスクに向かっている。マイナは体じゅうが震えるのを感じた。

ドアを閉めると、カチッという音がした。頭のなかで爆発が起こったかのように響いたが、ナースは画面から目を離さず作業を続けている。

マイナはすばやくエレベーターまで走った。

「早くして、ドリアン。お願い、お願い、お願いだから」

もしドリアンが来なかったら——。

いいえ、来るわ。来るに決まっている。ここから脱出して、警察に行くのよ。ママとパパに電話するのよ。ママとパパはきっと迎えにきてくれる。ドリアンもきっと来る。わたしたちの身の安全は保障され、あの恐ろしいやつらは刑務所行きになる。

だけどもうあまり時間がない。

もしナースが様子を見にいったらどうするの？　もし気分の悪い者がいて、メイトロンが診療室まで連れていったらどうするの？　もしアンティが——。

エレベーターが降りてくる音が聞こえ、マイナはとっさに後ろに下がり、慌てて隠れる場所を探した。

そして、覚悟を決めた。エレベーターの扉が開いてそこにドリアンがいなかったら、どっちにしても何もかもおしまいなのだ。自分は罰せられ、殴られ、瞑想室に放り込まれるだろう。それからオークションで売られることになる。まるで——まるで絵画や豪華なネックレスのように。

品物のように売られる。自分は品物として生きつづけるつもりはない。

扉が開いたとき、マイナは泣きだしそうになった。叩きつけるように口元を押さえると、マイナはエレベーターに飛び込んだ。

ガムを持ったままなことを忘れて、ドリアンの手を握った。

「何よこれ――」

「ごめん。ガムよ。ラッチに使ったの。行き先はSB。地下二階のことよ。そこにあるにちがいないの」マイナはボタンを押した。


その階に行くには許可が必要です。


二人はびくっとして飛びのいた。

「スワイプカードよ、キーパッドで試してみて。うまくいくはず。絶対そのはずよ」

ドリアンは手首を握って安定させ、カードをスワイプした。マイナはもう一度SBを押した。


承認されました。

エレベーターは下降しだした。

「下に誰かいるかもしれない」ドリアンが言った。「人がいたらどうするの?」

「さあ――逃げるか、戦うか。わからない。わたしたちはここまで来ることができた。ああ、どうしよう。ここまで来られるなんて本気で思ってなかったから、どうすればいいかわからないのよ」

永遠に思えるような時間が過ぎるあいだ、二人はずっと抱き合っていた。

やがてドアが開くと、二人はなおも抱き合ったまま、薄暗い光のもとへ出ていった。

「本当にトンネルなのね」

「両方向に延びてる」ドリアンは右と左を指さした。「外に出られるのはどっちかな?」

「どっちか選ばないと。あなたが選んで。今度は本当に吐きそう」

ドリアンは右を選んだ。「走ったほうがいいと思う。時間はあまりなさそう。あの怪物メイトロンがスワイプカードを使おうとするかもしれないし」あとでまた必要になる場合に備えて、ドリアンはそれをズボンの後ろポケットに押し込んだ。「落としたと思うかもしれないけど、盗《と》られたことに気づくかもしれない」

しっかり手をつないで、二人は走った。トンネルは音が反響するので声を潜めてささやきを交わす。

やがて分かれ道にさしかかった。

「今度はあんたが選んで」足を止めて、ドリアンは言った。

「さっきは右だったから、今度は左」マイナは答えた。「彼らはこのトンネルを使って自殺した気の毒な子を移動させたんだから、きっとどこかにつながっているはず。わたしたちは脱出できるまで進みつづける。それから自分たちが今いる場所を特定しないとね。あなたはニューヨークにいて、わたしはデヴォンにいた。ここがどこであってもおかしくない。無事に抜けだして、ここがどこかを突き止め、両親に連絡できる場所まで行く。警察にも行く」

「警察？　でも――」

「ほかの子たちはどうするの、ドリアン」黄色がかったほのかな光のもとで、マイナは淡い緑の目を鋭くした。「わたしたちと同じ目に遭った子たちのことも考えないと」

彼女たちにはすまないという気持ちもあるにはあったが、ドリアンの直感はとにかく脱出して逃げろと告げている。

「うちの両親ならどうすればいいかわかる」マイナは冷静に言った。「わたしたちがどこにいても迎えにきてくれる。早く両親に会いたいわ、ちょっと困った弟にも。あの子は手がかかってイライラさせられるけど、いつもそうだというわけじゃない。両親にもたまに腹が立つことはあるけど。親って、わからず屋でしょ？　でも、このアカデミーに入るまで、恐怖を感じたことは一度もなかった。両親に暴力を振るわれたこともなかった。あなたのママは――」

「うちはあんたの家とはちがう」

「でも、あなたはもうずっと家を出たきりなのよ。彼女はきっと心配して——」

「あいつはあんたの親たちとはちがうの、そういうこと」ドリアンの心は硬く凍りつき、眼前の恐怖さえも覆い尽くした。「あたしはしょっちゅう恐怖を感じたし、あいつは殴りたくなればあたしを殴った。もし警察に行ったら、あたしはあいつのもとに戻されるか、少年院か里親システムに放り込まれるだけ。それならここのほうがましよ」

「そんなこと言わないで、お願い。うちの両親があなたの面倒も見るから。約束する。誓ってもいいわ。誰もあなたをひどい目に遭わせたりしない。そんなことはうちの両親が許さない。彼らにも——ここの人でなしどもにも自分たちが犯した罪の報いを受けさせる」

ドリアンは反論する気にもなれず、肩をすくめた。マイナは賢いけれど、現実世界の仕組みは知らないのだ。

「今の聞こえた?」ドリアンはマイナの手をぎゅっと握り締めた。

人声が響き、走っている足音がする。

「彼らが追ってくる。走ろう」

「だめよ、こっちの足音が聞こえちゃう」マイナは声を殺して言った。「彼らの足音も聞こえてるでしょ。壁に沿って歩きつづけるの、止まらないで動きつづける。でも、音を立てないようにそっと。ねえ、あそこを見て! 壁に梯子《はしご》がついてる。あれを登ればいいんじゃない？　あそこから出られるはずよ」

　マイナはそこまで行くと、梯子の両脇をつかんだ。「蓋がある。これを押し上げないと。気をつけて、ちょっと滑るから」

　二人は狭い梯子の上で並んだ。

「そんなに重くないよ。あたしのほうが背が高いから、任せて」ドリアンは歯を食いしばり、蓋を押した。「やった、動いた」

　両手で金属の蓋を押そうとしたとき、足が滑った。マイナがさっと手を伸ばしたが、ドリアンは足を踏みはずし、梯子の段に膝をぶつけ、足首をひねったのを感じながらコンクリートの床に落ちた。

　マイナに体を引っ張り上げられながら、ドリアンは苦痛の呻き声を抑えた。

「大丈夫よ、大丈夫だから。光が見える。急がなきゃ。彼らが迫ってきてる」

　マイナはドリアンを押し上げ、後ろから梯子を登った。「急いで。急がなきゃだめよ」

　痛みで気分が悪くなり、めまいがしたが、ドリアンは登った。そうして土砂降りの雨と雷鳴のもとに出た。

　続いてマイナが勢いよく飛びだしてきて、蓋を元どおりに戻す。

　嵐を透かして、廃墟《はいきょ》のような打ち捨てられた建物群、草ぼうぼうの砂利道に放置された数台の錆《さ》びた車、古い材木の山、散乱するゴミが見えた。

あたりには、壊れたリサイクル機《リサイクラー》のなかで腐っている果物のような異臭が漂っている。けれど、幕のような雨の向こうにきらめく光が垣間見《かいまみ》える。

「あっちよ！」

「走れないよ、マイナ。歩くのがやっと。どこか折れてるかもしれない」

「わたしに寄りかかって。あの明かりのところまで行ければ――」

そのとき蓋がずれたので、マイナは言葉を切った。ドリアンに腕をまわし、古い材木の山のほうへ引きずっていく。

「隠れるわよ」マイナはささやいた。「彼らがいなくなるまでしゃがんでるの」

蓋が開いて男が穴から出てきた。下にいる者に話しかけている。「地面と梯子に血がついてる。ひとりは怪我《けが》してるぞ」

怪物メイトロンが這いでてきた。「あたしのスワイプカードを盗んだクソガキであることを願うよ。罰が当たればいい」びしょ濡《ぬ》れになりながら、彼女はリンクに話しかけた。

「あいつらの出口を見つけた。ひとりは怪我をしてる」

男のほうは位置を伝え、捜索隊の増員を命じた。さらに通りを捜索するバンを命じたとき、三人目が出てきた。

「やつらはそれほど遠くまで行ってない」と彼は言った。「差は一分くらいだ。三方向に分かれて、あのメスどもを見つけだそう」

「このままでは見つかるわ」マイナはドリアンの耳元でささやいた。「わたしが彼らの注意をそらす」

「だめ！」

「わたしのほうが彼らより足が速いし、雨がひどいから有利なスタートを切れるかもしれない。ここでじっとしてて。あなたも一緒に逃げてるように思わせて、ここは探させないようにする。助けを呼んでくるから」

「そんなの無理よ――」

マイナは先端がギザギザになった板切れを手に取り、雨で顔に貼りついた艶やかな髪を払いのけた。「ここでじっとしてて。わたしたちは脱出したのよ、ドリアン。もうあそこには戻らない」

彼女は最後にもう一度、ドリアンの手を握り締めた。「わたしたちは同志よ」とささやき、走りだした。

「あそこだ！　ひとりいたぞ！」

「いいわね、ドリアン」マイナは叫んだ。「あきらめないで！　やめないで！」

マイナが走っているあいだ、ドリアンは目を閉じた。これまでにも何度か祈ったことはあるが、祈りが通じたことは一度もなかった。それでもドリアンは今度こそと、懸命に祈った。

叫び声が聞こえ、続いて悲鳴が聞こえた。マイナ？　ドリアンは直感に従ってよろよろと立ち上がり、一歩踏みだしたとたん、ガクッと膝が折れた。倒れるときに、厚板に頭を強く打ちつけた。星がちらつくのが見え、そして、何も見えなくなった。

黒い傘を差し、アンティは遺体を見下ろしていた。あれほど手間暇と期待をかけて育てきた研修生が、ギザギザの杭《くい》に体を貫かれ、びしょ濡れのボロ切れのように横たわっている。

もう使い物にならない、とアンティは思った。無用の長物だ。

「もうひとりは跡形もありません」隣に立っている警備の責任者が言った。「なんてことだ。あとで詳しい報告書を作成します。火葬場に連れていきますか？」

「それはまずいわ。逃げた二三八番が警察に行くかもしれない。そういうことはしそうにないけど、万が一そうなった場合は、この件はそいつのせいにする。あのマヌケなナースに言って、二三八番から最後に採った血液を持ってこさせなさい。あなたが棄《す》てた場所から警察が死体を見つけたときには、一三八番の血液が付着してるようにしておくのよ。我々がスカウトしたときに二三二番が身につけていた物も用意しておくこと。さあ、この期待外れをバンに放り込んで。この件は今夜じゅうに片づけなさい」

「承知しました」

「正確な指示を伝えます。もう不注意は許さない。わかった？」

「了解です」

「愚かで恩知らずな女め」

アンティは遺体を思いきり蹴ると歩き去った。

2

目覚めると、頭はまるでエアジャッキのように脈打っていた。ぐにゃりとした膝はまるで胃袋のように吐き気を訴えた。自分がどこにいるのか、何が起こったのかまったくわからない。しばらくは自分が誰なのかさえわからず、ゾッとするような時間が過ぎた。

体を起こそうとしたら目の前がぼやけたので、じっとしていることにした。あたりには悪臭が漂い、横たわった地面はでこぼこしている。足首はズキズキ痛む。

ドリアンは最後に何があったのかを必死に考えようとしたが、どうしても思いだせなかったので、わかっていることだけに意識を集中した。

自分は何者かに傷を負わされた。ここがどこにしろ、いつまでも留《とど》まるのはよくない。そいつが戻ってきて、また攻撃されるかもしれないから。

なんとか体を起こすと、めまいをこらえ、小さく喘《あえ》ぎながら歩きだした。朽ち果てた建物や散乱するガラクタが見える。

ドリアンはグレーのズボンを穿《は》いていた――左膝に血のついた破れ目がある以外は、上等な品のようだ。シャツ――白いシャツ――もズボンも濡《ぬ》れていて、肌にまといつく。

膝に手を当てたとたん、鋭い痛みに思わず悲鳴をあげた。足元は白いスニーカー、左の足首は風船のように膨らんでいる。

打ち身や痣《あざ》や腫れには慣れている。母親は機嫌が悪いと、トランプの手札を配るように娘の体に傷を負わせた。

これは母親がやったのだろうか？

いいえ、ちがう。自分はまた家出したはず。

クリスマスをニューヨークで過ごす。そのつもりだったのよね？　でも、今はクリスマスという感じじゃない。暑い。震えが止まらないのに、暑い。

熱があるのかもしれない。

今がいつで、ここがどこでもいいから、動きださないと。薬や冷却パックを盗みだせるところが見つかるかもしれない。

ドリアンは棘《とげ》が刺さるのもかまわず材木の山を漁《あさ》り、杖《つえ》になりそうな木を見つけた。痛みに涙を流しながらも、その木で体を支えて立ち上がる。そしてよろよろと歩きだし、遠くに見える明かりを目指した。

明かりは人がいることを意味する。人はスリを働けるポケットか、冷却パックや鎮痛剤のある店を意味する。それを手に入れたら、どこか身を潜められる場所を見つけて眠ろう。

ただ眠って痛みが引くのを待とう。

痛みの感覚を麻痺《まひ》させ、朦朧《もうろう》としたままドリアンは歩いた。

ただひたすら歩きつづけた。


ドリアンが使用禁止のビルの割れた窓からなかに潜り込み、膝と足首に冷却パックを巻き、鎮痛剤と鎮静剤で眠りに誘われた頃、イヴ・ダラス警部補はバッテリーパークの北端に横たわる死体を見下ろしていた。

昨夜の嵐は六月下旬の三日続きの酷暑を一掃し、ロウアーマンハッタンの空気は珍しく爽やかだった。

それがこのまま続くことはないだろうが、ともかく瑞々《みずみず》しい朝を迎えている。

この子は朝を迎えられなかったけれど——まだ子どもじゃないの、とイヴは思った。愛らしいハート形の顔、それを縁取る縮れた赤い髪。死の霞《かす》みがかかったグリーンの瞳は虚空を見つめている。

胸は木の槍《やり》に貫かれ、そこから広がった血で白いシャツは赤く染まっている。あたりの草や地面には血痕がない。雨で流されたのかもしれないが、死体が横たわっているのは自転車道のそばにある木の下で、茂った葉が雨から守っていた。

イヴは自転車道のほうにちらりと目をやり——この時間帯は通行量が少ない——それか

らそばにいる制服警官を見た。

「わかってることは?」

「はい、あまり大したことはわかっていません。日の出とともに公園でヨガをしようとした者がいます」制服警官が顎で示した先には、コンプレッション・ウェアの上下を身につけ、ロール状のマットを抱えた七十歳くらいの男性がいた。そばにはもうひとりの制服警官がついていた。「ウィルフレッド・メドウズ。この近くの住民で、えー、朝日礼拝をするのにここが気に入っているそうです。彼は死体を発見し、九一一に通報しました」

巡査は咳払《せきばら》いした。「我々が現場に到着したとき、証人は被害者から一メートルほど離れたところであぐらをかいて座り、両手を合わせていました」

巡査は手の動作を実演してみせた。「彼女の魂にプラスのエネルギーを送ろうとしていたのだとか。そして、まだ子どもなのにと言って涙ぐみました。同じ年頃の赤毛の孫娘がいるんだそうです。

彼はほぼ毎朝ここに来て、午後は週に三日自転車でこの道を走り、週に二日公園で太極拳を教えています。これまで被害者を見かけたことはないそうです。死体に気づいたのは、髪の色や孫娘のことがあるからじゃないかと言っています」

「わかった。連絡先を聞きだしてから解放して。わたしたちはあとで話を聞く——待って」

捜査パートナーのピーボディが早足で規制線に向かってくるのが見える。「やっぱり今聞くわ。ピーボディ」イヴはテープのほうへ歩きだした。

「すみません！　地下鉄が故障したので、途中で見捨てました。八百メートルくらい歩いたところで始業時間が来てしまって」

「あそこにいるヨガ男が死体の発見者。制服組が供述を得た。解放する前に確認するわよ」

「了解」ピーボディは虹色のサングラスをはずし、ジャケットのポケットに入れた。日差しは強いが、彼女は虹色のサングラスをかけたまま仕事することをパートナーがどう思うか知っている。「まだ子どもみたいですね」

「そう。十二歳か十三歳か十四歳。わたしは死体をやるから、あなたは発見者をお願い」イヴは向き直って歩きだし、死体のかたわらにしゃがみ込んだ。

捜査キットを開くとまずＩＤパッドを取りだし、被害者の右手親指に押し当てる。「被害者はマイナ・ローズ・キャボット、十三歳、現住所はペンシルヴェニア州デヴォン。白人、髪は赤、目は緑。身長百六十二・五センチ、体重四十八キロ。両親はレイとオリヴァー、現住所は同じ。きょうだいは弟がひとり、イーサン十一歳」

続いて測定器を取りだした。「死亡時刻《TOD》二三〇六時。死因《COD》は長さ四十八センチ、厚さ八センチの木材もしくは木製品で胸部中央に負った刺創と思われる。ＣＯＤは検死官の判断を、凶器についてはは科研《ラボ》の確認を待つ」

コーティングした手で、イヴは被害者の手を持ち上げて調べた。「指関節に打撲痕があり、乾いた血痕が付着している」血を採取して密封すると、マイクロゴーグルを装着し両方のてのひらをつぶさに眺める。「てのひらには両手とも木の細片が刺さっている。シャツの胸元の血痕は刺創と一致する。シャツの袖口とズボンに点々とついた血痕は刺創と一致しない」

イヴはかぶりを振った。「胸を貫いた槍はいったいどこから来たの？」

しゃがんだまま、イヴは踵《かかと》に体重を移した。「抵抗したのね、マイナ？　木の槍を奪おうとした――あるいは、あなたが持っていた槍を犯人に利用された」

被害者の耳にはピアス用の穴が空いている――左に二つ、右にひとつ。ピアスはなし。靴もリンクも財布やバッグもなし。首元のチェーンには小さなハート形の銀製らしきチャームがついている。チェーンは切れていた。

「つまり犯人はピアスや靴やなんかは持ち去ったけど、ネックレスは盗んでいない。たぶん人が来る足音が聞こえて、奪う途中で逃げだした。たぶん」

イヴは道具をしまった。「顔にもほかにも視認できる傷はない。着衣は乱れていない。検死官に性的行為やレイプの痕跡も確かめてもらうが、これは強盗が殺人に発展した事件のように見える。ペンシルヴェニアに住んでるあなたが、ニューヨークにいったいどんな

ていた子には絶対見えないということだ。

家族旅行かもしれない、とイヴは思った。それとも家出？　たしかなのは路上生活をしていた子には絶対見えないということだ。

用があったの？」

ピーボディが近づいてくると、イヴは腰をあげた。「ミスター・メドウズの供述は裏が取れました。彼はロウアーマンハッタンに住んで十八年、〈ヘルシー・ユー・アンド・ミー〉のライフ・コーチ。コーチとしては勤続三十三年です。結婚して四十一年。妻は同社のフィットネス・コーチ。妻は赤毛で、娘もいちばん上の孫娘も赤毛です。ミスター・メドウズは被害者が孫娘のアビゲイルだと思ったときは心臓が止まりそうになったと言ってます。そんなはずはないが、一瞬そう思ったんだと」

「被害者はマイナ・キャボット、ペンシルヴェニア州デヴォン出身。強盗の仕業のように見えるけど……」イヴは振り返った。「彼女はどんなふうに横たわってる？　ポーズを取ってるわけでもないのに、きちんとしてる。胸に槍を突き刺されて倒れたようには見えないでしょ。着衣には草の染みひとつついてない。地面には血痕もない――それは遺留物採取班に調べてもらうとして……向きを変えてみましょう」

ピーボディと共にもう一度遺体に取りかかる。イヴが渡したスプレーでピーボディが両手をコーティングすると、二人はそうっとマイナを横向きにした。「槍の長さを六十一センチに訂正しないと」イヴは頭に刻んだ。「シャツの背中の血を見て。槍が背中を貫いてる。でも、その下の地面に血痕はない」

「ここに死体を遺棄したということですか？」

「シャツは湿ってる――乾ききってない。ＴＯＤは彼女が昨夜、嵐の最中に死んだことを示してる。でも、ズボンはどうなってる？　乾いてるし、血がついてるでしょ？　雨に濡れてないのよ」

「でも、サイズは合ってますよね。まあ、少し丈は短いかもしれません。育ち盛りの少女らしく」

「ＩＤには身長百六十二・五センチと記載されてる。モリスに確認してもらいましょ」

「高級品ですね。色は学校の制服のようなネイビー」

イヴはいぶかしげに目を細めた。「制服？」

「ええ、わたしにはそう見えます。プライベートスクールの制服。普通はネイビーかグレーで、夏にはカーキになるかも。でも、これは夏服じゃない」

「夏服じゃない」イヴは考え込むようにその言葉を繰り返した。「レイプされたかどうかはモリスが確認してくれる。なぜズボンを穿き替えさせたのか？　そして、奪われた靴――足の裏を見れば、裸足《はだし》で街を歩いたわけじゃないことはわかる。靴を脱がせ、ピアスをはずし、携帯してたとすれば、身分証明書とリンクも奪ったあとで、なぜわざわざズボンを穿き替えさせたの？　それは、この子が死んだのは強盗のせいじゃないから。ここで死んだんじゃないから」

「きれいな子ですね」ピーボディが言った。「とてもきれい」

「ええ、そうね。爪を見て――手の爪と足の爪。完璧に手入れされてて、清潔そのもの。手は柔らかい。路上で生活したことがない手。デヴォンの警察に問い合わせてみて。失踪届が出てるかもしれない。わたしは死体運搬車と遺留物採取班を呼ぶ」

イヴは連絡を取りながら考えを巡らせた。犯人はマイナをここまで運び、強盗の仕業に見せかけた。目的は靴や携帯リンクではなかった。

「ダラス、彼女には去年の十一月からアンバーアラート（児童が誘拐されたり行方不明になった際に発令される緊急速報システム）が出されてます。十一月九日、彼女は学校から帰ってこなかった。ベスター・ミドルスクールというプライベートスクール。担当捜査官の氏名はわかってます。両親は娘の発見につながる情報提供者に二十万ドルの報奨金を出すと告知してます」

「この子が七カ月以上も路上で暮らしたわけがない。家出の可能性は否定できないけどね。担当捜査官の意見を聞いてみましょう。だけど、彼女にはまともな暮らしができる場所があった。これ、天然の木材か合成木材かわかる？」

ピーボディはしゃがみ込んだ。

「松です」彼女は言った。「天然の松。樹齢は長そう。ラボが特定してくれますね。これは年季の入った柱《スタッド》だと思います」

「あなたのおじいちゃんみたいな？（スタッドには「絶倫男」の意味もある）」

「アハハ、笑える。間柱みたいな、ですよ。立派な木材に無頓着な者が取り去ってしまった。家の修繕は誰でもしますけど、こんなふうに木材を扱ったりはしません。この木材は少し歪《ゆが》んでるから雨ざらしにされたんです。たぶん、しばらくのあいだ」

「被害者がここに遺棄されたこともポイントよ。犯人はここに転がってる木をたまたま拾ったわけじゃない。制服組に聞き込みをさせるけど、嵐が去ったあと、何者かが死体をここまで運び、あの木の下に放置した。重りをつけて川に沈めてもよかったのに——川はすぐそこよ」

「死体を発見させたかった」

イヴはパートナーにうなずいた。「でも、どうして？　彼女は嵐のなか戦っていた。爪のあいだには何も挟まってなかったから、彼女は相手を引っ掻《か》かなかった——あるいは、犯人が死体を棄《す》てる前に皮膚片などをきれいに取り去った。顔面に痣はない。指関節に少し打撲痕があるだけ」

「戦いは長く続かなかった」ピーボディが結論づけた。

「そう」イヴはもう一度死体を見下ろした。「長く続かなかった」

セントラルに着いて自分のオフィスに入り、オートシェフで元気づけのコーヒーを淹《い》れると、イヴは連絡業務に取りかかった。

近親者への通知よりまず先に、マイナ・キャボット行方不明事件の主任捜査官に通知した。

「くそっ。なんてことよ」シャリーン・ドライヴァー捜査官は両手で焦げ茶色の顔をこすり、さらに濃い黒みを帯びた茶色の目を指で押さえた。

やがて指を離すと、その目は冷静な警官の目になっていた。「詳しいことを教えてください、警部補」

「もちろんお知らせします。今パートナーが報告書を作成し、あなたにコピーを送るところです。質問があったらなんでもお答えしますので。こちらからもお尋ねしたいことがあるんです」

「先に少しお答えしておくのはどうでしょう？　報告書のお返しにこちらの事件ファイルもお送りします」

「それは助かります」

「円満な家庭ですよ、警部補。母親は人権専門弁護士――無料法律相談も積極的におこなってます。父親は一般開業医です。経済的には安定してるが、途方もない金持ちではない――多額の身代金目当てに子どもを誘拐されるほどの金持ちではないということです。マイナは学校の成績も優秀で、友人にも恵まれていた――真剣な交際をしてるボーイフレンドはいないが、同じクラスの男子に熱をあげていた。その少年にも、彼の家族や友人たちにも話を聞きました。家出を暗示するような情報は何ひとつ出てこなかった。まったくなかったんです」

ドライヴァー捜査官はひと息入れてから続けた。「その点に目を向けてください。子どもは腹立ちまぎれに家出するものですが、この場合はちがいます。あの子は映画を見にいく約束をしていた──思いを寄せてる少年のほか、カップル二組との初めてのグループ・デートで、それを楽しみにしてたんです。あの子はサッカーの練習が終わって徒歩で帰宅するところでした」

「時間とルートはだいたい決まってるの？」

「ええ、そこもポイントなんです。距離にしたら一キロ足らず、閑静な住宅街で木立を抜ける道を通る。そして、もうひとつ。親から知らない人についていかないようにと言い聞かされていたし、マイナ自身も賢い子でしたが、両親と同じく、困ってる人を助けようとするタイプでもあったんです」

「彼女の通学路を知ってる者が、彼女の性質を利用し、彼女をさらった」

「我々はそう見ています。身代金の要求はなし。ホットラインへの情報提供はあったものの、大半はガセネタで使い物にならないものばかり。もっともそれらしかったのは、その付近でバンを見かけたかもしれないという情報です。黒か茶色か真っ青なバン、窓はあったかもしれないしなかったかもしれない」

「なるほどね」

「父親は友人宅にいる息子を迎えにいった――放課後はたいがいその家に寄るそうです。時刻はまもなく五時になる頃。マイナは五時までに帰宅するはずだったが、父親は心配していなかった。妻が帰宅した五時半頃マイナのリンクにかけてみた――が、リンクはつながらなかった。友人やサッカーのコーチにも問い合わせた。そしてオリヴァー――父親です――が車で付近を捜索しているあいだに、レイが警察に通報した。

両親はあきらめていません、警部補。これを知ったら打ちのめされるでしょう。お願いがあるのですが、わたしとパートナーに通知させていただけませんか。我々は彼らと良好な関係を築いてますので」

「報告書を急がせるわ。両親と話をしたいけれど、今日じゅうなら多少遅くなってもかまいません」

「彼らはすぐにでもニューヨークへ向かうと思います。じっと待ってなどいられないはずです」

「わたしの連絡先を伝えて。会う時間を作ります」

「彼らはきっと娘がレイプされたかどうか、わたしに尋ねるでしょう」

「その情報はまだ教えられないの。彼女は今、検死官のもとにいるから彼が判断する。行方不明になったとき、彼女はどんな服装でした?」

「サッカーのユニフォームはバッグにしまったはずなので、学校の制服。白の長袖シャツにネイビーのズボン。制服のブレザーはダサいのでバックパックに押し込み、白のパーカーを着る習慣があったそうです。焦げ茶色のローファーも同じ理由で履きたがらなかった。白のスニーカーを履いていたのではと思われます」

「装身具は?」

「ピアス——スタッドタイプで、銀のハートが二個、青い星が一個。銀のハート形のチャームがついたチェーン。ほかにリンク、IDカード、二十ドル足らずのキャッシュ、タブレット、学校の宿題とそれを入れるバインダー、イヤホン、所持を認められている化粧品と母親だけが知っていてこっそり持ち込んだもの。ヘアブラシ、ヘアゴム、ミニ救急セット。父親は子どもたちに必要最低限のものは持つように言っていたそうです。我々の捜査では所持品の痕跡は何ひとつたどれませんでした」

マイナを誘拐した犯人は彼女が家出したように見せかけたかったのだ、とイヴは通話を終えながら思った。殺しを強盗に見せかけたかったように。

いずれも時間稼ぎがしたいから。

つまり誘拐と殺人は同一人物またはグループの犯行なのだ。イヴは腰をあげて事件ボードを準備しはじめた。

作業を続けていると、ピーボディがこちらに向かってくるドスンドスンという足音が聞こえた。

「ドライヴァー捜査官に報告書を送って」

ピーボディは手のひらサイズのPC《PPC》を取りだし、指示に従った。

「近親者への通知はデヴォン警察がやる。こちらの報告書に応えて向こうの事件ファイルも送ってくれるって。彼らは家出ではなく、誘拐と結論づけた。わたしも同じ考え。被害者はサッカーの練習を終え、二十ドル足らずのキャッシュしか持ってなかった。まばゆいニューヨークの街を目指したりしない」

イヴは振り向かずに続けた。「オートシェフに懇願のまなざしを送ってるでしょ。いいからコーヒーを淹れなさい。わたしのお代わりも」

「懇願というより切望のまなざしです」

「念のため被害者の両親を調べるわ。借金はないか、帳尻の合わない支出はないか。それはデヴォン警察もやったけど、念のためにね。マイナにはボーイフレンド……のような者がいた。その少年のことも調べ、変態の兄や叔父や父親がいないか確認する。コーチや教師も同様に調べて」

「了解です」

「ニューヨークとのつながりも探さないと。犯人たちは被害者をこっちに連れてきて、どこかに留めておいたから。拘束や暴行の痕跡は今のところない」

「薬を盛られたのかもしれません」

「毒物検査でわかるわね。モリスは彼女が性行為に使われたかどうかも判断してくれる。セックスや身代金目的じゃない――身代金の要求はなかった――なら、ほかにどんな目的で若くてきれいな娘を誘拐するの？」

「家事ドロイド代わりとか、奴隷労働とか？」

「あの手と爪からすると、それはないわね。どちらかと言えば、そこで彼女は甘やかされていた。あの、なんだっけ――マニキュアみたいなやつとか」

「フレンチネイル。そうでしたね。手だけじゃなく足にも伝統的なフレンチネイルを施されてた。派手さはなく、すごく上品でした」

「上品」とイヴは繰り返し、コーヒーを手にした。「仮に目的がセックスだとして、犯人はそこに上品さを求めた。それとも……児童ポルノを調べてみて。十三歳はその移行期にいる。思春期を迎えた少女のポルノ。写真、ビデオ」

イヴは事件ボードに貼ったＩＤ写真を見つめた。その生き生きとした純真な顔を。「美しい赤毛、透き通るような白い肌、体は丸みを帯びてきてる。若さがあふれてて――蕾《つぼみ》がほころびはじめてる？」

「悪趣味です」

「そうね。子どもの胸に尖《とが》った木片を突き刺すのも同じ。マクナブは風俗犯罪課にいたことがあるわよね――彼に相談してみて」

その電子探査課《EDD》のエースはピーボディの同居人にして恋人でもあるので、彼に相談するのはなお都合がいい。

イヴは少し離れた位置から事件ボードをじっくり眺めた。

「美しい少女が、学校から自宅まで一キロほどの道を歩いて帰る――毎日同じ道を通って。つまり誘拐するのは簡単。でも、あたりは閑静な住宅街なので少々厄介でもある。だから時間をかけて観察し、計画を立てた。彼女を運ぶ手段もあった。きっと初めての犯行じゃない。おそらく誘拐した子どもたちを売ってる。セックス目当ての客や、地下のポルノサイトに。

幽閉したにしろ、薬を盛ったにしろ、贅沢《ぜいたく》な生活ができると説得したにしろ、何カ月ものあいだ彼女に清潔で健康的な暮らしをさせてやるだけの価値がなければならない。その元は取らなければならない。彼女を州外から移送するコストは回収しなければならない」

「たまたま、こうなっただけかもしれません」ピーボディが意見を述べる。「その場所で何か問題が起こって、彼女は逃げだした」

「そうかも。ありえることね。彼女をずっと手元に置いてるうちに、犯人側に隙が生じたのかもしれない。それで彼女は逃亡しようとした」

イヴは犯行現場の写真に目を凝らした。

「あの凶器はいったいどこで手に入れたの？　もし推測どおりなら、彼女が逃げだした場所のそばってこと？」

イヴはデスクに戻り、マイナに関する事件簿を開いた。「マクナブと一緒に、ニューヨークとデヴォン一帯で小児性愛者として知られてる者のリストを作って」

「うわあ、長いリストになりますよ」

「対象は女子――十一歳から十四歳。それより下だとうまくいかないし、それより上だと悪趣味の範囲に入らない。残虐行為もいらない――モリスが何か見つけないかぎりはね。犯人は彼女の制服を取っておき、死後に穿き替えさせた」イヴはふとつぶやいた。「ズボンはね。でもシャツは？　ドライヴァー捜査官の話では、誘拐されたときは長袖だったそうよ――それが間違いないか確認しないと。殺されたときは半袖のカフススリーブを着てたから。そのシャツの入手経路を突き止められるかもしれない」

「ズボンは穿き替えさせたのに、シャツは替えなかった」ピーボディは断定した。「だけど、どうしてズボンを取っておいたんでしょう？」

「コレクションしてるのかも。デヴォン警察のファイルが来た。さあ仕事に取りかかって」

イヴは事件の第一報から順を追ってファイルを読んだ――捜査の手順と段階、事情聴取と供述調書、捜査官がまとめた時系列表。そして周辺地図、自宅と学校との位置関係、木立の位置をじっくり眺めた。

捜査は徹底している。デヴォンの捜査官たちはマヌケでも怠け者でもなかった。徹底的に調べ上げている。捜査は広範囲におよび、一度調べたところも再確認している。

さらに、そのファイルにはフィラデルフィアを含む近隣の小児性愛者のリストが添付されていた。

供述調書にも目を通すつもりだが、まずは小児性愛者リストのデータをコピーし、条件を絞って検索をかけた。

十一歳から十四歳までの女性。

ニューヨークも同様に、とりあえずマンハッタンに限定して検索する。

それから自分のコンピューターリー・スキルを試しつつ、絞り込んだペンシルヴェニアとニューヨークのリストの関連性を表示するよう命じた。

コンピューターが作業しているあいだ、イヴはブーツを履いたままの両足をデスクに載せ、飲みかけのコーヒーを手にして事件ボードを眺めた。

手足は大事に保たれたままで拘束された痕はない。栄養失調の兆候もなく、暴力を受けた痕跡もない。

それが事実であるかどうかはモリスが判定することだが、目下のところはその線で考えを進めよう。

十三歳の少女が何カ月も誘拐犯と一緒に暮らせるのはどういう場合か？　誘拐犯が知人で、信頼できる人物の場合。けれどドライヴァーの報告書にはそんな記載はなかったし、彼女と捜査パートナーはどんな些細《ささい》なことも見逃さないように思える。

身体的に拘束されてないからといって、監禁されていなかったとは限らない。薬漬けにされて言いなりになっていた。あるいは洗脳や脅し。

制服のズボンに真っ白なシャツ。ネックレス。待って、おかしいわ。ネックレスはそのままなのに、ピアスは持ち去った。

ドジな路上強盗の仕業じゃなかったからだ。

「あなたは逃げだしたんでしょ、マイナ？　そして彼らに捕まりそうになり、抵抗した。そのせいで死んだのね。あなたは誘拐されたときのズボンを持ってたのかもしれない。あるいは家出人に見せかけるため、彼らが穿かせたのかもしれない。チェーンの壊れたネックレスを残しておいたのは、強盗の仕業か喧嘩《けんか》に見せかけるため」

よくある話よ、とイヴは思った。家出したティーンエイジャーが最悪の結末を迎える。

「でも、あなたはちがう。その顔を見てよ。白バラの花びらのような肌の美少女。体は蕾がほころびはじめたばかり。誰がさらったにしろ、あなたを最高に美しい状態に保ったのには理由があるのよ」

コンピューターが最初の検索の終了を告げると、イヴは足を床に戻し、椅子を回転させてデスクに向かった。

イヴはきっとその理由を見つける。

3

一連の検索結果の照合を続けていると、ピーボディが戻ってきた。

「マクナブがウィロビー捜査官の連絡先を教えてくれました。彼女は四〇六分署からセントラルに異動してきたばかりで、性犯罪特捜班《SVU》でおもに未成年者に対する犯罪を担当してます。さっそく連絡してみました」

客用の椅子は尻を挟まれる危険があることを知っているので、ピーボディは座面の端にそっと腰をおろした。「彼女はマイナの写真をSVUが入手したビデオや写真と照らし合わせてくれます。それ以外にも、ダークウェブのチャットルームや共有サイトがあるらしいんですよ。そこでは――」

「セックスや家事用の奴隷を共有または取引してる」

「ご存じでしたか。ウィロビーの話によれば、救出した未成年者のなかには合意の上だとか、神が定めたことだとか――とにかくそんなふうに信じ込まされたことを主張する子もいるそうです。彼らは未成年者が幼いうちからデビューさせることもあって、なんと赤ん坊にでさえ……」

ピーボディははっとして椅子のことを忘れ、尻を挟まれ、腰をあげた。「ごめんなさい。すみませんでした、ダラス」

「謝ることはないわ。おかげで洞察力が身についたから。おそらく父親がわたしを売りに出すまでには、まだ二年くらいあったでしょう。彼はわたしをレイプして、それをだいなしにした。処女として売ることができなくなったの。たいがい処女のほうが価値があるのよ。まあ、傷のついた者が好きだという輩《やから》もいるけど」

あるいは、傷だらけの者。自分は間違いなくそれに該当する。

「だけど今回の場合はちがう」イヴは続けた。「被害者の容姿と年齢から誘拐された可能性が高い。マイナはそのとき十二歳だった。それにしても、売りに出すつもりだとしたら、なぜこんなに長く手元に置いておくの？　確率分析では個人用またはポルノ収益目的、もしくはその両方がいちばん可能性が高い。彼女の年齢が児童ポルノの時期を過ぎたり小児性愛者の好みからはずれたりしても、次の段階にまわせばいい」

「ウィロビーも同様のことを言ってました。それと、フレンチネイルとか彼女の健康状態のことを話したら、被害者は〈プリンセス・カテゴリー〉と呼ばれるものに当てはまる、とも」

興味をそそられ、イヴは作業の手を止めて振り向いた。「プリンセス――王女のように扱われるってこと？」

「ええ。最初は薬で従わせる場合もあるかもしれません。でも、きれいな服、化粧品、宝石類、プレイルーム――もちろん窓はなく、ドアには鍵がかかってるでしょうけど――が与えられます。幼い子にはおもちゃとかも」

「棒じゃなく人参《にんじん》を与えるのね。いまだにわからないんだけど、なんでお菓子やアイスクリームじゃなくて人参なの？　人参を食べるのを待ちきれない人がどこにいる？」しばし考えてみたが、人参はひとまず脇に置いた。「協調性に欠けると棒で叩《たた》かれる。ストリートキッズはおいしいもので手なずけられるだろうけど、マイナのような者はそんなことでは籠絡されないでしょうね」

イヴは腕時計《リスト・ユニット》に目をやった。「さてと、モリスが何を教えてくれるか聞きにいくわよ」

立ち上がろうとしたとき、リンクに着信の合図があった。イヴはディスプレイを見た。

「被害者の両親だわ。ちょっと待ってて。ダラス警部補です」

ディスプレイに映しだされた男性は、幽霊のように青白く、目の縁は赤く、青い瞳はどんよりしていた。「ダラス警部補」と呼びかける声はかすれている。「私は――」

「ミスター・キャボット。この度のことは誠にお気の毒でした」

「シャリーンの――ドライヴァー捜査官の話では、あなたは娘の死を確信しているそうだが……」

「ええ、そのとおりです。あなたやご家族にとっては大変おつらいと思います。お約束しますが、あなたがたからマイナを奪った犯人を見つけることは、わたしと捜査パートナーの最優先事項です」

「あの子は——我々のマイナは——その——」

レイプされたのか、とイヴは頭のなかであとを引き取った。父親がその言葉を口に出せないのがわかったから。「マイナはこちらの主任検死官のもとにいます。ドクター・モリスほど優秀で思いやりのある医師はいないと断言します。わたしはパートナーと共にこれからそちらへ向かうところです」

「あの子に会わせてください。家に連れ帰ってやりたい」

「それはすぐには無理ですが、お嬢さんと会えるように手配します。交通手段も、もしこちらにお泊まりならば滞在先もご用意できます」

「マイナと一緒でなければ家には帰りません。どうしてもマイナを連れて帰りたい。どうしても——」

キャボットは言葉に詰まり、泣きだした。涙をこらえようとしているあいだに、イヴは話を続けた。

「マイナにはもうしばらくこちらにいてほしいのです。ドクター・モリスと会ったら、あなたがマイナに会いにくることを伝えます。あなたがたご夫妻と、同行されるなら息子さんからも、お話をうかがいたいのですが。お嬢さんの失踪については、ドライヴァー捜査官と捜査パートナーにすべてお話しされたことはわかっておりますが、じかに聞かせていただくことも捜査の役に立つと思います」

「我々は何があったのか知らなければならないんだ！」

想像を絶する悲しみが、その叩きつけるような一語一語から伝わってくる。

「全力を尽くして捜査に当たります。交通手段と滞在先の手配をしましょうか、ミスター・キャボット？」

「いや、けっこうです。私は――我々は車で行こう。車で行きます。もし――もしよければ、マイナの近くにあるホテルの名前を教えてください。我々はマイナのそばにいるべきだと思う。あの子がどこにいるか知らないが」

キャボットは両手で顔を覆った。

「かわいいあの子がどこにいるのか、まだ知らないんだ」

「ミスター・キャボット、ハノーヴァー・ホテルにあなたがたの部屋を予約します。マイナのすぐそばです。息子さんもご一緒ですか？」

「もちろん」

「ファミリー・エリアを備えた２ベッドルームの部屋、それでよろしいですか？」

「ああ、ありがとう、本当に」

イヴはピーボディに指で合図しながらオリヴァー・キャボットにホテルの住所を教えた。

「ホテルには駐車場がありますので、そこでお迎えしてマイナのところへご案内する者を手配します。ほんの数ブロックのところですから」

「あなたは親切だ」

「こちらに到着したら連絡してください。あらためて、お悔やみ申し上げます」

「本心から言っているようだね。警部補、客観的に見て、あなたは有能かな?」

「わたしは有能な捜査官です」

「それも本心からの言葉だと願うよ。ありがとう。一時間以内にここを発《た》ちます」

イヴが電話を終えると、ピーボディがため息をついた。「近親者への通知はデヴォン警察がやってくれましたけど、それでも遺族と話すのはやっぱりつらいですね。彼は自制心を失わないように必死でした」

「部屋は取れたの?」

「2ベッドルームのスイート。エグゼクティブ・フロアにしました。静かなほうがいいと思って」

「それでいいわ。さあ、有能な捜査官らしく働くわよ」

モリスが有能であることは間違いない。イヴはピーボディとモルグの白いトンネルを進みながら、彼がマイナ・キャボットについて詳しく教えてくれることを願った。

トンネルには化学製品のレモンのにおいとその下に潜む死のにおい、そこにまずいコーヒーのにおいが重なって漂っていた。二人の足音はぴかぴかの白いタイル壁に響いてこだまする。

モリスの解剖室のドアの向こうでは音楽が流れている。ギターの連奏と若い女性のコーラスがくどいほど陽気に聞こえた。

空色のスーツの上に透明の防護衣をはおったモリスは、マイナのY字切開を丁寧に縫合していた。今日は黒い長髪を三本に編み、それをきっちり結んだネクタイと同色の――たぶん藤紫《モーブ》というのだろう――ヘアバンドで一本にまとめている。

モリスは顔をあげ、手を止めた。「相手が子どもというのはいつもながら気が滅入《めい》る。だからこの子と同じ年頃の少女が喜びそうな音楽を聴かせている。音量を半分に」と命じると、歌声はささやき声になった。

「彼女の両親と、たぶん弟がこっちへ向かってる。あと三時間くらいで着くと思う」

「それまでには遺体の修復も終わっているよ。こんなに愛らしい顔なのに」モリスはコーティングした手の甲でマイナの頬に触れた。「ピーボディ、何か冷たい飲み物を持ってきてくれないかい？　致命傷となった胸への一撃は、鋭い先端が肩甲骨のあいだを貫通するほどの力を持っていた。軌道はやや上向きだ」

「下からの攻撃」

「向かい合わせで、刺入口《しにゅうこう》の少し下から」

「被害者の両方のてのひらには木の細片が刺さってた」

モリスは自分の好みを知っているピーボディが差しだしたジンジャエールを手に取り、蓋をひねった。「凶器の分析はラボがやるだろうが、先端はささくれ立っていた。彼女はそれを両手でつかみ、手を滑らせたときに細片が刺さった」

イヴはうなずき、歩きながらその場面を思い浮かべた。「ほぼ間違いないと思う推測を聞いて。彼女は商品だった。彼女には価値があった。彼女は敵を撃退するためか護身のため、その武器を持っていた。犯人に武器を取り上げられた彼女は抵抗し――指関節に打撲痕がある――武器を奪い返そうとして細片が刺さった。そして格闘の末、武器は彼女の体内に差し込まれた」

「相当な力を伴って」とモリスは付け加えた。

「犯人は激しい怒りのためか、相手の動きを封じることに気を取られたせいか、それを彼女に突き刺してしまう」

「心臓をひと突きした――せめてもの救いだ。彼女は苦しまずにすんだろうから」

「だけど、それでも彼女は倒れなかった」イヴは言った。「倒れたことを示す傷は見つからなかったの。今も剝《む》きだしの膝が見えるけど、彼女は膝から崩れ落ちてもいない。つまり犯人は彼女がそのまま倒れるのを防いだ。でも、臀部《でんぶ》には痣《あざ》がある。打たれたのか、それとも蹴られたのか？」

「蹴られた。おそらく、つま先が少し丸まった靴で。蹴られたのは死後だが、ＴＯＤの直後だ。その他の傷はない」モリスは断言した。「致命傷と指関節の打撲痕。商品だと言ったね。価値があると」

「家出じゃなくて誘拐。何もかもが誘拐を指さしてる。身代金の要求はない。彼女の家は大金を掻《か》き集めることが可能だと思われるのに。何者かにとって、彼女はそれ以上の価値があった。彼女にフレンチネイルを施していた者にとってはね」

「ああ、私もそれは気づいていた。彼女の状態は良好に保たれていた。体、髪、肌。違法麻薬を常用していた痕跡もなかった。彼女は処女だ。性交もレイプもなく、性的暴行の痕跡もない」

　個人的に利用するために彼女をさらったのではないのだ、とイヴは思った。

「処女はたいがい価値があがるのよ。彼女は最後に何を食べた？」

「それがまた、じつに興味深い。人参、トマト、キュウリ、ひよこ豆のグリーンサラダ、白身魚のグリルと玄米、ほうれん草のソテー――とてもヘルシーだね。それとミックスベリーのタルト」

「デザートまで？」

「ヘルシーかつバランスの取れた食事だ――アルコールは検出されなかった。無糖のハーブティー。しかし、食道と喉の奥に嘔吐物《おうとぶつ》の痕跡がある。喉の裏には擦り傷がある」

モリスは指を二本立て、口のなかに突っ込む真似《まね》をした。

「彼女は指を喉に突っ込んだ」イヴは遺体に近づいた。「夕食を吐いて具合が悪いふりをした。計画してたのね」

「定期的あるいは習慣的に食べては吐くを繰り返した形跡がないので、私もそう思う」

「脱出するのに必要なあいだだけ、彼女を拘束してる者の気をそらす。外に出ることには成功したけど、相手に追いつかれた」

「彼女の下着についても話したい」

「下着？」

「彼女の服はたしかに保守的だが年相応のものだ。しかしその下のブラとパンティは、年齢より大人っぽく、セクシーなものだった。下着はハーヴォに送ってある」

毛髪と繊維の女王の異名を取るハーヴォは、そこに知るべきことがあればすべて見つけだしてくれるだろう。

「ハーヴォのもとには服もある。マイナの髪のサンプルも。まもなく毒物検査の結果が出るが、今も言ったように違法麻薬やアルコールを常用していた痕跡はない。

彼女は健康で、しっかりした筋緊張があり、歯の衛生状態もよかった――二年ほど前に少し矯正していた。その短い生涯には骨折もない。もしその後の人生を送ることができたら、彼女は何をしていただろうね？」

「知りようがないでしょ。でも、彼女から残りの人生を奪ったやつは必ず見つけだす。身長は測った？　ピーボディは彼女が穿いていたズボンが——誘拐されたときに穿いてたものだということが、もうすぐわかるけど——少し短かったと言うの。ＩＤに記載された身長は百六十二・五センチ」

「その後一・五センチ伸びた。誘拐されたのはいつだい？」

「去年の十一月」

「一・五センチ伸びても不思議じゃないな」

「なるほど。よく気づいたわね、ピーボディ。ほかのサイズも変わってるかしら？」

「もっと成長しているかということ？　あの年頃ならおそらくそうだろう。まさに花開こうというときだったからね」

「どうもありがとう。遺族が到着したら、父親がわたしに連絡してくれることになってる。彼らはハノーヴァーに泊まるのよ。連絡が来たら知らせるわね」

「彼らのことは任せてくれ。彼女のことも。二人とも、捜査の成功を祈っているよ」モリスはまたマイナを見下ろした。「こんなに愛らしい顔なのに」

去り際に、モリスがスピーカーの音量をあげるよう命じる声が聞こえた。

「ラボに寄っていくわよ。ディックヘッドに毒物検査と血液検査を急がせることができるかも」

「賄賂を用意してるんですか？」

それがうまくいくことはわかっているので、イヴは部下を睨《にら》みつけるのをやめて、肩をぐるぐるまわした。「今は野球シーズンでしょ。わたしにはボックスシートのひとつや二つ提供できるの。最初にディックヘッドのところに行く」二人で白いトンネルを進みながら、イヴは話しつづけた。「ハーヴォのところに直行すると、彼はすごく機嫌が悪くなるでしょ。わたしは毒物検査と血液検査の結果が欲しいのよ」

「下着もですね」ピーボディが追加する。「モリスの話はポルノ理論と一致します。レイプや性交の痕跡がないならなおさらです」

「挿入なしでもレイプする方法はたくさんある」

イヴがそれを身をもって経験したことは知っているので、ピーボディは黙り込んだ。

白衣の人々が慌ただしく立ち働くなかに、イヴは鑑識課長ディック・ベレンスキーの卵形の頭を見つけた。

彼がキャスター付きの椅子でワークカウンターを移動するたびに、その頭は右に揺れたり静止したり左に揺れたりしている。ハーヴォのところへ直行したいのはやまやまだが、ディック・ベレンスキー通称ぐず《ディックヘッド》の機嫌を損ねては、検索結果を手にすることはできないだろう。

すでに気づかれていたのかもしれない。彼は視線をさっとあげた。それから、ピーボディと共に迷路を通り抜けてワークステーションに近づいていくイヴに目を凝らした。

あの脱皮したイモムシのような口髭《くちひげ》は剃《そ》り落としてあったから、それをじろじろ見ないために意志の力を使う必要がなくなったのはありがたい。ベレンスキーは蜘蛛《くも》の脚のような指を駆使して作業しながら、さっぱりした上唇を歪《ゆが》めた。

「あの大量のサンプルがどれほど前に届いたか知ってるか？　あんたの事件の前にどれだけ事件があったか知ってるか？」

「被害者の両親がニューヨークに向かってる。あなたにそれを知らせてからハーヴォのところに寄って、毛髪や繊維から何か見つかったか確認しようと思って。わたしたちは被害者の着衣を手がかりにしたいの」

「ハーヴォも仕事をどっさり抱えてるよ。つい昨日の結果を知りたがる警官はあんたたちだけじゃないんだ」

「目下のところ、わたしの知るかぎりでは、学校から帰る途中で誘拐されてニューヨークに連れてこられ、七カ月以上幽閉されたのち、ギザギザの木材で胸を貫かれた十三歳の被害者の事件を担当してる警官はわたしたちだけよ」

イヴはボックスシート・チケットを取りだそうとしたが、もう少しうっぷんを晴らしたくなった。

「現時点では、裏にあるのは児童ポルノ取引だと睨んでる。ハーヴォには被害者が着用してたセクシーランジェリーを優先してとお願いするつもり。その線をたどっていけば彼女を誘拐して、セクシー衣装をつけた彼女を見てマスターベーションする外道野郎相手に儲《もう》けようとした外道野郎を突き止められるかもしれない」

「それに」怒りに燃えたイヴは言い添えた。「あなたはこのラボのMVPだってことを証明したから、それを思いださせてやろうとしてるのよ」

「頼むから、少し落ちつけよ」ベレンスキーは薄い両肩をすぼめ、顔をしかめた。「あんたの毒物検査結果はここにある」そう言って、スクリーンのひとつに指を突きつけた。

「きれいなものだ。アルコールなし、麻薬なし、違法であろうとなかろうとな。俺はあんたたちの事件を割り込ませた。被害者は子どもだから、列の先頭に進む」

まったくのぐずというわけではないらしい。今回にかぎっては。

「何も出なかった?」

「何もなし。まあそうだな、TODの四十八時間前に何か投与されたとしたら痕跡が消えてしまうからわからないが。とにかく彼女はクリーンだった。あんたが送ってくれた血液サンプルには被害者のものじゃないものもあったが、そっちもクリーンだった」

イヴのアンテナが震えた。「どれが被害者のじゃなかった?」

「血液検査は自分でやったんだ。部下たちは手いっぱいだから」ベレンスキーはカウンターの端に椅子ごと移動し、別のスクリーンに顎をしゃくった。

「シャツの袖とズボン――両方とも右側だ――から採ったサンプルが被害者のものと一致しなかった。血液型もちがう」

「DNAが欲しい」

ベレンスキーは不機嫌そうな視線を投げた。「あんたは今スクリーンを見てるだろ、ダラス？」

「そこでごちゃごちゃ入り乱れてるものが何かわかったら、わたしはあなたの椅子に座ってるわよ」

「DNAを解析させてるんだ。もう少し科学の授業に身を入れておけばよかったな」

「そのためにあなたのような人たちがいるのよ。例の血液から身元を割りだすのにどのくらいかかる？」

「勘弁してくれよ、まだ始めたばかりなんだぞ。時間がかかるのはわかるだろ？　たとえDNAが過去に悪い行いや何かがあったことを示していても。俺は非常に有能だが、魔術師じゃないんだ」

そのとき彼のマシンが合図を鳴らした。

DNAサンプルの身元が判明しました。


「ほう、こいつはびっくりだ。ほら、どうぞ」

「ドリアン・グレッグ」イヴは声に出して読んだ。「十三歳――被害者より数週間年下。ニュージャージー州フリーホールド出身。母親はジュウェル・グレッグ、母親専業者。父親は不明」

「その子は前歴があります、ダラス」

イヴはスクリーン上のサムネイル画像を見つめながらうなずいた。「だからこんなに早く見つかったのよ」

「万引き。十歳のとき」ピーボディが自分のＰＰＣで調べた結果を読み上げる。「不登校で二度補導されてます。家出も二度、九歳と十一歳のとき。彼女には児童福祉司《ケースワーカー》がつきました」

「子どもが子どもを殺すとはね」ベレンスキーがつぶやいた。

「そうじゃないと思う。彼女はその場にいたのよ」イヴは言った。「被害者と同い年だし、あの写真を見て。とてもきれいな少女。この犯人はとてもきれいな少女が好きなのね。モリスは相当な力を伴って木の槍《やり》が体内に差し込まれたと言ってる。ほかの子ならなんとかできるかもしれない。でも、この少女は身長百六十七・五センチで、体重五十キロよ。ほっそりしてる」

「二人は一緒に逃げた」ピーボディが断言する。

「わたしはその可能性が高いと思う。闘ってる最中に相手に木の槍を差し込むことはできるかもしれないけど、そのあとで死体を別の場所に運ぶのは無理でしょ。とにかく、ひとりでは無理」

「迅速な対応に感謝するわ」イヴはベレンスキーに言った。「報告書を送って、マイラにも。ピーボディ、マイラにこれまでに判明した情報を送り、相談したいと伝えて。午後遅くがだめなら、明日の午前中でもいいと」

「どこかの大バカ野郎が少女をさらって、ポルノに利用してると見てるのか？」ベレンスキーはまたもや唇を歪めたが、今度は嫌悪をあらわにした。「ほかにも何か出てきたら最優先するよ」

「感謝してる。それじゃ、ハーヴォが何か見つけたか確認してくるわ」

「この事件を優先するように伝えてくれ」ベレンスキーが背後から声をかけた。

大股で歩くイヴのあとからピーボディが小走りでついてきた。「ボックスシート・チケットは使わないですみましたね」

「だから次にまわせる。ひとりじゃないわね」

「誘拐された子はひとりじゃない」

「それはもう判明したと思うけど」イヴはカウンターや半個室《キユービクル》の迷路を縫うように進んでいく。「この裏ビジネスの運営者、少女たちの拉致犯はひとりじゃない。ペンシルヴェニア州に、ニュージャージー州。ニューヨークからは近いけど、地域が異なってる。その子が欲しくなるには自分の目で見なければならないし、その子を手に入れるには下調べが必要になる。それに、マイナは拘束されてなかった」

「メアリー・ケイト・コヴィーノたちとはちがう。ドーバーのときとはちがいますね」

（イヴ&ローク55『幼き者の殺人』参照）

「そのとおり。犯人たちには軟禁する方法がある。薬を使われそうになったら、マイナならごまかすことができたでしょう。頬の内側に隠したり、料理を捨てたりして。体型も肌の色もちがう二人の少女。検討が必要ね」

イヴは時間を確かめた。「ドリアン・グレッグの母親とケースワーカーに話を聞いてから、マイナの家族とも話をしないと」

ハーヴォは金魚鉢形《フィッシュボウル》のスツールに座ってキーボードを叩いていた。かたわらでは、彼女の奇妙なツールのひとつが陽気にハミングしている。

パープルだった髪は、頭頂と睫毛《まつげ》すれすれの豊かな前髪はそのままの色で、それ以外は淡いピンク色になっていた。

身につけているのは白衣ではなく、ピンクのTシャツ、パープルのバギーパンツ、ピンクの靴紐《くつひも》のついたパープルのスニーカーだ。

ハーヴォはイヴとピーボディを見つけた。

「よっ、探偵コンビ。やっぱり来たね。この件ではあなたたちを追い越せると思ったけど、課長に先を越されちゃった」

「そう言ってた。ありがたいわ」

ハーヴォは肩をすくめた。「被害者が子どものときはあまり考えすぎないようにしないとね。メンタルがやられちゃうから。髪は問題ない。色は天然で、健やかな髪。雨でびしょ濡《ぬ》れになったけど、アルガンオイルと亜麻仁オイルの痕跡を見つけた」

「髪から？」

「縮毛矯正用、ですね？」ピーボディが言った。

ハーヴォは爪の先端がパープルの指で、宙にチェックマークを入れた。「当たり。くせ毛をやっつける保湿スプレー。ブランドIDを突き止めるために成分を調べてるところ」と言って、ハミングしているマシンを親指で示した。

「ズボンは突き止めたけど、手柄にはできない。ラベルがあったの。ウール混紡、ネイビー、サイズ5、レギュラー。〈モーセット・ユニフォーム・サプライヤー〉。フィラデルフィアに本店がある」

「場所は合ってる」

「プロの手で二・五センチほど裾上げされてた。だからレギュラー丈は長すぎたんだと思う——その下のショート丈でよかったのよ。シャツはというと、綿百パーセントの平織り生地《ブロードクロス》で、高級品だよ」

「いくらぐらい?」

「あの縫い方、ボタン、断ち方を考えると二百五十ドルはするわね。ラベルはなかった。ちょっと変だよね? ラベルが剥がされた形跡もない。サイズはM、それは保証できる。これも間違いないと思うけど、体に合うように直したみたい——ウエストを少し詰めて、丈を一センチちょっと短くしてある。見事な手際よ」

「彼女のために作られたような?」とイヴは尋ねた。

「彼女にぴったり合うように。単純なミスなのか作為的なのか、メーカーやブランドのラベルがない。検索してもいいけど、白い半袖のカフススリーブで、綿のブロードクロスのシャツはいくらでも出てくるわよ。定番商品でしょ? 混紡だともっと多いけど、高級品でもけっこう使われているからね」

「検索して」イヴは明言した。「まずは都市部の直販店に限定して。運に恵まれるかもしれない」

「わたしたちはお役に立ってなんぼよ。お次は下着ね。あの年頃の子にセクシーな処女の下着をつけさせるなんて、どんなやつ? 変質者、見下げ果てたゲス野郎よ」ハーヴォは両手を挙げ、目を閉じ、息をついた。「考えるのはよそう。ラベルがないの」

「下着にラベルがないの？」

「なし。白いレースの縁取りがついたシルク・ジョーゼットの白いプッシュアップ・ブラ、サイズは32A、お揃《そろ》いのTバックは5。USサイズにするとね」

「了解」

「すごい高級品よ。素材もデザインも職人の技も一級品。検索ではシャツより簡単に絞り込めそう。ブラジャーのもっとも妥当な金額は七百から八百、最高で千はするかな」

「ドルで？　ドルで？」イヴは繰り返した。「おっぱいを持ち上げるもの《ティット・リフター》に？」

「技術の粋が結集されたシルクのティット・リフターだよ。Tバックは安くて三百」

イヴは両手をポケットに突っ込んだ。「まともに尻も隠せないようなものに三百ドル。みんな、どうかしてるわね」

「わたしは黒を一枚とベイビーピンクを一枚持ってる。だから今夜がその大事な夜ならどちらか選べるの」ハーヴォは言った。「だけどTバックには三十ドル出すのが精いっぱいだわ」

イヴは黙ってうなずいた。「その情報は二度と考えずにすむ場所にしまい込んでおく」

「ちょっと待って」ハーヴォはキャスター付きのスツールでマシンまで移動した。「ヘアケア製品名は〈グレタ・ジゼルのハイドレイティング・フリッズ・バリア・スプレー〉。

16オンスボトルの小売値は二百五十――そう、これもドルだよ。高級な小売店やサロンなんかで扱ってる」

ハーヴォは戻ってきた。「シャツと下着のメーカーや販売店についてはもう少し時間がかかる。さっきも言ったけど、下着のほうが早く見つかるはず」

「できるだけ急いでね。これは役に立つ情報だわ、ハーヴォ。すばやく処理してくれてありがとう」

「それがわたしの仕事よ。ヘイ、ピーボディ、次に会うときは〈メイヴィスとピーボディの豪邸プロジェクト〉がどこまで進んだか知りたいから写真を見せて」

「あ、写真ならありますよ。何枚かメールしておきます」

「やったー」

ラボをあとにしながら、イヴは手に入れた情報を頭のなかで整理した。「高級だけどスタンダードな白いシャツのサイズを直させる。いくらぐらいかかると思う？」

「業者に持ち込んで、詰めてもらったりするのにですか？　最低でも一箇所につき五十ドルですね。基本的な知識があれば自分でもできます」

「もしかしたら、誘拐犯は寸法直しの方法を知ってたかもしれないし、その知識のある者が身近にいたのかもしれない。プロに頼めば、あのシャツ一枚におよそ三百五十ドルかかることになる。ラベルはなかったから、仕立てや寸法直しができる者がいるのかも。でも、ブラはそうもいかないでしょ？　Tバックは縫えたとしても、ブラはね。ティット・リフターやホックもついてるんだから」

「専門的な技術が必要ですね」ピーボディが賛同する。「わたしはブラを作ったことはありません――というか、自分で作りたいと思います？　誰も思わないですよ」ピーボディは少し考えた。「まあ、自分にぴったりのものが見つからなかったら、作り方を知ろうとしたり代金を払ってあつらえてもらったりするかもしれませんね。きちんとフィットするブラはすごく快適ですから」

「おっぱいが跳ねまわらないようにしてくれるものね」

ピーボディは真面目くさった顔で、イヴの胸を見つめた。「あなたたちはいいですよね、ピンと引き締まった小さな娘さんをお持ちで。大きなおてんば娘を持つわたしたちにはきちんとフィットするものが必要なんです。それがないと、一日じゅう引っ張り上げたり引き下ろしたり、苦痛に耐えたりしなくてはなりませんから」

ピーボディは真面目くさった顔から悲しそうな顔に切り替えた。「ほんとに苦痛なんですよ」

「被害者は十三になったばかりだったのよ。娘はいたけど、きっとピンと引き締まった小さめの娘でしょ。あつらえたブラなんているわけないじゃない」

「その点については、うちの大きなおてんば娘もわたしも異議なしです」

「彼女を誘拐して監禁した者は、下着を作ってる会社で働いてるのかも。あるいはそういう会社を経営してるのかも。そいつが裏ビジネスのほうを隠しておきたいなら、ラベルのない製品を手に入れたり自分で作ったりするのは簡単よ」

車に戻り、ピーボディはシートベルトを締めた。「わからないですね。どうしてセクシーなブラやTバックを売ってる店で買わないんでしょう? よくあるブランドの商品を買えば、こっちも追跡するのが大変なのに。それからシャツ、気になりますよね。もともとは少し幅が広くて、少し長めだったのも気になる。なぜ、わざわざ寸法を直すんですか?」

「いい質問ね。まず、シャツがそもそも被害者のものだったかどうかを確かめる。その確率は低いけど、両親に確認して可能性を排除する」

イヴは時間のことを考えた。「ドリアン・グレッグのニュージャージーの住所を入力して、予想される所要時間を調べて」

「交通事情にもよりますが、一時間近くかかるようです」

高速で飛ばせばいい、せめて街を出るまでは。「短縮できるわ」とイヴは言い、警告灯とサイレンをオンにした。

「ひゃあ」ピーボディは安全バーを握り締めた。

「マイナの家族がこっちに向かってる。どうしても来たいって……」イヴはいったん口を閉じ、大型バスを避け、垂直走行に切り替えて渋滞の列の上を飛ぶように進んだ。「着いたらホテルにチェックインし、モルグへ行く。そこにしばらくいたいだろうし、モリスも彼らのために時間を作ってくれるはず。今のうちに、わたしたちは目下の手がかりをしっかりつかんでおくの」

ピーボディはシートベルトをもう少しきつくしたようだ。州間高速道路に入ってから、彼女はようやくほっと息を吐きだした。イヴはなおも猛スピードで走らせていたが、障害物となるような自家用車、トラック、タクシー、バス、歩行者、バイクメッセンジャーはいない。

「やったー！　ドライブ旅行ですね。おやつ食べてもいいですか？」

「おやつが欲しいの？」

「チップスはいかがですか？」百五十キロは出ているスピードを無視するため――それに運転しているのは自分ではないため、ピーボディはダッシュボードのオートシェフを起動させた。「ドライブ旅行で失敗しない食べ物。定番のものにしましょう。運転中にペプシの蓋をひねったことなんてないですよね。わたしがやりますよ」

「今の到着予定時刻《ETA》はどうなってる？」

「このスピードなら約三十七分で到着します」

「それでいいわ」

「ドリアン・グレッグは家に帰ると思いますか?」

「わたしたちは彼女が家出した理由を探す――もし家出だったならね。失踪届は出てないけど、彼女も拉致された可能性はある。もしマイナと一緒に脱走したのなら、そういう事情なら、まず家に帰ることを考えるかもしれない。彼女がまた彼らに拉致されてなければだけど、その可能性だって充分ある」

イヴは運転に集中しながらも、考えを巡らせた。「同じ年頃で、どちらもとても魅力的な少女。二人を並べて見てごらんなさい。肌の色も体型も対照的。ポルノを作るなら、彼女たちは女同士のいいコンビになるでしょう」

「被害者の体内から薬物は検出されなかったけど――」

「強制されなかったという意味じゃない。みずから進んでやったという意味でもない。『これを何回かやれば、金はもらえるし、セクシーな衣装も着られるんだぞ。それがすんだら解放してやる』とか」

「だけど」

「マイナが連れ去られたのは何カ月も前だから〝みずから進んで〟は納得できない。洗脳されたのでもないかぎりは。それに二人は脱走し、そのあげくマイナは死んだのよ。〝みずから進んで〟はリストの最下位ね。レイプも挿入もなしというのは、マーケティング手段のように思える。犯人グループが撮ってる写真やビデオ、彼らがそういうものを作ってるとして、それもマーケティング手段なのかも。なぜなら彼らはかなりの投資をしてるから。投資には多額の資金が必要でしょ」

「ほかにもいるかもしれませんね。ほかの少女たち。少年たちも」

「薬も拘束具も使わずに、二人をずっと監禁しておくだけでも難しいわよ。まあ、可能性はあるけど。ほかの監禁場所やネットワークがあるのかも。リチャード・トロイにはわたしを一から作り上げて売りだすという発想はなかった。これはビジネスなのよ。昔からある絶対確実なビジネス」

「人身売買にはかなりの費用がかかりますね。特に相手が少女や少年だと。おまけに、どこかに監禁しておくにも費用がかかる。食事を与え、服を着せる。ロールプレイをする公認コンパニオン《LC》を雇ったり、セックス・ドロイドを買ったり」

「それは的外れね」イヴはにべもなく言った。

「わたしが言いたいのは、費用がかかるということです。それだけのお金が自由にできないといけない。たぶんロークなら――」

イヴに鋭い視線を投げつけられ、ピーボディは頭のなかでぎゅっと身を丸めた。

「ロークがじゃなくて――そういう意味じゃないです。ふう。ロークならその種の金の動きを耳にしたかもしれないと。あるいはローク流の方法で、その周囲や奥深くを探索できるだろうという話です。たぶん警部補はそんなこと望まないですよね。浅見でした。取り消し」

イヴは個人的な感情や脳裏をよぎる過去の出来事としばらく闘った。「そうね、望むとは言えない。でも、なかなかいい考えよ。彼にはコネがある。バカみたいな大金持ちとのコネだけじゃなく、シェルターや学校とも。それにローク流の方法も持ってる。この線をいくつか検討したあと、どうするか考えましょう」

「わかりました」ピーボディはまるで止まっているかのような18輪トレイラー二台をイヴが追い越すまで待った。

「わたしが何か危険領域に近づきそうなことを言ったりしたときのために、セーフワードを決めておくといいかもしれませんね。〝ツチブタ〟とか」

「ツチブタ?」

「それがパッと頭に浮かんだんです」

「〝黙れ、ピーボディ〟じゃだめなの?」

「〝ツチブタ〟はそのための暗号みたいなものです。だから、仕事仲間とか容疑者とか証人にはわからない。それに〝ツチブタ〟と言われてすぐ黙れば、ダラスもわたしの尻を蹴飛ばす義務を感じずにすむじゃないですか。あれはけっこう痛いんですよ」

「〝ツチブタ〟と言う前に、あなたの尻を蹴飛ばす義務を感じるかも」

「ああ。それもそうですね」

一キロ以上沈黙が流れるに任せたあと、イヴは口を開いた。

「セーフワードは必要ないわ、ピーボディ。あなたが何か言ったり提案したりするのを恐れたり、わたしがあなたの発言や提案に神経を尖《とが》らせたりするようでは、わたしたちは仕事をしてるとは言えない。被害者を第一に考えてることにならない。わたしに起こってしまったことはもうしかたない。わたしはそれを切り抜けた。マイナに何が起こったにせよ、彼女はそうならなかった。わたしたちは自分たちの仕事をして、犯人とその動機を突き止める」

イヴは一拍おいた。

「だからといって、わたしがあなたの尻を蹴飛ばさないとは限らないわよ」

「そう来ると思いました」それからピーボディはにこやかに付け加えた。「だけど、今は的が少し小さくなってますよ」

イヴは静かな微笑を浮かべた。「わたしの狙いは正確なの」

4

ドリアンが暮らしていた建物は町はずれの危険な地域にあった。その八階建てのコンクリート造りビルはショッピングセンターに隣接し、交通量が多く、騒音が激しい道路に面している。かつてはもっとまともで輝かしい時代もあったが、その名残を留《とど》めるものは半世紀前にすべて失われたといった風情だ。

毒々しい緑色のペンキの剥がれ跡、壁面の灰色のへこみ、沈下した側溝から生えている雑草からすると、所有者は維持管理などという厄介な問題は無視したのだろう。

ショッピングセンターに車を停《と》めて二人は歩きだし、あばただらけのコンクリートの縁石をまたいだ。

マスターキーを使って狭いロビーに入ると、イヴは二基のエレベーターに目をやり、一方のドアに警告のドクロマークが描かれているのを見て、階段で行くことにした。

階段はへこみだらけで、汚れているうえ、ゴミが散らばっていた。店子《たなこ》のほうも、全員とは言わないまでも、ビルの維持については気にしていないようだ。

二人は四階までのぼった。

そっけないベージュの壁はもう十年以上ペンキを塗り替えていないように見える。アーミーグリーンのドアの大半には何種類もの鍵がついていた。

防犯カメラや掌紋照合装置《パーム・プレート》は見当たらない。

イヴは四一二号室をノックした。

何度かノックを繰り返すと、向かいの部屋のドアが軋《きし》みをあげながら数十センチ開き、ドアチェーンが音を立てた。隙間から片方の目、鼻の片側、引き結んだ口の端が覗《のぞ》いている。「彼女なら、ちゃんとなかにいるわよ」

ドアがまた軋みをあげて閉まった。

隣人の言葉を信じ、イヴはドアを強く叩《たた》いた。「ミズ・グレッグ、警察です。お嬢さんのドリアンのことで参りました。開けてくれないと、令状を持ってまた来ますよ」

口先だけの脅しだったが相手は簡単に引っかかり、鍵がまわる音、チェーンをはずす音、閂《かんぬき》をスライドさせる音が続いた。

ドアを開けると、ジュウェル・グレッグは入口をふさぎ、胸の前で腕を組んだ。背の高い混血女性で、毛先を金色に染めた黒髪にはツイストパーマがかかっている。左脚の外側を這《は》う蛇のタトゥーが目立つ、ぴっちりした赤いショートパンツに、ぴっちりした白いタンクトップという姿。

目の下はたるみ、昨日のマスカラが残っているものの、彼女には退廃の美のようなものがあった。背後からは煙と昨晩の中華料理のにおいが漂ってくる。

「あの子がまた問題を起こしたとしても、あたしには関係ないからね。もう、終わりにしたんだ。だから本人に言ってやってよ、自分は賢いと思ってるなら、自分で解決しろって」

「ミズ・グレッグ」イヴはバッジを掲げた。「わたしはダラス警部補。こちらはピーボディ捜査官。ニューヨーク市警察治安本部《NYPSD》です」

「ここはニューヨークじゃないよ」

「お嬢さんはニューヨークにいると思っています。入ってもいいですか?」

「なかに入れる必要はないんでしょ?」

そんなことで引き下がるつもりはない。「ええ、こちらは廊下で話してもいいんですよ」

「かまわないよ、ちゃんと聞こえるかい、このおせっかい女!」ジュウェルはせせら笑いながら向かいの部屋のドアめがけて叫んだ。

面白いことに、その部屋のドアの陰にいる女性は叫び返した。「ええ、ちゃんと聞こえていますよ、ありがとう」

「最後にドリアンと会うか話すかしたのはいつですか?」

「覚えてないね。去年の夏だったかな。わからないし、気にもしてない。あの子は生まれたときから、あたしに迷惑ばかりかけてきた。あれは手癖の悪い子でね、小賢《こざか》しいコソ泥だ」

「去年の夏、当時十二歳の娘が行方不明になったとあなたは思う。それでもあなたは失踪届も出さず、相談にも行ってない」

「もう終わりにしたと言ったでしょ？　やつらはあの哀れなガキを見つけては連れ戻し、あいつはまた問題を起こしてから家出する。あたしにはあたしの人生があって、あたしはそれを生きてる。あの子も自分の人生を生きればいいんだ」

ピーボディは少し気持ちを静めてやろうと、なだめるような口調で尋ねた。「お嬢さんには訪ねていけるような友達や親戚がいますか？」

「友達なら性悪なコソ泥が何人かいるよ」

「名前は？」

イヴの噛《か》みつくような問いかけを、ジュウェルは鼻で笑った。「知るわけないだろ？　このあたりには来ない。あの子が言うにはうちはゴミ溜《た》めで、あたしが付き合う男はみんなろくでもないらしいよ。ふん、気取りやがって。自分はお姫さまみたいに宮殿で暮らせるんだろう」

「親戚は？」

ジュウェルは肩をすくめた。「あたしの婆《ばあ》さんはどこかにいる。クイーンズかな、ヨンカーズだったかもしれない。婆さんはあたしの生き方を認めてない、だから相手にしてない。もう十年ぐらい口をきいてないんじゃないかな。そんな必要ないでしょ?」

「ドリアンは連絡の取り方を知っていますか?」

「方法は知らないし、そうする理由もわからない。あの婆さんは他人の部屋の床を磨いて膝を悪くした以外は何もしてない。あたしの母親にも『ああしろ、こうしろ』とうるさく言って、母親は逃げだした。今じゃどこでどうしてるやら。あたしもあのクソババアから逃げだした。あのガキをあのババアに預ければよかったんだ。そうすればあたしの暮らしももっと楽になったのに」

「なかに入って、ドリアンの部屋や私物を見せていただけたら、彼女の居場所がわかるかもしれません」

「あの子の部屋はないよ、もうないんだ」ジュウェルは両手を腰に当てた。「もう終わりにしたと言っただろ! あの子のものは処分した。あんたたちは捜索令状がないと、なかに入れないんだよ」

ジュウェルにドアを閉める隙を与えず、イヴは手で押さえた。

「あなたは母親専業者の身分を保持しつづけ、毎月その支払いを受けてるわね」

「それのどこが悪いの?」

「あなたはドリアンの母親でいることを終わりにしたと自分で言った。娘が一年近くも行方不明だというのに、警察には届けてでてない。もうここには住んでないとあなたは言い、私物も捨てた」

「だから何よ？　あたしはまだ母親なんだ。あの子を産んだのはあたしでしょ？」

「あなたは連邦政府とニュージャージー州を故意にあざむいた。わたしがそれを報告したら、また当局が訪ねてくることになるわよ。あなたは親権者でありながら、未成年の子どもの失踪を報告しなかったという事実も問われることになる――しかもその間ずっと金銭的利益を得ていた」

イヴの目に宿る氷のように冷たい怒りに、ジュウェルは一歩後ずさりした。

「少し服役してもらうことになるわね、ジュウェル」

「ならないわよ！　いいから、静かにしてなさい」向かいのドアの陰から笑い声が響くと、ジュウェルは甲高い声をあげた。

向かいの住人は黙るどころか、ドアを押し開けた。

彼女はジュウェル・グレッグの十年後を容易に想像させるが、退廃の美は欠いていた。その代わり、冷ややかな威厳があった。

「彼女はあの子を叩きまくっていた。わたしはこの目で見たのよ」

隣人への殺意を目に宿し、ジュウェルは唸《うな》り声《ごえ》をあげてイヴを押しのけた。

「それは警察官への暴行に当たります」イヴはさっとジュウェルを後ろ向きにさせ、拘束具をつけた。「ピーボディ、地元署に知らせて。わたしたちはそこでミズ・グレッグの尋問に取りかかれそうよ」

「喜んで」

「そこにいてくれますか?」イヴが尋ねると、隣人はにっこりした。

「喜んで」

「ジュウェル・グレッグ」イヴは告知を開始した。「あなたは警察官への暴行で逮捕されました。余罪として以下のものが挙げられます。親専業者《プロフェッショナル・ペアレント》として毎月給付金を受け取る目的で未成年の子の状況に関する虚偽の報告をおこなったこと、監護下にある未成年の子の失踪届を怠ったこと、証拠の破壊または隠滅」

「あんたはニューヨークにいるんじゃないのよ！　あたしから手を離しなさいよ」ジュウェルはイヴに肘打ちを食らわせようとした。

「たった今、逮捕への物理的抵抗が加わりました」

「ふざけないで。こんなのデタラメよ。あたしだって自分の権利くらい知ってる。あたしには権利があるのよ」

「そうね、いいわよ、どっちにしても読んであげるつもりだったから。あなたには黙秘権があります」

　ほかの二部屋のドアが開いた。ひとつは赤ん坊を腰のところで抱いている若い母親。もうひとつのドアからは、百歳に達していると思われる男性がこちらを覗いている。「これは嫌がらせよ。みんな、これは嫌がらせ行為よね？　あたしは弁護士を呼ぶわ。弁護士よ、弁護士を呼んで！」

「一回目で聞こえた。あなたにはその権利があります。ドリアンが失踪してからもずっと手に入れてた政府のお金は借金になるから、弁護料は払えないかもしれないけど」

「あたしは誰にも借金なんかしてないよ！」

「罰金もあるのよ――不当に高いの。詐欺で手に入れたお金には利子もつくから」イヴはひゅうっと息を吸い込んだ。

廊下の向こうで、老人が拍手した。「気の毒ね」

「冷酷で意地が悪いのは罪にならないのかい？」老人が声を張り上げた。

「黙れ、このクソジジイ。それともあたしが黙らせてやろうか？」

「警察の前で隣人に身体的暴力の脅しをかけるのはよくないですよ」ピーボディが朗らかに言った。「フリーホールド署の巡査がこっちに向かってます、警部補。それと、この郡のプロフェッショナル・ペアレント・サーヴィスに不正受給の件を知らせておきました」

「ご苦労さま。ドリアンのケースワーカーに連絡して。話をしたいから。ニューヨークでね」イヴは時間を計算して付け加えた。「彼あるいは彼女に出頭してもらって」

所轄の警官に事情を説明し、暴行と抵抗の容疑を申し立ててジュウェルを引き渡すには思ったより時間がかかった。

それでも、イヴはさらに時間を使って隣人たちと話をした。まずは向かいの部屋の住人から。

「ミズ・ライムズ――」

「ティフィーと呼んで。あなたは一緒に闘った同志のような気がしているの。わたしはケースワーカーに報告したのよ、あの女が娘を虐待していたことを。顔をひっぱたくところも一度ならず目にしたわ。しまいには、あの子をドアから押しだして、横っ面を二度ひっぱたいてから、とっとと出てけと言った。あの男は――名前は思いだせないけど――いつでも好きなときに来て、好きなだけいる。彼女が娘を追いだしたのは夜の十時を過ぎていたのよ」

ティフィーはため息をついた。

「わたしは彼女がドアを閉めるまで待った――あの少女が廊下を歩いて下に降りていくあいだもずっと、彼女の笑い声が聞こえていたわ。わたしはドリアンにうちに入りたいか聞いたの。エドウィンの部屋で寝ていいからと。うちの息子よ」ティフィーは説明した。「大学生で、教師志望なの。でも、ドリアンは大丈夫だからと言って」

「その一件があったあと、ドリアンと会うか話すかしましたか？」

「一度か二度。わたしは週に四日在宅で働いているから、たいがいここにいます。このフロアの誰にでも、もしくは二階にいる友人のカーリーや一階のミスター・ブルースターに聞いてもらってもいいけど、あの少女はここの誰にも面倒をかけたことがないの。あの子はしょっちゅう痣《あざ》ができていたり、唇が切れていたりした――目のまわりに黒い痣ができていたこともあったわ。わたしはケースワーカーにそれを伝えたんだけど、その担当の女性は、ドリアンは気難しい子だとか、話をしてもすぐ口論になってしまうと言った。ドリアンもそれは否定しないと思うわ。

最後にあの子を見かけたのは、たしか去年の八月だったと思う。暑い日だったのは間違いない。ハンク――夫よ――とわたしは、風に当たろうとして非常階段に出て座っていたの。ご存じのように、建物というのは古びるものでしょ。ここも昔はこうじゃなかったんだけど、今ではおんぼろビルよ。わたしたちは彼女が中心街のほうへ歩いていくのを見た。バックパックを背負っていたわ。それ以来、あの子がここに帰ってきたのは見てない。あの子を見かけたのはそれが最後。元気でいてくれるといいけど」

「我々もそう願います」

「他人事なのはわかっているけど、あの子が見つかったら知らせていただけると嬉《うれ》しいわ。ティフィーもハンクもエドもあなたのことが気になっていると伝えてね」

赤ん坊を連れた女性のほうはピーボディに任せ、イヴは老人から話を聞いた。

彼の証言や記憶はティフィーのものとほぼ相違なく、パターンを強固にするものだった。

フリーホールド警察署は捜索令状を入手し、NYPSDに捜査の機会を与えてくれた。

あのアパートメントに子どもが住んでいた形跡が見つからなくても驚くにあたらない。ジュウェルの服や靴を詰め込んだクローゼットが見つかったとしても。ワインやビールがふんだんに常備されているのが見つかったとしても。違法麻薬が少々常備されているのが見つかったとしても驚かない。

「あれじゃあ、家出しても不思議じゃないですね」車に戻りながらピーボディが言った。

「それが、家出だったとしたら」

「ドリアンは家出した。あまり遠くまで行かないうちにさらわれたのかもしれないし、最初のうちは路上で生活したのかもしれない。だけど家出したのは事実。そして、あなたの言うとおり、少しも不思議じゃない」

「あの女、ドリアンを憎んでたみたいです。わが子を愛せないとか放置したというだけじゃなく、わが子への憎悪を感じました」

「あの子は収入源だった」イヴは気持ちを落ちつけたかったので、サイレンは鳴らさなかった。「何もしないでも毎月金が入る手立てでしかなかった。ジュウェルは親のために設定されたプログラムを悪用した。フルタイムで家にいることを選択できるように考案されたプログラム。親たちにはそれを選ぶ権利がある。自分たちが就ける仕事では保育所の費用がまかなえないという理由で選ぶ親もいる。ジュウェルにとっては、ドリアンが家出してくれて清々したでしょう。わが子に煩わされることなくお金を手にできるんだから」

「てっきり警部補が彼女を殴るだろうと思ってました」

驚いて、イヴはそちらを見た。「彼女を殴るような顔をしてた？」

「いいえ。だから殴るんじゃないかと思ったんです。ものすごく怒ってるのに、それを顔に出さなかったから」

イヴはダッシュボードの表示に目をやった。「キャボット一家がモリスのところへ向かってる。彼女を殴りつける場面は想像した」イヴは話を戻した。「彼女が詐欺罪で逮捕され、二年から五年の量刑を食らうところを想像した。そこには彼らが違法麻薬を見つけた場合の罪も加わる――彼らがもっと頑張ってくれるとしたら児童虐待や育児放棄の罪も。五年は間違いなく檻《おり》のなかで暮らすことを想像する。

一発パンチを食らわせるよりずっといいわ」と自分に言い聞かせ、イヴはサイレンを鳴らした。

ピーボディが安全バーを握り締める。「ああ、またか」

殺人課に入っていくと、ジェンキンソンのネクタイに目をやられた。そんなことが可能なら、彼は自己ベストを更新していた――アトミックピンクの巨大な猫が、ネオンパープルを背景にギョロ目でこちらを睨《にら》みつけている。

イヴはジェンキンソンを指さした。「わたしのオフィスまで。ピーボディ、会議室を準備して」

オフィスに入るなりオートシェフに向かったが、ジェンキンソンが摺《す》り足で入ってきたので足を止めた。

「ボスは猫が好きだよね」

「好きよ。たいがいの猫は好き。その猫は誰かに電撃棒《ショック》を尻に突っ込まれたような顔をしてる」

どうしてもそちらを見たくないので、イヴは親指を立ててオートシェフのほうへ振った。

「コーヒーでもどう？」

冷徹な警官の目に疑惑をよぎらせながらも、ジェンキンソンはオートシェフに近づき、コーヒーをプログラムした。ダラスのコーヒーにありつけるチャンスを逃す者はいない。

「状況を聞かせて」

またしてもその目に疑惑がよぎった。「カーマイケルとサンチャゴは事件を担当したばかりで、十分ぐらい前に臨場した。刺殺、被害者はミートパッキング・ディストリクトにある高級ブティックの客だ。バクスターとトゥルーハートは取調室Aで、二日前に担当した事件の第一容疑者を追及してる」

「絞殺、ロフト・アパートメント、イーストヴィレッジ」

「それだ。彼らはずっと元夫が怪しいと睨んでるが、相手はのらりくらりと言い抜ける。だが、いつまでも言い抜けが通用するはずがない。彼らは尻尾をつかんだと思ってる。俺とライネケは未解決殺人事件のファイルを引っ張りだして再検討しながら待機してる状態だ」

ジェンキンソンはイヴのデスクの端に腰かけた。「覚えてるかな、七年前の二重殺人。被害者は裕福な夫婦、年は二人とも五十歳くらいで、リビングルームで縛られ、猿轡《さるぐつわ》を噛ませられ、喉を切り裂かれてた」

イヴは脳裏のファイルをめくった。「アッパーイーストサイド、私邸。押し込み強盗のように見せかけてあったけど、しっくりこなかった。あなたたちが担当したの?」

「ああ」ジェンキンソンは苦々しい顔でかぶりを振った。「息子の仕業だとわかってたが、やつのアリバイを崩せなかった。保険金目当ての殺人。ひとりにつき五百万ドル、倍額保障付き。やつは二千万ドルを手にする。ママとパパの喉を掻《か》き切るだけでな」

「新しい切り口は見つかったの?」

「やつは自分の容疑は晴れたと思ってる。うぬぼれの強い野郎だよな? やつは自身でも高級ペントハウスを所有してる――ナディーンと同じ建物だ」

「ナディーンと?」

「そうだよ。豪華な住まい、ボートまで持ってやがる。優雅な生活を送ってるが、当時アリバイの証人に使った女とは一緒に暮らしてない。しばらく前に棄《す》てたんだ。今は新しい女がいる」

「古いほうの女は自分の記憶違いに気づくかもしれない」

「それを願ってるんだ」

イヴはうなずき、自分のコーヒーをプログラムした。「押してみる価値はあるわね。それはそれとして」

防御するように、ジェンキンソンはアトミックピンクの猫に手を当てた。「なんだよ、ボス」

「あなたのおぞましいネクタイのことじゃない。わたしにそのおぞましいネクタイのことを考えさせないで」

「俺のネクタイは大部屋《ブルペン》を明るくするんだ」

「あなたのネクタイはブルペンの空気を焼き尽くすの。それでもあえて、あなたを部長《DS》刑事試験の候補者に推薦しておいた。お願いだから試験を受けることを真剣に考えて」

ジェンキンソンは心外だという顔をした――まるでアトミックピンクの猫に電撃パンチを食らったかのように。「そりゃないよ、警部補《ルー》。なんでそんなことするんだ？」

「なんでだか教えてあげる。最初にあなたのほうの理由を言う。あなたはわたしのブルペンで階級がいちばん高い捜査官だし、服務期間もいちばん長いから」

「俺がもう年だと言いたいんだろ――」

「うるさい。あなたの経験、鋭い勘、腕前、知識のことを言ってるの。あなたはDSに必要なものを全部備えてる。捜査パートナーより地位が上になることを気にしてるなら、わたしなんてパートナーよりずっと上よ。地位は関係ないの」

ジェンキンソンを眺めながら、イヴはコーヒーを飲んだ。「要はリズムよ」と話を続ける。「二人の呼吸と信頼関係。あなたもそれはわかってるでしょ。だったらそこに突っ立って、昇給はいらないなんて心にもないことは言わないわよね」

ジェンキンソンは足をもぞもぞ動かした。「給料があがるのはいつでも歓迎だ。あんただって警部になることを勧められたときに受けてれば、もっと高級取りになってただろう。情報は入ってくるんだ」と説明する。「ホイットニー部長から話を持ちかけられ――しかも前々から打診されてたのに、あんたは断った。察するところ、地位があがると現場に出してもらえなくなるからだろう」

「察しがいいわね。それもあなたに試験を受けてもらいたい理由のひとつなの。わたしは現場で働くストリート・コップよ。あなたもそう。それを変えるつもりはない。わたしはここを取り仕切ってる。うちでいちばん経験のある者をDSにするために、本人がもっとも得意とする仕事を取り上げるようなら、わたしはバカよ。あなたはこれまでどおり自分の仕事をする。ただし給料と地位が少しあがる。あなたもバカにならないで」

ジェンキンソンは首筋をこすった。「くだらない管理上の問題か」

「そう。この会話におけるわたしのほうの理由もそれ。現場に出てないかぎり、あなたはすでに、わたしが忙しいときは雑務を処理してるわよね。もうすぐある遺族がやってくる──わたしは彼らの娘が殺された件で、今日はほとんどデスクについてる暇がなかった」

「バッテリーパークで見つかった子だな。子どもにそんなことをするクソッタレのクソ野郎は、終身刑二回の判決を受けて檻のなかで腐っちまえ」

心の底から賛成なので、イヴはふたたびうなずいた。

「そう願いたいわ。ええ、きっと実現できる。なぜならここに来れば、あなたに状況を教えてもらえることを知ってるから。あなたならできるし、あなたならやってくれる。わたしは必要が生じれば、あなたにここを任せることができる。ブルペンのみんなもそれを尊重する。なぜなら、毎度のおぞましいネクタイにもかかわらず、みんなあなたを尊敬してるから。わたしがとにもかくにも嬉しいのは、ときどき書類仕事をあなたに押しつけられることよ」

それを聞いて、ジェンキンソンはにやりとした。「あんたはボスだ。どっちにしても、それぐらいできるだろう」

「あなたがＤＳになれば、ときどき書類仕事を押しつけることに罪の意識を感じずにすむの。つまりそれがわたしのほうの理由。でも、それはひと巡りしてここに戻ってくる――あなたにはそれだけの価値がある」

ジェンキンソンはうつむいてコーヒーを覗き込んだ。「考えてみるよ。もうひとりのボスに――家にいるやつのことだが――相談してみる」

「それがいいわ。さあ、そのショッキングな猫を連れて、さっさと出ていって。時間がないのよ」

彼はまずコーヒーを飲み干した。「俺を推薦してくれてありがとう。感謝するよ」

ジェンキンソンが出ていくなり、イヴは頭を切り替えて事件ボードと事件簿を更新し、一部始終を報告書にまとめ上げ、そのコピーをマイラに送った。コーヒーをお代わりしようかと――そしてコーヒー片手に、両足をデスクに載せてじっくり考えようかと迷っていると、パートナーが近づいてくる足音が聞こえた。

「ケースワーカーから返事が来ました」ピーボディが報告する。「プルー・トルーマン。彼女はこちらに向かってます。少し時間がかかるけど、とにかく来るそうです。どうやら上司に命じられたようでした」

「その上司がアホじゃないなら、正しい判断をしたわけね。トルーマンが告発した形跡はない。いまだにドリアンの件について報告してないの？　監護権を持つ親は逮捕されたけど、そのケースワーカーが注意を払っていれば、もっと早くそうなってたでしょう。彼女には鉄槌《てっつい》が下される。彼女が所属する部署にも」

これから数時間、イヴは被害者の遺族と話をし、ドリアン・グレッグのケースワーカーと話をし、そうやって一日は削られていく。マイラに相談したい。なんとか彼女のスケジュールに割り込ませる方法を見つけなくては。

「会議室はそのまま押さえておく」イヴは心を決めた。「ケースワーカーとは取調室で会うつもりだったけど、冷静にプロらしく対応する。さしあたっては――」

ドア口にロークが現れ、イヴは言葉を切った。

彼の足音はけっして聞こえない――あの（元）泥棒の動きには誰も気づけない。だから、ロークを見たとたん胸が高鳴るのだ。

その限りなく青い目、豊かな黒い髪、目を疑うほど美しい顔かたち、天使が匠《たくみ》の技を発揮した口元――彼はイヴのためにその唇をゆるめ、人を骨抜きにする笑みを浮かべた。

「警部補」と呼びかける声にはアイルランドの響きがあり、その極上の唇をかじりたくなる。「邪魔したようだね」それからピーボディにほほえみかけ、彼女の髪を――本人がどうしても赤いメッシュを入れたがった髪を――指先ではじいた。「きみたちの家に寄って、進捗状況を確認したいと思ったんだ」

「あのキッチン・キャビネットは」ピーボディはまるで神々のことを語るような声で切りだした。「ものすごいです。わたしたちのも、メイヴィスとレオナルドのも。あれが現実のことだなんて信じられない。すみません」とイヴに言う。「でも、見てのお楽しみですよ。会議室の時間を延長してきます」

「時間に追われているようだね」小走りに出ていくピーボディを見て、ロークは推察した。「新しい事件か」と言って、事件ボードに近づいていく。「子ども？　なんてことだ。彼女はせいぜい十二歳かそこらだろう」

「十三歳。二人とも。もうひとりはまだ現在の状況がわかってない。家に着く前に会えるとは思わなかった」

「近くにいたんだ」

「よくあることね」

「プロジェクトだよ」ロークはうわの空で言った。「僕はこれを正しく把握できているかな？　二人目の少女の血痕が一人目の少女の死体から発見された？　きみは子ども同士の殺しだとは思っていないよね」

「思ってない。そういうことはできないとかありえないという理由じゃなくて、この場合はちがう」ちょうどここにいるのだから、彼を使わない手はない。「彼女たちを見て――あのＩＤ写真を見てどう思ったか教えて」

「美しい少女たち。並はずれて美しい。たしかにタイプはちがう。二人目の子は反抗的で少し怒っている。一人目はＩＤ写真を撮られることに喜んで応じているようだ」

「並はずれて美しい、はキーワードだと思う。マイナ・キャボットは去年の十一月——十一月の初旬に、サッカーの練習を終えて帰宅する途中で誘拐された。自宅はペンシルヴェニア州デヴォン。閑静な高級住宅地。ドリアン・グレッグはニュージャージー州フリーホールドの、暮らしが楽ではない地域に住居があり、ろくでもない母親から虐待され、育児放棄されたあげく家出し——彼女はそれ以前にも家出した過去がある——その後、拉致された。いつ、どこでかはわからないけど、二人とも一緒に監禁されてた場所から逃走したんだと思う」

時間を気にしつつ、イヴはロークに経緯を掻いつまんで説明した。

まだ話が終わらないうちから、ロークはイヴの両肩をつかんだ。彼の目に懸念が浮かんでいるのを見て、イヴはその肩をこわばらせた。

「イヴ、そんな事件を担当しているのか？　つい最近、誘拐事件を解決したばかりなのに、今度は少女が誘拐された事件か。おそらく高い確率でレイプ、虐待、人身売買が関わっているだろう。それがきみを疲弊させるのが僕にはもう見える」

「わたしは問題なくやれるわよ。ちゃんと対処してるの」

「そのせいで疲弊しても、僕に見て見ぬふりをしてほしいと頼まないでくれ。自分をごまかさないでくれ」

その口調に角があるのを感じ取り、イヴは彼から一歩離れた。「そんなことしない」それは嘘だ、と心のなかで認めた。「いいわよ、自分をごまかしてる。この事件を捜査しなくちゃならないから。わたしには自分の精神状態を深く掘り下げてる時間はないの。ドリアン・グレッグが今どうしてるのかわからない。彼女は逃げきれたのか、捕まったのか。彼女は生きてるのか、死んでるのか。わたしにはわからない。それがわかるまで、わたしの被害者は二人なのよ」

ロークは腹立たしいほど穏やかそのものの口調で言った。「この事件をほかのチームにやらせるとか、ピーボディに捜査を主導させるという考えは浮かばなかったのかい？」

何に腹を立てているのか自分でもはっきりわからないが、その怒りが激しく冷たいものであることは肌で知った。

「ええ。今は勘弁してもらえる？　この件についてあなたと話し合ってる暇がないの。遺族がこっちに向かってるし、そのあと二人目の少女についたケースワーカーとは名ばかりの役立たずが来るから。追ってみたい手がかりもいくつかある。マイラにも相談したいけど、わたしが仕事を終える頃には彼女はたぶん家路についてると思う」

「彼女とデニスを夕食に招けばいい」

苛立《いらだ》ちが怒りのほうへ向かいだすと、イヴは髪を掻き上げた。「わたしはおしゃべりを楽しみたいんじゃないの。彼女に相談したいのよ」

「仕事の話をしながらの夕食《ワーキング・ディナー》だ」ロークは穏やかな口調を変えずに言い返した。「僕がステーキを焼こう。もう焼き方のコツはつかんだから。それ以外のことはサマーセットがやってくれる。きみにはやるべきことを片づける時間ができる」

「そしてあなたは――」イヴは彼のことを熟知している。「わたしの対処のしかたについて、あの精神分析医がどう考えるかを見守るつもりなんでしょ」

「そうだよ。僕にはその権利がないと思っているなら、それは間違っている。きみの〈結婚生活のルール〉とかいうやつにも載っているんじゃないかな。僕がマイラのオフィスに寄って段取りをつけておくよ」

「あのドラゴンのディフェンスを突破できるといいけど。彼女の業務管理役のことよ」ロークがぽかんとすると、イヴは言い足した。

そこでロークが笑みを浮かべると、イヴは息を吐きだした。「もういい、忘れて。あなたならなんの問題もないもの。でも、わたしはあなたの案がうまくいくとは言ってないからね」

「そろそろ退散したほうがよさそうだな。うまくいかせるよ。じゃあまた、家で会おう」

わたしに腹を立てているのだ、と彼の後ろ姿を見送りながらイヴは思った。少し――少しじゃすまないかもしれないけど――腹を立てている。何よ、怒りたいのはこっちのほうよ。いきなり人のオフィスに入ってきて、捜査官の適格性についてあげつらうことができるなんて、〈結婚生活のルール〉のどこにも載ってない。

そんなルールはどこにもない。

時間ができしだい、その件についてとことんやり合ってやろう。

少し頭をすっきりさせようとして座りかけたとき、ブルペンにいるピーボディから合図があった。

「キャボット一家が到着しました、警部補」

「会議室に案内して。すぐ行く」

5

キャボット夫妻は息子をあいだに挟んで会議テーブルについていた。悲しみでつながれた家族だ、と思いながらイヴは室内に足を踏み入れた。三人とも疲れた青白い顔をし、打ちひしがれた目をしている。

テーブルに近づいていくと、オリヴァー・キャボットが妻のほうへ手を伸ばした。

「ドクター・キャボット、ミズ・キャボット、イーサン、ダラス警部補です。あらためて、心からお悔やみ申し上げます。また、我々と話をするために足を運んでくださりありがとうございます」

イヴはピーボディの隣に座った。勘が働いて、まず母親に話しかけた。「大変おつらいことと存じます。我々のお尋ねすることがさらにあなたがたを苦しめてしまうかもしれません。ですが、マイナをこんな目に遭わせた犯人を見つけるためには、どうしても必要なことなんです」

「あなたが何を言おうと何をしようと、これ以上つらくなることはありません」明るめの髪を後ろでぎゅっと結わえたレイ・キャボットは、打ちひしがれた目でイヴの目を見返してきた。「この何カ月ものあいだずっと、わたしたちは娘を見つけ、家に連れて帰れると信じていたんです。信じなければならなかったんです。今や希望は失われ、マイナはもう戻ってこない。これよりつらいことなどありません」

「マイナにはニューヨークに知人がいましたか？　ってやこちらに来る理由があったのか、ご存じですか？」

「あの子はわたしたちのもとから連れ去られた。ここに連れてこられたんです。あの子が家出したと思っているなら――」

「思っていません」そのシンプルな答えが、レイの目に燃え上がった炎を少し弱めた。

「わたしはドライヴァー捜査官の報告書を読み、彼女の結論に同意しました。それでも、これは尋ねておかなければならないことなんです」

「ここにはあの子の知り合いはひとりもいなかった」今度はオリヴァーが話しはじめた。

「子どもたちを連れてニューヨークに来ることは年に二、三回あった。ショーを見たり、美術館に行ったり」

「姉さんはいつも買い物に行きたがるんだ」イーサンはうつむいてつぶやき、拳で目をこすった。

「そうなんです」レイはかすかな笑みを浮かべて、息子の赤い髪を撫《な》でた。「あなたはいつもピザを食べたがるのよね。わたしたちは家族で来ていたのよ」とレイは続けた。「クリスマス休暇には飾りつけやショーを見に、初夏には学校が休みに入ってから。あの子は賢いから、ひとりでニューヨークまで行くこともできたでしょう。でも、そんなことはしなかった」

「ドライヴァー捜査官のファイルを読んだので承知しています。警察がマイナの電子機器を徹底的に調べましたが、疑わしい通信や行動は見つからなかった。ですが、何者かが若い女の子と接触するにはほかにも方法があります」

「捜査官たちはそれも調べた。彼らは、それに我々は、マイナのあらゆる友人、クラスメート、サッカーチーム、教師、コーチ、隣人に話を聞いた」

「あの子はわたしたちに話してくれたはずです」レイは夫の言葉を遮った。「マイナに秘密がなかったとは言いません。わたしたちに言わなかったこともあるでしょう。でも、娘はこそこそする子ではなかったんです」

「お嬢さんにとっては、なんでもないことだったのかもしれません」ピーボディが口を挟んだ。「重要だとも異常だとも思わなかったから言わなかったこととか。下校途中の道ですれ違っただけの人とか」

「娘が自分から進んで誰かについていったり、知らない人の車に乗ったりするなんてありえません。絶対ありえない。あの子が歩いた短い道はうちの近所なのよ」とレイは言い張った。「閑静な住宅街。安全な界隈《かいわい》。昔からずっと安全だったの」

レイの頬を静かな涙が伝うなか、イヴはドリアン・グレッグのＩＤ写真のプリントアウトをテーブルに置いた。「この少女に見覚えはありませんか？　どなたでもいいので」

「ないわ。オリヴァー？」

「いや、見かけたことはない」

「マイナには友達がたくさんいるけど、この子はちがう」イーサンは言った。

「その子は誰なの？」レイは強い口調で聞いた。「マイナと何か関係があるの？」

「この少女も誘拐されたと信じるだけの根拠があります。証拠が示すところによると、彼女は昨夜マイナと一緒にいたようです」

「それはどういうことだ？」オリヴァーが返事を迫った。「この少女は――容疑者だと考えているのか？」

「現時点では、目撃者だと考えています」

「マイナがその子を知っていたと思う？　うちの界隈では、ほかに子どもの誘拐事件は起こってないわ」とレイは付け加えた。「あれば耳にしたはずだもの。彼女はマイナと同じ年頃に見えるわね。一緒に学校に通っていたのなら……」

「彼女はあなたがたが暮らす地域の子ではありません」

レイはいぶかしげに目を細めた。「どこなの？」

「ニュージャージー」

「オリヴァー、イーサンと軽く食事でもしてきたら？」

「僕に聞かれたくないんだろうけど、僕は行かない。行かないよ」そばかすが散らばったイーサンの顔が、怒りに赤く染まった。「マイナは僕の姉さんだ。あの日、僕はマイナに意地悪をした。あの朝、登校前に、ニックがおっぱいをさわろうとしてるぞと言ったんだ」

「もう、イーサンったら」泣き笑いを浮かべ、レイは息子の頭のてっぺんに頬を寄せた。「わたしにもきょうだいがいるの」とピーボディはイーサンに言った。「わたしたちはときどき、バカなことや意地悪なことを言い合ったわ。それが普通だから。それだけのこと。でも、わたしは彼らを愛してるし、彼らもわたしを愛してる。あなたがマイナを愛し、彼女もあなたを愛してるようにね」

「僕は行かないよ。誰かが僕の姉さんを殺したんだ。食事なんかに出かけてられないよ」

「わかったよ」オリヴァーは身を乗りだし、妻と息子に腕をまわした。「大丈夫だよ。一緒にいよう」

「そうね。いいわ」レイは座ったまま背筋を伸ばした。「あなたは児童の人身売買の可能性を考えているのね」

「そうです。マイナの誘拐事件を担当した捜査官たちもそう考えていました。こちらの捜査は開始したばかりですが、我々もその可能性が高いと見ています」

「あの子はレイプされてなかった」オリヴァーはテーブルの上で両手を握り締めた。「ドクター・モリスが断言してくれた。こうなってしまったあとでは、それは我々にとっては大したことではないと思うかもしれないが――」

「いいえ。それが家族としてのあなたがたにとって重要であることは理解しています。捜査官としてのピーボディとわたしにとっても重要なことです」

イヴは別の写真を取りだした――今度は下着の写真だ。「マイナは制服のズボンと白い半袖シャツという姿でしたが、シャツは誘拐されたときのものではありませんでした。それからこちらの写真のものも身につけていました。お嬢さんのものでしょうか？」

写真を手に取るなり、レイは首を振った。「絶対にちがうわ。マイナはけっしてこんな――あの子にはまだ早すぎる。あの子がいつも身につけてるのは、スポーツ・ブラと、ヒップ・スキマーズと呼ばれる綿混紡のパンティよ。この写真を見るかぎり、自分のお小遣いではとても買えない金額ね。あの子は若々しいスポーティなものが気に入っていた。こんなものはけっして選ばないわ」

レイはイヴに目を戻した。「あの子はフレンチネイルをしていた。娘に会ったとき、見間違いかと思ったわ――考えられないことよ。でも、あの子はフレンチネイルをしていた。施されたばかり、だったわよね？」レイはこめかみを揉《も》んだ。「娘はフレンチネイルなんてつまらなくて古いと思っていた。わたしと一緒のときも、友達と行くときも、ネイルサロンでは全面にカラーリング。わたしはたいていフレンチで、あの子は呆《あき》れた目をして言ったわ。『つまらないわよ、ママ』」

そこでまた息子を見下ろしてから、レイは深く息をついた。「彼らは娘を仕込んでいたのね。誘拐したのが誰であれ、彼らは娘を仕込んでいた。人身取引《トラフィッキング》するために、性的奴隷にするために」

「そいつらはどうして姉さんを渋滞《トラフィック》に巻き込みたいの？」

オリヴァーがイーサンの腕をさすった。「渋滞は関係ないよ、坊や。今は邪魔しないでおこう」

「我々はその可能性を追及しています」イヴは彼らに言った。

「さっきの少女の写真をもう一度見せてくれます？」レイは写真を眺め、うなずいた。

「やっぱり、美しい子ね？　マイナのように、目を奪う美しさがある少女。この子はまだ見つかってないの？」

「まだです」

「あなたはどうして、マイナが殺されたときにこの子も一緒にいたと思うの？」

「現時点では捜査関係者以外に詳細はお話しできないのですが、我々は一緒にいたと確信しています」

「友達だったのかもしれないよ、ママ。マイナは女の子といるのが好きだったから。いつも女同士でおしゃべりしてた」

「そうね、二人は友達だったのかもしれない。マイナはひとりきりじゃなかったのかもしれないわね」

ピーボディが遺族をエントランスまで見送るあいだも、イヴはその場に座っていた。彼らは思ったよりしっかり耐えていた。それにはほっとしているし、家族関係を観察し判断する機会を得られたこともありがたかった。

親密で、強い絆《きずな》で結ばれているが、息苦しくはない。

ピーボディがペプシとダイエットペプシを手にして戻ってきた。「この会議室のオートシェフに警部補のコーヒーをプログラムしてなかったので」

「これでいいわ、ありがとう」

「彼らは少なくともあと一日か二日はこちらにいます。彼らは遺体が発見された現場へ向かってます」

「あなたにそう言ったの？」

「教えてもらわなくてもわかります」

うなずいて、イヴはペプシの蓋をひねった。「マイナが家出したか、誰かの車に同乗した可能性はずっと低かったけど、家族の話を聞いて、わたしにはゼロ以下になった。彼女はあの家から、あの家族から逃げだしたりしなかった。それにどう見ても利発な子だから他人の車に乗り込んだりしない。母親のほうは、聡明《そうめい》で観察が鋭い」

「わが子のことをよく知ってますね」

「そのとおり。あの下着もマニキュアも娘が選んだのではない。推論に説得力が加わる」

イヴは立ち上がり、ペプシをラッパ飲みしながら歩きだした。「ロークがマイラ夫妻を今夜の夕食に招くの」

「あら、素敵ですね」

イヴは首を振った。「ワーキング・ディナーというか、コンサルタント・ディナー。その組み合わせはあまり気に入らないけど、どうもこうもできなかった。ロークも手に負えない。彼は最近よく、いきなりセントラルに来てここに顔を出すの。気づいてた?」

「えーと、はっきりとではないですけど、そんな気はしてます」

「プロジェクトだの、会議だの、なんだの」イヴは手で宙を払いのけた。「今回はタイミングが悪いだの。彼は状況を考えて、わたしのことを心配しなくちゃいけないと決めたわけ」

ピーボディは支離滅裂な情報をつなげた。「無理もないですよ」

「わたしのためじゃないのよ。彼は――」コミュニケーターが鳴り、イヴは言葉を切った。

「ケースワーカーが早めに着いたみたい」

「わたしが連れてきます」ピーボディは腰をあげた。「うちの母親も聡明なんですよ」

「怖いぐらいね」イヴはあいづちを打った。

「母はわたしのことを誇りに思ってます。母も父もわたしには警官になってほしくなかった。ニューヨークだからなおさらですよね。でも、わたしに選択させてくれて、今では誇りに思ってくれてるんです。母が心配してるのはわかってます。母は心配も愛情のうちと言ってます。さてと、トルーマンを連れてきますね」

「彼はわたしの母親じゃないわ」イヴは去っていくピーボディに指摘した。

「でも、彼はダラスを愛してます」

はい、はい、とイヴはつぶやき、それを頭の片隅にしまった。

椅子に腰をおろし、ドリアンについてのファイルを読み返していると、ピーボディがケースワーカーを連れてきた。

プルー・トルーマンは歩くボロ切れのようだった。それも何度も絞って乾かされてからポイと捨てられたようなボロ切れだ。顔色は悪く、痩せ細った体に、ファッションにはうといイヴの目から見てもダサいスーツをまとい、いつの時代のものかというブリーフケースを握り締め、薄い唇をきゅっとすぼめている。

データにざっと目を通していなかったら、年齢は六十代前半だと推し測っただろう。けれど、彼女の略歴によればそれより十年も若かった。

「ダラス警部補です。ご足労いただきありがとうございます、ミズ・トルーマン。どうぞおかけください」

「コーヒーをお持ちしましょうか」ピーボディが尋ねた。「それともソフトドリンクのほうがいいですか?」

「カフェインはいただきません、それが代用品であろうとなかろうと。炭酸抜きの水をください」

彼女が一瞬で嫌いになったので、イヴはことさらゆっくりとペプシを飲んだ。

「何がでしょう?」

「これは大変迷惑です」トルーマンは切りだした。

「はるばるニューヨークまで来るように強制されたことです。約束をいくつも組み直さなければなりませんでした」

「わたしのもとにはもう約束のことを心配しなくてもいい十三歳の少女がいるの。死んでしまったのでね」

「その不運な少女はわたしの受け持ちではありません」

「ドリアン・グレッグはそうでしょ」

「ええ」トルーマンはブリーフケースに手を入れ、ディスクファイルを取りだした。「未成年女性グレッグについては五年近く前からすべてファイルしてあります。ご覧になればわかるように、その間わたしは数えきれないほどの家庭訪問を実施し、面談の段取りをつけ、彼女の学校の教師たちから話を聞きました。これもご覧になればわかりますが、三年前、わたしは親権者に依存症治療プログラムに参加し、完走することを勧めました。彼女はプログラムを完走しました」

「それをあなたはすべてやったの？」イヴは嬉《うれ》しそうに言った。「おかしいわね、ジュウエル・グレッグのアパートメントからはけっこうな量の違法麻薬のほか、安いワインとビールも見つかったけど」

「おそらく彼女は最近になって逆戻りしたのでしょう。よくあることです」

「強制検査はなかったの？」

「彼女はプログラムを完走したのですよ」

「おそらく彼女は最近になって逆戻りしたのでしょう」イヴはトルーマンの発言を繰り返した。

「その件は調査します」

「ちょっと遅いんじゃないの？　ドリアンは去年の八月あたりからそのアパートメントにいなかったんだから」

トルーマンは尖《とが》った小さな顎を突き上げた。「その状況は認識しておりませんでした」

「認識しておくのはあなたの仕事でしょ」

ムッとして、トルーマンは薄い唇が見えなくなるまで口を引き結んだ。「わたしはあなたの仕事についてとやかく言うつもりはありません。あなたもわたしの仕事に口出ししないでください。未成年女性グレッグは――」

「彼女には名前があるのよ。彼女にも名前があるっつうのよ」

「あなたの言葉遣いは必ず報告しますからね」トルーマンは言い返し、鋭くうなずいた。

「わたしはプロとしての距離を保つために、預かった者の名前は呼ばない主義なのです。彼女は気難しく、手に負えない子です」トルーマンは話を続けた。「わたしのファイルや彼女の非行歴を見てもらえばわかるように、彼女には不登校、家出、軽窃盗の前歴があります」

イヴはその言葉、口調、声が頭のなかでガンガン響くのを感じた。軽窃盗を除けば、トルーマンは未成年女性ダラスのことを話しているかのようだった。

「さらには、その未成年女性が親権者に対しておこなった散発的な暴言および暴行の書類もあります」

「ちょっとあんた、わたしをからかってるの？」

「あなたの言葉遣いにはもう我慢なりません。わたしのファイルのコピーがあるのだから、話し合いは終わりにします」

「そのケチな尻を落ちつけなさいよ、トルーマン。さもないと、職務怠慢で出頭を命じられるだけじゃなく、わたしもあなたの不正を告発して檻《おり》にぶち込むわよ」

「わたしを脅すのね！」

「本気よ。あなたのファイルに何が書かれてるにしろ、あなたは家庭訪問なんてもう何カ月もやってなかった」

「いいえ、やりました」

「ドリアンがいるときにはやってない。もしもあなたのファイルにちがうことが書かれていたら、あるいは去年の九月以降にドリアンと話をしたと書かれていたら、政府から金を騙《だま》し取ることを共謀したかどで告発する」

「わたしは犯罪者などではありません！」

そのガーガーという声に、イヴはブロディ家の農場の鶏を思い浮かべた。

「わたしは公務員です。あの女性が――あの子が」とトルーマンは言い直した。「監護下になかったことはまったく知らなかったのです。ミズ・グレッグは家庭教師を雇って自宅学習を試しているところで、それはうまくいっていると言いました」

「その子と直接話をするのはあなたの務めなんじゃないの？」

「あの子は先程も言ったとおり気難しい子で、わたしに対してそれはとても失礼な態度を取るのです。親権者の言葉を信じない理由は何もありませんでした」

「違法麻薬とアルコールの常用癖があった女性。あなたは彼女がドリアンを殴るところを目撃したという報告を受け取ったでしょ」

トルーマンは顎をあげた。「ご近所の人は話好きで陰口を触れまわることもあります」

「ドリアンに痣《あざ》ができてるのを見たことはある？」

「彼女は落ちつきのない子であるのに加え、ほかの子たちと口論ではすまない喧嘩《けんか》になることもよくありました」

「それは誰が言ってるの？」

トルーマンは目をそらした。「彼女の親権者です」

「彼女を叩《たた》きまくってた者のこと？　自分の新しい〝恋人〟と二人きりになりたいという理由で彼女を蹴飛ばしてアパートメントから追いだし、子どもが何カ月も家にいないのに毎月の給付金を受け取ってた者のこと？　自分が産んだ娘の失踪届もアンバーアラートも出さなかった者のこと？　それが親権者と言える？」

「どうやらミズ・グレッグは協力的ではなく、わたしと当局への告知を怠ったようです。当然、彼女は親専業者としての資格を失いますので、わたしは必ずあの子に里親システムを勧めます」

「失踪してる子に？　その子は死んでるかもしれないのよ、あなたが自分の務めを果たすのを面倒がったせいで」

「務めはきちんと果たしています！」非難されて、トルーマンは顔を真っ赤にした。「あなたにはわたしの仕事がどんなものかわからないのよ！　あのストレス、長時間労働、聞き分けのない厄介な子どもたち、不注意な親や保護者たち。あの子がまた逃げだしたとしても、そのせいで死んだとしても、わたしに責任はありません。彼女には選ぶ権利があったけれど、まずい選択をしたのです」

体のなかで何もかもが暗く燃えているのを感じながら、イヴはゆっくりと腰をあげた。

「お引き取りいただくにはちょうどよい時間ね」

「わたしはこのままでは——ニューヨークシティの威張り屋に非難されたままでは——」

「出ていきなさい、ただちに」

「この扱いと、あなたの言葉遣いと態度は報告しますからね」

「そう？　わたしもよ。いいからとっとと出てってよ」

トルーマンはそそくさと去っていった。

「ピーボディ、人の風上にも置けないあの怠慢女を指導する者に連絡して。上司をわたしにつないで。今すぐ」

「了解です。でも、その前に五分だけいいですか。五分だけ」ピーボディはそう繰り返して立ち上がり、イヴがこちらを向いた場合に備えて足を踏ん張った。

「わたしも同じ思いです。ダラスのほうが思いは強い、それはわかりますが、わたしも同じことを感じてます。彼女を拳で殴りつけ、破裂するまで首を絞め、それから彼女の残骸を蹴飛ばしてどろどろの果肉状にしてやりたかったです。彼女のことは報告すべきです。彼女は馘首《かくしゅ》されるべきだと思います。でも、告発されるべきかどうかは、その件についてはわたしたちが決めることではないと思います」

ピーボディは息のつき方が見つからなかった。見つかったのは激しい怒りだけだ。

「そんなこと、放っておきなさいよ」

「わたしだって放っておきたいです。彼女を檻にぶち込めと命じられたら、それに従います。向こうに訴えられたら警部補が尻ぬぐいしてくれることを祈りますけど、どっちにしても命令には従います。彼女がドリアンを助けなかったから、そんな子がほかにもいるかもしれないからだけじゃなく、その子たちは彼女にとって子どもじゃなかったからです。その子たちはただの預かったものでした。名前もない預かったもの」

イヴが歩きまわるだけで何も言わないので、ピーボディは話しつづけた。イヴがこの五分間で冷静になってくれると信じて。

「わたしたちは以前、児童保護サーヴィス《CPS》と協力したことがあるからわかりますが、彼らの多くは献身的で、面倒見がよく、思いやりがあり、働きすぎです。なかには燃え尽きてしまう者もいるでしょう。もしかしたら、人間のクズのような者もいるかもしれません。だけど、わたしにとっては、実際に出会ったのは彼女が初めてでした」

「わたしにとってはちがう」イヴはつぶやいた。「わたしにとっては初めてじゃない。でも、彼女は最悪な人間リストの上位にランクされる。あなたの言うとおり、彼らの多くは思いやりがあるし、困ってる人を助けたいから仕事に打ち込んでる。給料はけっして多くもらってないのに。それも彼女が職務にそむいてる理由のひとつね」

イヴは歩きまわるのをやめ、振り向いた。「五分間は必要ないわよ」

「ダラス――」

「いいの、あなたは自分のすべきことをしたし、それはありがたいと思ってる。わたしは憤慨するかもしれないけど、長い攻撃演説は振るわない。そのほうが効果があるから。あなたにやらせてもいいけど、わたしのほうが地位が上だから、そのほうが効果がある」

「わかりました。彼女のボスを捕まえます」そこで初めて、ピーボディはふうっと息を吐きだした。「ダラスは彼女を震え上がらせましたよ」

「わたしが?」イヴはドリルで穴を空けられるような痛みを覚え、拳で眉間を押さえた。「彼女は運がよかったのよ、わたしに出ていけと言われて。もう少しで殴りそうだったもの。そうなってたら、あなたに檻にぶち込まれるのはわたしのほうだったわ」

「あんな人、殴る価値なんてありません」

「そうね。すっきりしたかもしれないけど、彼女にそんな価値はない。何かを殴りたくなりそう」

「わたしは勘弁してください」

「家に着いたら新しいスパーリング・ドロイドをぶっ壊してやる。ありがとう、ピーボディ。本心よ」

「彼女のボスを捕まえます。オフィスで受けますか？」

「ええ、そのほうがいいわね」

「報告書は全部わたしがやります。まずはトルーマンから。報告書のコピーを彼女のボスに送りたいし、フリーホールド署の警官たちや、プロフェッショナル・ペアレント・サーヴィスにも送りましょう」

「良案ね」赤い靄《もや》のような怒りが静まり、イヴも案を思いつけるようになった。「コピーをマイラとホイットニーにも送って。わたしはキャボット一家の事情聴取を報告書にまとめる。それが終わったらあなたは帰っていいわ。あなたのキッチン・キャビネットを見にいくなりなんなりして」

「それはいつでも大丈夫です」

「だめ、もうすぐ勤務時間も終わる。わたしは自宅で仕事するわ。と、その前にスパーリング・ドロイドとのデートがあるけど」

トルーマンとの面談のせいで頭に火がついていたので、トルーマンの指導者《スーパーバイザー》との話し合いでは、ことさら冷静なプロらしい口調を保った。

慌てふためいたスーパーバイザーの苦しい言い訳――とイヴの耳には聞こえた――にも

かかわらず、あるいはそのおかげで、頭の火はすっかり消えていた。

トルーマンはただちに停職処分を受け、そののち内部調査がおこなわれると知り、いくらか満足したかもしれないが、それだけでは充分とは言えない。

家へ向かって車を走らせながらイヴはまだ怒っていたが、アップタウンにたどりつくまで怒声や文句だらけの交通状況はその気分に合っていた。

いつもならたいてい、門を通過し、私道《ドライブ》をうねうねと進み、お城のようなわが家を目にするとほっとする。感謝の念さえ湧いてくる。自分には家がある。その美しさ、優雅さ、安らかさはすべて自分のものなのだと思える。

だが、今夜はなんだかそわそわする。ロークは押してはいけないボタンを押してしまったのだ、とイヴは確信している。だからこれからマイラとの一連のやりとりに取り組まなくてはならない。それさえなければ仕事に取りかかれるはずなのに。

いいわよ、と青々とした芝地や見事に咲き誇る花々を横目に、イヴは思った。マイラとの一連のやりとりに取り組むのも仕事のようなものだ。

でも。

〝でも〟のあとに何が続くのかははっきりわからない。そわそわするし、腹も立っているしで落ちついて考えられないから。

気に食わないことがあるせいで落ちつかず、しかも腹立たしいときに、いちばん有効な解決策は？　何かを殴ること。生命のないものを。

イヴは車を停《と》め、スパーリング・ドロイドをボコボコにするところを頭に描きながら、涼しく、かすかに花の香りが漂うホワイエに入っていった。

当然ながら、サマーセットが待ち受けていた。黒い服を着た銀髪の案山子《かかし》の足元にはグレーの太った猫がいた。

サマーセットも生命のないものに該当するのでは、という考えがふと浮かんだ。

猫のギャラハッドが跳ねるように近づいてきて、脚のあいだのにおいを嗅ぐのを待ってから、イヴは階段へ向かった。

「マイラご夫妻は七時半に到着されます。身なりを整える時間は充分あります」

イヴは足を止めなかった。彼を殴るのは面白いかもしれない。でも――今度は〝でも〟のあとに何が続くかはわかった。

きっと罪の意識を感じるだろう。そして仕事柄、暴行罪で自分を逮捕せざるをえなくなる。ロークはどうするかといえば、もっともな話だがきっと怒るだろう。

殴るのはやめにして、先に階段をのぼっていく猫を尻目に、答えを必要としない問いかけを投げた。

「その手のスーツにはそれを着る堅物がもれなくついてくるの？」

「七時半です」サマーセットは階段をのぼるイヴの背中に声をかけた。「パティオにカクテルをご用意しておきます」

「はい、はい、わかったわよ」

寝室に入ると、ベッドに陣取ったギャラハッドが、左右色違いの目でこちらをじっと見つめてきた。イヴはそばに寄り、撫でたり掻《か》いたりしてやった。

「むしゃくしゃした気分なのよ。発散しないとね」

ショートパンツとタンクトップを取りにいくとき、鏡に映る自分の姿がちらっと見えて、首をかしげた。サマーセットはスパーリング・ドロイドとのデートのことは知らない。なぜ、このままでは人前に出られないと思ったのだろう？

どこにも血はついてないし、どこも破れてない。

イヴはジャケットを脱いでベッドに放り投げ、武器用ハーネスをはずして、ノースリーブの白いシャツとカーキのパンツ姿になった。

人前に出てもおかしくないじゃない。

「堅物め」イヴはつぶやき、着替えをすませるとエレベーターでジムへ向かった。

しばらくして、ロークが正面玄関に足を踏み入れた。

「警部補はどうもご機嫌斜めのようです」サマーセットは主人に告げた。

「そうだろうな」

「あなたはゲストが到着される前に機嫌を直してさしあげるのでしょうね」

イヴと同じように、ロークもまっすぐ階段へ向かった。「だけどなんで、いつだって僕が警部補の機嫌を直してやらなきゃいけないんだ?」

サマーセットは眉をひそめた――どうやらご機嫌斜めなのは警部補だけではないようだ。「この子たちときたら」サマーセットはひとつ頭を振ってから、少なくとも料理のうち自分の分担だけは合格点に達するようにするため、キッチンへ戻っていった。

寝室に入ったロークは、イヴの仕事用の服がベッドに投げだされ、ギャラハッドがその見張りをしているのに気づいた。

「彼女はジムに降りていったんだね?」イヴと同じように、ロークも猫を撫でたり掻いたりしてやった。

ネクタイをゆるめながら、イヴに付き合おうかという考えが浮かんだ。二、三十分汗を流して不愉快な気分をいくらか解消するのも悪くない。

スーツの上着を脱ぎ、ジムの映像をスクリーンに呼びだした。

イヴはスパーリング・ドロイドの胸骨に横蹴りを決め、回転しながら顎に左ジャブを叩き込んだ。

イヴはロークがまだ対戦したことのない、がっしりした女性のドロイドを選んでいた。

さらにはフルコンタクトをプログラムしたようで、ドロイドの右クロスカウンターはイヴの防御をすり抜け、頬骨の上をとらえた。

「何をやってるんだ」

イヴは足払いをかけてドロイドのバランスを崩し、ボディブローを食らわせアッパーカットを放ったが、ドロイドに肘で突かれて頭をのけぞらせた。

エレベーターのほうへ二歩進んだところで、ロークは自分を抑えた。

ジムに行ってドロイドをシャットダウンし、イヴのあからさまな怒りを自分に向けさせることはできる。二人で一戦交えても、自分が妻の顔を殴らないことだけは絶対に間違いないが。

「もういい。好きにやらせてやろう」

ロークはスクリーンをオフにし、シャワーを浴びにいった。

イヴが戻ってきたとき、ロークはジーンズのボタンを留めたところだった。

「唇から血が出ているよ」Tシャツに手を伸ばしながら言う。

イヴは手の甲で血をぬぐった。「あのドロイドのやつ、簡単な修復作業が必要でそれに十二時間かかるって言うのよ」

「きみのほうはもう少し長くかかるかもしれないね」ロークは肩をすくめるような軽い口調で言った。「目の下は黒痣になるだろうし、顎は腫れ上がるだろう」

「卑怯《ひきょう》な左エルボーを食らったの」

「次はフルコンタクトじゃなくライトコンタクトを選んだらどうかな」

「そんなことしてなんの意味があるの？　ねえ、聞いて——」

「聞いてるよ。きみは顔面を何発も殴られることに意味を見いだしたようだね」

「あなたや罪なき第三者を殴るよりいいと判断したのよ」イヴは一歩も引かない構えで、両足を踏ん張った。「もしわたしがあなたのオフィスに入っていって、あれをしろとか、これはするなとか言ったら、あなたはどうする？」

　ロークはちょっと待ってと言うように指を一本立て、背を向けてバスルームへ向かった。冷却パックをいくつか持って戻ってくると、それをイヴに放った。

「まず、僕はきみにあれをしろとか、これはするなとは言わなかった。ほかのやり方は浮かばなかったのかと尋ねただけだ」

「それはすごくあやふやな線ね」

「だけど線であることには変わりない。次に、僕がオフィスで下す決断は、僕の感情の健《エモーショナルヘル》康《ス》に影響を与えない。きみはすでに疲れきっている。そのうえ、今は痣と血までつけている」

「わたしはしっかりやってるの。担当した事件もしっかりやれないようじゃ、わたしは職場に必要のない人間よ」

　ロークはイヴをじっと見つめた。「これがきみのブルペンにいる部下の話だったら、きみはそんなことなど言わないだろう」

「わたしのブルペンよ」怒りをよみがえらせ、イヴは言い返した。「ボスはわたし。指揮を執るのはわたしなんだから事情はちがってくる。あなたもそれは知ってるでしょ。承知のうえで言ってるのよ」

「これも承知しているよ。きみは毎日あれを身につけて」ロークは武器用ハーネスのほうへ手を振った。「家から出ていく。きみは毎日、危険を覚悟している。僕はそれを受け入れ、支持し、尊重し、素晴らしいとさえ思う。僕は毎日、危険を覚悟している。なぜならきみは僕のすべてだから。だが、僕はきみを支持する。きみもそれはわかっている。しかし、きみが何かに苦しんでいるのを知れば、僕は気になって尋ねたくなる。僕にはその権利もないのかい？　引き下がるのは僕で、僕には声も言葉も意見もないというのか？　バカを言うな。僕はきみの夫だ。きみのペットじゃない」

びっくりして、イヴは彼のほうへ一歩踏みだした。「わたしはけっして――」

ロークはわざとゆっくり一歩下がった。「マイラ夫妻が着くまであと三十分くらいある」

ロークは去っていった。イヴに苛立《いらだ》ちと憤懣《ふんまん》と当惑を残して。いいわよもう。彼は思っていたより怒っているようだけど、でもあれは、あれはないんじゃないの？

「ペットのわけないじゃない」猫のほうを向いて、イヴはさっと両腕をあげた。「なんなのあれは？」

ギャラハッドは中立の立場を選んだらしく、四肢を伸ばして目を閉じた。

「彼はわたしの判断に疑問を投げかけたのよ。なんでかっていうと、すかさずケチをつけられるから」

シャワーを浴びようとバスルームに行くと、またしても鏡に映った自分の姿が目に入った。ちっ、目のまわりが黒くなりそう。

イヴは服を脱ぎ、冷却パックを目に叩きつけてからシャワーの下に立ち、水圧をフルパワーモードにするよう命じた。

6

イヴはなんとか人前に出られる姿にしようと努力し、めったにやらないメイクアップまで施して痣《あざ》を薄くした。

やっぱり、ディナー・ミーティングの前にフルコンタクトのスパーリングをするのはまずかったと認めざるをえない。

今大事なのはこのミーティングなのだから。

イヴはジーンズを引っ張り上げた。ロークもジーンズだったから、その場にふさわしい服装にちがいない。脇腹にも痣ができていたので薄い冷却パックを貼り、ゆるめのシャツを身につけた。

治療棒《ヒーリング・ワンド》を当てている暇はない。それに、いつもならロークがやってくれるのだ。今回はそうじゃなかった、と思いながらイヴは階段を降りはじめた。今夜はせいぜい――彼ならなんと言うだろう？――うわべだけでも愛想よくしよう。

いかにも彼が言いそうだ。

イヴは外に出てパティオへ向かった。テーブルには四人分のサマーブルーの食器と、黄色い花をふんだんに投げ込んだ透明のピッチャーが置かれていた。淡い黄色のタンブラーからは黄色と青のストライプのナプキンが顔を覗《のぞ》かせている。ワイングラスはステムがブルーで、ティーキャンドルは透明のホルダーにすっぽり収まっている。

パティオの片側に並べられた鉢の花々は、萌《も》え立つものもあれば咲きこぼれるものもあった。

反対側にはバーワゴンとロークのバカでかいグリルが置かれ、その真ん中の小さなテーブルには、とりどりの洒落《しゃれ》たカナッペが並んでいる。

陽気で華やかな雰囲気――今のイヴの気分とは正反対だ。

ロークは何やら泡立ったどろどろするものを、ピッチャーからクラッシュアイスを入れたバードバス・グラスに注《つ》いだ。

「飲んでごらん」

イヴはアルコール入りのものならなんでも歓迎することにした。ひと口飲むと、ぴりっとした刺激とすっきりした冷たさがあった。歓迎どころか大歓迎だ。

「おいしい。ここは気持ちよさそうね」

「休暇に入る前に、友人を招いてバーベキューをしないとな」

うわべだけの愛想のよさだ、とイヴは思った。彼はその名人だが、イヴにだってうわべを取りつくろうことはできる。

「そうね」

「ほかの料理はサマーセットが引き受けてくれた。グリルの冷温庫に入れてあるから、僕たちは食事のときにテーブルに並べるだけでいい」

スパーリング・ドロイドに腹を殴られたわけでもないのに、胃が締めつけられるような感じがして、とても食事どころではないが、それでもイヴは精いっぱい愛想よく答えた。

「わかった」

「マイラ夫妻が来たら、ひとこと以上の答えか意見を思いついたほうがいい」

冷ややかなまなざしには冷ややかなまなざしで応えることにした。「ええ、そうするわ。ほらね？　もう二つ言えた」

サマーセットがマイラ夫妻を案内してくると、いいタイミングだったとイヴは思った。度量の大きさを示すために、イヴは自分から歩み寄った。「急なお願いにもかかわらず、お越しくださりありがとうございます」

「お招きいただいて嬉《うれ》しいわ。どれもとても美しい！」自分こそ美しいマイラは紫の小花が散った爽やかなサマードレス姿で、イヴを軽くハグしてからロークのほうを向いた。

「夏の夜の野外パーティは最高だね」デニス・マイラが着ているカーキのパンツとグリーンのシャツは妻のお見立てだろう。彼の素敵な目にとてもよくマッチしているから。

デニスが痛む目の下にそっとキスしたので、化粧で痣をごまかせなかったことがわかった。そしてゆっくりハグされると、イヴはその心地よさに浸ってしまわないように、自制しなければならなかった。

デニスはオレンジ・スライスのような香りがした。

「たった今、あなたたちのすべての空間がうらやましくなったわ。あなたたちの庭！」マイラはロークからグラスを受け取った。「わたしたちにはそれを維持する手腕も時間もないけど、わたしはここにいて、うっとりと、あるいは羨望の目で眺めることができる。まあ、これはおいしいわね」バードバス・グラスに口をつけてから、マイラはそう言い添えた。

デニスは夢見るような、どこか心ここにあらずといった笑みを浮かべながら、自分のグラスを受け取ったが、イヴにまわした腕はそのままだった。

ストレスレベルは急下降し、胃の締めつけはゆるんだ。心地よい夏の夕べに泡立つドリンクを飲んでいると、うわべを繕うのはそれほど難しいことではないと思えてくる。イヴはこの場に必要とされるらしい世間話を交わした。

花の話、この夏の計画、メイヴィスの新居のプロジェクト。

仕事部屋にまだ準備していない事件ボードや事件簿のことが頭をよぎりそうになると、それを封印することに全力を尽くした。

やがてグリルが煙をあげ、ロークとデニスがステーキのそばをうろうろしだすと、マイラが封印を解いた。

「ファイルを読んだわ。今日は相談に乗るタイミングが合わなくてごめんなさいね。でもそうなっていたら、ステーキにはありつけなかったけど」

「いずれにしても、それはおもにわたしのせいです」

「ええ。二人目の行方不明の少女については、まだ何も情報は入ってないようね」

「アンバーアラートが発令され、ドリアンの写真を掲示していますが」

「あなたは彼らに捕まったか、もっと悪い事態になったのではないかと危惧しているのね」

その可能性は排除できないが、それでも……。「もっと悪い事態――殺された場合、死体は見つかっているはずです。隠す理由がないし、隠そうとするはずもない、殺された少女の遺体はそのまま放置していましたから」

「わたしもそう思う。もしドリアンがなんとか逃げたとしても、おそらく警察に行くより家に帰るでしょう。そして、彼女は家に帰りそうもない」

「遺体に付着していた血痕のなかには、ドリアンのものもありました」と言いはじめたところで、ロークがステーキを大皿に移しているのが見えた。

イヴは自分の務めを果たし、冷温庫から大皿やボウルを取りだした。野菜のグリル、じャがいものロースト、トマトとモッツァレラチーズのスライス、パリパリした小さなロールパン。

「どれも、おいしそう」マイラはロークが注いだ赤ワインのグラスを持ち上げた。「シェフに賛辞を」

「野菜はグリルで焼いたのかい」とデニスが聞いた。

ロークが答えた。「その賛辞はサマーセットが受け取るものです。でも、次は僕も挑戦してみるかもしれない。パーティを、野外パーティをやるつもりなんです、できればヨーロッパへ発《た》つ前に」

「要《かなめ》はマリネだね」とデニスは彼に言った。

「今はそうなんですか」

「成功を左右する鍵だ」デニスはイヴが避けようと思っていたズッキーニのグリルを味わった。「サマーセットは鍵を心得ている」

また世間話かと思い、イヴはあきらめてステーキに集中した。

「天気がいいときはよくここで食べるの？」マイラが尋ねた。

「だいたい仕事部屋で」

「ワーキング・ディナーね」マイラは手を伸ばし、デニスの手を軽く叩《たた》いた。「わたしたちもたいがいそうなの。わたしかデニスの仕事のとき、または両方の仕事のときも」

「我々はそれぞれの人生を生きている」デニスは妻にほほえみかけた。

「そうね。だからわたしもあなたの結論に賛成よ、イヴ。その二人目の少女、ドリアン・グレッグはマイナ・キャボットを殺していない。モリスの検死報告書も、科学捜査の結果も、すべてその結論に達している。確証はないし、ドリアンが自発的に彼らに加わった、あるいは今も加わっていると判明するかもしれないけど、彼女に関するわたしのプロファイルはそうではないと言っている」

「なぜですか？　そこでわたしは引っかかっているんです」マイラが答える前に、イヴは続けた。「彼女は自発的な参加者ではないという方向に強く傾いているにもかかわらず、引っかかっています。彼女はチンケな界隈《かいわい》にあるチンケな建物のチンケな部屋で暮らしていた。彼女には軽窃盗の前歴がある。彼女は母親から虐待を受けていた。そしてあろうことか、彼女のケースワーカーは母親よりたちが悪いとわたしには思えるんです」

「そうね、その件や彼女について話し合いましょう」

「その後、彼女は拉致された、おそらく路上で生活しているときに。でも、いったん彼らに加わったらどうなったか。フレンチネイル、きれいな下着、栄養のある食事――それにきっとまともな生活環境も加わるでしょう。そのために必要なのは対価を支払うこと――わたしたちの読みが合っているなら、ポルノに出演すること。カメラの前でポーズを取ったり、最終的にはどこかの豪邸で暮らすことになるのかもしれない」

イヴは片方の肩をすくめた。「彼女はまだ子どもです。そういうことについてどれだけ知識があるでしょう？　自分が逃げてきたものに比べたら、すごくよく見えたり感じたりするかもしれません」

「彼女は母親を選べなかった――ケースワーカーは彼女を失望させ、保護システムは彼女に選択肢を与えなかった。なぜ彼女は、たとえ怪しいメリットがあるにしても、またもや選択肢のないことを受け入れるのか？」

マイラは一拍おいた。「彼女は理想の世界で育ったあの年頃の子が知る以上に、そういうことについて知識があったと思うわ。マイナが拉致されたときよりも、もっと知識があったと思う」

「マイナのような子を誘拐するのは、ドリアンのときよりずっとリスクが大きかったにちがいありません。それは誘拐されたのは彼女たちが最初ではないことを、彼女たちだけではないことを物語っています」

「わたしもそう思うわ。彼らはきわめて組織的で洗練されているという印象を受ける。若い女の子を確保しておく費用――食事、発見されたり逃亡されたりするのを防ぐための家、衣服、その他諸々《もろもろ》の費用は相当な額になるでしょう」

「だから、その支出に見合うだけの利益が必要になります。ポルノビジネスはそれなりに稼げる――でも、それでは充分ではない。人身売買でなければならないんです」

「またしても同意見。この少女たちのことを利益を生む商品と考えるなら」マイラはロークのほうを向いた。「ビジネスマンとして、あなたはその商品を作るために、時間、労力、お金を投資しなければならないわよね」

「もちろん。さらに、利益予想に基づく投資であるための予算も組まなければなりません。そうしないと、費用が利益に食い込む恐れがあるし、利益を帳消しにしてしまう場合さえあるので」

「同じ商品――同種の商品をいろいろ扱ってる場合はどうするの？」イヴは疑問を口にした。「たとえば車のようなもの。車を例にすると、ボディカラーとかアクセサリーとかはさまざまでしょ。基本的には同じ型――同一に作られたものでも、カスタマイズすることができるじゃない？　そういう場合、基本予算は同じでも高級付属品のコストと利益も考慮に入れる。そうよね？」

ロークはイヴを眺めながら、椅子に背を預けてワインを飲んだ。「つまり、一種のライン作業だな。車イコール少女。基本的な作りは同じ。若い、女性、人間。しかしきみの被害者は白人で、二人目の少女は混血人種だった。選択肢がある……顧客のための」

「ひとりではなく二人の少女に食事を与え、服を着せ、部屋をあてがうのに、費用は二倍もかからないんじゃないかと思う。十人でも十倍はかからない。住居はすでにあるんだから、その費用は変わらない。食費も人数が多いほうがひとり当たりのコストが安くなる。

被服費は子どもの数に比例すると思うけど――」

「そうとも限らないよ」デニスが口を挟んだ。「我々はスポーツチームのスポンサーになっているんだよね、チャーリー？　孫のために」と、あの甘い笑顔で付け加える。「ジャージを二ダース注文すれば、一着とか六着注文するときよりも一着あたりの値段は安くなる」

「ペンキを買う場合は、四リットルより一リットルのほうが割高になる」とロークが言った。

「商品が多いほど、利益も大きいから？」

「理論上は。しかし、今問題にしているのは子どもたちのことであって、車や製品のことではない」

「わかってるわ」イヴはロークに負けず抑揚のない声で応えた。「ビジネスプランの可能性を探ってるだけ」

「人的要因も考慮に入れないと」ロークが切り返す。「彼女たちは誘拐されたんだ。自発的に参加したわけではない。言われたときに言われたものを食べないかもしれない」

「一日か二日、食事を取り上げれば、たいがいの子は出されたものを食べるでしょうね」ロークはマイラにうなずいた。「おっしゃるとおりですね」彼は子どもの頃の飢えを知っているので、そう答えた。

「被害者の場合は」とマイラは続ける。「彼らは彼女を言いなりにし、洗脳するのに数カ月あった。証拠が示すところによれば、彼女は脱走を試みて殺されたので、洗脳は失敗した。けれど、拘束や体罰の痕跡がなかったことから、彼女は言いなりになっていた、あるいは言いなりになっていると拉致者に思わせるほど慎重だったと言える」

ロークがグラスにワインのお代わりを注ごうとすると、マイラは手をあげた。「半分でいいわ、ありがとう。さて、二人目の少女はというと。ドリアン。彼女はマイナを裏切り、逃亡を阻止したのかもしれない」

「他人を密告する」イヴはその線も考えていたので付け加えた。「そして褒美をもらう」

「そうね。でも、ドリアンのこれまでの実体験は社会的権威に対する不信につながるから、ほかの子を密告することはまずないでしょう。彼女たちは一緒に行動していたとわたしは思います。ドリアンは注意を払ってもらえること、食事、上質な服などを喜んでいたかもしれないけど、彼女の人格からすると自由が原動力になっている。社会的権威に対する不信、そして自由」

「権威に支配されていたら自由はありません」

「彼女の経験ではそうね。彼女は間違いなく抜け目ないから、このままだと自分の運命がどうなるかを完全に理解していたと思う」

「自分は売られてしまう、と」イヴはあとを引き取った。

「そこに選択の余地はない。自分を買った者の思いつきや要求を拒むことはできない。そこでわたしの考えは、マイナの服についていた彼女の血に行き着くの。彼女は逃亡中に怪《け》我《が》をしたのかもしれない、でも——」

「マイナは脱走したときにそのズボンを穿《は》いてなかった」

「そのとおりよ」マイラはイヴにうなずいてみせた。「犯人側から見れば、彼女たちのような商品を世話するには、医学的配慮も必要になる。健康状態を確かめるための検査、定期的な毒物検査が必要だと思う」

「血液検査」

「まず間違いない。その血をつけておくのは簡単でしょう」

「殺害現場から死体を発見されやすい場所に運んだときに。ドリアンは逃げだした……」とイヴはつぶやいた。「あの子は逃亡したんです。ほかに彼女を殺人犯に仕立て上げようとする理由がありますか？　警察が彼女の身元を確認して捜索することは、彼女の商品としての価値を下げることになりますよね？　商品に傷がつく。わたしはその点を考えておくべきでした。傷ついた商品を正規の値段で売ることはできない。彼女は逃亡した。身代わり犯にはもってこいです」

イヴはしばし目を閉じた。「ドリアンは警官を信用してない。信用するわけがないですよね。彼らはそれを知ってたはず。ことによると精神科医を雇ってるのかもしれない——

いいえ、きっと雇ってます。彼女は警察には行かない。彼女を拉致した連中と同じように、警察も敵なんです。すでに一度少年院に放り込まれたのに、なぜまたそんな危険を冒すんですか？」

イヴはマイラを見た。「自由は原動力、それはわかります。彼女は穴を見つけて隠れるか、逃走する。それ以外は檻《おり》のようなものです。種類はちがえど」

「あなたは訓練や生まれつきの洞察力だけでなく、自身の経験から彼女たちを理解することができる。だからこの事件には最適なの。同時にそれは、あなたにとって非常につらいことでもある。あなたたち夫婦にとって」マイラは修正した。「あなたは彼女たちを通して見たり感じたりすることができる。客観性を保つだけでなく、メンタルバランスを保つのも大変かもしれないわね」

「わたしは仕事をまっとうするために、被害者を通して見たり感じたりすることが必要です。それがわたしの仕事のやり方です。犯人を通しても見たり感じたりします。今回が特別なわけじゃないんです」

イヴの口調に身構えるような響きがあったとしても――もちろん、イヴは身構えていたのだが――マイラはそれを聞き流した。

「あなたの共感する力は、洞察力や訓練と同様に、あなたの捜査プロセスにとって重要よ。でも、今回はちがう。もっと深いところまで入り込んでしまっている。必要だと感じたら、わたしのところに来てほしいわ」

「大丈夫です。わたしはしっかりしてます。きちんと対処できます」

「きみに選択肢はないんだよ」

デニスが話しだす前、イヴは水のグラスを握り締めていたが、今はもうただじっと座っている。

「彼女たちは選択肢を与えてくれない。その少女たちはきみに語りかける。これまできみが見下ろし、代わりに闘ってきた被害者たちはみな、きみに語りかける。しかし、きみはその声を頭で聞き、心で聞く。それを無視し、聞こえないふりをすることができるだろうか?」

イヴは胸が締めつけられ、息をついた。「できません」

「それができたら、あるいはそれをやったら、きみはもう本当の自分ではなくなるだろう。もちろん、耳を傾ければきみは苦しむ。しかし、目をそむけることはもっと苦しむことになる」

デニスはイヴのグラスにワインを満たし、自分のグラスにもほんの少し注いだ。「シャーロットと私はよく、その日の出来事や心配事を話し合うんだ。ときには仮定の話をしなければならないこともあるが、我々には決まりがある。そうだろ、チャーリー?」

「ええ」マイラは夫の手を握り締めた。「あるわ」

「長年にわたって、私は数えきれないほど彼女のことを心配してきた。彼女が仕事でやること、目にすること。それはしばしば彼女を傷つける、だから、私も傷つく。わかるね」

「ええ、わかります」ロークが言った。

「我々にも選択肢はない、そうだよな？　我々は強く勇敢な女性と恋に落ちた。その女性はどんな犠牲を払ってでも、この世のモンスターに立ち向かうことに心血を注ぐ。我々は子どもたちにモンスターは実在しないと教える。だが、いるんだ。きみはその少女を見つけだす。私はそれを確信している。そしてきみはモンスターを見つけだす。ロークとチャーリーはきみを助けてくれる。そうさせてあげなければいけないよ」

「助けを拒むほうが、受け入れるよりも楽な場合もあります」

デニスはほほえみ、目を輝かせた。「それについては話せることが山ほどある」

マイラは笑い声をあげ、身を乗りだして彼の頬にキスした。「だめよ」

新鮮なホイップクリームを使った苺《いちご》のショートケーキとコーヒーを味わったあと、彼らはマイラの希望で庭を散策した。

ロークの案内で果樹園を抜けて池へ向かう。

「もうわたしは心底うらやましいわ」マイラはため息をついた。「なんて素晴らしいんでしょう」

「あのベンチで一日じゅうぼんやりしていたいな」

「ぜひどうぞ」ロークはデニスに言った。「いつでも歓迎します」

彼らはライトが点々と照らす小道を通って家まで戻った。玄関先でマイラはロークの頬にキスした。「素敵なディナーをありがとう」続いてイヴの頬にもキスする。「結論とプロファイルをまとめておくわ」

「ありがとうございます」

デニスにハグされると、イヴは彼の耳元でささやいた。「先程のお話、ありがとうございました」

デニスは何も言わずに体を離し、目の下の傷跡にそっと唇を当てた。「次はよけるんだよ」

「了解」

ロークがドアを閉めると、イヴはもう少しそのままでいた。「彼らをこんなふうに招いたのはいいアイデアだったわね。いろいろ準備してくれてありがとう」

「どういたしまして。なんてことないよ」

「わたしはまだやることが……まだ事件ボードを設置してないし、事件簿にも手をつけてないの」

「だったらすぐ上に行こう。よければ、事件ボードは僕がやるよ。きみがほかのことをやってるあいだに」イヴが答えずにいたので、ロークは言い添えた。「必要があれば、きみがあとで調整すればいい」

「そうしてもらえると嬉しい」

仕事部屋に入っていくと、イヴは寝椅子のほうへ目をやった。けれど、ギャラハッドはそこで寝ていなかった。

「あいつはきっとサマーセットのところにいるんだろう。今夜はずっと僕たちに放っておかれたから」

「そうね。ボード用の写真とデータを作成しないと」

「僕なら予備の端末でできるよ」

もちろん彼ならできるだろうと思い、イヴは自分のコマンドセンターに行って操作を開始させた。そしてポットのコーヒーをプログラムした。

しばらく二人は黙々と作業した。この静けさのなかにいると、イヴは猫がいない寂しさをしみじみ感じた。

事件ボードを整えていたロークがその静寂を破った。「このプルー・トルーマンという人物、児童保護サーヴィス《CPS》のケースワーカー。ディナーのときには話題にならなかったね」

「ピーボディの報告書があるわよ。彼女の上司にもコピーを送った。彼女はわたしに呼びだされたの。愚かで、なげやりで、怠惰なビッチ」

激しい怒りがぶり返し、イヴは座っていられずに歩きだした。

「彼女はみんなあの子が悪いと思ってる。そんな子だから、隣人があの子は母親に虐待されてると報告してきても、彼女はなんの手も打たなかった。母親が自宅学習させてるかどうかも確認しない。あの子と直接会って話してみるという最低限の仕事さえしなかった。まあ、やろうと思ったとしてもできなかったんだけど。あの子は去年の夏に家出してるから。かたや母親とは名ばかりにすぎない女は、その間もずっと親専業者への給付金を受け取っていた」

「彼女は今どこにいるんだい、その母親は？」

「それがね、彼女は保釈金を払えなかったから、ニュージャージー州はフリーホールドの檻にいて、詐欺罪の嫌疑を受けてる。アパートメントからは違法麻薬も見つかった――あのろくでなしケースワーカーは麻薬があるかどうか調べもしなかったのよ」

「それで、彼女は今どこにいるんだい、そのろくでなしケースワーカーは？」

「彼女が明日どこにいないかは言える。彼女は明日、ろくな仕事もせずに給料をもらうために自分のデスクにつくことはない。本来なら、名ばかりの母親の隣の檻に入れられるべきなのよ。わたしは彼女から〝人の仕事に口出しするな〟〝言葉遣いに気をつけろ〟〝あなたにはわからないのよ〟というたわごとをもらった」

ロークはその場に立ったまま、歩きまわるイヴを見つめていた。「それなのに彼女は自力で歩いて帰れたのかい？　スパーリング・ドロイドが身代わりにされるのは無理もないな」

「そんなところね。ドリアンのことはどこから始めたらいいのかしら。彼女が自分でニューヨークまで来て、先週だか先月だかに拉致されたのかどうかもわかってない。家を出た夜に、あのチンケなアパートから数ブロックのところで拉致されたのかどうかも。その二つのあいだのいつでも、どこでもありえる。彼女を探そうという気になった者が誰もいなかったせいで」

イヴは震える息を吐きだした。「誰も気にしなかった」

「今は誰かさんが気にしている。きみは彼女を見つけだすよ」

「死んでるかもしれない」

「そうは思ってないだろう」ロークはやっとイヴのそばまで行き、両手を彼女の肩に置いた。「きみの直感を信じるんだ。僕は信じているよ」

「苦しいのよ」

「わかるよ」ロークはイヴを引き寄せ、しがみついてきた彼女を抱き締めた。「わかる。デニスの言うことが正しいのをわかるのと同じくらい」

「かわいそうだなんて言わないで」

ロークはイヴの髪に触れた唇に笑みを浮かべた。「それは頭になかった」

イヴはため息をつき、彼の肩に頭をもたせかけた。「わたしたち、二人とも正しいの?」

「そうだと思う。ともかく今回のことについてはね。二人とも正しくて、二人とも間違っている。だからチャラだ、そうだろ?」

「あなたも苦しいのよね。そうじゃなければよかったのにとか、あなたがそんなふうにわたしを愛さなければよかったのに、とさえ思えない。そしてそんな自分がいやになる。愚かで身勝手で――」

ロークは唇でイヴの口をふさぎ、ゆっくりと優しいキスをした。「僕は愚かで身勝手な女性を愛したんじゃない。そういうことを言うのは侮辱だ。僕を締めだすなら愚かで身勝手だが、きみはそんなことはしない」

「しないわ。たとえ、あなたにとってつらいことでも」イヴは後ろに下がってロークの両手を取った。「あなたはわたしが少女たちのことを商品と言ったのが気に入らなかったでしょ。車と同等に扱ったのが」

「ああ、気に入らなかった。きみがモンスターたちの目を通して見ているのだと理解してはいてもね。彼らにとってはうってつけの言葉なんだな」

「すべてビジネスなのよ――利益の追求。個人的な感じはしない。個人的な理由や、個人的な倒錯願望で少女たちをさらったという感じじゃないってこと。マイナは処女のままだった。だからってほかの方法がないわけじゃないけど、でも、彼女の体に虐待、拘束、薬物の痕跡はなかった。おまけに彼らは彼女を磨き上げてたの」

「磨き上げてた？」

「マニキュア、ペディキュア、スキンケア、高価なシルクの下着、良好な栄養状態。ハーヴォの話では、シャツは彼女の体に合うように詰めてあった――しかもノーラベル。それはどういうことだと思う？　そのシャツ」

「シャツは彼女のために作られた。そして彼らにはその入手元がある」

「そのとおり。そしてそれは高くつく、そうよね？　それはよくあるやつじゃない――なんて呼ぶんだっけ？」

「プレタポルテ。既製服」ロークは念には念を入れた。「吊《つ》るし」

「はいはい、それよ。なぜそんなことするの？　そんなお金をかけて。別に凝ったものじゃないのよ。ただの半袖の白いシャツ。だけど、ミスター・マイラが言ってたように一ダース注文すると少し安くなるとしたら？　彼らはマイナを何カ月も監禁してた。おそらくドリアンもそうだったでしょう。ほかにももっとあるとしたら？　上質な無地の白いシャツ」

「制服のように」

「制服のように。軍隊では入隊者に何をする？　制服を着せる。入隊者はもう個人ではなく、まわりと同じ恰好《かっこう》をさせられる。学校の制服、チームのユニフォーム、警官の制服。

それは訓練の一環なのよ。定められた時間に食べ、定められた時間に眠り、指示に従うのと同じ。

彼女にはしっかりした筋緊張があった」イヴは話を進めながら歩きだした。「つまり運動してた。まあ、健康を維持して強く生きるために自分でやってたのかもしれないけど、彼らにしてみれば売りに出すために磨いてる少女には太ってほしくないわよね？　美しい状態を保ってほしいはず。彼女は髪の手入れもしてたの。彼らはその製品を買い与えるか、提供してやらなければならなかった」

イヴはロークのほうを振り返った。「商品を市場に出したり売ったりするときには、それを輝かせたいわよね？」

「もちろんそうだ」

「この手のビジネスについて何か知らない？」

「僕はその種のものには一切近寄らない、昔からずっと」

「それはわかってるけど、何かを知ってる誰かを知ってる誰かを知ってるかもしれないじゃない」

「その種の噂《うわさ》を耳にしたら必ずきみに伝えると約束する。それはそれとして……」ロークは歩きだし、自分用にコーヒーを注いだ。「僕たちにはシェルターと学校がある。そこで働く誰かが噂を耳にしたら、きみに直接伝えなくても僕に報告することは間違いないと言える。一応、尋ねてはみるけどね」

「これは最近始めたビジネスとは思えない。同時に売りだす少女の数が二人であれもっと大勢であれ、絶対に新規事業ではない。マイラは洗練されてると言ったけど、それがしっくりくる。あの子は頭がよかったから脱出できたのかもしれないし、彼らが少し不注意になったからかもしれない」

「なぜ両方じゃいけないんだい？」

「そうね、いけなくない。しばらく順調にビジネスを続けていると、少し不注意になることがある。そういうときに、それを利用する方法を考えつけるすごく頭のいい者が現れる。彼女は脱出した」

イヴは戻って自分にコーヒーを注ぎ、カップを持ったまま事件ボードのほうを向いてマイナのＩＤ写真を眺めた。「彼女は雨のなか外に出た。シャツはだめになったけど、ズボンは大丈夫。おそらく高価なものだから、彼らはもったいなくなったのかもしれない。あるいは路上生活者に見えるように手持ちの服を着せる？　彼女はそれにしては清潔すぎるし、きれいに磨き上げられている。とにかく彼らはできるだけの手を打つ」

イヴは事件ボードまで行き、犯罪現場写真のひとつを指先で叩いた。「彼らはマイナから靴を奪う。何もかも奪うが、彼女のネックレスだけは戻してやる。チェーンは壊れてる。誰かが奪おうとしたけど、しかたなくそのまま逃げたかのように。彼らはドリアンの血を利用する。舞台設定としては悪くない」

「彼女がどこから脱出したにしろどこで死んだにしろ、彼らは死体を遠くまで移動させただろう」

「そう、かなり遠くまで。殺人の凶器は天然の木だった――ピーボディは誰かが古い間柱を取り去ったんだろうと言ってた。バッテリーパークの地面に転がってるような代物じゃないわね」

イヴは両手をパンツのポケットに差し入れ、踵《かかと》に体重を乗せて体を前後に揺らしている。「フィラデルフィア郊外の高級住宅街とニュージャージー州フリーホールドの貧しい地区。もしかしたら、ドリアンはフィラデルフィアを目指し、そこで彼らに捕まったのかも。でも、なぜフィラデルフィアまで行くの？」

「そことの関連は何もないのかい？」

「関連なんてどこにもない。彼女は窃盗で二度逮捕されたことがある。惨めな暮らしから逃げだした盗癖のある子なら、なんでニューヨークを目指さないの？　それほど遠くないし、観光客は大勢いるし、ストリートキッドが身を隠す場所はいくらでもあるでしょ」

イヴはまたぶらぶら歩きだした。「ストリートキッドをさらうのは簡単、危険は少ないし、彼女のことをじっと見てる者もあまりいそうにない。もしかしたら彼女はニュージャージーで拉致されたのかもしれない、もしかしたら彼女はフィラデルフィアを目指したのかもしれない。あるいは、もしかしたら彼女はニューヨークにたどりついたのかもしれない」

イヴはロークのほうを向いた。「同一人物が彼女たちを両方とも拉致したんだとしたら、わたしに考えられるのは第三の場合だけ」

「スカウトだ」

イヴはロークを指さした。「正解。ライン作業ってあなたは言ったわね。彼らはそのラインに商品を流しつづけなくてはならないの。ペンシルヴェニア州デヴォンでほかに行方不明になった子についてはなんの情報もない――男も女も、年齢の幅を広げても」

イヴの論理に従い、ロークは事件ボードまで戻ってじっくり眺めた。

「あの地区には頻繁に足を運びたくないでしょうね。範囲が狭すぎる」

「だがきみは、そもそもあの地区に足を運んだ理由をわかっているよね？　ストリートキッドは総じてそれほど健康ではない。彼女たちを捕まえたときには薬物中毒になっているかもしれない。彼女たちは処女じゃない確率のほうが高い。主要商品を求めているなら、もっと候補が揃《そろ》っている場所でハントしないと」

髪を指で梳《す》いてから、イヴは息を吐きだした。「その手のことに慣れてる捜査官がいるの。マクナブが知ってる人。明日、彼女を引き込んで相談してみるわ」

イヴはロークを振り返った。「あなたならこれについて、どんなビジネスプランを立てる?」

「なんだと、まいったな」ロークはイヴの予備ステーションの椅子に腰をおろした。「よし、いいだろう。まず、少女たちを収容しておく場所、住居が必要だな。最初のうちはひとりとか二人のごく小さな規模だったとしても、安全な場所が必要だ」

「民家ではない、個人の邸宅ではないはず。マイナはメアリー・ケイト・コヴィーノとはちがって、地下に監禁されてたわけじゃないの。すごく健康で、きれいだった。拘束された痕もなかった。犯人は少女たちを何カ月も手元に置きつづけてる。プライバシーとセキュリティが確保されてたのは間違いないわ」

「改造された倉庫とか、あるいは資金が潤沢ならアパートかそのたぐいのもの」

「アパートやオフィスビルには窓がたくさんあるわよ」イヴにはどうもしっくりこなかった。「すべての窓の安全を確保しておくのは大変でしょ」

「たしかに。だが、潤沢な資金があればできないことではないだろう。それから食事を用意する方法が必要だ、しかも現場で用意できることが望ましい。となると、スタッフも何人か必要だ――食事の用意をするだけでなく、必要な材料を買い出しにいく人間が。キッチン設備とスタッフも。少女たちを見つけ、拉致し、運ぶ方法。もちろん、それが見つかれば警備員も必要だ。きみは手入れの話をしていたから、そのための製品、メイクやスキンケアをしてやる者、あるいはそのやり方を教える者。医療スタッフも必要になるだろうな」

「医療スタッフ。なるほどね。彼女たちを検診しなければならない。健康な状態を保つために」

「掃除をする者」ロークは付け加えた。「それに躾《しつけ》係が少なくともひとりは必要だ」

「子どもというのはすぐに言われたとおりにするつもりは全然ないから」

「衣類の購入または製作、洗濯を管理する者」ロークはそのビジネスを頭に描きながら続けた。「それにマーケティング。写真やビデオ――いかにも潜在的な顧客を引きつけそうなもの。商品を目立つように見せたいならプロを雇うのがいちばんだろう。オンライン分野の環境を整え維持するITマンまたはチーム。事務従事者――やっぱり事業には記録が必要だ。銀行業務――利益を投資し、さらに享受する方法が必要だ。相当な費用がかかるよ、イヴ、少女たちを同時に二、三人売りだすだけでもね」

「もっと多いでしょうね。たとえば八人から十人くらい。ポルノでも多少は稼げるけど、利益の大半は売買よ。少女ひとりにつき五百万か六百万ドル、あなたならどうする？」

「その大部分は運転資金に戻す。給与の支払い。ローンまたは家賃、食費や光熱費やなんかがあるからね」

「少女ひとりを六カ月確保しておくとして、それにかかる費用をたとえば五十万ドルとする。八人確保しても費用はその八倍にはならない。車の場合と同じようにね？」

ロークはイヴの思考を簡単にたどることができた。ビジネスセンスのある考え方だったから。

「費用のなかには不変のものがある。ローンまたは家賃は額が一定している。建物の冷暖房にかかる費用にもさほど大きな変動はない」

「じゃあ、数カ月ごとに少女を二人ずつ売りだすとして――それにポルノから上がる収益をプラスすれば、年間利益が読めるわね。適切にやれば数百万ドル」

「今は日々何十人もの人間が携わっていると思われる、高度に組織化されたネットワークの話をしているんだよ」

「そうよ、でも規模はそれより小さいかもしれない。それでも、あなたの言った構成要素は必要だろうけど。全部必要なのよ。フレンチネイル、白身魚のグリルと玄米と野菜――マイナの夕食よ」イヴは説明を加えた。「彼女は喉に指を突っ込んで、少し吐きだした」

「脱出するために?」

「わたしは確信してる。夕食を吐いて逃げだす少女がいるなんて誰も思わないでしょ? うまく考えたわね。もしかしたら、彼女とドリアンは一緒に計画したのかもしれない。ドリアンを見つければその答えもわかる」

「つまりそれは、今夜じゃないということだね。今日はもう終わりにしたほうがいい。きみは疲れているし、傷を負っている。体に」とロークは付け足す。「目や顎もそうだが、きみは脇腹をかばいだした。たぶん肋骨《ろっこつ》がズキズキしているんだろう」

「冷却パックを貼ってある。もう冷たくはないけど、まだ貼ってある」イヴは肩をすくめた。「痛みを感じたかったの」

「わかるよ。僕がきみの立場だったら、同じことを思っただろう。僕たち二人のそういう関係をなんて呼べばいいのかはわからない。とはいえ、きみにはヒーリング・ワンドが必要そうだな」

「まあね。というか、すごく必要としてる。ジムから戻ってきたとき、あなたがそれを勧めてくれなかったから少しムッとした。勧められてたら〝ほっといてよ〟って言えたのに」

「僕はきみを満足させられなかった自分にめちゃめちゃ腹が立った」

ロークが差しだした手に、イヴは自分の手を預けた。

7

寝室に入ってシャツを脱いでいるあいだに、ロークは治療棒《ヒーリング・ワンド》を取りにいった。ベッドの上でグレーの太いリボンのように体を伸ばしているギャラハッドは目を開け、冷却パックを剥がしているイヴを咎《とが》めるような目でじっと見つめた。

「あのドロイドは卑怯《ひきょう》な左エルボーを使ったのよ」イヴは猫に訴えた。

いまいましく思いながら、冷却パックを復活させて顎に当てると、ロークが戻ってきた。

イヴの脇腹を明らかに咎めている目でじっと見つめてから、かぶりを振った。

「そのときは傷を負うだけの価値はあったんだね?」

「そうでもない。発散しきれなかった感じ。女性をプログラムすればトルーマンを殴るようなものだろうと思ったんだけど、あのビッチは頑丈にできてた。ドロイドのほうのこと、トルーマンじゃなくて」

ロークが脇腹にヒーリング・ワンドを当てて転がすと、イヴは小さく悲鳴をあげた。

「トルーマンは殴ったりしないの」

ロークはあいづちを打った。「うん、うん」

「彼女は骨の袋よ。ドロイドは筋骨隆々で、体重は七十キロ近くあった。卑怯な左も使う」

「きみは油断した」

「わたしは……」くそっ。「そうかもしれない。なんでわかったの？」

「たとえちらっとしか見なくても、僕にはその後の展開がわかる、そうだろ？」

「ある種の社会では、そういうのはスパイ行為と見なされるのよ」

「好きなように考えればいい」ロークは悪びれずに言った。「これが決まるのを見たあと」彼はイヴの顎の冷却パックを指先でそっと叩《たた》いた。「僕はシャワーを浴び、ディナーのための着替えをした」

イヴはそれについて文句を言えなかった――言いたい気はしたが、理詰めで攻め立てる方法が見つからなかった。

「コンピューターはわたしの判定勝ちを認めた。ドロイドのほうも軽度から中等度の損傷ですんだ」

「よし、じゃあ座って。きみの軽度から中等度の損傷を治療しよう」

ベッドの端に腰をおろすと、ギャラハッドが寝返りを打ち、体をくねらせながら前進してきて、頭をイヴの手の下に押し込んだ。

「ミスター・マイラに抵抗すればよかった、慰撫《いぶ》されるままになってないで」

顎の傷にワンドを当てながら、ロークはイヴの目を見つめた。「彼はコツを知っている」

「彼がどうしてたちまち核心を突けるのかわからない。おまけに、わたしにはうまく説明できなかったことをさらりと言った。わたしには選択肢がないのよ、ローク」

「わかっているよ。きみのことを理解しているのと同じように。どうして僕はきみの顎の傷より心の傷や痛みを目にするほうが、身をよじられるほどつらいんだろう。とはいえ、この手の顎の傷はすぐ治るからな」

ロークはイヴの治療を顎から目へ切り替えた。「僕たちはわざわざ過去をすべて切り捨てることはけっしてしない。そのおかげで今の僕たちがあるんだからね」

「たぶんね。マイラが言ってたんだけど……わたしがドリアンみたいな子のことを理解できるのは、どちらかといえばわたしにもそんな経験があるからだって。社会的権威への不信。その感情がどこから来るのか、わたしにはわかる」

「しかしそれでも、きみは社会的権威を選んだ。きみは職業としてだけではなく、生活の拠点として警察を選んだ。いっぽう僕は長いあいだずっと、その反対の道を選んでいた」

「わたしたちは二人とも自分の手で運命を切り開いていく必要があった。そのパワーを取り戻す必要があった。もしあなたに出会ってなかったら、わたしはもう少しで燃え尽きてたでしょう。もしわたしに出会ってなかったら、あなたはこの宇宙に存在するアートと宝石をひとつ残らず盗んでたかもしれない」

「いや、僕たちは出会う運命だったんだよ、ちがうかい?」

猫が今や二人の膝の上に体を伸ばしているなか、イヴはほほえみ、ロークの頬に手を触れた。「アイルランド流口説き文句ね」

「偽りのない事実だよ、僕に語りかけてくるんだ。あの少女はきみに何を語りかけてくるんだい？　聞かせてくれ」

イヴは目を閉じ、猫を撫《な》でた。

「今日、モリスと一緒に彼女を見下ろしてたとき……彼女は完璧に見えた。若々しくて完璧だった、ただひとつのことを除いて……。彼女が思ってることが聞こえる。〝彼らにさらわれなかったら、わたしはどんなことができただろう、どんな人になっていただろう。無事に逃げだすことができたら、彼らのやったことにどう対処すればいいだろう〟。そう考えてるのはわたしだってことはわかってるんだけど――」

「だけど？」

ヒーリング・ワンドはもう痛いどころか心地よくなってきたので、イヴは力を抜いた。

「彼らは表に現れないところに、目には見えないところにダメージを与えた。でも、彼女には拠《よ》りどころがあった、家族がいた。だから彼女は乗りきれたでしょう。忘れることはできないとしても。忘れるなんて無理よ。わたしたちにはそれがわかる。でも、乗り越えることはできる。彼らはマイナからそんな未来を奪ってしまったのよ」

「もうひとりのほうは？　きみが見つけださなくてはならない子のほう」

「彼女の拠りどころはひび割れてグラグラしてる。わたしは母親について調べて、その目を覗《のぞ》き込んだ。そこにはわたしの母親がいた。ステラの片鱗《へんりん》が見えた。だからってわたしは自分を責めるつもりはない」

「責めるべきでもない。共通するタイプがあるね？　ステラ、メグ・ローク、その女性。いずれも卑しくて、残忍だ」

「トルーマンもそのタイプにほぼ当てはまる。ジュウェル・グレッグが隣人たちの目の届かないところでもしょっちゅうドリアンを虐待してたのがわかるように、彼女が子どもを殴ったりしないことはわかる。彼女は相手の心を殴る。自尊心、信頼心がずたずたになって血を流すまで殴るタイプ」

それを考えると、それを思いだすと、イヴははらわたが煮えくり返った。

「身体的虐待よりたちが悪いな。彼女は子どもたちを愛する必要はないし、そんな期待もされていないよね？　だが、彼女には職務がある。彼女はその職権を乱用し、子どもたちに目には見えない傷を負わせているんだ」

「彼女はクビになるから見てて」

「優先順位のトップに置く。しかし、それだけでは不足だ。彼女はすでにドリアン・グレッグに打撃を与えた。そんな子がほかに何人いることか」

　腹の底でふたたび怒りが煮え立った。

「ああいう人間はわたしも知ってる。ええ、よく知ってるわよ。わたしにもその手の担当者が何人かいた。悪徳警官のように、彼女みたいな者がひとりでもいると、真面目に働いてる者たちの努力を全部だいなしにしてしまうの」

　ロークは腰をあげて歩きだし、寝室のオートシェフのパネルを開けた。イヴは脇腹を確認した――間違いなくよくなっている。顎の腫れも引いてきている。

「わたしは暇を見つけて、彼女を違法行為で吊《つ》るし上げられないか調べてみる。ジュウェル・グレッグが親専業者の給付金を詐取してたのに、それを確認しなかったことで、トルーマンは職を失うことになる。そう、彼女はクビよ。だけど、賄賂を受け取ってなければ罪にはならない。わたしが何か見つけても、せいぜい軽い刑罰ですませられてしまう。そんなんじゃ足りないわ」

　ロークがピーチ色の液体が入ったグラスを二つ手にして戻ってきた。

「それは鎮静剤《スーザー》？　スーザーなんかいらないわよ」

「一本を二つに分けた。新製品だよ。カクテルのベリーニのような味がするはずだ」

　ロークが妻をうまくごまかすために、半分ずつ分け合うという方法を見つけたことを知っていたので、イヴはしぶしぶ口をつけた。「ベリーニはそんなに飲んだことがないから、わからない」

「味は改善する必要があるだろうな」

「まあね、悪くないけど」

「全然、悪くないね」ロークは同意した。「民事訴訟」

「何が？」

「ドリアンが見つかったら、彼女はトルーマンに対して民事訴訟を起こせる。児童《C》保護《P》サーヴィス《S》も巻き添えを食うことになるが、その女性の件は監督不行き届きだったんじゃないか？　それに優秀な弁護士がつけば、似たような話をする子どもを――もう大人になっているだろうが――何人か見つけるにちがいない。そうなれば集団訴訟だ」

その案を聞いて、スーザーの味がひときわ爽やかになった。「あの怠け者のろくでなしを訴えてやる」

「裁判所はきっと重い罰金を科すぞ。彼女に訴訟費用を返済する余裕があるとも思えないが、ともかくしばらくは地獄のような生活を送ることになるだろう。おまけに、きみには暴露を得意とする親友がいる」

「ナディーンのことね」その考えが頭のなかを駆けめぐると、煮えたぎるような怒りは満足感に変わった。「彼女なら大騒ぎしてくれるわ。なんでわたしはそれを思いつかなかったの？」

「きみはドリアンを見つけること、彼女とマイナを誘拐した者やマイナを殺した者を見つけることに気持ちを集中しなければならないからだ。さらに、ほかにも拘束されている者がいないかを突き止めなくてはならない。これは付帯事項だが」

「それも鋭い指摘だわ。ビジネスの天才がそばにいると便利ね」

「異論はまったくないね。さあ、治療は終わりだ。朝になったらもう一度ヒーリング・ワンドをやっておこう。きみは少し眠ったほうがいい」

ロークは猫をどかして立ち上がり、ヒーリング・ワンドを脇に置いた。

イヴはシャツを脱ぎながら考えた。「ワンドの治療とスーザーの投与はすんだんだから、あとは仕上げだけね」

ロークは靴を脱ぎながら、イヴに目を向けた。「感情的、身体的、それとも性的に？」

イヴは宙で指をくるりとまわした。「その全部」

「もう具合はよくなったのかい？」

「どこも痛くない」

「そのままの状態を保ちたいな」

「お手並みに自信がないなら……別にいいけど」イヴは肩をすくめた。

「賢いのはきみのほうだなあ」

ロークはベルトをはずし、ジーンズを脱ぎながらイヴに立ち上がるよう合図した。前に進んで彼女のジーンズのボタンをはずし、両腕をあげるようにもう一度合図する。イヴはシンプルな白いスポーツ・ブラをつけていた。肋骨《ろっこつ》を圧迫するようないつものサポート・タンクトップよりも賢明だとロークは思った。イヴの目を見つめたまま、スポーツ・ブラをゆっくり持ち上げて脱がすと、両手で乳房をつかみ、親指を滑らせた。

イヴは彼の首に両腕をまわし、唇を合わせた。ロークはイヴがキスに込めた激しさをやわらげ、穏やかで優しいキスをじっくりと返してくる。彼が両手を蝶《ちょう》の羽のように広げて徐々に下げていくと、イヴは首にまわした腕に力を入れてベッドへ引っ張っていこうとした。けれどロークが動こうとしないので、二人はそこに立ったまま体を密着させた。ロークの手がイヴのジーンズを腰から少し下げた。

ロークの唇はイヴの唇を離れ、顎をそっと撫でてから、脈打つ喉元へと移動した。イヴはロークの背中に両手を走らせていたが、彼の唇が胸をかすめると、手の動きが一瞬止まった。その羽毛で撫でられたような感触に鼓動は速まり、そばに引き寄せようと彼の髪をまさぐった。その唇がもっと触れるまで、速まる鼓動を感じるまで、彼の顔を引き寄せた。

イヴがまたベッドへ引っ張っていこうとすると、ロークは彼女の向きを変えさせ、背中をベッドの支柱に押しつけた。そして両手と唇を使って、彼女の肌の味を思う存分楽しもうとした。だが、いくら味わってもこれで充分だと思えない。

すらりと伸びた肢体、柔らかな肌の下にある強靭《きょうじん》な肉体、そして鍛えられたタフな体の奥に、自分は震えをもたらすことができる――そのすべてがロークを魅了し、興奮させ、感激させた。

　イヴはあの巧みな指がジーンズを下げていくのを感じた。その指が太腿に戻ってから滑り降りていくと、脚から力が抜けてふらふらした。

　ロークはイヴを浮遊させることができる。自分は無重力状態で、もろく、このまま浮いていたいと思わせることができる。

　やがて、ロークの唇がイヴを見つけ、舌を動かし、なかに差し入れてくると、イヴは自分をさらけだした。

「いいわ。いいわ。ああ！」イヴは背後の支柱に腕を巻きつけなければ立っていられなかった。「まだよ、待って――」

　けれどロークは待ってくれなかったので、オーガズムは熱のように広がって全身を貫き、息も止まりそうにさせた。イヴはなすすべもなく、ただ狂おしい思いが高まり、もっと奪われたくて体を前に出した。

「もう一度」ロークはイヴの内腿を軽く噛《か》み、その小さな、喜ばしい痛みを舌でやわらげた。彼はイヴのすべてを奪い、まだまだ奪えるものを見つけるのだろう。イヴがもう一度クライマックスに達し、体を震わせ、叫び声をあげると、彼はゆっくりと体を持ち上げ、指でイヴのなかに嵐を巻き起こした。

「今度は僕を連れていってくれ」と言い、ロークはゆっくりと、その熱い嵐のなかに滑り込んでいった。「僕がきみを連れていくように。僕たちが立っているこの場所で。一緒に」

イヴはロークの目を見つめた。彼の目だけを、その限りなく青く、素晴らしい目を。そして愛を知った——それが二人を切り裂かないのが不思議なほど鋭利な愛を。

もしかしたら切り裂かれたかもしれない。

だからイヴはロークに抱きつき、心臓のように脈打つ体で、ロークと同じように熱を込めて彼を連れていった。

目をしっかり見つめ合ったまま。

ロークはイヴの額に額を預け、息を吸い込むことができるようになってから彼女を立たせた。イヴの体はくにゃくにゃしていて、雨水のように手から流れ落ちるのではないかと思いながらベッドまで運んだ。

ベッドに入ると、イヴを引き寄せてその背中を撫でた。

「僕の手並みには満足してもらえたかな？」

「もう充分。あれ以上だと昏睡《こんすい》状態に陥っちゃう」

猫がひょいとベッドに戻り、自分の場所を確保するのがわかった。

イヴが自分の腕のなかで眠りにつくと、これで万事うまくいったな、とロークは思った。

夢は意外ではなかった。それは予期していた。けれど夢だとわかっていても、イヴは気を引き締め、しっかりしよう、弱気になってはいけないと自分に言い聞かせた。たぶん、ダラスのあの赤いライトが点滅し、凍えるように寒い部屋にいることまでは予想できなかったかもしれない。とはいえ、かつてのような恐怖を感じることはなかった。イヴはもう子どもではないし、リチャード・トロイはとうに死んでいる。

この手で殺したのだから。

イヴは数えきれないほどの悪夢を見せられた部屋に黒衣で立ち、武器を構え、マイナ・キャボットの言葉を待った。

マイナは学校の制服姿で立っていた。鮮やかな赤い髪は艶やかで、くっきりとした目は生き生きとしている。

「あなたはわたしを理解してると思ってるようね？　あなたはここの出身。わたしはちがう。わたしには愛してくれる家族がいた。あなたはちがう。わたしには友達がいて、自分の部屋もあった。あなたは何も持ってなかった。わたしの何を知ってるというの？」

「彼らがあなたからそのすべてを奪ったことを知ってる。それがどんなことか、わたしにも理解できる」

「あなたには奪われるものなんてなかったくせに」

「わたしの知らないことを教えて。わたしが知ってるのにまだ気づいてないことを」

「彼らはあなたを誘拐しなかっただろうし、あなたを着飾らせたりしなかっただろうということ。あなたはあまりかわいくないから」

マイナの指さすほうに目をやると、青白く痩せこけた子どもの頃の自分がいた。汚れた髪、絶望的な目。

「そうね」

「彼はきっとあなたを安く売ったでしょう。あなたはさんざん傷をつけられてたから」

「わたしに傷をつけたのは彼自身よ。彼らはあなたに傷はつけなかったでしょ？　最後まで」

「わたしには明晰《めいせき》な頭脳があったし、取り戻したいものもあった。あなたはわたしを救ってくれなかった」

心が痛んだ。夢のなかでもつらかった。「痛いところを突かれたわ」

「彼女はあたしのことも救ってくれないわよ」ドリアンがマイナの隣に立っていた。髪はきれいに手入れされ、完璧なカールができあがっている。彼女も同じ学校の制服姿だった。

それはちがうわ、とイヴは思った。ドリアンはプライベートスクールには通っていなかったのに。

「あたしが生きてるか死んでるかさえ知らないのよ。少しは気にしてくれたっていいじゃない」

「気になるからここにいるのよ」

「ふざけないで！」怒り。その叩きつけるような口調に、イヴは怒りを認めた。「あんたがここにいるのは、給料をもらってるから。あたしをあのゴミ溜《た》めに引きずり戻した警官たちと同じ。母親は給付金を受け取るためにあたしを探させたのよ」

「わたしはあなたの母親を刑務所に入れたわ」

「今となってはどうでもいいことよ。いいからさっさと消えて。自分のことは自分でやれるから」

十代の女の子というのはどうしてあんなに怒りっぽいのだろう、とイヴは思った。それとも、こちらがそういう目で見ているだけなのだろうか？

「わたしに怒りをぶつけたいの？　いいわ。でも、わたしはあなたの味方よ。わたしにはあなたを理解できないと思ってるのね？　あの子にはできる。そして、あの子はわたし」

イヴはかつての自分を見つめた。折れた腕を支え、両手から血を滴らせている子どもを。

「状況はよくなっていくわよ」イヴはかつての自分に声をかけた。「あなたは大丈夫」

「ふざけないで！」今度は悲鳴に似た声をドリアンはあげた。「あんたは彼女を騙《だま》してる。自分のことなんて気にもかけてくれない他人のもとに放りだされるのが、どうして大丈夫なの？　警察はあの子がやったことを知ってたら、独房に放り込んでたはずよ。人殺し！人殺し！　あたしはこれでも人を殺したことはない。そんなことしてないわよ！」

マイナが立ち上がった。槍《やり》が貫いた胸のあたりが血で赤く染まったシャツを着ている。

「こんなの最悪だわ。そしてあなたはそれを止めなかった。あなたは何ひとつ止められなかった。だから……」

「さっさと消えて」少女たちは口を揃《そろ》えて言った。

目を覚ますと、寝室には朝日が少しずつ射《さ》し込みはじめ、背後にはすっかり着替えをすませたロークが座っていた。

「ほらほら、ただの夢だよ」

「わかってる、わかってる。わたしは大丈夫よ。まったくもう」イヴは体を起こし、腕をまわしてきたロークの肩に頭をもたせかけた。「そんなに悪い夢じゃなかった。というか、悪夢にはちがいないけど、そうでもなくて……わかんない」

イヴは顔をあげ、頭に手を当てた。

「頭痛だね。間違いない。僕にはわかる」

「大丈夫だってば」

ロークは立ち上がり、オートシェフにコーヒーを取りにいった。そして、それを持って戻り、鎮痛剤を取りだした。「これを呑《の》まないとコーヒーはあげない」

「意地悪したいだけね」イヴは薬を呑み、コーヒーも飲んだ。

「頭痛が起こる前にゆっくり眠れたね」という言葉を聞いて、イヴは時間を確かめた。

「大変！　もう起きなくちゃ」

ロークは慌てず、イヴの肩に手を置いて引き止めた。「少しでいいから話してくれ」

「シャワーを浴びて頭をはっきりさせたいの。それから教えてあげる」

「いいだろう、じゃあ朝食をとりながら」

「ワッフルにしてくれる？」

ロークは笑みを浮かべた唇をイヴの額に押しつけた。「ああ。シャワーを浴びておいで」

案じたほどではなかったと思いながら、ロークは朝食をプログラムするためにオートシェフへ向かった。

早朝のリモート会議をいくつかこなしているあいだに様子を確認したが、イヴはすやすや眠っていた。だから仕事部屋から寝室に戻ってきて、イヴが寝言をつぶやき、猫が彼女の肩に頭をぶつけているのを見つけたときは心配した。

だが、それほどひどい夢ではなかった。イヴは震えていなかったし、ワッフルを頼んだということは、気分が悪いわけでもない。

ロークは朝食の準備をすませると、彼女の時間を節約するためだと、やや弁解ぎみに自分に言い聞かせ、仕事用の服一式をベッドに並べた。

イヴがクリーム色の短いローブ姿で出てくると、ロークは背を丸めた猫を膝に乗せ、壁面スクリーンに朝の株価データをスクロールさせていた。

「これってシルクなんでしょ？」

「そうだよ」

「セクシー？」

ロークはあからさまな視線を投げ、コーヒーに口をつけた。「その中身はね」

「よしてよ。これはセックスウェアのようなもの？」

ロークは笑いながらソファに背を預けた。「そんな誘導尋問は初めて聞いたが、その疑問には真面目に取り組もう。僕の考えではさりげなくセクシーだ」

「上品な感じよね？」

「僕も同意見だ。よく似合っているよ」

「わたしが上品だなんて言う者はひとりもいないわ」

「きみにはもともと品がある」

軽く鼻で笑ってから、イヴはＰＰＣを手にした。「この下着を見てよ」

「なんて素敵な一日の始まりなんだろう」ロークはＰＰＣを手に取り、画像を見てうなずいた。「そうだ、きみの事件ボードで見たやつだね」

たとえ覚えていなかったとしても、ブラの血痕が手がかりになる。

「それはひとまず置いといて。これはセックスウェア？」

「おい、それはないよ」

「わかってる、わかってるんだけど、それは置いといて。今は品物だけで判断して」

「わかったよ。たしかに挑発的で、体の魅力を引き立てるようにデザインされている。色合いやレースの技巧からすると、これもさりげなくて、間違いなく上品で、ロマンティックとさえ言える。大人の女性にはね」

イヴはロークの肩を叩いた。「そこよ。子どもの場合はさりげなくもないし、上品でもない。合ってないから。でも、彼女たちはそれでもあの……メイヴィスがよく言う雰囲気《バイブス》を持ってる。わたしはそのバイブスを感じる。というか、このローブを着たときにわかった。ベッドの支柱に押しつけられたときは感じなかった」

「感じていたよ」

「そうじゃなくて」イヴは訂正し、ＰＰＣを取り戻した。「わたしは二枚のシルクの切れ端に入れ込みすぎてるのかもしれないけど、彼らはあの少女にセックス以上のものを求めてたんだと思う。セックスするのは簡単よ。そのために下着に何千ドルもかける必要はない。しかもこれは日常的に身につけるものなんでしょ？　あなたがわたしに買ってくれるものみたいに――そのなかにはあからさまなセックスウェアもあるのよ。わたしだってバカじゃないからわかる。でも、仕事に行くときは？　職場にはこんなの着ていかないわ」

考えに考えてから、イヴはＰＰＣをテーブルに戻した。「とりあえず、ワッフルを食べる前に着替える」

ロークがベッドのほうを指さした。イヴは並べられた服一式に目をやり、それから彼を振り返った。

「えー、なんで？」

「時間を節約するためだよ」

「しかたない」イヴはロークのコーヒーを奪い、飲み干した。「どっちにしても、頭がいっぱいで服のことを考える余裕なんてないもの」

「まずは脇腹を見せてもらおうか」イヴが目を剝《む》いてローブを開くと、ロークはギャラハッドを脇に置いて立ち上がり、もう一度ヒーリング・ワンドを使った。

「打撲痕はほとんど消えている」

「いい感じよ。嘘じゃなくて」イヴはすかさず言い足した。「誰かに脇腹を殴られたら痛いと感じるだろうけど、そうじゃなければ大丈夫」

「油断は禁物だよ。腫れは引いている」ロークは顎にヒーリング・ワンドを当てながら付け加えた。「目の下は少し色が濃くなっているが、腫れてはいない。午後にもう一度、手当てしろと言いたいところだが、きみはやりそうもないな」

「思いだしたらやる」

ロークは目の下の傷にそっとキスした。ちょうど、デニス・マイラがしたように。

「きみならできるよ」

ロークがソファに戻ると、イヴは彼が用意したシンプルなコットンパンツを身につけた。「ほらね」と言いながら、イヴはサポート・タンクトップを引っ張った。「あなたはちゃんとわかってる」

ズボンは茶色を選んであった。フィーニーのクソ茶色ではなく、銅《あかがね》色に近い茶色だ。シャツはローブと同じようなクリーム色で、銅色とネイビーの細いストライプが入っている。ネイビーが入っているのはジャケットもネイビーだからだろう。イヴは武器を装着し、ネイビーで、銅色のバックル付きのベルト、銅色の厚底がついたネイビーのブーツ、そして腰のあたりまであるジャケットを身につけた。

「このジャケットには、あのコートと同じように魔法の裏地がついてるわ」

「まだ試作品なんだ」ロークは朝食プレートの蓋を取り去りながら教えた。「取りはずし可能で、別の上着につけることもできる。今、研究を重ねているところだ」

「へーえ、すごく軽い」

「テストとシミュレーションでは、フルパワーのスタナーや刃物による攻撃を遮断するばかりか、相手がなんらかの手段で銃を調達した場合は、弾丸を遮断する。もちろん、きみにはそんな場面に遭遇してほしくないが、万一に備えてね」

ロークはイヴにコーヒーを注《つ》いだ。「さて、夢のことを教えてくれ」

「いいわよ。全体的にはうっとうしい感じ」ワッフルをシロップに浸しながらイヴは話しだした。「場所はダラス、ダラスのあの部屋」

「ああ、イヴ」

「ちがうの、前みたいな打撃は受けてない。彼らは死んでるのよ、とっくの昔に死んでる。まあ南国のビーチでのセックスほど気楽じゃないけど、わたしはちゃんと対処できた。最初は被害者だけ、マイナだけだった」

イヴは食べながら話しつづけ、シロップに浸したワッフルを味わい、その合間にふっくらしたベリーを突き刺して口に運んだ。

「あの少女たちは怒りっぽいの」とベーコンを刺したフォークを振りながら言うので、ギャラハッドが鼻をひくつかせ、さりげなくテーブルのほうへ向かいだした。

そして、ロークから叱責のまなざしを受け、ぴたりと動きを止めた。

「それはわたしだってことはわかってる。本当はわたしが自分に文句をつけてるの。潜在意識とかそんなやつ。そうじゃなきゃ、十三歳の少女たちが怒りっぽいなんて、どうしてわかる？　つまり、わたしに何がわかるの？　十三歳の頃のことで覚えてるのは、施設から出られるまであと五年ってことだけ」

イヴはカリッとしたベーコンを噛み砕いた。「でも、わたしの脳は真実を少しひねりだしたと思う。マイナには取り戻したいものがあった。そして、もしドリアンがわたしと同じような気持ちだったなら――気持ちなら、外に出られるだけで充分なの」

「きみはあの二人に学校の制服を着せたんだね」

「うん、そのほうがうまくいくだろうと思って。二人いても五人いてもみんな同じ。商品。でも、下着となると話はちがってくる。大きな出費。投資よ」と、イヴはまた言った。「ローブのようなもの。肌触りがいい。それを身につけると、特別な気分が味わえる。わたしは仕事用の下着を身につけると、特別な気分になる。洒落《しゃれ》た服の下に洒落た下着を身につける、そうすると特別な気分になる。たぶん、あなたはそういうことについてあまり考えないかもしれないけど、あなたもそういう気分を感じてるの」

「制服は個性を奪う。その下にシルクやセクシーな下着をつけると、その感触や気分に慣れるものなのか？」

「そのとおり。心理戦のようなもの。ときには力ずくでも無理強いできる相手を求める者もいる。その種のパワーや支配的立場を求める。だけどそれなら、ロールプレイをするために公認コンパニオン《LC》を手に入れればいい」

「そうすると話は変わってくる」ロークが意見を挟んだ。「彼らはＬＣを所有しているわけではないから」

「それもそうね。だったら、ただでストリートキッドを拾うことができるのに、なぜレイプや残酷な仕打ちをするために大金を払うの？　大金に決まってる。性の奴隷という商品が欲しいなら、自分の思いどおりになるものには大金を惜しまないでしょ？」

「きみはこれを訓練の一種だと思っているんだな。魅力的な少女を標的にし、慣れ親しんだ場所から遠ざけ、思想を教化する。制服、食事、髪や肌のケア」

「罰も与える。人参《にんじん》は棒があってこそ価値がわかる。また軍隊を考えてみて、例の〝腕立て伏せ二十回〟とかいうやつ。彼らは自分たちのイメージに合う人間、自分たちが必要とする人間を作り上げるために、対象を一度破壊しなければならないの。

マイナのような少女、マイナに似た少女、処女を売りにしてるけど性的な知識を持っていて、セックスウェア姿、全裸、性的な状況で写真を撮られることに慣れてる少女。セックス・ドロイドを自分の好きな姿にプログラムして、自分の好きなようにする人がいるでしょ？　それと同じことかもしれない、ただし相手は人間の少女だけど」

イヴは肩をすくめ、ワッフルを食べ終えた。「あるいは、わたしの考えはまったく的外れかもしれない。でも……すべてが偶然の一致だったなんてありえない。そして、マイナ・キャボットとドリアン・グレッグは同い年で、それ以前にはなんのつながりもなく、二人ともおそらくは別々の地域で誘拐され、二人ともニューヨークに行き着くことはありえる」

イヴはテーブルを押して腰をあげ、ポケットに必携品を詰め込みはじめた。

「今日はウィロビーを呼ぶ。マクナブの知り合いで、性犯罪特捜班《SVU》の捜査官。彼女ならそういうことに見識があるかもしれない。もう行かなくちゃ」

　ロークは猫にもう一度、叱責のまなざしを投げてから立ち上がり、テーブルをまわってきた。そしてイヴの両肩に手を置いた。「僕のお巡りさんのことをよろしく」

「魔法の盾があるから大丈夫よ」

「きみの顔面用のものはまだ思いついてないんだ」だから代わりに、イヴの顔にキスをした。「目の下にヒーリング・ワンドを当てるんだよ」

「そうする」覚えていたらね、と心のなかでつぶやき、ロークを残して部屋をあとにした。

　車に乗るとウィロビー捜査官に連絡し、会いたい旨を伝えた。それからイヴは門を車で走り抜けた。

8

イヴが渋滞に立ち向かっている頃、ドリアンは途切れがちな、熱に浮かされた眠りから目覚めた。昨日は割れた窓に打ちつけてあった薄い板をなんとか取りはずし、打ち捨てられたような店に忍び込んだ。

店内は埃《ほこり》と泥と蜘蛛《くも》の巣だらけで、たぶん鼠《ねずみ》もいただろうが、とにかく横になって眠りたかった。盗んだ薬と冷却パックは持っているものの、あちこち痛くてたまらなかった。そして、その痛みの下には恐怖が渦巻いていた。何に対する恐怖か、誰に対する恐怖かはわからなかったが、割れたガラスで手を切ってまであの窓から潜り込んだのは、「隠れろ」と叫ぶ声が心の底から聞こえたからだった。

その日は床で丸くなって震え、汗をかきながら、寝たり起きたりを繰り返した。その後、果てしなく続く惨めな夜のあいだに、食べ物を盗むために店から抜けだそうとしたが、結局あきらめ、そのうちまた眠りはじめた。

今はもとに戻そうとした板の割れ目から、朝日が射《さ》し込んでいるのが見える。もう日が変わったのだとわかると、あらゆる本能が告げはじめた——起きて、動きだして、食べ物やここよりましな隠れ場所を見つけなければならない、と。

けれど、どこもかしこも痛かった。

「もう起きるかなと思ってたんだ」

その声にドリアンはギクッとし、その拍子に頭が風船のように膨らみ、パンと破裂したように思えた。

「気楽にいこうよ《テイク・イット・イージー》、そうしようよ《スクイージー》」

横歩きで近づいてきたのは子どもだったので、最大の恐怖は引いていった。

少年は大きな茶色の目をしていて、パープルのメッシュが入った茶色の髪はボサボサで、左頬の真ん中にピンクの丸い傷跡があった。

自分より年下だとは思うが、ぼやけた頭では自分の年齢さえ定かではなかった。

ドリアンは少年に消え失《う》せろと言おうとしたが、かすれた音が出るだけだった。

「きみは具合が悪そうだね。少し殴られたみたいだし。腹減ってない？」彼はトーストしていないベーグルの切れ端を、あまりきれいそうではない手で差しだした。「僕が食べたからこれしか残ってないけど」

ドリアンはそれを受け取り、かじりついた。

「僕はマウザーって名乗ってる。鼠みたいにすばしっこくて、小ずるいから」

何も言わず見つめていると、少年は肩をすくめた。「よかったら、僕と一緒に来ないか？　あまり具合がよさそうじゃないよ。僕たちにはここよりずっといい場所があるんだ。それに、ここは警察が覗《のぞ》きにくるよ、僕みたいに。だって窓に血痕が残ってたから」

「どこにあるの？」ドリアンはなんとか声を絞りだした。

「そんなに遠くない。警官に追われてるの？」

「わからない」

「よかったら一緒においでよ。怪我《けが》も治してあげられるし、ベッドや食べ物なんかもある」

「避難所《シエルター》はいや」

マウザーは鼻を鳴らし、手の甲で鼻の下をぬぐった。「そういうところじゃない。僕たちは互いに面倒を見合ってるんだ。ルールは——いくつかあるんだ——助けを求めてる子どもがいたら、できるだけ助けてやること。だから、よかったら一緒に来ていいんだよ」

「わかった《ケイ》」咳《せき》が出ると苦しかった。「脚が痛いの」

「何も折れたりとかしてるようには見えないけど。どこも」少年は目を天井に向けて言い直した。まるで内なる教師に訂正されたかのように。「僕に寄りかかればいい。見た目より強いんだよ」

ドリアンは立ち上がるのに手を貸してもらわなければならなかったし、二度ほど頭がクラクラしてその場に座り込んだ。

そういうとき、少年は座って待っていてくれた。

けれど立ち上がってみると、負傷した脚に体重をかけても恐れていたほど痛まないことに気づいた。

大したことはないが、足を引きずらなければならず、マウザーに寄りかかって体を支える必要があった。

二人は入ったときと同じ方法で外に出たが、マウザーは二人の手を守るために窓の桟に布切れを何枚か敷いた。

出たところは路地だった。

「さてと、この先はどうするかっていうと、目的があるように歩くんだ、何か用事でもあるように、いいね？　このあたりでは細心の注意を払う者はいないから」

日差しのせいで目が痛くなり、涙が出たが、路地から通りに出るときには用事があるようなふりをした。

「名前はあるの？　自分で作ってもいいんだよ」

「頭が変な感じなの。ごちゃごちゃになってて、思いだせないのよ」

「自分の名前も？　嘘じゃなく？　超クール」

「全然クールじゃない」

「二足す二はわかる？」

ドリアンは十代の女の子になら通じる視線を投げた。「四とか？　頭が混乱してるのよ、バカってわけじゃないの」

マウザーはただにやりとした。「カエルみたいな声だね」

「喉がひりひりする。ここはどこ？」

「ダウンタウンへ向かってる」

「ダウンタウンってどこ？」

「ええっ？　ニューヨークだよ」

「ニューヨーク」ドリアンはそっとつぶやいた。「あたしはニューヨークにいた。そう思う。思うけど。考えると頭が痛くなる」

「だったら、やめなよ」マウザーはため息をつき、薄汚れたバギーパンツのポケットを探り、コーラのミニボトルを取りだした。

「あげるよ。それとさっきのベーグルをかっぱらったんだ」

ドリアンはコーラを少し飲み、激しく咳《せ》き込んでからまた飲んだ。

「汗がすごいね。まだそんなに暑くないから、病気か何かのせいかも。こっちだよ」

少年は別の路地に案内し、セキュリティ・フェンスの破れ目に足をかけて越えていく。

ドリアンの脚は痛みが増していたが少年は進みつづけ、狭苦しい空き地で足を止め、金属製のカバーを引っ張りあげた。

「今度は下へ行くよ」

「下へ？」

熱気が押し寄せ、そのあと冷気が吹き渡った。

「トンネルだわ」

「この行き方がいちばんいいんだよ。配管網だかなんだかを変えたから、ここはもう必要ないんだ」

「トンネルだわ」とドリアンは繰り返した。

「怖くねぇ――じゃなくて、怖くないよ。秘密の通路みたいなものだからね。誰かに言っちゃだめだよ。急いで」

ドリアンの頭は働かなくなった。ただ歩いているのが見える。走っている、歩いている。急がなきゃ、逃げださなくちゃ。

遠くまで。

あらゆる音が跳ね返り、頭の外でもなかでも響いた。

ドリアンはよろめいた。

「あと少しだよ。絶対にほんと。さあ、立って」

「無理よ」ざらざらしたコンクリートの上で体を丸め、ドリアンは涙を流した。

マウザーが頭を撫《な》で、背中を撫でたが、涙は止まらなかった。

「すぐ戻ってくる、いいね？　ここにいて、ライトは置いていくよ。道はわかるから」

そうして、ドリアンはひとりきりになり、眠ろうと自分に言い聞かせた。目が覚めなくても大丈夫。とても疲れているし、とても痛いし、とても怖い。このまま目なんか覚めなくていい。

こちらに駆けてくる足音が聞こえた気がした。

彼らに見つかってしまったのだと思いながら、ドリアンは眠りについた。彼らに見つかることはわかっていた。でも、もう傷つけられることはない。自分は眠りにつくのだから。永遠に。

顔に当てられたひんやりした手の感触もわからず、話しかける声も聞こえない。

「かわいそうに、熱がひどい」

「脚を怪我してるんだ。歩くのは無理だよ」

「うーん。よし、我々に何ができるか考えてみよう」

ドリアンは誰かの腕で持ち上げられた。心のどこかでは手足を振り動かして逃れようとしていた。けれど、実際には呻《うめ》き声《ごえ》をあげ、ぼそぼそつぶやくだけだった。

「さあ、もう大丈夫だ。我々がついているから、もう誰もきみを傷つけたりしないよ」

イヴは渋滞をものともせず余裕を持ってセントラルに到着したので、ただちに自分のオフィスへ向かい、思考や推論を書き留めておくことにした。性的奴隷のためのブートキャンプのようなもの。訓練施設。

立ち上がって、オートシェフにコーヒーを取りにいく。自分は何かを知っている――あの夢で何かを知った。これと関連のあることを。

「あまりかわいくないから」

つぶやいて目をぎゅっと閉じ、イヴは記憶がよみがえるように念じた。

トロイ、リチャード・トロイ。あの男がそう言ったのだろうか。あまりかわいくないから、大金を稼いでくるような美人にはならないと。

だから貸しだす？　娘を貸しだし、使い果たしたら売り飛ばすと言った？

「わたしは話を作ってるの？　父親のせいにしてるだけ？」

イヴは窓辺まで行き、空を見上げ、地上を見下ろした。

「〝まだ未熟だ。くそっ、何もないところから魅力を引きだすのは無理だろう？　おまえはもう少し成熟する必要があるんだよ、チビ〟――彼がそう言うのが聞こえる」

吐き気がしたので、イヴは窓ガラスに額を押し当てた。冷静さを失ってはいけない。これを乗り越えれば、冷静なままでいられるだろう。

だが、〝あまりかわいくない〟が何かを――この捜査に関連する何かを意味するなら、それを深く探らなければならない。

軽いノックの音に、イヴはそちらを振り返った。

戸口にウィロビー捜査官が立っていて、まだ拳をドアの枠に当てている。

「警部補、ウィロビーです。少し早かったですね。この近くに住んでいるので、すぐにうかがったほうがいいと思って」

「大丈夫よ。コーヒーでもいかが?」

「ええ、もちろん。ミルクを少し、砂糖をひとつお願いしてもいいですか?」

イヴはうなずき、事件ボードのほうを手で示した。

ウィロビー捜査官がそれを眺めているあいだに、イヴはコーヒーをプログラムした。

彼女は柳《ウィロー》という名前から浮かぶ印象とはちがっていた。

どちらかというと小柄で、運動選手のような体つきのウィロビーは、黒いストレートパンツの前ポケットに親指を引っかけていた。足元は赤いハイトップ・スニーカー、白いTシャツの襟には紙吹雪《コンフェッティ》柄フレームのサングラスを引っかけ、赤いボマージャケットをはおっている。

右手にはカラフルな組み紐《ひも》のブレスレット、左手の甲には三日月と三星のタトゥー。キレのあるショートボブはインクブラックで、頭頂と前髪はダークブルーに染めてある。

簡単に検索したところによれば、ウィロビーの父方は二百年ほど前にイングランドからアメリカにやってきた。母方のルーツはイランで、ウィロビーもその狐《きつね》色の肌、琥珀《こはく》色の瞳、シャープな顔立ちを受け継いでいた。

「どうも」コーヒーを差しだすと、彼女はそう言った。「マクナブから連絡をもらって、事件ファイルを読みました。ジュウェル・グレッグを告発したことにお礼を言いたいです。ドリアンを見つけることができたら、彼女の人生も開けるでしょう。もうひとつ」

ウィロビーは言葉を切り、コーヒーに口をつけた。アイラインとマスカラで美しく強調された目が見開かれた。「ふう、ちょっとお待ちください」彼女はもうひと口味わった。

「結婚されてるんですよね？」

「そうよ」

「まだだったら、このコーヒーのために、この場でひざまずいて申し込んでるところです。で、もうひとつ、あの役立たずのトルーマンをギャフンと言わせてやったことに対して、公人としても私人としても警部補を褒め称《たた》えたいです」

「彼女を知ってるの？」

「いいえ。ギャフンと言わせてやるためならなんでも差しだしたでしょうけど。でも、さっきも言ったようにファイルを読んだんです。あの手の人間はシステムをめちゃくちゃにし、懸命に働く者たちの努力をめちゃくちゃにします。いちばんひどいのは子どもたちの人生をめちゃくちゃにすることです。そんな状況だったから、ドリアン・グレッグにはチャンスがなかなか訪れなかった。わたしたちは彼女を見つけだし、彼女にチャンスを与えます」

「まだ目撃情報がないのよ」イヴは言った。「こっちでも、フリーホールドでも」

「あっちには戻らないでしょう。惨めな思い出しかないから。警察にも駆け込みませんね。彼女が社会的システムを信頼するはずがありません。警部補も同じ考えですよね、報告書から伝わってきました。でも警部補の判断では、彼女は逃げだした」

「もし彼女を確保してあるなら、どうして殺人の罪を着せるの？」

「可能性はいくつかあります。奴隷として、あるいは地球外か海外に売り飛ばすために確保してある。だけど……」ウィロビーはドリアンのＩＤ写真を指さした。「それなら殺人の罪を着せなくてもできる。犯人に仕立て上げる必要がない。マイナは死んでるから何も言えない。路上犯罪に見せかけるだけでいい。それなのにドリアンの血をつけておいたのは？」

「懲罰のため」イヴは締めくくった。「それに、ドリアンが連行された場合、彼女への疑惑が増すことを願って」

「わたしもそう見てます。彼らは――これは単独もしくは二人の犯行とは思えません――彼らはこの少女たちに投資してます。衣類、食事、ケア製品。時間。マイナには何カ月もかけました。ドリアンがどのくらいの期間そこにいたのかは明らかになってないけど、彼女たちが同盟を結ぶには充分な期間だったと思います」
「同盟」イヴは繰り返した。
「友情かもしれないけど、同盟を結んだことはたしかです。わたしは囚《とら》われの境遇や、あ
あいうひどい家庭から逃げだしてきた被害者たちを見てきたからわかります。彼らも費や
した投資を失えば腹が立つでしょう——しかも二人分。脱走した者がもっといる可能性は
ゼロではありません。そういう話をもっと耳にするかもしれませんが、ありえないことで
はないです。座ってもいいですか？」
「そこには座らないで。デスクチェアを使って」
「了解、ありがとうございます。たとえばきょうだいなら、一緒に計画して虐待する親か
ら逃げだすかもしれません。意思に反して拘束された女性もしくは少女の場合は——たい
てい被害者は少女ですから——協力し合うかもしれません。たとえ片方だけが脱出するこ
とになっても」
ウィロビーは足首をもう片方の膝に載せた。「時間があれば、人身売買活動を摘発でき
ます。そうですね、一度に六人くらいを運ぶ規模なら。彼らは彼女たちを船に乗せて連れ
てきて、たいがいその臨時チャーター船の汚い共同部屋に収容する。彼女たちはすぐに働
かせられることもあります——強制売春。こっちでまともな仕事につかせてあげるという
約束を信じてやってきたのに。モデル業という古典的な手がいまだに使われるのには理由

があるんです。そして彼女たちはむさくるしい部屋に詰め込まれ、貸しだされたり売られたりする。薬漬けにされ、それなしではいられなくなる。だけど、この事件はちがいますね」

「ちがう。むさくるしい部屋じゃないし、薬漬けにもされないし、身体的虐待がおこなわれた痕跡は見られない」

目は事件ボードに据えたまま、ウィロビーは膝に載せた足を動かした。「心理的虐待と拷問。彼女たちを暗い部屋に数日間閉じ込めるとか、まぶしい明かりがつきっぱなしの部屋に閉じ込めるとか。壁面スクリーンにプロパガンダを絶えず流すとか。電撃《ショック》カラーやショック棒など、大切な商品を傷つけない方法はあります」

ウィロビーはさらにコーヒーを飲み、味わった。「褒美を与えて罰を相殺する。年少者たちにはおもちゃやゲーム、アイスクリーム、お菓子。愛情。彼女たちは愛情に飢えてる、とりわけ小さい子ほど。ハグ、笑顔、頭へのキス。六歳、七歳、八歳の子どもなら、たちどころに従順になります。その状態を保つには一貫性、安全な場所、監視が必要です。それでも、そういった子どもたちのなかには手ごわい者もいて、脱出する方法を見つけだします」

そこでふたたび事件ボードを指さす。「この二人は？　児童ポルノをやらせるには薹《とう》が立ってるけど、彼女たちはチクリットのど真ん中です」

「チクリット？　聞いたことがあるわね」

「一般に、十一歳から十四歳までの思春期の少年か少女。魅力が芽生える年頃――少年の場合は男性ホルモンが増加します。利用者、購入者、視聴者のいずれにしろ、客は幼い子には興味がなく、彼らの若さや瑞々《みずみず》しさを求める。売られた場合は、購入者が彼らに強い愛着を抱かないかぎり、十六歳頃にもう一度売られるかもしれません。そういうことも起こるんです。あるいはほかの使い道が見つかるか。でも、下取りされるのが普通です」

組み立てラインに戻るわけね、とイヴは思った。「まるで中古車みたいに」

「そのとおりです。わたしの筋読みを聞きますか？　まず必要なのは武器を大量に備えたシンジケート。子どもたちを見つけてくるスカウト。拉致には二人ひと組で当たるかもしれません。スカウトは無害そうなごく普通の人間で、とても若いか、若そうに見える者。子どもは自分と年の近い者ほど信頼します――だからわたしも信頼を得やすくなってます。仲間のように見えるんでしょうね。または、スカウトは権威者のように見えたり装ったりするかもしれません。警官、教師、緊急対応者《ファースト・レスポンダー》（救急隊員や消防士など、災害や事故に対応する者のこと）など、子どもが尊敬するように教え込まれた者。

次に必要なのは、連れてきた子どもの面倒を見る者。それには場所は一箇所じゃ足りないかもしれません。医療員、食事を調達したり作ったりする者。それが本気で取り組むビジネスなら――この場合はそうですが――記録を作成し保存します。費用、利益と損失、一商品当たりのコスト。ビデオや写真を撮るためのスタジオのようなもの、それにITに詳しい者も必要かもしれません――わたしたちに跡をたどられることなく、ダークウェブで配信するために。経営管理者も」ウィロビーはさらに続ける。「倒錯趣味のある視聴者に請求する料金、商品を貸しだす場合の料金、商品を売りだすかオークションにかける場合の料金を算出しなくてはなりませんから」

ウィロビーは肩をすくめた。「どれも警部補自身がすでに考えたことばかりでしょう。わたしにせいぜい付け加えられるのは、彼女たちをさらったのが何者にしろ、彼らはしっかりしたビジネスモデル、財源、コネを持っていて、この二人の少女には最高値がついただろうということです。賢いマーケティングを実践したあとなら、オークションにかければ八百万から一千五百万ドル」

「そのマーケティングについて説明して」

「写真ですね、挑発的なものからハードポルノまでなんでも。ショートビデオも同じです。ペニスの挿入はなし。だから彼女たちが男性と組むときは、それ以外のすべてのことをやります。少女同士のものもあれば、ひとりのものもある。わたしたちは子どもたちの名前が載ったパンフレットを手にしました。キャンディとかハンクという名前がつけられた彼女たちのデータやスキルセット、設定価格、オークションの場合は最低落札価格が載ってました」

「そのコピーを送ってもらっていい?」

「もちろん」

「スキルセットについて詳しく」

ウィロビーは身じろぎし、デスクチェアの上であぐらを組んだ。

「宣伝は大げさになりがちですが、ビジネスの成長を望み、顧客にリピートしてもらいたいなら誇大広告はやりません。彼女たちは習得したスキルによって格付けされてます——オーラルセックスの授受、オーガズムの授受、愛撫《あいぶ》、マスターベーション、誘惑のテクニック。主人《ドミナント》か従者《サブミッシブ》か、あるいは両方できるか、といったような感じです。もし彼女たちがバージンとして売ったり貸しだしたりできない場合は、ヴァギナであれアナルであれ、有望な少女たちのための練習台として格付けされます。パートナーが二人以上の場合やグループセックス、ロールプレイングもあります。さらには、家事奴隷、ペット、身代わり《ウィッピング・》の少年《ボーイ》、パーティの記念品《フェイバー》、なんていう身分もあります」

「なるほど、ちょっと待って」自分が飲みたかったので、イヴはコーヒーを二人分追加した。「家事奴隷はわかりやすい。それ以外を教えて」

「ペットはだいたい年少の子ですが、常にそうだとは限りません。ペットのように服を着せ、一緒に遊び、訓練することを望む者もいるんです。ウィッピング・ボーイ——少女の場合もあります——はサディスト用で、殴ったりいじめたり拷問したりできます。たとえば、うまくいかない日ってありますよね。そういうときのサンドバッグ代わりです。パーティ・フェイバーは客や友人に持ち帰ってもらう者のことをそう呼んでますね。

そういった子たちは、事件ボード上の少女たちとはちがいます」ウィロビーは付け加えた。「心をもてあそぶ行為のなかにはレイプも含まれるだろうから、バージンではなさそう。日常的な体罰もありそうです。彼女たちに高価なシルクの下着をつけさせることは絶対にないでしょう。投資に見合う利益は望めませんから」

「あまりかわいくないから」とイヴはつぶやき、歩きだした。「原因はそこにある。そういうことね。大金を引きだすことができる思春期の美人じゃない。ほかの要求を満たすしかないほど壊されてしまった子どもたち」

「子どもたちをレンタルし、レイプし、買い取り、殴る。この事案を暴露することに加われるなら、ぜひやりたいです、警部補。EDDの誰かと組めないでしょうか？　マクナブとか、彼に負けない腕を持つ誰かと」

「どんなふうに組むの？」

「わたしはダークウェブのドアをこじ開けることに取り組んでいて、あと少しのところまで来てるんです。ハンドルネームと別人格もあって、情報もいくらか入ってきました。わたしは商品を購入しようかと考えてる大金持ちのゲス野郎です。ちょっと試してみたいんだ、みたいな感じ。ITの専門家がついてくれたら突破できると思うんです。だけど、それにはしっかりした経歴がないと。この手の組織は客の身上調査を念入りにおこないます。高級商品を買う資金がありそうに見せたいんです」

「あなたの警部補《LT》は了承してるの?」

「彼は煮えきらない態度を取ってます。だからこっちのほうは勤務時間外にやってました。警部補の口添えがあれば、状況は変わってくるはずです。とりわけ、フィーニー警部が関わっていれば。もう少しなんです。あと少しだとわかるんです。もうひとつ、いいですか? 彼らはマイナ・キャボットを七カ月以上拘束していました。彼女は十三歳だった。オークションにかける準備はできていたはずです。もうすぐ売りに出されるのは彼女だけじゃなかった。彼らはオークションをおこなうはずです」

「そして、わたしたちの読みが正しければ、彼らは投資のリターンを二人分失った」

「彼らはその損失を取り戻さなくてはなりません。新たに少女たちを連れてくるだけじゃなく、すでに抱えてる少女に売るための準備をさせる。わたしには路上に情報提供者がいます。すでにドリアン・グレッグのことは知らせておきました。彼女がニューヨークにいるなら、探してみます」

「あなたのLTとフィーニーに話をつけておくわ」

「ありがとうございます。このコーヒーと同じくらいありがたく思います」ウィロビーは立ち上がった。

「なぜ性犯罪特捜班《SVU》に？　なぜ特に未成年者を？」

「わたしですか？　わたしは幸せな子ども時代を送りました、これ以上ないくらい。うちの父の叔父はクイーンズの警官だったんです。彼は面白い物語をいくつも持ってました。わたしにとってはおとぎ話のようでした。わたしは警察学校《アカデミー》に進みたかった。ここだけの話ですが、両親はあまり喜んでくれませんでした。でも、その思いが頭から出ていくまで一年くれたんです。わたしの決意は変わらなかった。やがて、制服を着て二週間目に、半殺しにされるまで殴られた七歳の少年を見つけたんです。息子をそんな目に遭わせた父親は酔いつぶれていました。母親は詐欺で二度目の服役をしていた。息子が五歳ぐらいのときに出ていき、たどりついたヴァージニア州で」

ウィロビーは肩をすくめた。「理由はそういうことです」

「その子は今、どうしてるの？」

「エヴァンですか？　エヴァン・ホーキンズ。彼は運がよかった。北部にいる祖父母が彼を喜んで引き取ってくれた。それまでは孫が存在してることさえ知らなかったんです。彼はハイスクールを卒業したばかりで、なんとマサチューセッツ工科大学《MIT》に進学します。それほど運のいい子はなかなかいないけど、たまにいるんです」

「また連絡するわ。ＥＤＤの誰かにも連絡させる」

「よかった。例のパンフレットを送ります」

ウィロビーが去ると、イヴはデスクについて捜査メモを更新し、ウィロビーのLTに連絡した。

ピーボディの足音が聞こえてきたので、イヴは腰をあげた。

「わたしが更新したメモを読んで。デスクを使っていいから。わたしはウィロビーが送ってくれるデータを待ってるの。彼女がこの捜査に加われるように上司の許可を取っておいた」

「そうなんですか。わかりました。どうやって――」

「EDDに行かないと」

「何か突破口が見つかったんですか？　何時からここにいるんですか？　シフトは始まったばかりなのに」

「ちょっと早く着いたの。メモを読んで。マクナブが空いてるかどうか知ってる？」

「担当してた事件は昨日の午後、解決しました。でも――」

「メモを読んでおいて」イヴは繰り返した。「コーヒーのことなら飲んでいい」

イヴは足早にブルペンを通り抜けながら、ジェンキンソンが自分のデスクの脇に立ってコーヒーをズルズルすすっているのが見えたので、彼のネクタイと目を合わせないようにした。

しかし失敗し、ビッグバンを絵画化したような代物に網膜を吹き飛ばされた。

それでもイヴは歩きつづけた。

もちろん知っていることばかりだ、とグライドに飛び乗りながらイヴは思った。ウィロビーがくれた一般情報は耳新しいものではない。けれど、その詳細に関しては知らないこともあった。人身売買される子どもたちに使う用語。分類された身分だろう。

何か取っ掛かりが欲しい。ウィロビーがそれを見つける役に立ってくれるかもしれない。突破口が開けつつあるのはわかる。ドリアン・グレッグならその突破口を大きく広げてくれるだろうが、イヴにもその口は見えはじめていた。

カーニバルのようなEDDに入っていくと、ジェンキンソンのネクタイが地味に感じられる。普通と言ってもいい。ここではとりどりの色が炸裂《さくれつ》し、ぶつかり合っている――ネオンカラーのバギーパンツ、水玉のサスペンダー、けばけばしいTシャツ、クレイジーなエアブーツ。

マクナブは自分の仕切り席《キューブ》にいて、尻をぴくぴく動かし、ポニーテールにした金髪の長い尻尾を揺らしながら、何やらわからない仕事をしていた。

イヴはすみやかに、正気が保てるフィーニーのオフィスに逃げ込んだ。

フィーニーはデスクにつき、そこに両足を載せていた。傷のついた茶色の靴、だぶだぶの冴《さ》えない色のスーツを見るとほっとする。白髪が交じったボサボサの赤茶の髪にも同じ効果があった。

彼はそのバセットハウンドのような垂れ下がった目を細め、壁面スクリーンを一心に見つめていた。

「ちょっと時間ある？」

「このクソまずいコーヒーを手に、今やっと腰を落ちつけたところで、すでにひとつ担当してる。ふざけやがったインターネット詐欺で、この十二時間に合計五百万ドル巻き上げた。狙われたのは百歳以上の老人たち。僕もその年になったらバカなことをしでかすんだ。そのときは、気絶させてくれ」

「その年にはなるけど、あなたはそんなバカなことはしない。マクナブか、同等レベルで手の空いてる者がいたら貸して」

「坊やにはちょうど今、一件あてがったんだ」顔をしかめながら、フィーニーはコーヒーを飲んだ。「ほかの者と交代させられるかもしれない。殺された子のためにＥＤＤが必要なのか？」

「相手は組織なのよ、フィーニー。それはわかってる。人身売買組織」

イヴの説明を聞くうち、フィーニーは両足をデスクから床におろした。

「きみはマクナブを使ってくれ。僕もこの詐欺を一時間後には終わらせてやる。またどこかに現れるだろうが、阻止するよ。僕もきみの事件に加わる。腐りきった者どもめ。きみが行方不明になったと思ってる子のデータを送ってくれ。うちの制服組も貸すよ」

「ありがたいわ」

「ポルノ・サイトに入るルートはうちにもいくつかあって、数カ月前にも人身売買――そっちは大人だが――を摘発するのに協力した。東欧から十八歳、二十歳、二十二歳の女性たちを貨物船で運んできて、ロウアーイーストの二部屋か三部屋の家に詰め込み、変質者どもに貸しだし、なかでも器量のよさそうな者をアンダーグラウンドのポルノ・サイトに使うんだ」

「そうそう、こっちもそんな感じだけど、規模はもう少し大きい。部屋はもっとあると思う。上品なのよ。洗練されてるとマイラは言ってた。これまでに入手した情報をあなたに送っておく。何かピンとくることがあったらいつでも聞くわ」

「了解。僕はウィロビーをこっちに呼んで、マクナブと一緒にうちのラボでやってもらう。まずはこの卑劣きわまりない詐欺を阻止させてくれ。ほかの者にやらせてもいいんだが、五千ドル振り込んだカモたちのひとりは女房の祖母なんだ」

「冗談でしょ？」

「彼女にはもっと分別があってもいいと思うだろう」フィーニーはうんざりしたように頭を振った。「僕はシーラに自分で担当すると約束したんだ」デスクに置いてあるグラグラするボウル――妻のシーラの手作りの品――から砂糖がけアーモンドをひと粒つまみ、口に放り込んだ。

「気絶させてくれ」フィーニーはさっきの台詞《せりふ》を繰り返した。「僕を叱ってくれ」

「誓うわ。ありがとね」

イヴはEDDをあとにし、殺人課に戻った。

ピーボディは驚愕《きょうがく》の目でこちらを見た。

「もう、びっくりですよ、ダラス。これはセールス・キットのようなものです。パンフレットみたいな。つまり……」

「わかってる。それを自分のマシンに送って、プリントアウトしてきて。データはマクナブとフィーニーにも送っておいてね。デスクを使いたいの。十分後に戻ってきて」

「了解しました」

「コーヒーを持っていったら？」

ピーボディは首を振った。「今は水が飲みたい気分です」

ウィロビーのデータを見るのは後回しにして、イヴはリンクを使った。

ややあって、スクリーンにナディーンが現れた。撮影の準備が完璧にできている顔ではないが、誰かに見せる準備はできている顔だ。

「ダラス。わたしはどんな仕事もやらないという三十六時間のモラトリアムを自分に与えて、今はその最後の数時間なの。これからそのモラトリアムのお相手と手の込んだ朝食をいただくところなのよ」

ロックスターで、ナディーンの恋人のジェイク・キンケードが、スクリーンに映り込んできた。「ヘイ、ダラス」

「ヘイ。邪魔してごめんなさい。ナディーン、あなたの第一アシスタントかリサーチャーの連絡先を教えてくれない？　そうしたら、これを彼だか彼女だかにあげるから」

「何をあげるの？　よしてよ」

「行っておいで、ロイス」ジェイクが言い、ナディーンの頬にキスした。

「人生で初めて二十四時間もメディアに接してない。二十七時間」ナディーンは言い直した。「最長記録よ。わたしはジェイクと賭けをしたの、三十六時間耐えられると。極上の性的おもてなしを賭けたのよ」

「勝っても負けても得だ」スクリーンに映らないところでジェイクが言い、ナディーンを笑わせた。

「わたしは何を見逃したの？」

「セントラルに来たら教えてあげる」

「まだオフレコ？」

「情報の一部はね。あなたに公表してもらいたいこともある、しかも早急に。カメラを連れてきて」

「すぐ行く」

ナディーンの肩には極細の黒いストラップ、その下には極薄の黒いレースが見える。

「もう少し快適じゃないものに着替えたほうがいいかも」

「あなたの口癖を借りるなら、ほっといてよ《バイト・ミー》」

ナディーンがブチッと通信を切ると、イヴは両肩をぐるぐるまわした。ピーボディの言うとおり、水が飲みたい気分だったので立ち上がって取りにいった。

ふたたびデスクにつくと、イヴはパンフレットを読みはじめた。

9

黒いレースを着ているとはいえ、ナディーンは大急ぎでセントラルにやってくるだろう。イヴも大急ぎでブルペンのピーボディの席まで行った。

「それは後回しでいい」イヴは指示した。「会議室にコーヒーを用意して。会議室はもう押さえてある。そこに電子ボードを設置したいの。ナディーンに詳細を教えてあげられるし、カメラが入るときにはシャットダウンできるから」

「ナディーンに？」

「この件では、目と手はいくつでも欲しい。彼女は事前情報なしでやってくる」イヴはピーボディについてくるよう合図し、歩きながら説明した。「ナディーンはジェイクと賭けをして、三十六時間のメディア断ちをしてたの」

「ナディーンが？」今度は笑い混じりに聞いた。「何を賭けたんですか？」

「彼女はあと数時間で賭けに勝って、手厚い性的おもてなしを受けるところだった」

「アベニューAのリーダーから？」ピーボディはセクシーに肩を揺すった。「それは勝ち負けのない賭けですね」

「たとえそうでも、彼女ならできるしやってくれる。子どもたちの搾取について大騒ぎしてくれるかも――児童保護サーヴィス《CPS》の役立たずの職員についても」

「おおっ、トルーマンについての詳しい話ですか？　顔面にパンチを食らわせるより、もっといいかも」

「彼女を殴るほうがずっと気分がいいかも――一時的にはね。ナディーンの大スクープはしばらく続く。いっぽう、わたしは彼女の独占インタビューに応じて、ドリアンの顔写真を公表する。情報受付窓口を設定して、場数を踏んでるドローン（単純作業を淡々とこなす者）たちに担当させる」

「ドリアンはとっくにニューヨークから逃げだしたかもしれませんよ」

「そうかも」イヴはあいづちを打ちながら会議室に入っていった。「だから制服組に彼女の写真を持たせて、公共交通機関の駅を当たらせる。だけど、どこへ行くっていうの？　彼女には知り合いなんていないのに」

「曾祖母《そうそぼ》とか」ピーボディが言ってみた。

「三年前に交通事故で死亡してる。だから誰もいない」

イヴは電子ボードのスイッチを入れ、データや画像の転送を始めた。「メアリー・ケイト・コヴィーノにも、ドーバーに拉致されたほかの者たちにも身内や知り合いはいた。彼女たちには仕事も住居もあった。それにドーバーが彼女たちをさらったのは自分のために、利益のためではなかった。マイナ・キャボットも境遇は同じだけど、彼らはなんの痕跡も残さず何カ月も彼女を拘束していた。ドリアンや彼女と似た境遇の者たちは何も持ってないし、どこも行くところがない」

「誘拐しやすい」

「たぶん、そうでしょう。でも、マイナのような子たちのほうが予想利益を描きやすい。ともかくわたしはそう考える。あのセールス・キットを見たあとではね」

「プリントアウトを終わらせましょうか?」

「それより全国的な検索を開始してほしい、マイナ・キャボットをサンプルに条件を設定する——年齢、裕福で安定した家庭、付近の環境、校風。家出の経験がなく、問題を起こしたこともない。まずは人目を引く美少女タイプからやってみて。二カ月以上行方不明になってることも加えて」

イヴは手を動かしながら続けた。「親か家族か知人に連れ去られた確率が六〇パーセント以上の者、最初に身代金要求があったことが明確な者は除外して」

「全国でですか?」

「この二十四時間に突破口が開けなかったら、世界規模に広げる。だけど目下のところは、検索でヒットしたものを最高確率にまで減らしていき、残ったものを地図に示し、捜索地域を特定する。フィーニーも体が空いたら加わるって。だからあとでその作業を引き継いでくれるだろうけど、とにかくやりはじめて」

ピーボディは頰を膨らませ、ほっと息をついた。「ナディーンが来るなら、わたしにここにいてほしいですか？」

「コーヒーの準備は？」

「終わりました。もしわたしが必要でなければ、その検索は自分の席でやったほうがいいかなと。コンピューターに詳しそうな巡査にお願いして手伝ってもらえますから」

「そうしていいわ。それから、わたしがOKを出すまでナディーンのカメラクルーを休憩室で待たせておいて」

ピーボディが出ていくと、イヴは電子ボードに戻ってざっと目を通した。すでに大量のデータが集まっている。マイナ・キャボットにとってはなんの役にも立たないけれど、彼女がいなければこれだけのデータは集まらなかっただろう。

「同盟」イヴはウィロビーが使った言葉のことを考えながら、独り言をつぶやいていた。「その場面が見える。同い年で、どちらも頭がいい。話を切りだしたのはあなたね」マイナのID写真に向かって言う。「ドリアンのような子は自力でなんとかすることに慣れてる。いっぽうのあなたは安定した家庭、サッカーチーム、友達のなかで生きていた。だからあなたは世間を知っていそうな者に声をかけた、自分と同じくらいそこから脱出したがってる者に。彼らの注意をそらしたのもあなたでしょ」

イヴは考え、歩きまわり、さらに考えた。

「夕食に出たものを吐く。ちょっとした騒ぎになる。医療員を呼ばせ、医療施設のようなところへ連れていかせる。そこには医療施設も付属してるのよね？　そのはずよ。うまい考えだわ、勇気と……信頼が必要だけど」イヴはふさわしい言葉を見つけた。「あなたたち二人には信頼関係が築かれてなければならなかった。ほかにもそういう子がいたの？」

イヴは考えを巡らせてみたが、その場面は見えてこなかった。仲間に引き込む者が増えれば、秘密をばらされたり、不用意な言動をされたりして、計画がだいなしになる可能性が増える。

ありえないことではないが、それでも仲間を増やすとはあまり考えられない。

イヴは電子ボードに近づき、ドリアンの怒りのこもった目を覗《のぞ》き込んだ。

「あなたはいったいどこにいるの？」

ドリアンはベッドで目を覚ました。痛みと混迷のなか、刃のように鋭いパニックに襲われた。彼らに見つかったのだ。彼らに連れ戻された……それがどこかは、はっきりとは思いだせない。

彼女はもがき、手足をばたつかせながらも意識を取り戻した。

「落ちついて、もう大丈夫だよ」

その大人の男性の静かな声は穏やかで安定していた。けれどもドリアンは荒い呼吸を繰り返していた。

「きみは怪我《けが》をしているし熱もある。我々が助けてあげようね」

ドリアンは男性を見た。ウェーブのかかった豊かな茶色の髪、短い顎ひげ、ブルーの目、穏やかで落ちついた声。

「あんたは誰？」自分のものじゃないような耳ざわりなしわがれた声が出た。

「我々は友達だよ。マウザーがきみを見つけ、ここまで連れてきた。ここは安全だ。きみの足首は折れてはいないがひどく捻挫していたし、膝にも傷を負っている。頭もどこかにぶつけたか、誰かに殴られたようだ。おそらく脳震盪《のうしんとう》を起こしただろう。私の言うことがわかるかい？」

「たぶん」

「我々にはほかにも友達がいる。彼は医者だ。彼に往診を頼んであるが、きみが望むなら病院に連れていってもいいし、誰かに連絡してもいいよ。きみのお母さんとか。お父さんとか」

「だめよ、絶対にだめ！」

「わかったよ。それはしない。少し水を飲んでごらん」

グラスを差しだされると、ドリアンはそれをつかみ一気に飲み干そうとした。

「一度にたくさん飲んではいけない。吐いてしまうからね。ドクター・ジーに診てもらう前に水以外のものをあげたいんだが。何があったのか、私に話したいかい？」

「ううん……頭のなかがごちゃごちゃなの」

わかるよ、というように彼はうなずいた。その目にはこれまでの人生であまり見たことがないものが灯《とも》っていた。優しさだ。

「脳震盪のせいだろう」彼は言った。「今は何も心配しなくていい」彼は水のグラスを脇に置き、ドリアンの手を取った。「名前を教えてくれるかな？　まだ心の準備ができてないなら、本当の名前じゃなくてもいいんだよ」

何も頭に浮かんでこなくて一瞬ひやりとしたが、思いだせた。それだけは思いだせた。あまりにほっとしたので、偽名を使うことなど考えなかった。

「ドリアンよ」

彼はほほえみかけてきた。「ようこそ、ドリアン。私はセバスチャンだ」

ナディーン・ファーストはすごい勢いで会議室に入ってきた。鮮やかなブルーのワンピースに短い丈の白いジャケット、白い靴のヒールは高くそびえている。手にしているのはニュージャージー州サイズのバッグで、白い野原に大きなブルーの花々が咲いていた。

メッシュ入りの金髪は新しいスタイルになっていて、定規で引いたようなストレートの毛先が顎のあたりでスイングしている。ナディーンは猫のようなグリーンの目を電子ボードに走らせてから、イヴを見た。

「ここに来るまでに自分でも調べた。マイナ・キャボット十三歳、去年の十一月にフィラデルフィア郊外で行方不明になった。串刺しにされた遺体は、昨日の朝バッテリーパークで発見された。あなたが主任捜査官。速報では強盗に失敗した者が殺したのではないかと報じられてる」

ナディーンはもう一度電子ボードを眺めた。「それはちがうわね、じゃなきゃ、あなたがわたしに連絡するはずがないもの。こっちは誰？」とドリアンを手で示す。「ドリアン・グレッグとは何者？　なぜあなたのボードに載ってるの？」

イヴはオートシェフまで行き、二人分のコーヒーをプログラムした。「顔と名前以外はまだ何も公表しないで。一対一のインタビューに応じるときもこのボードはシャットダウンする」

「それについては了解してるわ、ダラス。ほかのことを教えて」

「チクリット、未成年の性的人身売買、大人の性的人身売買、児童ポルノについてどんなことを知ってる？」

「ひとつ言っておくけど、あなたが〈ナウ〉を見たことがあれば、わたしたちが二カ月前に強制捜査の特番を組んだ事実は知ってたでしょうね。海外から女性を連れてきて、売春を強制したり売り飛ばしたりする。チクリットは一般に十一歳から十四歳までの子。児童《キディ》の枠に入れるには薹《とう》が立ってるし、大人の枠に入れるには若すぎる。ある種の捕食者たちにとっては狙いどころね。なぜこの事件がそうだと思うの?」

「二人の十二歳の少女が――マイナが連れ去られたときは十二歳だったし、ドリアンのときもそうだったと睨《にら》んでる――誘拐された。マイナはペンシルヴェニア州デヴォンで、ドリアンの場合はニュージャージー州フリーホールドとニューヨークのあいだのどこかで」

「二人とも美少女ね」ナディーンが言った。「はっとするような美少女たち。マイナはレイプされてたの?」

「いいえ、彼女は処女だった。健康状態もよく、このところ高価なヘアケア製品を使って、特別注文の白いシャツ、学校時代の制服のズボン、小売価格が千五百ドルのシルクの下着を身につけていた」

ナディーンが口を開きかけると、イヴは会議テーブルを指さした。「質問はしないで、わたしが話す」

イヴは友情によって築かれた尊敬と信頼の念を抱きながら、要点をかいつまんで説明した。そして、自分が警官を相手にしているも同然の説明をしていることに気づいた。

「組織ね」ナディーンは感想を述べた。「あなたに見えてるのは系統立った組織、洗練され、手慣れてさえいる。彼らはその基本的な年齢層に固執してると思う?」

「なんとも言えないわね、それはわからない。でも、この二人だけだと言われても信じられない。彼らはまとめて売りだす――それがオークションにしろ、特定の顧客や顧客になりそうな者のために少女を選んで仕込むにしろ。それには環境、建物、スタッフ、設備、一定の費用が必要になる。抱える少女が増えるということは、必然的に食事や衣類のコストがかさむだけ」

ナディーンは椅子に背を預け、コーヒーのカップを両手で持った。「すごいわね、ダラス、あなたの睨んでるとおりなら、彼らはほかの地域にもスカウトを置いてるわよ。国じゅうから少女を集めてくることができる。国外からも運んでこられる。それに、このニューヨークにもいくつか建物を持ってるのかも」

「出資者がいるはずなのよ。この規模の事業を立ち上げるには資金援助がないと。不動産を購入する資金――賃貸は考えられない、組織の長から借りるなら別だけど。人を雇う資金、セキュリティシステムを備える資金、医療環境を整える資金、食事や衣類のための資金も」

ナディーンに説明しながらイヴはすでに立ち上がっていたが、今は電子ボードの前を行ったり来たりしている。「その出資者は利益を求めてるから、帳簿をつける者も必要よね」

「それに、何人いるにしろ、少女たちを誰にも気づかれずに隠しておく方法。拘束具や薬物に頼らずに彼女たちを拘束しておく方法」

「最初のうちはそのどちらかを使うのかもしれない、あるいは両方とも。〝拘束具をはずしてほしいなら、言うことを聞きなさい〟とか。それはそれとして……彼らには盤石な隠れ蓑《みの》があるとわたしは睨んでる。その地所以外の場所でビジネスを営んでるのかもしれないし、そのように見せかけてるのかもしれない。何人も人が出入りしていれば、そこはオフィスか住宅のように見える。ガレージか搬出入口のようなものがついていれば、人目につかない時間帯に少女たちを運び込んだり運びだしたりできる」

「あなたはその二人目の少女ドリアン・グレッグが、マイナ・キャボットの殺人に関与してないだけじゃなく、彼女と一緒に逃げだしたと確信してるのね？」

「ドリアンの力では被害者に凶器をきれいに突き刺すのは無理そうだし、彼女がひとりで死体を遺棄現場まで運べたとはとうてい思えない」

そこでまた、イヴはあの怒った顔をじっと見つめ、かぶりを振った。「彼女の血がついてたのは捜査をあざむくため。それは彼女に容疑を向けるため。彼女が逃げだしたんじゃないなら、容疑を向けようとするわけがない」

「その意見に反論しようとしても、何も思いつかない」ナディーンは空になったカップをテーブルに置いた。「その小細工についてのあなたの考えが正しいなら、それ以外の考えも正しい」

イヴと同じように、ナディーンもボード上の顔をじっと見つめた。怒った目をした美少女を。「わたしに彼女の名前と顔を公表してほしいのね」

「そうしてほしい。彼女の名前と顔ができるだけ多くのメディア市場に出るようにして。いつから行方不明になってるかも。あらゆるデータと、マイナ・キャボット殺人事件の重要参考人であることも」

「ドリアンを犯罪と結びつけたいの？」

イヴは小首をかしげた。「そんなふうに聞こえる？」

「そう思う者もいるわよ。彼らは容疑を向けようとしてるって言ったでしょ。彼女を重要参考人と呼ぶのは、容疑を強めることになるんじゃない？」

「そうなってほしいのよ。そのことはもう考えてた」イヴはナディーンが口を挟む前に続けた。「彼らもドリアンを探す。すでに探しはじめてる。NYPSDか地方自治体かメディアに知り合いがいたら――知り合いはいそうね、その人物が情報を知ってるかどうかは別にして――彼らは警察が何をつかんでるかを確かめようとするでしょう」

「でも、彼らには何も手に入らない、あなたが与えようとしないかぎりは」ナディーンは判断した。「あなたは厳しく管理してる」ひとつうなずいて、イヴのほうを振り返った。

「わたしはどこまで報じていいの？」

イヴはオートシェフに近づき、自分のためにコーヒーをお代わりした。

「ドリアン・グレッグに関する情報のほかに、マイナ・キャボットについての一対一のインタビューに応じて、話せることはすべて話す。ドリアンとマイナは知り合い、仲良くなり、通りで偶然に再会した。だからわたしたちはドリアンが殺人を目撃したのではないか、あるいは、殺人について何か重要な情報を知ってるのではないかと見なしてる」

「誰が殺したにしろ、あなたは言葉を濁してるとその人物は思うでしょうね。ドリアンの血痕を見つけたことや、彼女が最重要容疑者であることを隠してると」

「これも、そうなってほしいのよ。いずれにしても、ドリアン・グレッグの顔を公表すれば、彼女が見つかるかもしれない。あなたには視聴者からの情報を受けつける窓口を用意してあげる。いたずらやガセネタばかりだろうけど、ひとりでも本物の目撃者がいれば突破口になるの」

「彼女はまだここに、ニューヨークにいると思ってるのね」

イヴはまた電子ボードに向き直った。わたしにはわかるのよ、とドリアンをじっと見つめながら言う。わたしにはあなたのことがわかる。

「どこに行くところがあるの？　どうやってそこまで行くというの？　彼女には頼れる人がひとりもいない。おそらく着の身着のままで逃げたでしょう。負傷してるかもしれない。彼女はまだ十三歳、もし怯《おび》えていないとしたら、わたしが思うほど賢くはないということ」

「わかったわ」テーブルに手をつき、ナディーンは腰をあげた。「インタビューを始めましょう」

「もうひとつ。フリーホールドのCPSにブルー・トルーマンという職員がいる。ちょっと調べてみたほうがいいかも」

「なんで調べてみたほうがいいの？」

「ドリアンのケースワーカーが名目だけのいやなやつだから。すごく面白い話が出てきそうよ。職務の怠慢、職権乱用。保護を謳《うた》ってるシステムのなかにそういう職員がひとりでもいると、いかにシステムは腐敗し、保護を誓ったはずの者たちの搾取につながるか」

ナディーンは眉を吊《つ》り上げた。「あなたはそれについて検討したのね」

「ええ、そうよ」

「わかった。調べてみる」

「よかった」イヴは電子ボードをシャットダウンした。「カメラを連れてきていいわよ」

望んでいたより時間はかかった――ナディーンは徹底しているから――が、それが報われるなら時間をかけた甲斐《かい》がある。

ブルペンに戻ると、ピーボディに呼び止められた。

「すでに九人見つかりました――ダラスの絞り込み条件《フィルター》を使って。ジョナス巡査に応援を頼んで、ミシシッピー州西部をやってもらってます。わたしは東部です」

「九人――もっといるかと思った」

「その九人はわたしが担当した地域のこれまでの結果ですし、フィルターを使ってありますから。家出の経験はどうでしょうね。わたしたちはドリアンが家出したと見てるから、もしかしたら――」

「いい考えね」イヴはピーボディが言い終える前に言った。「それも足してから始めましょう。彼女たちの何人かは、というより大半は自分の意志で家を出たのかもしれない。ドリアンの場合は間違いなくそうした」

「家出人を加えたら、わたしのほうは十七人に増えました。もうひとつは、美少女のレベルです。それは見る側の判断によりますよね」

「あなたが判断して。とにかくどこからか始めなきゃならないのよ、ピーボディ。彼らがあまり見た目の美しくない子を、ほかの目的で拉致する可能性はある。でも、わたしたちはなんて言えばいいんだろう、一級品から始める。ここを突破できたら全部突破できるわよ」

「わかります。あまりかわいくないから数に入れないのはどうなのなんて、バカな考えでした。そういうことじゃないですね」

「そういうことじゃない。わたしたちはしっかりと焦点を合わせ、絶好の機会を手にする。頑張って」

イヴはオフィスに戻りながら、自分は基準を満たしているとは言えないだろうと、ふと思った。痩せて骨張っている――そういう者をなんと呼ぶのだろう？　不恰好《ぶかっこう》？　そう呼ばれるかもしれない。一級品でないことだけはたしかだ。

彼がわが子をレイプしたのは娘を〝成熟〟させるためか、それとも自分が楽しむためか？

おそらくその両方だろう。けれど、それはどうでもいいことだ、とイヴは自分に言い聞かせた。自分の経験がどこかに当てはまるかは、捜査の役に立つのでないかぎり、どうでもいいことだ。

イヴはさらにコーヒーを飲み、椅子に腰を落ちつけて考えた。彼らはどこにいる？　でも、どこから始めればいいのか。どんな種類の建物または施設なのか？　打ち捨てられたビル、使用禁止のビル、売りに出されているビルではない。それに、これは確信があるが、最近入手したビルでもない。

種類は？

アパート、オフィスビルか倉庫か工場を改造した建物。とにかく安全がしっかり確保できるものだろう。

アパートやオフィスビルには窓がある。とはいえ、マジックミラー《ワンウェイ・ガラス》や強化ガラスを取りつけることは可能だけれど。

それには費用がかさむ、とイヴは思った。倉庫や工場ならガラス窓は少ないし、どちらにも搬出入口や駐車場がついているかもしれない、いや、おそらくついているだろう。探してみよう。その価値があるかどうかはともかく、ほんの少しでも疑わしい点があるものはとことん調べてみよう。ロークのほうがいいシステムを持っていることは認めるが、彼には頼みたくなかった。

バカみたい、とイヴは思った。ピーボディが見た目で少女たちを判断することに罪悪感を覚えたのと一緒だ。けれど、ロークをこの捜査に巻き込みたくなかった。彼はつらい思いをする。多大なストレスがかかるし、苦しむことになる。

だからイヴは自分のやり方で始めることにした。不動産物件を検索しているあいだにピーボディの検索結果を呼びだし、行方不明になった少女たちを丹念に調べだした。

数が多すぎる、とイヴは思った。途方にくれ、怒り、怯えている少女たちが多すぎる。ひとり見つけだせば、ほかの者たちを救うチャンスが生まれる。

イヴは振り返り、ドリアン・グレッグを見た。

「その鍵を握ってるのはあなたなのよ、ドリアン」

ドリアンは気分がよくなっていた。だいぶよくなった。ほかの子たちのひとり、名前はチチ（絶対偽名）という少女がシャワーを浴びるのを助けてくれた。チチの前で裸になるのは恥ずかしくなかった。プレジャー・アカデミーにいた数カ月間で、慎みなど失われてしまった。

それに、清潔になるのはとても気持ちがいい。

ドリアンは清潔なバギーパンツとTシャツを与えてもらった。医者は――彼が本物の医者なら――治療棒《ヒーリング・ワンド》と冷却パックを使い、ラップのようなものを足首に巻きつけた。医者が膝に何をしたかはわからないが、一瞬、火がついたような痛みに襲われ、それからほぼ完全に痛みは引いた。

医者の話では、ドリアンは重度の脳震盪、足首の捻挫のほか、膝の骨がずれていたのでもとの位置に戻したという。膝と足首はできるだけ高くあげて安静にしたほうがいいそうだ。

セバスチャンの顔はしばらく見ていないが、それは別にかまわない。ドリアンは疲れていたし、マウザーが――彼は自分が発見者なのだから世話をすべきだと思っているようだ――グリルドチーズ・サンドイッチとジンジャエールを持ってきてくれたときも、空腹はあまり感じなかった。

サンドイッチを食べている横で、マウザーはペチャクチャしゃべっているが、頭はもうそれほど痛まないので気にならなかった。マウザーはいろいろ教えてくれた。ここには好きなだけいていいけど、ルールやなんかがある。喧嘩《けんか》はだめ、いじめはだめ、ほかの人のものを盗んじゃだめ。

もちろんカモから盗むのはいいけど、捕まらないように慎重にやらなければいけない。違法麻薬はだめ、アルコールもだめ。

家族のところに来た者は——彼らは自分たちのことを家族だと思っている——家族の一員になる。

彼らはみんな秘密を守ることを誓う。彼らのほとんどはドリアンのように家出した子か、マウザーのように親に捨てられた子だった。

マウザーの母親は彼を残して部屋を出ていき、それきり戻らなかった。三日後に食料が底をつき、マウザーは外に出て通りをさまよった。

マウザーの話を聞きながら、ドリアンはうとうとしだし、いつのまにか夢を見ていた。あたしの母親、あたしの母親。ドリアンには母親が見えた。怒った声が聞こえた。頬をひっぱたかれるのを感じた。夢のなかでも、膝と同じ、火がついたような痛みを感じた。炎のような。

それから母親は消えて、ほかの誰かがいた。冷ややかで厳しい顔、冷ややかで厳しい目、そこに母親のような激しい怒りはない。脇腹を何かで突かれ、火が燃え上がった。膝の痛みよりも激しく、平手打ちよりも激しい、人生で何十回となく食らった平手打ちよりも激しい痛み。

ドリアンは悲鳴をあげたが、胸が焼けつくように痛み、ヒューという喘《あえ》ぎが漏れただけだった。そして両脚の力が抜けた。

「鞭《むち》を惜しめば子どもはだめになる。ここでは鞭を惜しみません。ルールに従えば、きれいな服、おいしくて栄養のある食事、さらにはケーキも与えてもらえる。ルールを破れば、鞭の痛みを味わうのです」

また何かで突かれ、また火が燃え上がり、目の前が真っ白になってから鈍い灰色になった。

誰かの手が触れている。誰にもさわられたくない、そんなふうにさわられたくない。彼らはドリアンの体のなかに何かを入れて探っている。ショックを受けると同時に、鞭で打たれたような痛みを、いいえ、それよりひどい痛みを感じた。

ドリアンは悪態をつきまくった――悪態ならいっぱい知っていた。鞭が飛んできた。何度も、何度も。

ドリアンはひたすら走っていた。暗闇のなかを走っている。トンネルを走り抜けている。誰かに手をつかまれた。ドリアンはそれが命であるかのようにしっかり握り締めた。走って、登って、落ちて。何もかもがごちゃまぜで、ただ恐ろしかった。苦痛と恐怖、降りしきる雨。

誰かの顔が見える。雨に濡《ぬ》れた赤い髪に縁取られた青白い顔。

「行かないで！　行かないで！」

けれど、つないだ手は離れ、青白い顔は消えていった。

ドリアンは泣き叫びながら目を覚ました。誰かに抱き締められている。ドリアンは必死に押しやろうとしたが、誰かの手は叩《たた》いたり探ったりしなかった。ドリアンの背を優しく撫《な》で、髪を撫で上げた。その声は手と同じくらい優しかった。

「ほらほら、静かに。きみは安全だよ。きみは大丈夫だ。悪い夢を見ていただけだよ」

「彼女は大丈夫なの、セバスチャン？　ねえ、ほんとによくなるの？」

「よくなるよ、マウザー。水を持ってきてやってくれ。悪い夢を見ていたんだ」

「僕も前はよく見たよ」

「そうだったね。だが、今はもう大丈夫だろう？」

「そのとおり！　すぐ戻ってくる」

「さあ、リラックスして」セバスチャンはドリアンに語りかけた。「手を離したほうがいいかな？」

「えーと、そのままでいい」そんなふうに抱き締めたり、髪を撫でたりしてくれた人は初めてだった。妙な感じで、それが心地いいことが少し恥ずかしく、悪夢は薄れていった。

「夢のことを話したいかな？」

「さあ。なんかもう話がばらばらで。それが全部ごちゃまぜになってるの。頭がいっぱいで、大きくなっちゃったような感じ」

「頭は大きくならないから大丈夫だけど、きみはそこを打っているからな。痛むかい？」

「それほどでもない、前ほどじゃない。すごく疲れたわ」

ドリアンはセバスチャンの胸に頬を押し当て、心臓の鼓動を聞いた。たちまち涙が込み上げ、こぼれ落ちた。その瞬間、自分は安全なのだと感じたから。

「それは無理もないよ。疲れが取れるまでゆっくり休むことだね。ほら、鼠《ねずみ》のようにすばやい我らがマウザーが、水を持ってきたぞ。少し飲んでごらん」

ドリアンは水を飲み、頬の涙をぬぐってくれた男性を見上げた。彼の前で涙を流してしまったことを恥ずかしく思うべきなのだろうが、なぜかほっとしている自分がいる。

その男性は頭がよさそうに見える。いろんなことを知っていそうだ。だけど、なんでそんな賢い人が大勢の子どもたちと一緒に暮らしているのだろう？　なんでまったく知らない自分をここに置いてくれるのだろう？

「頭が回転しはじめたね」セバスチャンはドリアンのこめかみを指先で叩いた。「聞いてみないと答えは得られないよ」

「あたしが知りたいのは……どうしてあたしを助けてくれるのかってこと」

「助けたらおかしいかい？」

「たいがいの人は助けようとしない」

彼はほほえんでいるが、悲しそうな目をしている。「助けようとしないのは悪い心を持った人たちだけだ。きみはあまりにも多くの悪人と出会ってきたのだろう」

「僕たちは助け合うんだ」

彼はマウザーにほほえみかけた。今度はその目もほほえんでいた。「そのとおり。さあ、向こうへ行って——きみは心優しい少年だ。私はドリアンと少し話をしたい。それから彼女を休ませてあげよう」

「彼女がまた悪い夢を見るといけないから、ここで見張っててあげるよ」

「心優しい少年で、よい友達だ。大丈夫だよ。外に出て、日差しを浴びておいで。晴れ渡った夏の一日が始まっているよ」

「あとでまた来るね」

セバスチャンはマウザーがドアを閉めるまで待った。「さっきの夢について話してくれたら助けになるかもしれない、たとえばらばらの話でも。あるいは、何か思いだしたことのなかに私に話したいことがあれば、それでもかまわないよ」

「ここはどんなとこ？」

「今のところは家だ。私が手に入れた建物。かつては小さなアパートで、今は家になっている」

「あんたはお金持ちなの？」

「きみが想像するような金持ちではないが、困ってはいない。必要になればもっと入ってくるよ」

「あたしは家出したの、それは覚えてる。母親はいつもあたしを叩くし、ハイになったり男を連れ込んだりする。あたしはそういうのから逃げだした。もう戻りたくない。あんたがあたしを家に戻そうとしたら、また逃げだすだけ」

「人に無理を押しつけるのは私の主義ではない。なかでも血がつながっているという理由だけで、わが子を傷つけるような人間と子どもを同居させるのは認めない」

「子どもじゃないわ。もう十三歳よ」

「人生経験がきみより多い私に言わせれば、それは子どもだ。きみはニューヨークに逃げてきたのかな、それともすでにここに住んでいたのかい？」

「外からここまでやってきた、でも、まだ混乱してる。少し思いだしたけど、すべてがぼやけてて、まぜこぜなの」

「思いだしたことを話してみないか？　そしてどうすればいいか一緒に考えよう」

ドリアンが話しだすと、セバスチャンはじっと耳を傾けた。体のなかに何かを入れて探られた話になると、彼はドリアンの手を取って握り締めた。

ドリアンはまた泣きだした。堪えきれずに泣いた。

「それ以上は思いだせない。彼女のことは作り話じゃないと思う。赤い髪の少女のこと。

あたしは――彼女は友達だと思う。でも友達なら、どうして名前が出てこないの？　どうして一緒に逃げているのかも思いだせないのよ」

「まだ思いだす準備ができていないことについては、心が守ろうとする場合もある」

「でも、あたしは思いだしたいの！」

「そのうち思いだすよ。きみは数時間前よりずっとよくなっている。もう少しの我慢だ、ドリアン」

「我慢は嫌い」

彼は笑いだした。ドリアンはその響きがいいなと思った。

「我慢が好きな人がいるとは思えないが、焦らないほうがいい。きみは少し休んだらどうかな？」

「あたしは――起きてもいい？　ベッドにずっと寝てるのはいや。起きて、あたしがどんなとこにいるのか見てもいい？」

「めまいや吐き気がしたり、どこか痛くなったりしたら私に教えると約束してくれたら」

「約束する。約束したら嘘はつかない。だからあたしは、嘘をつく必要があると思ったら約束しないの」

「それは非常に賢い人生哲学だ。私も似たような方針に従っている。さてと、それじゃきみを案内してあげよう。スタート地点はここだ。ここはきみの部屋で、好きなだけ長くいていい」

すごく広いとは言えないが、ドリアンはもともと広さとは無縁の暮らしをしてきた。この部屋は清潔で、日差しが射《さ》し込む窓がある。ベッドと三段の抽斗《ひきだし》がついたドレッサーがあって、壁は鮮やかなブルーに塗られていた。

「この色いいわね。きれいだわ」

「きみの前にこの部屋に住んでいた少女が、自分の好きな色を塗ったんだ」

「彼女はどうしたの？」

「引っ越した。料理が好きで、レストランの厨房《ちゅうぼう》の仕事が決まり、自分で小さな部屋を借りた。ここはそんなふうに機能している。みんなそのときが来たら去っていく。それまでは、ここはきみの部屋だ」

「お礼はしなきゃいけないの？」

「してもらうよ。決まり事に従い、この家をきれいにしておくのを手伝い、きみが持っているものや手に入れたものをみんなと分け合うことで」

ドリアンはゆっくりと起き上がり、借り物のパジャマ――スウェットパンツとTシャツ――姿で立った。「めまいはしない。約束する」

「出だしは好調だ。じゃあ、見学ツアーを続けよう」

ドリアンが見学ツアーをしている頃、イヴはブルペンに入っていった。

「みんな聞いて！　情報受付窓口のシフトに志願してくれる者が必要なの」

不満の呻《うめ》き声《ごえ》は放っておいた。イヴも心から同情するから。「我々はこの少女についての情報を探してる。ピーボディ、ドリアン・グレッグのＩＤ写真をメイン・スクリーンに表示して。

ドリアン・グレッグ、十三歳――データはあとで読める。家出したのち、おそらく誘拐された。彼女はマイナ・キャボットと同じく、子どもの人身売買施設に収容されていたと思われる。キャボットも十三歳で、昨日の朝、串刺しになった死体で発見された」

イヴは部下たちに手短に説明した。

「カーマイケル巡査、情報受付窓口に制服組から四人応援を寄こして。カーマイケル捜査官、あなたは交代でついて、緊急の仕事がないかぎり二時間交代で。

我々はマイナ・キャボットを殺した者に先んじてこの少女を見つけださなくてはならない。どれほど情報が多すぎても、エイリアンにさらわれたとかいうのは除いて、最後までやり抜くこと。たとえエイリアンの情報が多すぎても記録しておくこと。メディアはまもなくこの件を公表するから、この二十四時間に視聴者からのコールが怒濤《どとう》のように押し寄せるわよ。

何か問題があれば、わたしはシフトが終わるまでオフィスにいる。帰宅したら家でこの仕事を続ける」

なぜなら、とイヴは検索を続行するためにオフィスに戻りながら思った。この二十四時間にドリアンを発見できないとしたら、彼女は逃亡したか、また監禁された可能性が高いから。

10

オフィスに戻り、イヴは検索結果をじっくり眺めた。

こういうのを〝干し草の山から針を探す〟と表現することは知っているが、そんなのはデタラメだ。干し草の山に針を投げ入れる者がどこにいる？　それにイヴは、干し草の山がどんなものか正確には知らなかった。

それでも、ニューヨークじゅうでイヴの要件を満たしそうな、あるいは満たす可能性が少しでもありそうな建物を見つけるのは、針を探すのと同じだと認めざるをえなかった。

その一方で、干し草の山に針を投げ入れるほどのバカがいるなら、針は必ず干し草の山のなかにある。だからイヴは要素を調整し、別の検索を開始した。

マシンが実行しているあいだに、イヴはピーボディ、マクナブ、フィーニーの進捗状況を確認した。

少女たちが多すぎる。名前と顔が多すぎる。けれど、自分のほうがパターンを見つけるチャンスはある、とイヴは思っていた。

まず、イメージをもとに候補者たちを二つのカテゴリーに分けた。マイナ・タイプ――安定した家庭、よい環境、過去にトラブルを起こしていない。ドリアン・タイプ――基本的にはマイナ・タイプの反対。その両方が混じっている者を三つ目のタイプとした――良家の出ではあるもののトラブルに遭ってしまった少女、ひどい家庭に育ったが頭を下げて静かにしていた少女。

それらをサブカテゴリー化する――地方、都市、郊外。

それから、事件ファイルを丹念に調べ、類似点を探すという骨の折れる作業を始めた。

そうして、いくつか見つけた。

イヴは事件ボードを眺め、このオフィスの狭さを考えた。会議室を使うことを考え、必要なものをつかむと、オフィスを出てブルペンに入っていった。

「わたしは観点を変えてみて」とピーボディに告げる。「放課後の帰宅途中にさらわれた少女をすでに四人見つけた。スポーツの練習、芝居の稽古、学習塾――どれもスケジュールが決まってるやつ」

「いい観点ですね」

「そうかも。これを持ち帰ってあとは家でやる。あなたもそうしていいわよ」

「わたしはＥＤＤのラボでマクナブと一緒にやったら、ギアがあがると思うんです。あそこには高性能の機器が揃《そろ》ってますから。だってね、これは干し草の山から針を探すようなものですよ。でも、その放課後の何かみたいなパターンを加えて、本腰を入れて探せば見えてくるはずです」

「そのとおり。なんで干し草の山に針があるの？」

「さあ。誰かが落としたとか？」

「それを探すなんてバカみたい。干し草の山にダイヤモンドがあるならわかるわよ。なんで新しい針も買えないの？　とにかく、どんな針でもいいから見つけたらわたしに送って」

駐車場へ向かいながら、イヴは頭のなかでぐるぐると思考を巡らせていた。最初にまず、ターゲットの子どもを見つけなければならない。だから——十中八九——スカウトは学校の付近をうろつく。子どもが見つかったら、しばらくのあいだストーキングする——向こうから飛び込んでくるチャンスがいつあるとも限らないから。

その子を捕まえ、目的地まで送り届け、報酬を受け取る。報酬はかなりの額にちがいない、と思いながらイヴは車に乗り込んだ。未成年の誘拐は刑期が長いから。

スカウトは猟場の風景に溶け込まなくてはならないと断定し、駐車場から飛びだして渋滞の列に車を突っ込ませた。

高級住宅街にふさわしい上等な服や髪型。あるいはユニフォーム——配達員とか修理人とか。警官。

イヴは警官に重きを置いた。子どもは知らない人にはついていかなくても、警官にはついていくのではないだろうか？

いずれにしても、権威者には。

あるいは。

のろのろ運転と格闘しながら、さらに思考を巡らせる。子どもを使うのはどうだろう？あるいは年の若い者。ウィロビーが言っていたように、さほど脅威は感じないのでは？

イヴはその考えを広げてみた。ティーンエイジャー、またはそのくらいの年齢に見える者。脅威を与えない者。

自分でも最近、大学生のジェイミー・リングストロームを使って、殺人犯にドアを開けさせたばかりではなかったか？

となると、少なくともスカウトの何人かは若者だろう――または若者とペアを組んでいるのかもしれない。

家出した子や問題児はターゲットになりやすい。通りにいるところを見つけて、捕まえる――麻薬を分けてやるとか、泊まらせてやるとか持ちかけて。そういう子たちはマイナ・タイプより抜け目ないかもしれないが、経験豊かな誘拐犯が相手ではとても勝ち目はないだろう。

移送手段。それはどうしても必要だ。

屋根付きバン、偽物の（あるいは本物の）警察車両。すばやく行動できるなら車のトランクに隠す。

いくつもの観点、疑問、考えうる答えが頭のなかをぐるぐるまわるなか、イヴは渋滞と闘いつつアップタウンを目指した。

急に思いついて、イヴは回り道して駐車スペースを探し、五番街からはずれた四十九丁目に二重駐車した。

そこから歩いて〈I♥NY〉のキャップやTシャツ、その他観光客目当ての品を置いている露店で足を止めた。あの子もずいぶん大きくなったなあ、とティコを眺めながら思う。この若き起業家はまだ幼さの残る顔をしているものの、髪は短いドレッドスタイルにし、店の商品であるラップアラウンド・サングラスをかけていた。

イヴを見つけると、ティコは笑顔になった。

「これ欲しくない？」彼はサングラス――黒いフレームのミラーレンズ――をはずした。

「サングラスなら持ってる」

「なんでかけないの？」

たぶんまた、なくしたのだろう。ちがう、デスクに置き忘れたのだ。

ちがう、車のなかだ。

もう、そんなのわからないわよ。

「見てほしい写真があるの」

ティコの顔から笑みが消えていく。「あなたはトラブルを抱えてるんだね」

「ほかの誰かがね。あなたに写真を見せて、リンクにもその画像を送っておくから、まわりの人にそれを見せてまわって」

「ちょっと待って。三枚買いなよ。三枚目は半額にするから」彼は客になりそうな者に声をかけた。「今日は人手が足りなくてさ」とイヴに言う。「店を手伝ってくれてる女の子がママに口答えして、家から出してもらえなくなったんだ」

ティコは商品が売れると、イヴのところに戻ってきた。

それからマイナ・キャボットの写真をじっくり眺めた。

「死んだ少女だね。ニュースで見たよ。かわいそうに」

「それより前に彼女を見かけたことある？　ニュースになる前に」

「うーん。こんな髪は見逃すはずないな、わかるよね？　こんな顔も」

「そうね。こっちは？」画面をスワイプしてドリアン・グレッグの写真を表示した。

ティコは眉間にしわを寄せ、ためつすがめつした。「見覚えがある」

イヴは体に衝撃が走るのを感じた。「わたしが聞きたがってるからって、そういうことを言わないで」

「なんであなたに嘘をつくんだよ？　あなたは優秀な警官だ。僕はおばあちゃんを連れて、あなたの映画を見にいった。あのクローンが出てくるやつ。超サイコーだった。この少女には見覚えがある。でも、それはクリスマスセールの頃だった。たぶん十二月、十一月だったかもしれない――十一月だったとしても終わりのほう。僕が七面鳥やなんかの在庫一掃《クリアランス》セールをやってたときだから」

「七面鳥やなんか。ていうことは感謝祭のあとね」

「もちろんあとだよ」

ティコは指を一本立ててから、例のTシャツとキャップをいじっていたカップルに近づいていき、売り込みを始めた。

見事な口上だ、とイヴは思った。彼はTシャツ三枚、キャップ二個、財布のようなもの、サングラスを売りつけ、袋に入れてやった。

「もちろんあとだよ」戻ってくると、そう繰り返した。「でも、ここじゃない。僕はダウンタウンに二店舗目を持ってる。ビジネスを拡張したんだよ」あの笑顔が戻ってきた。

「僕には、じゅう――ぎょう――いん、が五人いるんだ」

店が二軒に、従業員が五人。ティコはモルグにいるあの少女より年下なのに。

「困ってることはない？　あなたに乱暴や嫌がらせをしようとする者はいない？」

ティコは肩をすくめ、鼻で笑った。「そういうやつらもいるかもしれないけど、僕はうまくあしらえる。それに、パトロール警官の友達がいるし、ドロイドだけどね。そういうやつらにはあなたにもらった名刺を見せて、ダラスとは友達なんだって言うだけでいい。警察が僕や従業員のことに目を光らせてくれてるって」

　この子はいつかそのうち、ニューヨークの半分の物件を手にすることでロークと張り合うようになるだろう、とイヴは思った。

「そうね。何カ月も前に見かけた少女のことを覚えてるわけを教えて」

「彼女は美人だ」ティコはあっさり言った。「あんな美人は二度見するよ。それに彼女は店の様子をうかがってた。うちの店には上質で高価なスカーフや帽子、手袋やバッグがある。街のコソ泥は見ればわかる、そうだよね？」

「ええ、わかるわ」

「だからいくら美人でも、〝こっちにはわかってるんだから僕の店から盗まないほうがいいよ〟と目つきで知らせてやったんだ。でも、彼女は寒いのかもしれないと思って、五ドル持ってるならちょっと疵《きず》のあるマフラーがあるから交換してあげる、と僕は言った。彼女は簡単に見破られたことに少し怒ってたみたいだけど、ポケットから五ドル引っ張りだしてマフラーを持っていった――オレンジと黒のやつ」

「まあ、それを全部覚えてたの？　本当に間違いない？」

「百パーセント。ちょっと待ってて」

ティコはすでにパンパンに膨らんだショッピング・バッグを抱えた三人の客を相手にし

た。

「感謝祭のあと」彼が客から解放されるとすぐ、イヴは言った。「でも、クリスマスの前」

「そのはずだよ。彼女が持っていったマフラーはハロウィンと感謝祭用に仕入れたやつで、もう値引きしてあった。彼女にすごく安く売っても損はなかったんだ。僕の店にはサンタや雪の結晶のマフラーとか、上等の贈り物用のマフラーや帽子なんかがあった」

「その後、彼女をまた見かけた？」

「一度だけ、そんなにあとじゃない――二、三日後かな。彼女は例のマフラーを巻いてて、こっそり観光客のあとをつけてた。パトロール警官には何も言わなかった」ティコは肩をすくめた。「彼女はただ生き抜こうとしてるだけだと思ったんだよ。悪党たちとはちがう」

「わかったわ。あなたのリンクに写真を送る。それからあなたのダウンタウンの店の正確な位置を知りたい」

「彼女も死んだの？」

「いいえ」

「あなたに逮捕されるようなことをしてるの？」

「いいえ」

「じゃあ、ピンチに立ってる？」

「そう、彼女はピンチなの。わたしは彼女を見つけて、ピンチから救いだしたいの」

「誰かにできるとすれば、それはあなただ。だけど、サングラスがあったほうがいいよ。サイコーなんだ。警官割引にしてあげる」

イヴはサングラスを購入し、二店舗目の所在地を手に入れ、ティコのリンクに写真を転送した。

「ご協力ありがとう」

ティコは返事の代わりに、イヴがかけたサングラスを指さした。「サイコー」

「でしょ」

車に戻りながら、イヴは制服警官に命じて、ダウンタウンの店の所在地から半径四ブロックの円の聞き込みをさせた。ティコがドリアンを二度見かけているなら、ほかにも見かけた者がいるにちがいない。

オレンジと黒のマフラーは目撃したことを思いだす役に立つだろう。

ティコの話はイヴがすでに確信していたことを裏づけた。ドリアンはニューヨークで誘拐されたのだ。そして今、論理的結論として、誘拐された時期は感謝祭のあとでクリスマスの前に絞られた。

ドリアンは同じ地域を歩きまわっていたのではないのか。もしそうなら、鋭い目と回転の速い頭を持つティコなら、その後もまた見かけていただろう。

いずれにしても、とイヴは渋滞との格闘を再開しながら考えた。誘拐されたのはマイナが先で、その差は少なくとも数週間ある。

イヴはピーボディに連絡し、この情報を伝えた。

「ティコが？　おお！　それはすごい突破口ですね。彼が有力な情報源になるなんて考えてもみませんでした」

「わたしももう少しでそうなるところだった。運がよければ、ほかにも目撃情報が得られて、誘拐された日時と場所が特定できるかも。目標に近づいてることだけはたしかね」

「ドリアンが逃げてるなら、なじみのある場所に戻るかもしれません。ダウンタウンに隠れ家があるのかも。ティコが二度も見かけたんだから彼の店の近くに」

「制服組がどんな情報を掘り起こしてくるか待ちましょう」

「わたしたちはもうしばらくラボで頑張って、ひと息入れたら新居のそばを通って帰ります。家に着いたら自動検索を実行します」

「どんどんやらせて。わたしはもうすぐ家に着く。結果はそっちで受け取るわ。制服組から何か報告があったら、明日の朝、検討する。あなたには知らせるから」

イヴは通信を切った。動きをとらえた気がする。進むべき方向かもしれない。

わが家の門が開くと、イヴはロークのことを考えた。

この事件に彼をどこまで巻き込んでいるのだろう？　自分にはフィーニーやＥＤＤがそばについている。けれど……ロークには彼のやり方がある。そのやり方がとても有益であることはこれまでに何度も証明された。

動きをとらえた気がするのなら、その動きを一ミリでも先に進めてくれる何かや誰かを脇へ払いのけることはできない。

イヴはわが家を眺めた。その優雅さ、夏の青空を背景に浮かび上がる幻想的な姿を。必ずと言っていいほど、その感動はストレスレベルを下げてくれる。

しかし今夜は、ストレスレベルが上昇した。

愚かしいことだ、とイヴは認めた。ロークも自分と同じようにうまく対処するだろう。二人ともうまく対処するだろう。

けれどこの件にかぎっては、わが家に死だけでなく、過去の惨めな思いも持ち込みたくなかった。

そのせいで気が重いのだ、と思いながらイヴはなかに入った。

ホワイエには猫を従えたサマーセットがぬっと立っているのではなく、猫を連れたロークが待っていた。

「これは目に見える幻想《イリュージョン》ね。ホログラムみたいな」イヴは軽快に近づいてきたギャラハッドをじっと見下ろした。「たぶんあなたも本物じゃないんでしょ」

「サマーセットはイヴァンナと観劇の約束があって出かけた。今頃は二人で早めの夕食をとっている」今度はロークが近づいてきてキスした。

「これがイリュージョンにしろホログラムにしろ、サマーセットにそんなふうにキスをさせるのは無理ね。あなたは本物だと思う」

「そういうきみこそどうなんだ、警部補？　そのサングラス」

「サイコー、でしょ？　今のはセールストーク」

「たしかに」

ロークはイヴの顔をじっくり眺め、顎のくぼみを指でなぞった。「パティオでワインを飲もう。ここで何をたくらんでいるのか教えてくれ」と言って、イヴのこめかみを指先で軽く叩《たた》いた。「それから上にあがって、その件に取り組もう」

「それは家庭に持ち込みたくなかった」

「きみは僕に無事な姿を見せてくれる。そのきみに一緒についてくるものなら、何も問題ないよ」

自分の問題なのだ、ロークより自分のほうがずっと問題があるのだ、とイヴは思った。だから彼にもたれかかり、しがみついた。「ちょっとだけ、このままこうしていて」

「つらいの？」ロークはささやいた。

「つらくない。約束する。つらくない。心に痛みはある、それはわかってる。でも、わたしはそれを手中にしてる。それを手中にすることができるとわかったから、今までとはちがう。わたしは大丈夫よ、あなたさえ大丈夫なら」

「僕は大丈夫だ」

「じゃあ、外で少し座っていたい。たぶん、わたしたちはチャンスをつかんだと思う。それが広がるかどうかはわからないけど、チャンスだと思う。だから」裏庭へ向かいながら、イヴは話を続けた。「あなたに助けてもらえたらいいなと思う。頼むつもりはなかった――それはしたくなかったの。家庭に持ち込みたくなかったから」

「僕は頼まれたほうが助かると言ったら、やりやすくなるかな？」

「なると思う」

イヴはロークがワインを選び、栓を開けるまで待った。

そして、咲きこぼれる花々に囲まれて一緒に座ると、白くきらめいているものをひと口飲んだ。

「報告から始めるわね。帰りにティコのミッドタウンの店に寄ったの」

ロークは椅子に背を預け、脚を伸ばした。「ティコ。ほう、なるほど。それでそのサングラスの説明もつく。あの少年は鋭い目と耳と直感を持っている。彼がダウンタウンに二店舗目を構えたのは知っていたかい？」

「さっき知った。あなたはどうして知ってるの？」

「数週間前にたまたま店の前を通った。そのとき彼に、店をやる準備ができたら場所を見つけて応援してやると言ったんだ。彼は少女たちのどちらかを見かけていたのか？」

「ドリアン・グレッグ」

イヴはロークにティコとの一部始終を語った。話を戻してナディーンのこと、EDDで進行中の作業、じれったくて不毛な不動産物件の検索のことも、ひとつ残らず語った。

「建物に関しては不確定要素が多すぎる気がするな」

「そう思う？」イヴは息を吐きだし、首を傾けて空を見た。「ほんとにどこにも行き着かないの。その要素を変更して、検索し直してる。ダウンタウンじゃないかなと思う気持ちが強くなった。死体遺棄現場には近すぎないけど、それほど遠くもないところ。あれは急いでやらなきゃいけなかったでしょ？　〝まずい、死んでるぞ。死体を始末して、なおかつそれを利用するにはどうすればいいか？〟……でも」

「でも、彼女は建物から遠くまで逃げていたのかもしれない。彼らは足跡をたどられないように死体を遠くまで運んだのかもしれない。それに」しかめっ面でワインを飲むイヴにかまわず、ロークは続けた。「何人ぐらいの少女が収容されているかはっきりわからない状態で、建物の大きさを判断することはできない。二人か三人か四人なら事足りる。一ダースかそれ以上になると別の手段が必要だ」

「ええ、そうね」

「しかしながら、たとえばきみが指定した窓についてはどうだろう？　窓がない、あるいは最低限しかない、は理にかなっているように思える。代案としてのマジックミラー《ワンウェイ・ガラス》、強化ガラス。搬出入口やその種のものも理にかなっているようだ」

「常軌を逸したドーバーや、彼が監禁してた三人の女性を思いだして。あらゆる矢が個人住宅をさしていた。一人住まいで、たぶん地下室があって、対象エリアもかなり狭かった。それでも検索で見つけだすのは簡単ではなかった。こっちは？　わたしは暗闇にパンチを繰りだしてるだけ、それはわかってる」

「きみさえよければ、僕もきみのためにパンチを繰りだしてみるよ」

「家庭に持ち込みたくなかった」イヴは繰り返した。「つらいでしょ？」

「ちっとも。僕はきみのことが心配なんだ。きみは本筋以外に気をまわさないほうがいい。きみは誘拐が絡む残酷な事件を解決し、いやでも過去のつらい記憶を思いださせられたばかりだ。そこへもってきて、今回の事件には子どもが絡んでいる。

だが、僕たちはこれを切り抜ける。そしてきみは、その少女たちを苦しめた犯人を見つけだす。僕はそうなると心から信じている。もう少ししたら、休暇を取ろう。素晴らしい長期休暇をギリシャとアイルランドで過ごそう。僕たちは切り抜けるよ」

ギリシャとアイルランドは、今の自分には空中に浮かぶ庭園のように思える。

「ティコがドリアンを見かけたことで、わたしは動きをとらえたのを感じる。時系列、彼女がほぼ間違いなく誘拐された場所。彼女はここから、このニューヨークから連れ去られた。マイナのほうは、フィラデルフィア郊外の自宅まで数ブロックのところから連れ去られた。ほかの行方不明者のひとりをパターン化することができたら、それを足がかりにする」

「それにナディーンを通じて、今やドリアンの顔は世間に知れ渡ったしね」

「彼女が車で連れだしてくれる者と出会ってないかぎり、姿を見られずにニューヨークから脱出することはできそうもない。わたしたちはあらゆる公共交通機関の駅を当たらせてる。橋やトンネルも監視させてる。その気になれば脱出できないこともないだろうけど、どこへ行きたいのかも、なぜここから出たいのかもわからない」

「拉致者たちから遠く離れるため」

「ええ、それはそうなんだけど。でも、どこへ？」

せっぱ詰まると、やみくもに突っ走りがちだ。計画も目的地もなく、ただ逃げるだけ。

「わたしたちが身元を突き止めるまで、ドリアンには脱出する機会があった。うまくその機に乗じていれば、とっくに消えてる。だけど彼女はまだ十三歳なのよ。彼女はまず本能的に身を隠そうとしたと思う。ティコは彼女のことを街のコソ泥って呼んでた」とイヴは付け加えた。「たしかに、あの子は鋭い目を持ってる。ドリアンにはバスや列車の切符を買うお金を手に入れる時間が必要なんじゃないの？　脱出する前に盗むことができたなら別だけど、彼女は着の身着のままで飛びだしたのよ」

「この点についてはは楽観的になったらどうだい？　彼女はまだニューヨークにいると信じ

て」

「楽観主義ってやつは持ち主の尻を蹴りたがるし、恐慌状態は彼女をニューヨークからどこか別のところへ吹き飛ばしてしまうかもしれない。だけど、わたしたちは彼女を見つけ、彼らを見つける。そうじゃないと、何か確固としたものに当たるまで暗闇にパンチを繰りだしつづけることになるから」

「上にあがって、それに取りかからないか？」ロークは腰をあげ、イヴに手を差しだした。

「ねえ」イヴは彼の手を取り、立ち上がった。「わたしはこのサイコーのサングラスを持ってる。楽観主義がこのサイコーを蹴飛ばそうとしたら、わたしは蹴り返してやるわ」

「それがどう働くのかはさっぱりわからないが、僕たちはそれでいこう。不動産物件の検索結果を僕に送ってみてはどうかな」屋内に戻りながらロークは言った。「僕が見たら改良点が見つかるかもしれない」

「そうね、幸運を祈るわ」

「と彼女は言った、楽観的に」

イヴが軽く肘打ちするのを尻目に、ロークはそこにあることをイヴがすっかり忘れていたエレベーターを呼んだ。

「きみが情報を更新しているあいだに、僕も作業を進めておくよ。それを醸成させながら夕食がとれるね」

「わたしはEDDが見つけたものにざっと目を通したい。パターンが欲しいの。ウィロビーから何か届いてたら、それも調べたい」

「それじゃ始めて、結果が僕たちをどこへ連れていくのか確かめよう」

一緒にイヴの仕事部屋に入っていくと、ロークは奥まで行ってテラスドアを開け、イヴはコマンドセンターへ向かった。寝椅子に横たわっていたギャラハッドはあくびをした。

「検索結果はあなたの仕事部屋でやる、それともここ？」

「とりあえず仕事部屋にする。きみはここを使ってくれ。一時間やってみよう」

イヴは腰を落ちつけ、取り散らかった検索結果をロークに送ってから、サングラスをはずすことを思いだした。更新を始める前に、ハーヴォが送ってきた報告書に飛びついた。

そして、楽観主義に尻を蹴飛ばされた。

被害者の下着に完全に一致するものはどこの販売店にもなかった。似たようなデザインで、同一または似たような生地のものは、ハーヴォによって〝大量生産品〟と呼ばれ、却下された。

作業を続けたが、その製品は正規の記録には残さずデザイン、製造、販売されたのではないかと思った。

「そうよ、つまりその線は行き止まり、もしくは一歩手前ってところね」

もっといい情報を期待して、ウィロビーの急ぎの報告を確認した。

あの捜査官は近くおこなわれる売り出し、オークション、入国、出国に関する情報を監視していた。子どもたちが単なる商品として売られているという事実は、イヴの腹の底に居座った。

それを抱えたまま、事件ボードと事件簿の初回更新をすませてから、ピーボディのデータを呼びだした。

イヴは自分のカテゴリーに名前と顔とファイルを追加した。

「コンピューター、一番目のカテゴリーの確率を出して。現在のデータを基にして最高確率から最低確率まで。対象は、マイナ・キャボットおよびドリアン・グレッグを誘拐した当事者と同じ人物またはグループによって誘拐された者」

トップレベルの精度を求めるなら現在のデータでは不充分です……

「いいからやってよ」

承知しました。実行中……

コンピューターが作業しているあいだに、イヴはコーヒーをプログラムし、カウンターに両足を載せ、事件ボードに目を据えたまま、思考を巡らせた。

巧妙で、洗練され、系統立った組織。マイナの衣類の品質を考えると、潤沢な資金があるか儲《もう》かっている、もしくはその両方なのだろう。多数の従業員――従業員は大勢必要だし、少女たちを住まわせるには安全な建物が必要だ。ほぼ間違いなく、写真やビデオを製作するスタジオのようなものも必要だろう。ヘルシーな食事、身だしなみ用品も。医療スタッフもいるのだろうか？　おそらくいるだろう。

看守――寮母《メイトロン》？　イヴは公立学校《ステートスクール》時代を思い浮かべた。メイトロンだ――学校では看守ではなくメイトロンと呼んでいたが、とんでもない、中身は同じだ。それでも、女生徒には女性がついた。学校側も変質者が生徒たちをもてあそぶのは願い下げなのだ（もっとも、女生徒好きな女性の変質者もいるけれど）。

とはいえ、生徒が看守をもてあそぶ場合もある。

女性の看守だ――スタッフに売り物の価値を下げられてはたまらない。

従業員の給料を払っているのは誰か？　すべての指揮を執っているのは何者か？　個人、シンジケート、パートナーシップ？


確率分析が完了しました……

「結果をスクリーンに表示」イヴは命じた。「何が不充分よ、まったく」

イヴは両足をおろし、身を乗りだした。最初のカテゴリー、マイナ・タイプのカテゴリーには、確率九〇パーセント以上の者が三人いた。

「コンピューター、二番目のカテゴリーを実行して」

承知しました。警告――トップレベルの精度を求めるならこのデータでは不充分です。実行中……

その三人の事件ファイルを引きだし、戻ってきたロークに片手をあげた。

「ちょっと待って。はい、いいわよ。何かつかんだかもしれない。ニディア・ルー、十二歳、ニュージャージー州ウェスト・ブルームフィールド。二〇六〇年九月から行方不明。オーケストラの練習（バイオリン担当）のあと、学校を――私立学校《プライベートスクール》を出た。友達と三人で一ブロック歩いたところで別れ、自宅まで三ブロックの道を歩きだした。家にはたどりつかなかった。身代金要求なし、痕跡なし。この子よ、どう思う？」

「美しい少女だね。混血人種、華やか、楽しそうな目、恥ずかしそうな笑み」

イヴはプリントアウトを命じた。「それをボードに貼ってくれる？」

イヴは次のファイルを呼びだした。

「アスター・マクミリアン、十三歳、メリーランド州ポトマック。芝居の稽古、学校から四ブロックの家まで歩いて帰る途中で消えた。プライベートスクール――こっちは上流校みたい。裕福な家庭、三人きょうだいの真ん中。身代金要求なし、痕跡なし。やっぱり美しいと思う？」

「ああ、思うね。ブロンドヘア、ブルーの目、明るい自信に満ちた笑顔」

「九〇パーセント以上がもうひとりいる。不充分なデータにしてはね。リバティ・ストーン、十一歳――今は十二歳――デラウェア州パイククリーク。二〇六〇年十月から行方不明。合唱団の練習――学校の合唱団。プライベートスクール。そこから自宅まではわずか二ブロック。安定した家庭、きょうだいはひとり。身代金要求なし、痕跡なし」

「この子も美少女だ」ロークは言った。「黄金色の肌、グリーンの目、えくぼができそうな顔。この三人が同一人物に連れ去られたなら、全部で五人になる」

「もっとになるわ。これはマイナ・タイプのカテゴリーで九〇パーセント以上の確率が出た者だけだもの。今、ドリアン・タイプをやらせてるの。それから三番目として混合タイプをやる。それに、不充分なデータとやらがある。それは場所や距離を限定してある。それをもっと広げたら？」

イヴは立ち上がってコマンドセンターから離れ、歩きだした。

「偶然なんてデタラメよ。この三人が浮かび上がったのは、それがパターンってやつだから。この犯罪のためのパターン。絶対に一ダース、いいえもっといるわ、北東部から中部大西洋沿岸だけでも。そこにペンシルヴェニア州と、あとはそうね……オハイオ州を加えてみたらどれだけになる？　たぶん彼らの活動拠点はひとつ以上ある——西海岸、中西部、南部、南西部。あるいは、彼女たちを全員このニューヨークに連れてくるのかも」

「港湾都市」ロークはポイントを突いた。「違法商品のたぐいを密輸出するビジネスを立ち上げるとしたら、僕なら港湾都市がいいな。活気のある都市」彼は付け加えた。「さまざまな交通ハブを有する主要都市」

イヴはロークを振り返った。「あなたは密輸業をやってたのよね」

「そう呼んでいいなら」ロークはあっさり言った。「やっていたというより、利害関係を有していただけだと思うが、物流ビジネスという点では同じことになる」

コンピューターが合図を発し、ロークはそちらを見た。イヴはすばやくコマンドセンターに戻った。

「こっちの九〇パーセント以上はひとりだけ。ロッティ・クラグ、十二歳、ワシントンハイツ。少年犯罪の前歴あり。不登校、万引き、常習的家出。彼女はドリアン・タイプにぴったり当てはまるの。四月から行方不明、家出の疑いがある。顔立ちがいい」

「そうだね。八〇パーセント台には六人いるよ」

「ええ、わかってる。八五パーセントから九〇パーセントのあいだの二人を加える。ひとりはクイーンズ、もうひとりはボルティモア。ボルティモアは里子。クイーンズは父親に虐待されてたように読める。母親は接近禁止命令を申請したりなんだり。彼女たちはわたしから見れば、ぴたりとはまる。これはパターンなのよ、ローク。そういうシステムなの」

「同感だ。三番目を実行してごらん。僕は夕食の準備をしてくる。食べるんだよ」反論する隙を与えず、ロークは言った。「じっくり考えて、じっくり話し合おう。それから僕のほうの検索がどうなっているかも話し合おう」

「もし何か見つかったなら――」

「信頼できる結果が見つかっていたら、僕は夕食をプログラムしたりしないよ」ロークはイヴの額にキスした。「三番目をやってて」

11

イヴはじっくり考えた。そして次の結果が表示されると、さらなる顔をプリントアウトした。その数は今や十人になった。十人。イヴはボストンからボルティモアまでの確率五〇パーセント以上を検討した。

「ほかの条件でも検索してみるわ――まずはマイナ・タイプから。でも、外見は要素から取り除く。ここからわたしについてきて、客観的にね？」

「よしきた」

「リチャード・トロイはわたしを売り払おうとしたけど、マイナみたいな感じではない。わたしにはあの美貌がなかった。言わないで」イヴはすかさず制した。「あなたはわたしを見るときの目でわたしを見てる。でも実際には、間違いなく美人じゃなかった。痩せっぽちで、貧弱で、不恰好《ぶかっこう》だった。そういうのは、その場に応じて奴隷とかペットと呼ばれる」

「知っているよ」ロークはぽつりと言った。

「わたしはそのひとつに当てはまると思う。あまり投資せずにすむから安い値段で売っても大丈夫。でも、誘拐してきた者を売るなら安定した利益が望める。そこで、チクリットより年下の子を調べたいの。そうね、とりあえず八歳から十一歳で、すべてのカテゴリー。わたしたちが正しい方向へ進んでるなら、この手の活動は多角化してるはず。たとえば主力商品としての候補者の育成がうまくいかなくても、奴隷でもペットでもなんでも、やつらが名づけた身分で売ればいい」

ロークが個人的な感情を脇へしりぞけようとしているのがわかる。ありありとわかる。ときどき、それが――それだけで――どんなにありがたいか、彼に伝えられる方法はないものかと思う。

「なるほど。となると、基盤がしっかりしているビジネスなら、いわゆるプライベートレーベル――高級品――から、もっと手に取りやすい商品まで取り揃《そろ》えているかもしれない。自社《ストア》ブランドと呼んでもいいな」

「わたしはそれを言ってるの」彼は同じことをうまく言っただけじゃない。「だからそれに取り組みたいの、基本パターンを使って」

「僕も手を貸そう」何も答えずにいると、ロークはそばに寄ってきた。「だめだよ」彼はイヴの手を取って引き寄せた。「一緒に切り抜けると言っただろう？　それに、この手のことは僕のほうがうまくいく」

「速いからってうまくいくとは限らない」けれど、ロークにテーブルまで連れていかれると、イヴは肩をすくめた。「速く、うまくいくのもありえるかも。ピーボディとマクナブ、もしくはフィーニーにも、この検索はできるんじゃないかと思う。ちがう地域をやってもらうの。もし彼らが似たようなパターンを見つけたら、もし——もしが多いのはわかってるけど、もしそれが同じ組織だったら、彼らは少女たちをニューヨークに運んでくるの？　それともほかにも拠点がある？　港湾都市とか、交通ハブを有する都市？　それとも、彼らはこの地域から離れない？　データがもっとあれば」と続けていると、ロークがプレートの蓋を取った。「うまくいくのに」

プレートには色とりどりのパスタサラダが盛られていた——野菜の色も混じっているが、なんとか食べられる。彼は魚のようなものも食べさせようとしているらしい。その魚は少し焦げていた。

「オートシェフの調子が悪いの？」

「それは焼き色をつけたメカジキ《ソードフィッシュ》だよ。温かいものを食べたいと思って」

「そうかもね。誰が剣《ソード》を持った魚を食べようと決めたの？　最初にそれを捕まえた者はびびったでしょうね。なんだよ、おい、こいつ剣を持ってやがるって」

「構えて《アンガルド》」ロークはフェンシングの主審のように言い、イヴを笑わせた。それからイヴは味見した。

「へーえ、食べようと決めた価値はあったみたい」

ロークがいつもやってくれるので、今日はイヴがロールパンを二つに割って、片方を差しだした。

「ありがとう。僕も自分のカテゴリーを作ったんだ。小さなオフィスビルで、十二階建て以下のもの。倉庫をほかの用途に改造したもの。工場もそう。隠れ蓑《みの》として機能しているものに付属している事業所」

ロークはパスタを突き刺した。「そこから所有者を調べる。これが洗練された大掛かりな活動だと想定して、僕はその不動産の所有者に気持ちが向かっている。賃貸借は問題が多すぎる。建物のオーナーが知らないうちに売ってしまうかもしれないし、評価や点検のために担当者を派遣するかもしれない」

建物の評価や何かのことはまるで頭になかったので、イヴはうなずいた。「なるほど、そういうこともあるわね。都会でその手のビルを所有するには、充分な資金が必要よね」

「それか、充分な融資だね。所有者が見つかれば、かなりの数を除外できるはずだ」

「どうやって？」

「まあ、僕が所有しているものは間違いなく除外できる。賛成してくれるよね」

「賛成してもいいわよ」

「さらに、僕がよく知っている人物やグループが所有する物件も除外できる。それが無理でも格下げはできる。これについては僕を信用してくれ」イヴが顔をしかめるのを見て、ロークは言った。「ほかにも、僕に危険サインを送ってくるものもあるかもしれない。いわゆるいわくつきの物件は僕にはわかるから。それ以外についてはまったく知らないかもしれない――僕はなんでも知っているわけじゃないからね――それらについてはもっと深く探ってみたい」

「時間がかかるでしょうね」

「たしかに、時間はかかる。自分でも調べたからわかると思うけど、条件を満たす物件は何百とあるだろう。ほかのパターンに当てはまるものも、もっともっと出てくるかもしれない。それが表向きのビジネスに付属しているものなら、その隠れ蓑は百パーセント合法的な経営をしているだろう。それはどんな場合でも僕がやりたいことだが」

彼が目の前に置いたので、イヴはワイングラスを持ち上げた。

「隠れ蓑の事業をおこなってるとする。何かを売ったり作ったりするのでも、小さな工場を経営してるのでもなんでもいいけど、そこでは帳簿をつけ、税金を払い、全部合法的にやってる。その陰で、本業に精を出す」

「まさしくそのとおり。少女たちをこっそり運び入れ、いわば、保管しておき、市場に出すときが来たら売って、また運びだす。乗り物が必要だね。おそらく船かシャトル」

「長距離トラックに人間貨物として積み込む」

「ありえなくはないが、危険だ——交通事故、検問。だけど、ありえなくはない。資金があるなら専用エアシャトルのほうが賢明だし、安全だろう。しかも速い」

「被害者のシャツ——生地が上質で、彼女のサイズに合わせて詰めてあった。シルクの高級下着——ラベルはなく、ハーヴォの報告ではデザインや生地が一致するものは正規の販売店のどこにも置いてなかった。彼らには仕立てのできる者が必要よ。隠れ蓑のほうでそんな商売をしてるのかも。生地とか衣類を扱う商売」

「それは調べられるな」ロークは考えた。「それもひとつの線だ。すでに利用しているものや必要なものを備えた隠れ蓑に合法的な商売をやらせて、本業をカバーさせる」

「うん、いいわね。彼らはどんなものを利用したり必要としたりしてるか。写真とビデオ。商品を売り込まなきゃならないでしょ。たぶんそれかな。あるいはそのための機材を売るとか。輸送手段。トラックやバンの販売、デリバリーサービス、運送業者。商品が売れたら運ばなければならないから輸送手段に投資する——自動車、船、シャトル——そして、通常の商売をやって補填する。食料や医療用品。いえ、それはやっぱりまずい」イヴは判断した。「ものが傷みやすいし、許可を取って経営するのもほかの商売より大変そうだし。定期検査も入るでしょ」

「そこは僕も同意見だ。その商売は——それが存在するとして——まったく関連のないものかもしれない。しかし、僕がその活動をおこなうとすれば、できれば両方から利益を得たいし、諸経費を低く抑えたい」

「その要素を入れたらフィールドは狭まる。それでもバカでかいけど、どこかからは始めないとね」

「なら、僕がそれをやっておこう。きみは後片づけをよろしく」

「はいはい、引き受けました」


イヴが食器を片づけながら次の手段を考えている頃、アンティはパートナーがロングアイランドに所有するジョージ王朝様式の豪邸のベルを鳴らした。

ここまでのドライブは気持ちがよかった——彼はいつものように迎えのリムジンを寄こしてくれた。アンティは彼の期待にそむかぬようにフォーマルドレスを着た。この体にぴったりフィットする大胆な赤とメタリックシルバーのドレスが、自分を精いっぱい美しく見せてくれることは知っていた。冷たい光を放つホワイト・ダイヤも身につけた。自分のキャリアにおけるこのひと幕は、利益をもたらすものになった。アカデミーのサロンで細心の注意を払って色とスタイルを整えてもらった髪は、大事にしてきた顔から、後ろにふわりと流してある。

アカデミーのエステティシャンたちは定期的にしわを取り去って、肌をなめらかにしてくれるうえ、注射治療もおこなってくれる。露のようにしっとりした十九歳の肌を取り戻すことは無理だろうが、エスコートとしてのキャリアを開始してからは美しさを失わずにきた。六十四歳にしては完璧に磨き上げられていると言えるのではないかと思う。

ドアを開けた女性は、胸の谷間に深い切り込みが入った黒いスキンスーツを着ていた。喉元にはキラキラ光る電気ショック付きのカラーがはまっていて、彼女が家の外に出られないようになっている。

もちろん、彼女はそんなバカな真似《まね》はしないだろう。アンティは五年前にみずからの手で彼女を育てた。レイヴン――カラスの濡《ぬ》れ羽《ば》色の豊かな長い髪からそう名づけた――がご主人さまに献身的に尽くしていることはわかっている。

「こんばんは、アンティ」彼女は艶やかな赤い口紅を塗ったふっくらした唇に笑みを浮かべて迎えた。「とても素敵ですね」

「ありがとう」

アンティは滑るようになかに入った。天井の高いエントランスホール、砂漠の砂色をした大理石の床、ゴールドとクリスタルのシャンデリア、奇抜なアートの数々。

セントラルテーブルに飾られた純白のバラから、なまめかしい香りが漂ってくる。

「ご主人さまもまもなくいらっしゃいます。客間にご案内しましょうか?」

「もちろん」

客間もほかと同じく贅《ぜい》を尽くしている。白いグランドピアノ、大理石の暖炉、低い《ディ》ソフ《ヴァ》ア、背もたれ付きの長椅子、大型の椅子、どれもみな白を基調とするパターンを守っている。白いバラは花瓶からあふれだし、装飾を施した額入りの鏡は、冷たく豪奢《ごうしゃ》なこの部屋のあらゆる形とサイズを映しだしていた。

「シャンパンはいかがですか、アンティ?」

「お願いするわ」そう言いながら、アンティはディヴァンに腰をおろし、かつての研修生が輝くシルバーのシャンパンクーラーからボトルを持ち上げ、フルートグラスに注ぐのを見ていた。

申し分ない所作だと思い、アンティは自分を褒めた。

「もっとくつろいでお待ちいただくために、わたしにできることがありますか?」

「ないわ」アンティは手を振った。「下がってよろしい」

「素敵な夜をお過ごしください」

そのつもりだ。パートナーは常に極上のワインを出してくれるし、食事も何不足なく用意されている。二人の長い付き合いは双方にとって有益だった。

もちろん、道中にはつまずきもあった。今回の見下げ果てた恩知らずな少女たちのことも例外ではない。しかし成功しているビジネスは必要経費として、ある程度の損失はやむをえないと思わなければいけない。研修生のなかには挫折する者が一定の割合でいるが、それが現実というものなのだ。

その件は食事をしながらパートナーと相談することになるだろう。

彼はかつて顧客だった、とアンティは回想しはじめた。遠い昔に、彼はわたしの潜在能力を見抜いた。エスコート・サービスの会社を興そうとしたときには、その資金を提供してくれた。

ビジネスは大成功した。裕福な人、厳選された人、有名な人、悪名高き人の欲求を満たすビジネス。そのパートナーシップは非常にうまくいった。

やがて政府は売春を合法化し、規制した。そういった規則、検査、適格審査、税金は利益に大きく食い込んだ。

公認《L》コンパニオン《C》だなんてバカバカしい。まるでセックスや情熱や欲望にライセンスが必要かのように。ところがそうなったので、もうエスコートの元気を保つために薬をどっさり与えることはできないし、料金からコスト——プラス、サービスチャージ——を受け取ることもできない。もしも客が少々手荒になってレンタル商品に擦り傷や痣《あざ》をつけようものなら、女の子は苦情を申し立て、彼女の会社は医療費を支払わなくてはならなくなる。おお、医療費といえば、女の子たちがあの腹立たしい適格審査を無事に通過するために、毎月支払う金額のやたらに高いことときたら。

ときどき、もちろんめったにないことだが、ごくたまに客が擦り傷や痣が残る以上のことをする場合もある。けれど、そのときは高額の廃棄費用を追加できる。

もうそんなことはたくさん、客への請求書に標準の秘密保持費用を追加するのもたくさんだ。

状況は好ましくないけれど、まあ、いいわ、とアンティはシャンパンを飲みながら思った。状況が変わるなら、賢者は適応する。革新する。

彼の足音が聞こえてきた。アンティはドアのほうを見やり、笑みを浮かべた。

いつものごとく、彼は準礼服《ブラック・タイ》を見事に着こなしている。髪は白くなるままにしてあるものの豊かで——それも彼によく似合っている——七十年近い歳月を上手に経てきた顔を縁取っている。

深いダークブラウンの人を見下ろすような目を持つその顔は、たるみひとつなく鋭い線を保っていた。身長は百八十センチには少し足りないが、それでも大男に見える。

おそらくそれは、裕福な家に生まれ、二十五歳になる前に財産をすべて継いだ余裕から生まれるのだろう。

ジョーナ・K・デヴローはビジネスにおける鋭利かつ狡知《こうち》な頭脳を持っている——本人が望もうと望むまいと。

長い付き合いのなかで、アンティは彼が愛人たちを使い捨てるのを見てきた。彼からスイスにある山荘に来るよう命じられ、この身を熱くして飛んでいったとき、捨てられたばかりの愛人を目撃したこともあった。

彼の容赦ない冷酷さには感服する。自分の冷酷さとうまくなじむからだ。かつては、彼と寝ていた――彼の見る喜びを満たすほかの者たちも一緒に。彼と空や海の旅を楽しんだりもした。二人とも互いを心から愛する気持ちは変わらないものの、性的な関係は二十年ほど前に終わっている。

その件については、自分が彼にとっては性的魅力のない年齢になっただけだと承知しているし、彼を恨むつもりもなかった。

「アイリス、私の美しい花。今夜もいちだんと美しい」

アンティは腰をあげ、頬へのキスを交わした。

「マジョルカ島はいかがでした？」

「暖かかった。きみも一緒に行けたらよかったのに。たとえ二、三日でも」

「わたしもそうしたかったけれど、今はとても忙しい時期なものだから」

「その忙しさに対処してくれるきみがいなかったら、私はどうすればいいんだ？　シャンパンをもう少しあげよう」

デヴローはアンティのグラスを満たし、自分にも注いでグラスを掲げた。

「友情と利益に。座らないか、早くこの相談事を片づけて、ディナーではもっと楽しい話をしよう」

「ジョーナ」アンティはため息をつきながら座った。「わたしがどれほど怒り、失望しているか言葉では伝えられないわ。二三八番が何か問題を起こすだろうとはわかっていたけれど、わたしにはそれを解決しつつあったとわかっているの」

「きみのそういう勘は鋭いからね」

「彼女の買い手として、すでに二人の候補が念頭にあった。ちょっと怒りっぽくて生意気な子を好む人たち。彼女のマーケティング計画も開始していたのよ。でも、二三二番については……あの嘘つき女」

しばし目を閉じてから、アンティは片手をあげた。「研修生のなかには期待に応えられない者もいるけれど、わたしがそれを個人的に受け止めないようにしていることはあなたもご存じでしょ。でも正直言って、わたしは騙《だま》されたような感じ。納得できないのよ」

「まれなケースだからな」

「あの二人は一緒に計画したにちがいないわ。その点については全部二三八番のせい。彼女はずる賢いところがあった。わたしがそこに少し感心していたことは認めます」

「警察は彼女の名前と顔を手に入れた。メディアもね」

「ええ、わかっているわ。それを好都合だととらえなければ。当然ながら、わたしはハンターたちを野に放してある。彼女は逃げる、すばやく遠くまで――それも好都合だととらえる。彼女には前歴があるから、警察に飛び込むことはないでしょう。たとえ警察が彼女を見つけたとしても、その前歴とあの卑劣な二三二番についていた血痕が、彼女には不利になる」

「その子が警察をアカデミーに連れていく可能性は？」

「方法が思い浮かばないわ。アカデミーに連れてこられたときは、作戦規定どおり意識を失っていたし、外も見えなかった。彼女たちはトンネルを通って逃げた。出口までかなりの距離がある。外に出たときには暴風雨だった――それも好都合です。彼女が二三二番を置き去りにして、自分だけ逃げたのは明白よ」

アンティはさらにシャンパンを飲んだ。「犯人はたかが街のドブネズミ、自分の腹を満たすために愚かな逃亡者を殺した者。二三二番については仮に警察が誘拐を疑ったとしても、我々にたどりつく痕跡は残していないから、結果は同じこと」

「気がかりだな」

「ええ、でも、我々がなんとかします。もし警察が彼女を見つけたら――その可能性は非常に低いと思うけれど――うちのネットワークの耳に入り、我々は彼女を始末する。彼女には頼れる家族もいない。彼女のことなど誰もがすぐに忘れてしまうでしょう。これは大した問題じゃないのよ、いとしのジョーナ。こんなことは前にもあったでしょ？」

「いや、まったくだ」彼は笑い声をあげ、身を乗りだしてアンティの頬にキスした。「刺激が加わるじゃないか？　平穏もしばらく続くと飽きる。私は刺激を楽しみたい。ところで、寮のメイトロンのほうはどうした？　医療スタッフも」

「二人とも始末しました。無能なスタッフには我慢ならないの」

「火葬場に投資しろという私の忠告を聞いておいてよかっただろう？　もとが取れるどころではない」

「そのとおりだわ。投資についての判断は常にあなたにお任せしたほうがいいわね。医療スタッフについては候補者がいるの。今、審査や吟味をしているところ」

「スタッフについての判断はきみに任せるよ。それで思いだしたが、そろそろアシーナを下取りに出してもいいな。彼女に欠点はないんだよ、本当に。だが、だんだん飽きてきた。替えどきだな」

「それはそうよ。記録を調べてみないといけないけれど、彼女はたしか……二十五歳、もう二十六歳だったかしら？」

彼は子どもやチクリットには興味がないと思いながら、アンティは彼の現在の性的奴隷の容姿を思い浮かべようとした。

「きみのほうがよく知っているだろう」

「帰る前に彼女をじっくり見て、下取り価格を見積もってみるわ。今度はどんな子がいいか教えてくださいな」

「そうだな、もう少し面白い子がいいかな。例の刺激を感じられそうな子」

「市場を確認してみます。オークションも近づいていることだし、取引できそうよ。とりわけあなたは経験を積んだ、少し大人のタイプがお好みだから」

「試しに誰かひとり寄こしてくれ」デヴローは彼女の手をポンと叩《たた》いた。「さあ、ディナーにしよう。腹が減った」

イヴはさらに少女たちをパターンに加えた。二十人になったところで、二台目のボードを用意し、彼女たちを全員そちらに転送した。

地域を変更し、また検索を開始した。

腰をあげて、シッティングエリアへ向かいかけたとき、リンクが着信を告げた。

ウィロビー。

「ダラスよ。何を手に入れた？」

「わたしはゲス野郎たちを監視してたんです。EDDがわたしの偽装を補強してくれたから、もう少し先の区画《スロット》まで進んでみた。そうしたらオークションについてしゃべってるのを見つけたんです。大掛かりで、売り手が何人もいるオークション。そのうちの二人は予告編というか、プロモーションのようなことをやってました」

「少女たちの顔はわかる？」

「数人ですが。今も言ったように予告編ですから。こちらの年齢グループに相当する者は、今のところ二人です。ひとりはチクリット、もうひとりは成熟《ライプ》。ライプは十五歳から二十歳まで、二十二歳までのところもあります。花盛り《フル・フラワー》もいました――通常はたぶん三十歳までで、交換用《トレード》または付き添い役。ライプとフル・フラワーは状況に応じて繁殖用《ブリーダー》になります」

なんてひどい、とイヴは思ったが、うなずくだけにした。「わたしたちの年齢幅に入る者を見せて。そこから始めましょう。わたしは候補者を二十人かそこら見つけた。一致する者がいるかも」

「すぐ送ります。そちらのデータも送っていただけますか？　彼女たちを探せると思います。プロモーションが始まってますから」

「そうね」

データを交換すると、イヴはスクリーンに表示された写真をじっと眺めた。

「二番目の少女――ブロンド」イヴは言った。「彼らはヘアスタイルを変えさせた――カットして、染めてある。でも、わたしにはわかる。ジェイシー――J、a、c、i――コリンズウォース、十二歳、デトロイト、四月から行方不明。最初の少女はまだ見つかってないけど、調べてみる」

「了解。わたしはジェイシーのファイルを引っ張りだして、徹底的に調べてみます」

「オークションはいつなの？」

「あと三日あります。うまくいけば、出荷、移送、配送などの場所がわかると思います。

問題は、落札者にはそういったデータにアクセスするための特別コードが送信されてくることです。わたしたちは包囲網を広げたり入札したりすることはできますが、彼らにたどりつくことはできません。この手の買い手たちはたいてい金も知識もふんだんに持ってるので、コンピュガードの警備を回避することなど簡単でしょう。どっちにしてもそれほど厳重な警備じゃないですし。

相手がマヌケなら何人か捕まえられますが、わたしたちが欲しいのはそんなやつらじゃないですよね？　彼らはマヌケどもに商品を売ったりしないでしょう」

「その件についてはちょっと考えさせて」イヴはロークの仕事部屋のほうを見やり、それから時計に目をやった。「ずいぶん遅くなっちゃったわよ、ウィロビー」

「ほんとに？　そうかもしれません。もしくは、わたしが社会生活と呼べるようなものを送ってるなら遅い時間と言えますね。目下のところ、そんな生活は送ってません。何より、わたしはこのゲス野郎どもを捕まえたいんです、警部補」

「捕まえるわよ。小さな亀裂が生じだした。小さな亀裂はやがて大きな口を開く。頑張ってね」

「任せてください」

イヴは腰を落ちつけて、ジェイシーの写真を眺めた。

「あの人でなしどもはあなたをデトロイトから連れ去ったの？　それともあなたは、ほかのクソ野郎どもにさらわれたの？　髪を切ってブロンドにし、あなたを飾り立てた。最高額入札者に売るために。そんなことわかってるんだから！」

「イヴ」

「ごめん、大声を出しちゃった」

ロークは背後に来て、イヴの両肩に手を置いて凝りをさすりだした。

「あの少女たち？」ロークは新しいボードに顎をしゃくった。

「そう、パターンに一致する子たち。スクリーンに表示されてる子は、ウィロビーがもうすぐあるオークションの噂《うわさ》を聞きつけて、その予告編に出てたの。わたしのデータのなかに一致する子がいた」

ロークはイヴの肩を揉《も》みながら、彼女の凝りが少しずつほぐれだすのを感じた。「僕のほうは最高確率に達する物件を八十くらいに絞った。ほかに、それよりほんの少し確率が低いものが二十件かそこらある」

「それでも多いけど、作業できそう。送ってもらっていい？」

「いいよ。一時間待ってくれ。もうすぐ十二時だね」

「ウィロビーはあと三日だと言った。それまでにドリアン・グレッグを見つけて、その組織の拠点を突き止めて、オークションとやらをぶっ潰さないと、何人売られてしまうかわからない。この子、ソフトボールとピアノをやってたこの少女は間違いなく売られる」

「一時間待ってくれ」ロークは繰り返した。「きみは明日になればすべてぶっ潰せる」

イヴは椅子を回転させてロークを見た。「彼らは買い手にコードを送るの。商品を買うにはそれが必要で、受け渡しの情報も得られる。この子のような商品を買う者は大金持ちで、本人でも専門家でもいいけど、コンピュガードの警備を回避できるようなテクノロジーの知識があるんだって」

ロークはカウンターに腰かけた。「きみは未登録の機器を使うことを考えているな。それはかまわないが、全員を買うわけにはいかないよ」

「ひとり、ひとりだけでいいの、そういうことを言ってるなら。コードを手に入れたら、発信源を突き止める。オークション・サイトを閉鎖させて、彼らのデータを入手する」

「少女、売り手、買い手を突き止める。できなくはない」ロークは言った。「そのサイトは場所《ロケーション》を持っていないだろうな。突き止められるような物理的な場所はない」

「EDDはウィロビーが買い手候補に見える手はずを整えたの。EDDはもう二人くらい買い手を用意できるかも。あなたも二人分くらいできる」イヴは目を閉じた。「わたしが追ってるこの手のオークションは、新規の買い手にはすごく慎重になるわよね。真正性の証明をでっちあげるには三日間じゃ足りないわ。くそっ」

「脳が疲れているようだね。そうじゃないときにもっと突きつめて考え、僕たちに何かできないか確かめてみよう。フィーニーに連絡して、あれこれ話し合ってみるよ。ほかの方法があるかもしれない」

「ほかの方法って？」

「それを検討するんだよ」

「脳は疲れてないの？」

「疲れているよ」

「あなたの結果を見せてもらえる？　わたしにざっと説明して、それで今夜は終わりにしましょう」

「それはいいね」ロークはイヴの背後にまわって、キーボードに何やら打ち込んだ。「スクリーンに表示」と彼は命じた。「これでよしと。最初は都市戦争前《プレ・アーバン》に建てられたガーメント地区にある工場」

二人はすべての候補物件を見ていった。時間はかかったが、そのほうがイヴはすぐ眠れるだろうとロークは思った。


セバスチャンは眠れず、彼がファミリールームと見なしているスペースで椅子に座っている。かつてはロビーだったここには、今やさまざまな家具が置かれていた。

彼は今日、ドリアンの顔がいきなりスクリーンに映しだされたニュースを見て、心を痛めていた。殺人捜査官のイヴ・ダラスが、同じ年頃の少女が変死を遂げた事件の重要参考人として、彼女を探しているというのだ。ドリアンにはここにずっといていいと言ったし、その約束を破るつもりはない。彼女のこれまでの短い人生のなかで、約束を守ってくれた人間がはたして何人いたか。だが、ダラスが行方を探しているとなると、その約束は重くのしかかってくる。

さらに、もしダラスがドリアンを捕まえたら、ほかの者たち——法と秩序にあまり関心がない者たち——も一緒に捕まってしまうかもしれない。そうなれば、彼らは危険にさらされることになる。

選択肢や代案や予防策を考えていると、ドリアンがぶらりとやってきた。「眠れないのかい?」

セバスチャンは読むことに集中できない本を脇に置いた。

「またあの夢を見たの。思いだすことさえできないけど、なんかごちゃごちゃした夢だった。あたしもちょっとここで座ってようかな」

「いいとも。私も眠れないときはたまにそうするんだ。今夜みたいにね」

ドリアンはなだらかに湾曲している壁面に誰かが据え、オレンジ色をした野の花のカバーをかけたソファに腰をおろした。

この少女は同年代のなかでは背が高いほうで、とても痩せている。眠そうな目とくしゃくしゃの髪をしていても、絵になる子だ。

「読書が好きなの?」

「好きだよ」セバスチャンは言った。「きみは？」

「学校ではタブレットで読むことができた。でも、家には持ち帰らなかった」

「どうして？」

ドリアンは大きなあくびをした。「母親がたぶん売っちゃうから。もうあそこには戻りたくない。あたしのバックパックはどうなったんだろう。家を出るときは持ってたの」

記憶が戻りはじめているようだ。少しずつ。

「家を出たのはいつ？」

「うーん。あたしはそれに自分の持ちものを入れておいたの、お金も少し。バスに乗れるくらいの。前のときより遠くまで行かなくちゃならなかったから、だからバスに乗ったのよ。あたしは女の人に、おばあちゃんに会いにいくと言った。ほんとは、おばあちゃんなんていないんだけど、必要なときは上手に嘘がつけるの」

「どこに行ったんだい？」

「あたしは……最初にスタテンアイランドに行ったの。もっとお金が必要だったし、地下にしばらくいられる場所も見つけた。男がしつこく追いかけてきたけど、そのときもバックパックは持ってた。ニューヨークに来たときも持ってた。あたしはここが好き。あれを別にすれば……」

「あれって、何？」

「わからない……彼らはドアに鍵をかけるの。鍵をかけられるのは嫌い。そのことは考えたくない」

ドリアンが体をボールのように丸めてしまったので、それ以上尋ねるのはやめた。聞きださなくてはいけないことはわかっているが、今夜はやめておこう。

「本を読んであげようか？　最初から読んでも、私はかまわないよ」

「どんな話？」

セバスチャンはほほえんだ。「その答えを見つけよう」

12

イヴは夜明け前に目覚めた。シッティングエリアにロークがいるのが見える。照明を落として、タブレットで作業している。イヴの腰のあたりで丸まっていた猫が身じろぎし、体を伸ばした。

わたしの護衛だ、とイヴは思った。それがうっとうしいのか、ほっとするのか自分でもわからない。

体を起こすと、ロークがこちらを見た。

「もう一時間寝られたのに」

「いいの」イヴは首を振った。「すっきりした」

ロークはタブレットをテーブルに置き、立ち上がって近づいてくると、ベッドの端に腰かけた。「きみは寝返りばかり打っていたよ、あまり眠れなかったんだろう」

「ごめん」

ロークはただ首を振り、イヴの手を取った。

「夢よ」イヴは認めた。「不愉快な場面が多かった。今はもう腹立たしさはおさまったけど——最後の夢を除けば。わたしは子どもで、ほかの子どもたちと一緒だった。わたしたちは演壇か舞台みたいなところに鎖でつながれていた。そういうところにいる人のこと、なんて言うの？　すごい早口でしゃべってから、入札の開始を告げる男」

「競売人？」

「そう、その男。その夢は競売人をリチャード・トロイにした。そこには人が大勢いて、その多くはわたしが檻《おり》にぶち込んだやつらで、それ以外は顔がぼやけてた。それで、彼らはわたしたちを競り落とすの。リチャード・トロイはわたしの入札を一ドルから始めると言った。わたしにはあまり価値がないからだって。あちこちから笑い声が聞こえた」

ロークが額に唇を押し当てると、イヴは彼の手を握り締めた。

「大丈夫、ただの夢だから。そのあと、わたしはわたしになった。今のわたし、子どもじゃなくて。そしてわたしは鎖を引きちぎり、やつらを粉砕し、そこで目が覚めた」

ロークはまたキスをした。「きみがそうしてきたように。これからもそうするだろう」

「大正解。だから、億兆万《ジリオン》ドルのスーツ姿で暗がりに座ってないで、自分の仕事部屋でオーストラリアでも買ってればいいの」

「そこが売りに出ていたとは思えないし、このスーツには一ジリオンの四分の一しかかからないよ」

ロークは立ち上がり、二人のコーヒーを取りにいった。

「今日は早いスタートが切れる」イヴは続けた。「だからあなたも自分の仕事に戻れるわよ。一ジリオンの四分の一って、ほんとじゃないわよね？」

ロークはほほえみ、イヴにコーヒーを手渡した。「いつかきみに、一ジリオンの正確な値を計算してやらないといけないな」

「コーヒーを切らさないでいてくれるかぎり、わたしたちの仲は安泰よ。シャワーを浴びてくる。わたしが着るものを並べておかないで。自分でやるから」

イヴはベッドからおりた。「会議なりなんなり、やってきて」

「そうするよ。三十分後に朝食をとろう」

イヴがシャワーを浴びにバスルームに入っていくと、ロークは猫を撫《な》でた。「彼女はとても落ちついているから、きみは非番だ。またひと眠り《キャットナップ》するといい」

ロークが出ていくと、ギャラハッドは四肢を伸ばし、言われたとおりにした。

イヴは寝苦しい夜の名残を叩《たた》きだそうと水圧をフルにして、熱いシャワーをゆっくり浴びた。壁に亀裂は生じているのだ、と自分に言い聞かせる。それを広げて突破口にするためにも冴《さ》えた頭を保たなくてはいけない。

最大の突破口はドリアン・グレッグを見つけることだが、攻め口はそこだけではない。

今や大勢の名前と顔が手に入ったのだから、彼女たちが手がかりを与えてくれる。探るべき場所もある。たしかに数は多すぎる。ドリアンは彼女たちと一緒ではなかったかもしれない。それでも。

亀裂がある。

例のオークションも近づいている。

「みんな、その呪われた鎖を引きちぎるのよ」そうつぶやき、イヴはシャワー室を出て、乾燥チューブに飛び込んだ。

また新しいローブが待っていた。果樹園で実ったピーチの色だ。

ニューヨークシティに果樹園を持っているやつなんている？　ロークがいた。

バスルームを出ると、猫はぐっすり眠っていた。どうやらロークは会議中か、それともやっぱりオーストラリアを買うことにしたようだ。

イヴは一瞬、脳内会議をした。ロークが戻ってきて朝食をプログラムする前に、服を選んで着替えをすませるべきか。先にパンケーキをプログラムすべきか。

着替えが先だ。それでもロークより早くオートシェフにたどりつけるかもしれない。

クローゼットに入り、イヴは息を吐きだした。前にもこんなことは何度もあった。重大な選択を迫られて頭がクラクラする。

まず黒のパンツを手に取り、そこではたと気づいた。

ロークにはそんなことはお見通しだ。

イヴはパンツをグレーに変えた。黒と同じくらい合わせやすいから。白のシャツは却下し——それも見通されているから——そして、色とその濃淡や強弱の迷い道にはまり込んだ。

青でいいだろう。青はどこもおかしくない。青いTシャツ、グレーのジャケット——目の前に掛かっていたし、魔法の裏地付きだったから。グレーのブーツ。グレーが多すぎると彼が言うのはわかっているので、青いベルトをつかんだ。

ふぅー、疲れた。

それに時間もだいぶ食われた。クローゼットから出てきたときには、ロークはすでに寝室のオートシェフの前にいた。ギャラハッドは自分の朝食にがっつくことに余念がない。

パンケーキの可能性は急落した。

「わたしがやろうと思ってたのに」

「さあ、できあがったよ」ロークはシッティングエリアのテーブルに蓋付きプレートを運んできた。

イヴはジャケットを脇に置き、ソファに腰をおろし、すでにテーブルに準備されていたポットからコーヒーを注いだ。

ロークが蓋を取りはずすと、パンケーキについての推測は残念ながら当たっていた。でも、オムレツがある。ベーコンとベリーとクロワッサンには文句のつけようがない。

当然、オムレツにはほうれん草が入っていたが、たっぷりのチーズがそれを埋め合わせてくれた。

「ここで一時間くらい作業しようと思ってたんだけど、まっすぐセントラルに行く。最悪の渋滞を避けられるし、殺人課もしばらくのあいだは静かだから」

「それもいいね。オークションや未登録の機器についての僕の考えを聞きたいかい?」

「ええ、もちろん」

「あとでセントラルに行ってEDDに手を貸し、必要な経歴をすべて備えた偽のアカウントを三つ作ろうと思う。ウィロビーはすでにひとつ持っているから、僕たちが敢行するのは三つでいいだろう。それを基に、僕たちは作戦を遂行する」

「了解。それでサイトに入れるけど、入札は――」

「各自の口座には、そうだな、千二百万から五千万ドル預けよう。少ない額のほうは別口座があるように見える――そこまで調べる者がいるならの話だが。僕なら調べるけど。これに使う口座はこの目的のためだけに、オフショア銀行に設けたように見えるだろう」

「なるほどね、それならわかる。だけど、そんな大金を作戦に投げ捨てるなんてできないでしょ」

「できるよ。必要ならやるけど、その必要はないんだ。僕は〝見える〟と言っただろう。そう見せかけるだけだ。落札したとたん、その金は――おそらく手付金で、残金は商品が届いたときに支払うと思うが――すでに転送されている」

「でも、そんなことありえないでしょ？」

「資金そのものが転送されることはありえないが、売り手――または仲介人――の口座には振り込まれたように見える。僕たちには売り手や彼らの拠点を突き止める猶予が十二時間くらいあるだろう」

「それはどんな仕組みになってるの？」

ロークはベーコンを食べた。「企業秘密だ」

「冗談じゃなくて」

「僕は真面目だよ、警部補。僕は長年こんなことをやる必要はなかったが、まあいわば、自転車に乗るようなものだな」

「自転車に乗るつもりなの？」

ロークはこちらを向き、イヴの顔を両手で包んでキスした。「きみのことが好きでたまらない。〝自転車に乗るようなもの〟というのは、一度身についたものは体が覚えているから忘れないという慣用句だ」

「自転車の乗り方なんて忘れられるわよ。みんななんでも忘れるんだから」

「安心して、僕はこのペテンのやり方を忘れていないから。それに僕が最後にやってから、技術は格段の進歩を遂げた。だからもっと簡単になっただけだ――NYPSDが僕を逮捕しないかぎりはね」

「あなたは手を打ってあるのね。転送からタイムリミットまで十二時間？」

「もう少し長いかもしれないが、危険は冒したくない。さしあたっては、ほかの入札者たちのアカウントに侵入することに取り組める。理解してもらいたいが、すべて突き止めることは望めそうもないな」

「わたしたちは売り手を突き止める。彼らは記録を残してるはずよ。十二時間の猶予。いったい何人の少女が売られて出荷されてしまうのかわからない。FBIを呼び込まないと。ティーズデール捜査官は優秀で、信頼できる人物よ。わたしはもう一日待ちたい——最大三十六時間。ホイットニー部長の許可をもらうわ。わたしたちの準備がどこまでできて、ほかの角度からの捜査にどんな進捗があるか確かめたいの。でも、三十六時間以内にはFBIを引き入れなければならない」

イヴは立ち上がり、武器用ハーネスを装着した。「拠点の候補地も絞り込む。たとえ二〇パーセントでも、それでも大きな前進よ。新たに一致した、誘拐された少女たちの足跡をたどってみる。何か亀裂が、何かミスが見つかるかもしれない」

イヴはジャケットをはおり、必携品をポケットに詰めはじめた。「もしドリアン・グレッグを見つけることができたら、その亀裂は大きく口を開ける。今日じゅうに見つからなかったら、彼女はうまく姿を消したか、彼らに先を越されたかのどっちかね」

イヴは振り向き、ロークを見つめた。

「わたしが間違ってたと思う」

「そういうこともあるさ。何を間違えたの?」

「あなたを押しのけたこと、というか、この件から追いだそうとしたこと。わたしはあなたが心配するんじゃないかと心配した。それにあなたには、わたしのまわりをうろうろしてほしくなかった」

ロークは穏やかな表情を装い、イヴをじっと見つめた。「今も〝うろうろしている〟かい?」

「そうやって、わたしはあなたを締めだそうとする自分を正当化してたの。だからわたしが間違ってた。今はもう気持ちが落ちついてるし、あなたにそれを信じてほしい」

「信じるよ」

「わたしが落ちついたのはあなたのおかげもあるの。それに、この少女たちを何人かでも見つけられたら——全員を救うのが無理なのはわかってるけど、ひとり、ひとり救っていけるでしょ?——それも、あなたのおかげもあるのよ。わたしたちは鎖を引きちぎる。あなたはその仲間よ」

「僕はそこにいたい。きみのために、自分のために、彼女たちのために。それを強く望む」

「もちろんわかってる。この亀裂が大きくなったり、壁が落ちそうになったりしたら知らせる。もしこのゲスどもが見つかって、あなたがガサ入れに加わりたくて、あなたに知らせる時間がわたしにあったら、あなたも参加して」

「いいだろう」ロークは立ち上がり、イヴのそばに寄った。「参加しよう」彼は唇を触れ合わせた。「僕のお巡りさんをよろしく頼む」

イヴはロークに腕をまわし、つかのま抱き合ったままでいた。それから後ずさり、まだなくさずにいたサイコーのサングラスをかけた。

「四分の一ジリオンドルのスーツを着た男のことをよろしく。それを着るといっそういい男になるの」

イヴは最悪の渋滞と、広告飛行船の朝の騒音を出し抜くことができた。ティコがダウンタウンに持つ店の周囲三ブロックを巡り、店の周囲を二周した。

ドリアン・グレッグが飛びだしてきて手を振るとは思っていないものの、試しにやってみたのだ。

彼女がなじみのある地域に戻ったとしても、こんな早朝から起きだしてくるわけがない、とイヴはセントラルへ車を走らせながら思った。観光客が現れるには早すぎるから歩道は犬の散歩代行者《ドッグウォーカー》とランナーに開放され、家事使用人は職場へ向かい、街角に立つ公認コンパニオン《LC》はようやく夜に終わりを告げたところだ。

もし彼女がニューヨークに留《とど》まっているとしたら——その可能性が高いというイヴの考えは変わっていないが——彼女には隠れる場所がなくてはならない。急ごしらえの寝場所があるか、あるいはまだこちらが調べきれていない知り合いがいる。

けれど、ドリアンには自分を誘拐し、拘束した人間が追ってきていることがわかるくらいの知恵がある、とイヴは見込んでいる。とはいっても、彼女はまだ十三歳になったばかりなのだ。恐怖に包まれ、おそらく心に傷を負い、体にも傷を負っているかもしれない。

穴に潜り込み、入口をぴったり閉じ、じっとしている。

歩道に通行人があふれると出てくるのだ、と結論を出し、イヴはセントラルの駐車場に車を入れた。財布やバッグを盗み、手に入れた金で食料を買い、すぐまた穴に戻って潜り込む。

行き場所などどこにもない、頼る人など誰もいない。

イヴは道路と同様がらがらに空《す》いていたエレベーターで上へ向かった。

今日はついている。

そして殺人課に入っていくと、ジェンキンソンのネクタイに五感を攻撃された。

「ここでいったい何してるの？　それに、そのネクタイはいったい何よ」

「トンボだよ」

「どこの銀河の？」

「未知の銀河。事件を担当したんだ。〇四〇〇時なんてとんでもない時間にね。まともな時間に殺し合うくらいの礼儀があってもいいじゃないか。犯人のバカ野郎はもう捕まえた。セックスクラブの店先で相手をナイフで刺した。二人ともとんでもなくハイになってた。犯人は逃走したが、我々が捜査してるとき、そのクソ野郎は現場に戻ってきた――血まみれのシャツを着たまま、目はイッちゃったまま。店に戻って自慰を終わらせようと思ったらしい」

「簡単すぎる事件もあるものね」

「朝の四時は勘弁してもらいたい。ライネケがその最低野郎の逮捕手続きをしてるが、今頃はもうベッドで仮眠を取ってるだろう。俺は報告書を仕上げたところだ」

「それはお疲れさま。あなたも仮眠を取っていいわよ」

「それより……ちょっと時間あるかな?」

「ちょっとなら」

「あんたのオフィスで話せるといいんだが」

イヴはついてこいという合図をして、歩きだした。「コーヒーを狙ってるの?」

「そりゃまあ、ボス、あんたが勧めてくれるなら。いかしたサングラスだね」

「そのネクタイがついてくるかぎり、これははずせないわ」イヴはコーヒーをプログラムした。「ゆっくり考える時間はあった?」

「ああ。よく考えて、家族とも相談した。それからまた少し考えた。あんたが昇級をうながしてくれたのはありがたいし、今やってることを続けられるなら、クソ書類仕事が少し増えるだけだから、挑戦してみたいと思う」

「よかった。その決断は正しいわ、ジェンキンソン」

「俺もじっくり考えてみたが、それが正しいと感じるよ。ライネケには伝えた。あんたもパートナーには伝えたいだろうけど、ひとまず俺たち二人の話にしておいてもらえないか？　もし試験に失敗したら、まあ、あれだな、同情されたりからかわれたりするのは避けたい」

「ここだけの話にしておくけど、あなたは失敗しない。面倒なたわごとをちょっと復習しておけばいいだけよ」

「たわごとは、そこらじゅうにいくらでもあるからな。とにかく、恩に着るよ」

その件をやることリストから消し、イヴはドリアン・グレッグの捜索状況を確認した。

情報受付窓口には多数の情報が寄せられたが、有効なものはひとつもなかった。しかし、ダウンタウンにあるティコの店の界隈《かいわい》で、クリスマス前に彼女を見かけたという店主が二人いた。

報告の山にすべて目を通したあと、イヴは最近あるいはクリスマスが終わってから見かけたという情報はないと判断した。

続いて、ピーボディとEDDの検索状況を確認する。

さらに名前と若い顔が加わった。あの有能なチームは結果をイヴが作成したカテゴリーに分けただけでなく、地理的にもグループ分けし、時系列を加えていた。

オフィスがさらに狭くなるが、イヴはもう一台ボードを用意し、確率九〇パーセント以上に達した少女たちの顔を加えた。これでニューヨークからシャトルで一時間以内の地域に暮らしていた少女は二十三人になった。その範囲外の者は六十二人だ。

だけどパターンに当てはまる、とイヴは思った。すべての少女たちを並べて考え合わせれば、パターンが見えてくる。

彼らは全国から選別して誘拐するのだろうか？　全員をニューヨークに連れてくるのか、それともほかにも少女たちを収容する場所があるのだろうか？

彼らには特定の年齢グループがあるのだろうか？　チクリットだけで、キディやライプなどは除くとか？

「その可能性は低い」イヴはつぶやいた。「その可能性は低いと思う。彼らには巧妙なシステムがあるんだから、そこまで範囲を狭めるわけがない」

イヴはコンピューターに戻り、検索を命じた。標識はそのままで、年齢を六歳から十歳までに変更し、とりあえずは州をニューヨークとニュージャージー、それにマイナのことを考えてペンシルヴェニアに絞った。

検索が実行されているあいだに、イヴはロークが作成した長く入り組んだリストに取り組んだ。

市内地図をスクリーンに表示させ、それぞれの不動産物件を地図に配置していく。それがすむと、オーナーもしくは、その物件を所有する会社またはグループの役員を調べはじめた。

EDDに応援を頼もうかとイヴは思った。ひとりでやっていたら、全員を調べ終えるのに何日もかかってしまう。

けれど、これをやるために早出したのだからと思い直し、コーヒーをお代わりして作業を続けた。

ピーボディのピンクのブーツの足音が聞こえてきたとき、行方不明の子どもに関する検索結果が表示された。

「ジェンキンソンの話では一時間前からここにいるそうですね」

「彼は仮眠室で寝てるものとばかり思ってた」

「デスクで仮眠してますよ」ピーボディは二台目のボードを見やった。「全員を載せたんですね」

「三台目が必要になりそう。まったくもう」イヴはデスクに手をついてやっと立ち上がり、コンピューターを指さしてから窓辺へ歩いていった。

「まだこれは——」ピーボディは言葉をとぎらせ、ゆっくりとデスクチェアに腰をおろした。「この子たちはもっと年が小さいですね。幼い少女たち。警部補は十一人見つけた。去年だけで十一人」

「パターンに当てはまる子が十一人、この地理的エリアで」

「ダラス、彼らはそんなに大勢の少女たちをどうやって収容してるんでしょう？　この年齢グループだけで——あのボードに載ってる年少グループだけで十一人」

「彼らは年長のティーンエイジャーたちも抱えてる。わたしたちは大人を除外する、今のところはヤングアダルトも。でも、十四歳から十六歳までは検索する。何かミスがあるはずなのよ。この一連の誘拐活動はきっとどこかでミスを犯してる。わたしたちが知ってるあの二人以外にも脱出した者がいるかもしれない。わたしたちがまだこの事件と結びつけてない死体がどこかにあるかもしれない」

「次のグループを検索します。わたしがやります」

イヴは何も言わず、ただうなずいた。

「EDDにも年齢グループの範囲を広げてもらいましょうか？」

「ええ」イヴはオートシェフまで行き、パートナーのコーヒーをプログラムした。「それを片づけてもらって、それからロークが指定した不動産物件を精査するのを手伝ってほしい」

イヴは美しい少女たちの顔をしばらく見つめていた。

「これがパターンなら、そうに決まってるけど——パターン、システム、ふざけたビジネスモデル——彼らには充分な空間が必要よ。たぶん四十人か五十人、それ以上かもしれない人間をいついかなるときも安全に収容しておける空間。

考えてみて、ピーボディ。あなたはたぶん年に二回か三回オークションを実施する。それだけじゃなくて、〈スカイモール〉みたいな場所で毎月セールをして、何億ドルもの収益をあげる。そういうのが国内に二箇所か三箇所あったら？　あなたは十億ドル規模の企業の経営者。出ていくお金はあるわよ、よくわからないけど、経費は一千万ドルとか二千万ドル——いいえ、その二倍かも——でも、お金はじゃんじゃん入ってくる」

イヴは自分にもまたコーヒーを用意した。「あなたは隠れ蓑《みの》の会社をひとつかそれ以上持ってて、必要なときには利益を洗浄する。でも、あなたは直接払いに応じていて、そのお金は規制のないところに分散させる。もちろんビジネスにもお金を投入する。食費、被服費、給与なんかが必要だからね。でも、あなたには隠れ蓑がある」

「もしウィロビーが言ってたことを——彼らがペットや家事奴隷と名づけた子たちのことを要因に含めたら、数はもっと多くなりますね」

「少女たちの最低でも何人かが売り払われるまで、わたしたちにはあと三日もない。わたしは絶対にそんなことはさせない」

「さっそく次の年齢グループに取りかかって、ＥＤＤにも応援の件を伝えておきます」

「それはわたしがやる。どっちにしても、フィーニーにファイルを送らなきゃいけないから」イヴは目をこすった。「ちょっと待って。ロークがオークションに侵入する方法を考えてるの。偽のアカウントと経歴を作って、ことによると買い手たちのアカウントにも不正侵入して、位置を特定できるかもしれない」

「令状は何通必要になるでしょうね？」

「それはフィーニーに任せるわ。電子オタク《eギーク》の領域だから。だけど、わたしたちは結束力と説得力を持って、手に入れたものすべてをまとめる必要がある。もうじきどこかの時点で、ＦＢＩを引き入れなくてはならなくなる。そして、フィーニーのために自分たちの役割を果たして、このｅ作戦の許可を得られるようにしなくてはならない」

イヴはボードのほうを向いた。「もしドリアン・グレッグが見つかったら、この組織に踏み込んで壊滅的な打撃を与えてやれる。だけど、たとえそれが実現しても、ほかも徹底的に調べ上げる。この組織は大きいかもしれないけど、そこだけではないから」

「そのとおりです。最低野郎《マザーファッカー》どもはひとり残らず報いを受けなくてはなりません」

面白がると同時に、勇気づけられて、イヴはピーボディを振り返った。「家族を愛するフリー・エイジャーの口から、そんな言葉が出てくるとはね」

「わたしは警官ですし、元少女なんです」ピーボディは息を吐きだした。「ちっ、そこには男の子もいるんですよ。わたしたちが追ってるゲス野郎たちではないかもしれませんが、少年好きの変質者向けのとんでもないマーケットもあるはずです」

「この組織を一網打尽にしたら、とんでもない量のデータをＦＢＩに渡して、そっちでも一網打尽にしてもらう」

「わかりました。すぐに取りかかります」ピーボディは腰をあげた。「もう一台ボードが必要になったら、置く場所がなくなっちゃいますね」

「そうね、会議室を押さえるわ。すごくいやだけど。自分だけの空間が好きなの。でも、作戦会議には広い場所が必要だし、ＦＢＩを引き入れたときもそうね。その件についてはホイットニーに面談を要請して相談するし、現時点までの状況を説明する」

「部長にお願いしたらこのフロアまで降りてきてもらえるかも。会議室の準備をして、効果的な映像で視覚に訴えたらどうでしょう？　必要なら、わたしも手伝いますし――」

「わかった、うまいこと考えたわね。口頭の報告より、視覚に訴えたほうが伝わりやすい。さっそく取りかかりましょう」

「警部補のコーヒーを会議室に用意します」

「それもうまい考えよ。絶好調ね」

わたしも朝から絶好調だと思いながら、イヴは自分にとっては厄介な作業に取り組み、新しいデータをオフィスのマシンから会議室のマシンに転送して、プリントアウトを命じた。

念のためバックアップを取ってから、準備のため会議室へ向かった。

準備が終わると、ホイットニーの執務室に連絡して面談を要請し、マイラにも同じことをお願いした。これも別の意味でのバックアップだ。

目の前にあったので、イヴは会議室のコンピューターの前に座り、彼らの拠点となる物件候補および所有者の調査と検索をその場で続行した。

作業を始めてから三十分ほどたったとき、マイラがやってきた。ブルーの細いストラップを幾重にも十字形に交差させたハイヒールを履いている。その夏空のブルーは洒落《しゃれ》た膝丈のスーツにも使われていた。

「お忙しいなか、ありがとうございます」イヴが言いかけると、マイラは手を振って止めた。

「情報に追いついておきたかったの。あなたの報告書は読んでいるけど、遅れを取り戻すのが大変よ。なんてことなの、イヴ、こんなに大勢？　驚いたわ。大勢の子どもたちが連れ去られたことがわかっていても、こうして集団になった彼女たちを見ると驚かされるわね」

「実際に彼女たちは集められたんです。わたしには絶対の確信があります。直感だけではなく、これはパターンであり、タイプであり、システムなんです」

「まったく同感だわ。コーヒーの香りに心誘われるけど、わたしはお茶にしておきます」イヴが腰をあげようとすると、マイラはふたたび手で制した。「あなたは部長にも説明すると言っていたから、彼を待って、いっぺんにすませましょう。あなたの作業の邪魔をしたくないわ」

「彼らの拠点の候補地です。いっぱいあります。ロークがかなり絞り込んでくれたんですけど」イヴはスクリーンを手で示した。「地図にマークをつけました。今は建物の所有者を調べてるところです。賃貸かもしれないけど、そうだとしたら、それはビジネスプランの一部だと思われます。所有者もそのプランに関わってるにちがいない。そうじゃないと、危険が多すぎます」

「そのわけは？」マイラはお茶をプログラムしながら聞いた。

「個人にしろグループにしろ、所有者が建物を売却することに決めたら、そこに仲介人か代理人を派遣して良好な状態かどうかを点検させるか、不動産鑑定士を派遣して価値を判定させるから」

「なるほど、そういうことね。あなたがここにまとめたような事業からすると、高性能なセキュリティシステムを備えた建物を購入するのは、ビジネス投資と言える」

「それに自分で所有しているなら、必要なものを加えられます。部屋、設備、今おっしゃったセキュリティ」

話の途中でホイットニーがやってきた。イヴは立ち上がった。「部長、ここまで足を運んでいただき、ありがとうございます」

ホイットニーは指揮官としての責任がのしかかる広い肩をダークグレーのスーツで包んでいた。短く刈った白髪交じりの黒い髪は、大きな顔に威厳のようなものを加えている。

彼はしばらく口をつぐんだまま、事件ボードをつぶさに眺めた。

「こんなに大勢」彼はようやく口を開いた。

「これで全部ではないと思いますが、部長、これがピーボディとわたし、そしてＥＤＤのフィーニーのチームが導きだした最高確率です。すべてがパターンに当てはまります。年齢幅十一歳から十三歳までの被害者たちが三つのタイプに分かれることなど。わたしは六歳から十歳までのグループを考慮に入れることにし、目下その検索をピーボディが続行しています。

地理的状況は」と、さらに言いかけたところで、ホイットニーが片手をあげた。

「コーヒーをもらおう。まずはきみが逃亡したと見ている二番目の少女の件が、どんな状況か教えてくれ」

「はい。目撃者の店がある界隈の聞き込みで、去年の十二月にドリアン・グレッグを見かけた店主二人が、彼女に間違いないことを確認しました。二人ともその点については確信があり、時期についても確信がありそうです。十二月のクリスマス前。それ以降に彼女を目撃した者は今のところまだ見つかっていません」

「フリーホールドの低軌道衛星《LEO》は？」

「彼女を張っています。ですが、そこには戻らないでしょう」

ホイットニーはコーヒーを手にした。「ドクター・マイラ？」

「わたしもその点については警部補と同意見です。ドリアン・グレッグには帰る場所も頼れる人もないんです。彼女が逃亡してから、我々が彼女の身元を突き止めて各交通機関にアラートを出すまでのあいだに、ニューヨークから抜けだす方法を見つけたかもしれませんが、たとえ聡明《そうめい》な少女でもそれは神業に近いでしょう」

「マイナ・キャボットに計画があったとしても」とイヴは言い添えた。「きっと警察に行くとか両親に連絡するということだったと思います。ドリアン・グレッグはそのどちらもしないでしょう。最後の手段かもしれませんが、彼女には母親や当局を信じる理由がありません」

「きみは血痕が仕組まれた罠《わな》だったことから、彼女は逃走しているという見方を重視しているんだな」

「そのとおりです。彼らにとっては、彼女を取り戻せば価値ある商品のままですが、逃亡されれば負債になります。信用できず、負債をもたらしうる者、とりわけトラブルや暴力行為の過去を持つ者を追っている。その場合の賢明な策は――彼女を見つけだして安く売り払え、さもなければ始末しろ」

　イヴはいったん言葉を切った。

「それが彼らのやり方かもしれないということです」イヴは話を続けた。「彼女は賢く、路上生活の経験もある。しかし、彼らは組織化され、経験豊富で、資金もふんだんに持っています。彼女の捜索においては、彼らのほうが数時間先にスタートしています」

「すべて承知のうえで、きみは増員して聞き込み捜査を続けたいというのだな」

「そうです」

　彼はうなずいた。「いいだろう。私は彼女のファイルときみの報告書を読んだ。彼女はつらく厳しい人生を歩んできた。トルーマンが児童保護サーヴィス《CPS》の職を解かれたことを教えておこう」

　ホイットニーは腰をおろした。「地理的状況は？」

「地理的状況は」イヴは繰り返し、最新情報を詳細に伝えた。

　ホイットニーは何度か説明を止め、質問したり、マイラに意見を求めたりした。イヴが話し終えると、二杯目のコーヒーを片手に椅子に背を預けた。

「ＦＢＩがすでに加わっていれば、このｅ作戦の許可や実行がしやすくなるだろう」

「そうかもしれませんが、部長、我々も最高の布陣で臨んでいますし、敵の動きをとらえはじめています。それを精査するためにあと三十六時間いただきたいんです。ＦＢＩの件はティーズデール捜査官を経由することを希望します。彼女はただ有能なだけでなく、その方面に取り組むチームのことをよく知っています。強制捜査の目的は手柄ではありません」

「それは重々承知している。なぜ三十六時間なんだ？」

「ドリアン・グレッグを見つけだすためで、それが最優先事項なんです。彼女を見つけだす機会があれば、ＦＢＩがなだれ込んでくる前に彼女の信頼を得ることができます。協力も得られるかもしれません、彼女に選択肢を与えれば」

「どんな選択だ？」

「里親システムか、〈アン・ジーザン〉か」

　ホイットニーが眉を吊《つ》り上げると、マイラはほほえんだ。

「それはいいわね」マイラはつぶやいた。「とてもいいわ。まず、選ぶ権利があるというのは、彼女に個人的な力を与える。もうひとつ――あなたは彼女が里親システムを選ぶなんてこれっぽちも思っていない。その学校はある程度の自由を提供する。もちろん、限界はあるけど、彼女がこれまではまっていた悪循環からは抜けだせる」

「ＦＢＩはその選択の機会を与えないかもしれないし、提供したくないかもしれない。わたしはティーズデールなら説得できると思います。でも、わたしが見たところ、彼女にはそれを許可するまでの権限はなさそうです」

「そこできみはＦＢＩの先手を打ってグレッグと取引し、それを利用してＦＢＩのほかの目的を阻止する――あるいは阻止を試みるということだな。それには先にグレッグを見つけなければならない、と」

「そういうことです。三十六時間以内に見つからなければ、そのまま見つからない可能性が高い。少なくともこのオークションまでには無理です。けれども、多くの人命がかかっているんです。彼女が見つかれば、どんな情報でもこの組織につながり、これらのボードに載っている大勢の居場所につながります。ほかの場所も抜き打ちで封鎖することができ、売り手や買い手についても同様の効果があります。そしてe作戦とＦＢＩの協力のもと、任務を遂行し組織の屋台骨を破壊します。

マイナ・キャボットは依然として中心人物です。わたしは彼女の人生を終わらせた犯人を捕まえたい。彼女を誘拐した者、監禁した者たち、資金提供し利益を得ている者たちも捕まえられれば言うことないですが、ＦＢＩが彼らを逮捕してもわたしはかまいません。わたしはあくまで子ども殺しの犯人を探します。ドリアン・グレッグを無事に見つけだし、彼女が犯人に指を突きつけてくれることを望んでいます」

「よし、わかった。二十四時間後にどうなっているか確認しよう。きみの捜査がそれなりの進捗を示していれば、三十六時間やり、その作戦を許可する。私も絶えず最新情報を共有する仲間に入れておくように」

「そうします。ありがとうございます」

ホイットニーは立ち上がった。「その少女を見つけだせ、ダラス」彼はボードを振り返った。「あの少女たちを全員見つけだそう」

13

ドリアンはベッドで目を覚ました。プライバシーが保護された窓から朝日が射《さ》し込んでいる。一瞬、自分がどこにいるのかわからなかったが、階下のソファでセバスチャンに本を読んでもらっているうちに眠ってしまったにちがいない。そして彼がここまで運んできてくれたのだろう。

それは妙な気持ちがした。妙に……嬉《うれ》しかった。

なんで彼のような人が父親じゃなかったんだろう？　そもそも自分には父親がいたのだろうか？　そうは思えない。父親がいたら、こんなふうに傷を負って隠れたりしているはずないわよね？

なんでセバスチャンのような人が自分をあのひどい暮らしから救いだして、穏やかな暮らしをさせてくれなかったんだろう？

世の中はそんなふうにうまくいかないからだ。まだ思いだせないことは多いけれど、それは覚えている。そんなふうにはいかなかった、そんなふうにはいかないものなのだ。

自分みたいな者には。

それでも、ドリアンはもうしばらく横になったまま、そういう人生を空想した。朝日を浴びながら、こんなふうにベッドでごろごろしていた記憶はない。

〝さっさとその重い腰をあげなさいよ！〟

頭のなかでその声が聞こえる。女性の耳ざわりな怒りっぽい声。母親？　そうよ、母親だ。今はその顔もはっきり見えてきた。

その声は聞きたくないし、その顔も見たくないから、ドリアンはそれを遮断した。

今はここにずっといられるのだ、セバスチャンがそう言ったから。それに、朝起きてベッドでしばらくぐずぐずしていても、それを気にする人は誰もいないようだ。セバスチャンはきっと父親のようなものね。自分がここにいるかぎりは。

だからもう少しベッドに横たわったまま、体の状態を確認した。頭はもう痛まないし、変な感じもしない。足首はまだ痛いけどそれほどひどくない。膝も同じような感じだ。

立つときにはズキズキするかもしれないけど、歩くのは全然問題ない。シャワーを浴びてはいけないとは誰も言わなかったので、浴びにいきたくなった。ポーチには歯ブラシやなんかが入っている――どれもマウザーが持ってきてくれたのだ。だからチチやほかの子たちと共同で使っているバスルームへ行った。

体を洗い、清潔な衣服を身につけるのはとても気持ちよかった。パンツは少し大きくて少し丈が短かったけれど。

お腹がすいたので下へ行こうと階段を降りかけた。話し声が聞こえてくる。誰かひとりはゲームをしている音も聞こえる。ドリアンは食べるものを手に入れてから、何か自分にできる家事がないか確かめようと思った。

家事は喜んで引き受けるつもりだ——ちゃんと用事をして、文句や愚痴を言わなければここにいられる。セバスチャンやマウザーやほかの子たちと一緒に暮らせる。いつもそばに話し相手や遊び相手がいるから。

そして、セバスチャンから頼まれたことをやっているときに、マウザーかチチか誰かが少し外に出たがるかもしれない。ドリアンも街を見てみたかった。

瞬間的な切れ切れの記憶はあった——身を切るほどの寒さ、たくさんの明かりとおびただしい人出——それが自分の作り上げたものなのか、何かを思いだしたのか、それを確かめたかった。

あの怒りっぽい声の女性のことは思いだしたくないかもしれない。なぜ暗闇に隠れなければならなかったのかも思いだしたくないが、これはまた別の話だ。

自分の名前——ドリアン——は気に入っているし、ここにいることも気に入っている。ぼやけた街の景色と寒さの記憶しかなくても、ニューヨークにいることを気に入っているのはたしかだと感じる。

　セバスチャンは昨夜のようにファミリールームにいたが、今日はほかの子——自分より少し年下の少女——と話をしていて、三つの赤くて小さなボウルをテーブルの上で滑らせていた。

「このキラキラしたシルバーのボールから目を離さないで、ベッツ、ボウルをぐるぐるまわすよ。シルバーボールを見つけたら、五ドルあげる」

　セバスチャンは動きを止めた。「ボールはどこかな？」

　彼女は迷わず真ん中のボウルを指で叩《たた》いた。けれど、彼がボウルを持ち上げると、シルバーボールはなかった。

「でも、そこにあったのは知ってるのよ。すごい近くで見てたんだもん」

「目より手のほうが速い」セバスチャンが手を広げると、そこにシルバーボールがあった。

「でもあたしは、あなたがそれをボウルの下に入れるのを見たのよ」

「私が見ろと言ったから、きみは見たと思ったんだ」セバスチャンは何気なくテーブルの上のボウルを移動させた。「昔の豆隠し手品《シェルゲーム》では、すばやくスムーズに手を動かさなければならなかった」彼は少女にほほえみかけた。「おっと、ボールはどこかな？」

「反対の手のなか」

　セバスチャンは両方の手を広げたが、何もなかった。そして左側のボウルを持ち上げると、シルバーボールはそこにあった。

「だけど——どうやってやったの？　あたしにも教えてくれる？」

「教えてあげるよ」セバスチャンはドリアンに気づいた。「少し練習してて。きみは素質がある」

彼は立ち上がった。「おはよう。きっとお腹がすいているだろう」

「何か食べたい」

「じゃあ、何があるか見にいこう」

共同キッチンに大きなテーブルがあり、隣の部屋にもそれより大きなテーブルがあった。ドリアンはもうルールを知っていた。みんな自分たちの食べ物は自分たちで管理する。もし自分が食べたものが最後のひとつだったら、その週の責任者にそれを伝えなければならない。責任者は持ち回りだった。

「今朝は私が作ってあげよう」

父親のように、とドリアンは思い、憧れでいっぱいになった。「そんなことしなくていいのに」

「きみにはもう一日だけ猶予をあげるよ」セバスチャンは言った。「エッグポケットはどうかな？　それとベリー。大都会の森を探しまわって摘んできた者がいるようだ」

「すごい。マウザーはいる？　今日は一緒に外に出てみたいなと思って。だいぶ気分がよくなったの」

「それはいいね」セバスチャンはおんぼろに見えるオートシェフで料理をプログラムしながら、あたりを見まわした。「しばらく我々だけにしてもらえるかな、ハウル」

ハウル――ひょろっとした十六歳、もじゃもじゃの髪が目の上に垂れ下がっている――が肩をすくめて去っていくと、ドリアンは言った。「彼がいても平気で食べられたのに」

「今はきみと話をする時間と場所が欲しいんだ」

テーブルにつくと、ドリアンは膝の上で両手をぎゅっと握り締めた。「あたしが何かいけないことをしたの？　ごめんなさい！　あたしを出ていかせないで。あたしは――」

「ドリアン、きみは何も悪いことなんかしていないし、誰もきみを出ていかせたりしないよ」彼はエッグポケットとベリーをドリアンの前に置き、それからオレンジジュースのふりをしている飲み物を置いた。

「きみは私を信じてくれると言ったね」彼は自分にはコーヒーを、というか、できるだけコーヒーの味に近づけたものをプログラムした。

「ええ。ほんとの気持ちよ」

「さあ、少し食べて。あれからよく眠れたかい？」

「あのあとは夢も見なかった。あたしは家をきれいにしておくのを手伝いたいの、あんたが言ったみたいに」

「それはあとで全部説明するよ。医者の話では、足首は痛むらしいね」

「少し、でもそんなにひどくない。シャワーのあとでやるように言われたからラップを巻いておいたし、歩いても痛くない」

「骨が若いんだな」セバスチャンはほほえみかけた。「頭痛やめまいはしない?」

彼はただ自分の体調をチェックしたいだけなのだとドリアンは思い、ほっとして料理に手をつけた。

「うん。外に出て、歩きまわってみたいの。何か思いだせるかもしれないでしょ?」

ドリアンを見つめながら、セバスチャンはコーヒーを飲んだ。「あれから何も思いだせないのかい?」

「あんまり」

彼はうなずき、ポケットからリンクを取りだした。「きみに見てもらいたいものがある。見てもらいたい人だ。そして、正直に答えてほしい——我々は信頼し合っているんだからね——その人を覚えているかどうかを」

「オーケイ、でも、ここの人たち以外にあたしが知ってる人はいないと思うけど」

リンクの画面を見て最初に、その少女の髪が気に入った。まばゆい赤だ。それから……。

ドリアンの鼓動は速まり、皮膚が冷たくなった。少しのあいだ——永遠のように感じたが——息ができなくなり、空気を求めて喘《あえ》いだ。

それはいきなりドリアンに襲いかかった。古いビルが崩壊し、レンガや鋼鉄や割れたガラスがどっとなだれ落ちてきて、自分を生き埋めにしようとしている。遠くからかすかな声が聞こえてくるが、ドリアンはただ頭を振りつづけた。

「やめて、やめて、やめて」

「ドリアン、大丈夫だよ。ドリアン、きみを傷つける者は誰もいない。さあ、私を見て。私から目をそらさないで」セバスチャンはドリアンの両腕をつかんで話しかけながら、ショックで大きく見開かれた目を自分のほうに向けようとした。

突然のパニックに襲われ、ドリアンは顔を土気色にして、がたがた震えだした。

「息をしないとだめだ。ゆっくり吸って、吐いて」

「できない」

「いや、できるよ。こっちを見てごらん。私を見て、息をして、ゆっくりとね。ほら、できた、その調子だ。吸って、吐いて。きみは安全だ。私がちゃんとそばについている」セバスチャンはふらりと入ってきた子に警告のまなざしを投げ、さっさと退散させた。

「よし、いい子だ。きみはもう大丈夫。万事うまくいくよ」

セバスチャンはドリアンの頰を涙が伝うのを見て、激しいショックから立ち直りつつあると判断した。

「水を持ってきてあげよう。ほら、すぐそこだから、持ってきてあげようね」

「あたしは思いだしたの。思いだしたの」

「ああ、わかるよ。いいからそこに座ったまま、息をして」

水を取りにいきながら、セバスチャンは自分を呪った。焦りすぎたのか？　もう少し彼女に時間を与えたほうがよかったのか？　もしこの子があの少女の死に関与していたら、あるいは加担していたら、いったいどうすればいいんだ？

セバスチャンはドリアンの前に水を置き、腰をおろして彼女の顔を見た。いや、それはありえない。たしかに、子どもにも人は殺せる。それは悲しいことだが事実だ。

しかしこの子はちがう。この思いつめた顔で悲痛な涙を流している子はちがう。

「何を思いだしたのか教えてくれるかい？」

「マイナ」グラスを持ち上げる手が震えていたので、ドリアンは両手で持った。「マイナよ。忘れてたわ」

「マイナに何があったんだい？」

「彼女は逃げだした。彼女はちゃんと逃げられた？　彼女は走った、あたしが彼らに見つからないように。雨が降ってた。あたしは落ちて、脚と足首を痛めた。あたしは倒れた、彼女は走った、そうすれば彼らがそっちを追いかけるから。あたしたちは逃げだした、逃げだしたの、でも、彼らは追ってきて、あたしは落ちた。彼女はちゃんと逃げられた？」

ドリアンは震える手でグラスをテーブルに戻し、セバスチャンの腕をつかんだ。「彼女はここにいるの？　マイナもあたしみたいに、ここにいるの？」

「いや、ここにはいない。きみとマイナは何から逃げだしたの？　どこから？」

「アカデミーから」とめどなく涙が流れてくる。ドリアンはテーブルに突っ伏して身もだえした。「ああ、どうしたらいいの、どうしたらいいの？　思いだしたわ」

　ドリアンはとぎれとぎれに語りだした。セバスチャンはおのれの激しい怒りを抑えた。それを爆発させても、この子を怖がらせるだけだ。

　涙で腫れた目をようやく手の甲でこすると、ドリアンは懇願する目を向けた。「彼女を見つけられる？　彼女を見つけるのを助けてくれる？　彼女は両親に連絡するから。迎えにきてくれるって言ってた」

　セバスチャンはドリアンの髪を撫《な》でた。「しっかりしてほしい。きみがつらい経験をしたあとで、こんなことを頼むのは酷だが、きみはすでに強い人間だということを証明した。残念だが、ドリアン、マイナは逃げきれなかった」

「彼らに捕まったの？　だめよ、そんなの、あたしたちは逃げだした、もし彼らに連れ戻されたら……」ドリアンはうつろな顔になった。あの懇願する目もうつろになった。

　彼女のなかの何かが死んだのを見て、セバスチャンは胸が張り裂けそうだった。

「彼女は死んだのね？　彼らに殺された。あの人間のクズたちに殺された。彼女はあたしが捕まらないようにするために走った。そして彼らは彼女を殺した。あたしが走れなかったから、彼女は死んでしまった」

「残念だとしか言いようがない。きみはひとつも悪くないんだよ」

「あたしは落ちたから走れなかった」ドリアンの顔に表情が戻ってきたが、それは険しく苦いものだった。「彼女はあたしを助けてくれた、そんなことをしてくれた人は初めてだった。なのに、彼女は死んでしまった」

「彼女は勇敢で、きみのことを大事に思っていた。彼女を尊重しないといけないよ。それにはまず、罪を犯した者にその罪を負わせることだ。彼女を、きみを、ほかの子たちを苦しめた者たちに」

「やつらを殺してやりたい」

「きみがそう言っても叱る気になれない。私を信じてくれるか？」

「やつらを殺すのを手伝ってくれる？」

苦々しい表情を浮かべた少女の目を覗《のぞ》き込みながら、セバスチャンは椅子に背をもたせた。「それはできない。気持ちはわかるが、人の命は奪えない、たとえそれが卑しむべき者の命でも。ここにはほかにも私を信頼してくれる子たちがいる。みんな虐げられ、裏切られ、見捨てられた子たちだから、この安全な場所が必要なんだ。けれども、私にはほかの方法がある。きみがマイナを尊重することができ、彼らに自分たちがやったこと、今もやっていることの報いを受けさせる方法だ」

「どうやって？」

「命以外のすべてを失わせる。そのほうが罰としてはきつい。すべてを失っても生きていかなければならない。きみなら彼らから何もかも奪うことに力を貸せる。彼らの自由を奪うんだ、彼らがきみたちの自由を奪ったようにね」

セバスチャンはもう一度ドリアンの手を取り、身を乗りだした。「私はそれを実現できる人を知っている」

「あんたでしょ」

「私も私なりのやり方でやる。だが、ほかにもいるんだ」セバスチャンは思いきって少しほほえんでみた。「きみはメイヴィス・フリーストーンという人を知っているかな？」

「もちろん。知らない人なんている？　彼女は最高よ、あたしはそう思う。家では音楽を聴けなかったけど、盗んだイヤフォンがあったから母親には聞こえなかった。だからときどき彼女の歌を聴いてたの」

「彼女は私の友達なんだ」

若々しい少女がほんの少し戻ってきた。「嘘つき。彼女はすごいセレブで、ものすごくお金持ちなんだから」

「ずっとそうだったわけじゃない。昔はきみや、ここのファミリーと似たような境遇だった。安全な場所が必要な少女だったんだ」

「マジで？　デタラメじゃなく？　ここに住んでたの？」

「ここではない。当時、私はまだこの家を持っていなかった。だが、別の場所があった」

「でも彼女は……大物《サムバディ》よ」

「我々もみんな誰《サム》か《バ》さ《デ》ん《ィ》だ」

「だとしても、やつらに報いを受けさせるのに、彼女がどうやって力を貸すの？　彼女は歌手なのよ」

「彼女には友達がいる、とても仲のいい友達で、その人は警察官だ」

ドリアンはさっと手を引っ込めた。「警官。ふん、そんなやつらはくたばれ。彼らはあたしをフリーホールドに送り返すか、また少年院に放り込む。あたしは絶対――」

「話は最後まで聞いて。ここではみんな互いの話をちゃんと聞くんだよ、ドリアン。だから私の話も聞いてくれ。きみに約束する、きみが納得しないかぎり、何もしなくていいし、誰とも話さなくていい。それがいちばん大事だ。約束する」

「あたしは納得しない、だから忘れて。あたしは今すぐここを出て、チャンスに賭ける」

「彼らはきみを探しているんだよ、ドリアン、あの悪い連中も、警察も」

「マイナのことで？　まさかあたしが――」

「きみはここにいれば安全だと言っただろう。きみが出ていくほうを選ぶなら、お金も渡すし、ニューヨークから脱出する方法も考えてあげる。だけど、きみがそれを選んだら、彼らが報いを受けることはないだろう、彼らはけっしてやめない。マイナにやったことの報いも受けず、ほかの少女たちを苦しめることもやめない」

セバスチャンはドリアンの頬を手でそっと押さえた。そしてドリアンが顔をさっとそむけなかったのでほっとした。

「きみが背負うには重すぎる、あまりに重すぎる。だが、それが現実なんだ。きみが決断する前に、私の話を最後まで聞いてほしい」

「警官のところなんか行かない」ドリアンは腕を組んだ。「でも、なんでもいいから言ってみれば」

「私がどんなふうにこの警官、イヴ・ダラス警部補と出会ったかを話そう。そして、彼女の友達であり私の友達であるメイヴィスが、なぜ我々を引き合わせたのかを。かつて少女たちがいた」セバスチャンは語りだした。「何年も前にきみとマイナのような少女たちがいた。何者かがその少女たちを苦しめ、殺し、彼女たちの死体を壁の奥に隠した。ある日、まだ一年にもならない前、ある男がその壁を壊した。彼はそのビルを新しくしたかった、もっといいものにしたかったんだ。そうして、あの少女たちは――少女たちの遺骸は発見された」（イヴ&ローク39『堕天使たちの聖域』参照）

セントラルにいるイヴは会議室を歩きまわっていた。

午前中のほとんどは、ロークのリストにあった不動産物件の数を減らす方法を模索することに費やした。問題は解決されなかった。彼はすでにそれを素晴らしい手並みでやってあったのだ。

その結果、イヴが想像したものに当てはまる、あまりにも多すぎる物件が残された。さらに厄介なのは、その想像が間違っているかもしれないということだ。

むしゃくしゃして被害者候補に切り替え、見落とされた小さなミスがひとつでもないかとファイルを徹底的に調べはじめた。

そして今、イヴは歩きまわっている。ミスは見つかるだろう。そういうことはお手の物なのだ。ここまでファイルは六件しか調べていない。見つからなかったといって、ほかのファイルにも見つからないとは限らない。

通りに出たほうがいいのかもしれない。行動していると感じられるような、前進していると感じられるような何かをしているほうがましだ。けれどもこの件については、行動や前進はファイルのなかに生きているという純然たる事実があった。

コーヒーをお代わりしよう。コーヒーが足りないだけだ。

ピーボディの足音が聞こえるのとほぼ同時に、いい香りが漂ってきた。振り向いてそちらを見ると、パートナーは皿を二枚手にしていた。

「ピザを手に入れたの？」

「ひとつはペパローニ、もうひとつは野菜《ベジー》――ベジーのほうはわたしがピザを食べるための言い訳です。ダラスのオフィスのオートシェフにありました。わたしがこれを持ったまま生きてブルペンを通り抜けられたのは、みんなわたしたちが何に取り組んでるか知ってるからです」

ピーボディは皿を会議テーブルに置いた。「食べましょう、ダラス。ロークからもうすぐ着くとEDDに連絡があって、警部補に何か食べさせるつもりだと言ってたんです。たぶんピザじゃないやつですね」

それも一理ある。時間を確認すると、午前中はいつのまにか午後二時になっていた。ピーボディはポケットからペプシを二本取りだした。一本はダイエット、もう一本は普通のペプシ。

「時間がどんどん過ぎていく」焦りながら、イヴは蓋をひねってペプシを飲んだ。「明日はどっちにしてもFBIに連絡を取る。けっ、それが最善の策なのかもね。わたしに見えてないのか、それともそこにないだけなのか」

「小さな壁に突き当たりましたね。押し倒しましょう」

なるほどと思いながら、イヴはふたたび不動産物件に頭を切り替えた。「カーマイケル巡査にチームを組ませて、建物の戸別訪問を始めてもらう。適当な理由が必要だけど、地域の安全を守るための巡回連絡でいいわね。ただなかに入って、嗅ぎまわる。それが隠れ蓑《みの》の可能性があると承知したうえでなかに入れば、何かおかしなにおいを嗅ぎつけられるかもしれない」

「いいんじゃないですか」

ピーボディは腰をおろしてピザをひと切れつまんだ。

誘惑に負け、イヴも真似《まね》をした。

「スカウトが少女たちを誘拐した場合、そのスカウトは特定分野の人間に見せかけてるんじゃないかしら。公務員、修理人、配達人。お巡り――これはすごくいやだけど、入れておかないとね。見慣れてるからそのへんにいても目立たない」

「配管工」ピーボディが加えていく。「IT系、便利屋などのその地域の担当者。担当してなくても、トラックやバンといった作業車が付近を通っても、誰も振り返って見たりしないですよ」

ピザは空腹を満たし、頭の働きを促した。

「住民が近所の子を連れ去ったのかも」イヴは考えを巡らせた。「子どもをさらい、車に乗せ、受け取り場所まで運ぶ、あるいはいっそ目的地まで運ぶ」

「そこで営まれてるビジネスも隠れ蓑ですよね」ピーボディが核心を突く。「あるいは、ビジネスとしても機能してるかも」

「そうね。でも、そこがニューヨークの隠れ蓑と関連してるとすれば、たとえば下着や制服の製造販売をおこなってるとすれば、抜け目ない感じがする。この活動は抜け目がない。

子どもを誘拐するのは毎日のことではない、毎週でもないかもしれない。彼らは日々の仕事をするかたわら、誘拐する子を選別し、必要な時間をかけてその子を見張り、ここぞというときにさらう。ドリアンのようなストリートキッドの場合はシステムが異なるけど」

ピザは――それを食べながらイヴは思った――必要な答えを導きだしてくれる。

「これをやってみましょう。あなたが言ったように配管工の場合は、わたしたちの確率を基に大手事業者を探す。配管用品、商業施設用配管設備。IT系も同じ。一般修理、そこに何が伴うのかはわからないけど、とにかく探す。縫製業とか仕立て業。配達サービス――それは大手が多いわね。公益事業もどき。ほら、ソーラーシステムを取りつけるとか修理するとかいうやつ。これは捜査の方針のひとつになる」

「マクナブにもやってもらいます。人手は多いほうがいいですから。わたしはさらに子どもたちを見つけましたよ、ダラス。美少女のレベルに達しない子たちの未解決事件を検索して。これまでに十七人見つかりました。年齢は六歳から十六歳、誘拐のパターンに当てはまります。これからカテゴリー分けします――年齢、高級住宅街、家出――でも、突破口が必要なんです」

「十七人。カーマイケルに取りかからせる。それに、なんなら、今日ティーズデールに連絡してもいいかも。わたしたちは亀裂を見つけたけど、まだそれを広げるところまでは行ってないから」

イヴはピザをもうひと切れつまんだ。「今頃はもうドリアン・グレッグの居場所を特定してたはずなのに――彼女がまだニューヨークにいて、なじみのある場所に戻ったのならね。彼女は姿を消したか、彼らに連れ戻されたか、どこかで死んでしまったかのどれかね」

「姿を消した可能性がいちばん高いですね」ピーボディは意見を述べた。「彼女にはわたしたちが血痕から身元を割りだすまでにそのチャンスがありました。彼女は脱出し、とっとと立ち去った。わたしたちの運がよければ、どこかで発見できるでしょう」

「これは運なんて当てにできないわ」

イヴは八歳のときの自分を思い浮かべた。そして、彼女が結局はＦＢＩ捜査官に取り囲まれたら、どれほど恐怖を覚えるかを考えた。けれど、事態は大詰めに近づいている。そこに選択の余地はない。

イヴはコミュニケーターを取りだし、カーマイケル巡査につないで指示を与え、必要なデータを送信した。

これで少しは行動している気になれる、迫力には欠けるけれど。

気配を感じてそちらを見やると、ウィロビーが入ってきた。

「どうも。ちょっとここまで降りてきて、報告しようと思って」

ウィロビーはＥＤＤ用の服装をしている。虹色のシャツにネオングリーンの胸当て付きバギーパンツ。そしてロートップのエアシューズで軽やかに近づいてきた。

「そのピザは自販機のまずいやつじゃないですね」

イヴはピザに手を振った。「よかったらどうぞ」

「どっちでもいいですよ」ピーボディが言う。「もしくは、両方でも」

「ベジー・ピザは野菜を食べやすくする唯一の方法よね。両方いただくわ」ウィロビーはテーブルにつき、両方のスライスを重ねて食べはじめた。「そうそう、あなたの彼が到着しました」とイヴに告げる。「セクシーすぎる」彼女は震えてみせた。「こんなこと言っていいなら」

「もう言った」

「わたしはセクシーな人に弱いんです、頭のいい人にも。染色体はどっちでもかまいません。セクシーか頭のいい人が好きなだけで。その両方なんて、もうだめ。彼は間違いなく両方持ってますね。それはともかく」

ウィロビーはひと息入れて、ピザをもうひと口食べた。

「彼はこの作戦で電子オタク《eギーク》たちと働いてますけど、その効果ありと言いたいですね。このアカウントはまだ努力を要しますけど、かなり巧妙なダミーです。このオークションではかなり後れを取ってますが、終盤にならないと動きださない買い手を捕まえることはできます」

ピザを食べながら、ウィロビーはボード上の少女たちの顔を見つめた。「うまくやって、これを成功させることができたら、あの何人かは救えます」

「ちゃんと眠ってるの、ウィロビー？」

「疲れすぎて、少し居眠りしました。ピザのほうが居眠りより効きますね。わたしたちにはあと二日と数時間しかありません。眠るのはそのあとです」そして、事件ボードのほうに手を振った。「そこにいる少女たちのなかには、予告編に登場しはじめる子もいます。わたしの思ってるとおりなら、明日の今頃までには完全版のセールス・キットがオンライン上に載るでしょう。警部補はキディを何人か加えたんですね」

「ええ、その子たちは誘拐のパターンに当てはまるの」

「ゲスどもめ。わたしも警部補に負けないくらいやつらを倒したい。問題は、この組織がいかに巧妙で、いかに有能でも、そういう組織はほかにもあるってことです。ＥＤＤの作戦は、もしかしたらですけど、ほかの組織も倒せるかもしれません」

「どのくらいあると思う？」イヴは尋ねた。

「この規模で？」ウィロビーは首を振った。「あまりないですけど、もっと規模の小さいもの、この手のオークションに三人か四人出品する組織はあります。さらに、誘拐よりも輸入に特化した組織――人でなし《ブルート》とわたしが名づけた、さんざん利用し、虐待してから売り払う組織はそれより多いですが、やつらがこのレベルのオークションに参加するには充分な資金が必要でしょう。エントリー料は五十万ドルで、それは売り手として参加するだけの料金です。しかも落札価格の二〇パーセントは手数料として支払います」

「大規模な組織を潰すほうが賢明なようね」

「ですよね。これはチャンスかもしれませんよ。あの二人の少女のおかげで組織を全滅させることができたら、すごいじゃないですか？　彼女の痕跡はまだ見つからないんですか？　ドリアン・グレッグの」

「まだよ。変わり者や熱心すぎる者からの情報はいやになるほどあるけど、どれも実を結ばない。わたしはFBIを呼ぶ、遅くても明日には」

「ちっ、そう来ると思った」ウィロビーはさらにピザを食べた。「わたしたちがEDDで始めたことに彼らが干渉してくるのは見たくないんです。わたしたちは正当にやりますよ」と彼女は付け加えた。「あのゲスどもが法律の細則を盾に罪を免れるなんてことは、絶対にさせません。FBIは法に触れない逃げ道にも手厳しいんです」

「明日より先には延ばせないわ。現時点ではどうすべきか迷ってる」

「わかります。どんな手段でも使わなければ。わたしは騒々しいEDDに戻ります。ピザをごちそうさま。最高の味でした」

ウィロビーが腰をあげたとき、ひたむきなトゥルーハートがドアの枠を軽くノックした。

「すみません、警部補」

彼が話しだすと、ウィロビーはイヴのほうを向き、目を見開いて胸をそっと叩いた。

「メイヴィスが来ています。警部補の了解を得ずに呼んでくるのはいやだったので」

「どうしたの？」

「子どもは連れてるの？」

「いいえ」

「呼んできていいわ」

「なんてかわいいの！」トゥルーハートが出ていくなり、ウィロビーは言った。「あのかわいい青年にはセクシーさがある。頭もいいのかしら？」

「彼は真面目な警官で、優秀な捜査官なの。少し抑えてよ、ウィロビー」

「言ってみただけです。結婚とかしてるのかな？」

「してませんよ」イヴが目を閉じたので、ピーボディが教えてやった。「でも、最近恋人と別れたばかりなの。彼女はイーストワシントンで仕事に就いたから。彼はとても優しいんですよ」

「優しい人がいいわ、とりわけかわいくてセクシーな人がいい。わたしは目下日照り続きなの、わかるでしょ？　このゲスどもを一網打尽にしたら――うわー、ヤバい！」

メイヴィスが会議室に足を踏み入れた。パープルのスニーカーにピンクのスキンパンツ。妊娠で膨らんだお腹に張りつくパープルのシャツには、そのお腹をさすピンクの矢印と、文字がついている——GUESS WHO《だーれだ》?

カールヘアにもその二色がふんだんに採り入れられていた。

彼女はEDDにすごく溶け込むだろう、とイヴは思った。

ウィロビーは悲鳴のような声をあげた。「メイヴィス・フリーストーン。ヤバすぎる。大ファンなの」

　メイヴィスはまばゆい笑みを浮かべたが、イヴは彼女のことをよく知っている。

　何かあったのだ。何かよくないことが。

「ありがとう！　よろしくね」

「ウィロビーです。ゼラ・ウィロビー。ファイアー・アイランドでのコンサートにも行ったんです。もう、すごいなんてものじゃなかった。リリースしたばかりのビデオも、バックバンドがアベニューAで、ジェイク・キンケードとデュエットしたやつ、超クールで最高でした。長々としゃべっちゃって、ごめんなさい」

「あたしの文句が聞こえる？　あたしの音楽を好きって言ってもらえるのは嬉しいわ」

「大好きです。わたしにとっては夢みたいなひとときだわ。でも、もう行かなくちゃ。よだれを垂らしたりしないうちに。やれやれ」と言いながら、ウィロビーは出ていった。

「セクシー二人に、フリーストーン。なんて日だ」

「オーケイ」メイヴィスは息を吐きだした。まばゆい笑みは薄れた。「ドアを閉めてもいい？」

「ええ。ベラは元気なの？　レオナルドは？」

「はい、はい、二人とも元気よ」

「じゃあ、こっちに座って何が問題なのか話して。あなたを見ればわかるのよ」

「今、話すところ」

「お茶か何か持ってきましょうか」ピーボディが尋ねた。

「いいえ、大丈夫よ。全然大丈夫」メイヴィスは近づいてきたが、足を止めて事件ボードを見つめた。「こんなにいっぱい」とぽつりと言うと、お腹の子を守るように手を当て、それから腰をおろした。「あんたに最後まで聞いてもらいたい話があるの、それに怒らないでほしい」

「なんでわたしが怒るの？」

「いいから最後まで聞いて。あんたはあの少女たちのひとりを特に探してるんだよね。ドリアン・グレッグ」

「そのとおりよ。あなた、何を知ってるの？」

「あんたが最後まで聞いて、怒らないでくれたら、あたしは彼女をハウスに来させることができる。あんたはそこで彼女と話ができる」

イヴはいきなり立って怒鳴りたいのを懸命にこらえた。「彼女の居場所を知ってるの？」

「知らないけど、あんたが話を聞いて、怒らないでくれたら、今言ったことはできる」

「わたしは彼女がどこにいるか知らなければならないのよ、メイヴィス」

膨らんだお腹を円を描くようにさするスピードが速まった。「もう怒ってる。あんたにとって、このことがどんな意味を持つのかはわかってる。あんたもこれがあたしにとって、どんな意味を持つのかはわかってる。あんたが彼女の居場所を知りたいのは、彼女の安全を守るため、そしてあの少女たちを救う方法を見つけるためでしょ」

ふたたびボードを見たメイヴィスの声は震えていた。

「お願い、あたしにそれを実現させる手伝いをさせて。ここまで来るために、あたしは約束させられたの。真剣な約束モード——すごく真剣な。あんたとピーボディにも、もっと知るためには約束してとお願いしなくちゃならない。でも、あたしは力になれるの、あんたが最後まで聞いてくれたら」

「聞いてるわよ」

「セバスチャンから連絡があった。彼女は彼と一緒にいる」

14

イヴはこの煮えたぎり、ぎらぎらした、強烈な怒りを爆発させたかったので、逆の手に出た。氷のように冷ややかに応じた。

「彼女はどこにいるの？　彼は彼女をどこにかくまってるの？」

「さあ知らない。ダラス――」

「わたしに嘘をつかないでよ、メイヴィス、この件にかぎっては。彼の家はどこにあるの？」

「知らないのよ！　たとえ知ってても約束したから言えない。でも、ほんとに知らないの。セバスチャンや彼のところの子どもたちとつるんでたのは何億光年も前だもの。それこそ、あんたと出会う前よ。あんたもそれは知ってるでしょ」

「彼は、殺人の重要参考人で、捜査の鍵を握る者をかくまってる。彼は彼女に何を求めてるの？」

メイヴィスの目がきつくなった。怒りに燃えている。声にもそれが表れていた。

「ちがうんだって。あたしがあんたを怒らせることはわかってたけど、あんたがあたしを怒らせるとは思わなかった。タフですごい警官《コップ》のくせして」

「わたしはタフですごいコップよ。わたしはモルグ行きになった十三歳の少女を抱えるタフですごい殺人捜査官なの」

「はい、そこまで」ピーボディが両手をあげた。「よかったら――」

イヴとメイヴィスは同時にピーボディのほうを向き、骨まで焼き尽くすような目で睨《にら》みつけた。

ピーボディは両手をおろし、「なんでもないです」とつぶやいた。「なんでもないんで、どうぞ気になさらず」

「あんたはいいから黙って、二分間だけあたしの話を聞きなさいよ」メイヴィスはぴしゃりと言った。「彼があたしにあまり教えなかったのは、ドリアン・グレッグの口からあんたに伝えさせたかったからよ、わかる？　あたしを通したくなかった。だからあたしが知ってるのは、彼のところの子が彼女を見つけて、彼女は怪我《けが》してたってことだけ。その子は彼女を彼の家まで連れてったの」

「怪我の程度は？」

「あたしは知らないの、いい？」メイヴィスは言い返した。「知らないのよ。彼はニュースを見て、あんたと話をするように彼女を説得した」

「だからあなたに連絡して、あなたをこんなことに巻き込んだのね」

「そう、彼があたしに連絡したのは、あんたに彼女の条件を受け入れてもらうには、自分で頼むより、あたしにやってもらったほうがいいと判断したから」

「条件ですって、ふざけないで」

「あんたはほんとにいやなやつになってる。だから二番《ナンバー・ツー》ちゃんとあたしは少しここを歩きまわって、静まるのを待つわ。ピーボディ、お水をもらえる?」

「いいですよ」部屋の空気を読んで、ピーボディはここのオートシェフではなく室外で調達することにした。

「彼はあまり教えてくれなかった」メイヴィスは歩きながら話を続けた。「だけど、あたしもニュースを見たの。彼が話してくれたのはあたしが自分で考えてわかる範囲のこと、被害者は死んでしまったかわいそうな少女と、心の底から怯《おび》えてる少女だけじゃない――こんなにもいっぱいいるってこと。あたしたちにはそれがどういうことかわかる」

メイヴィスは振り返った。目はまだ怒りに燃えていたが、涙を浮かべている。「この件については正確には知らないけど、どんなにひどいことか見当はつく。あたしたちはどんなことか知ってるよね、あんたとあたしは。だからあんたはすごく怒ってるし、あたしもすごく怒ってる。あたしに考えられるのは、ベラが誰かに連れ去られたらどうしようってことだけ。あの子がさらわれて、ひどい目に遭わされたら――」

「だめよ。そんなこと考えないで」イヴはなんとか冷静さを取り戻そうとしながら、目頭を押さえた。「彼にはあなたをこれに巻き込む権利なんてないのよ。あなたはそれがどんなことか知ってるからって、あなたがわかってくれるだろうからって」

「あたしのことで怒ってくれなくてもいいの」メイヴィスはイヴに指を突きつけた。「自分のことは自分でできるし、自分を大事にしてる。あんたが怒るのを一分でもやめてくれたら、彼がなぜあたしに接触してきたか理解できる。

彼を好きになる必要はない。彼がやってることを気に入ったりわかってあげたりする必要もない。だけど、あたしにはわかってる。あたしの人生のあの時点に彼がいなかったら、あたしもあのボードに載ってたでしょう。彼はあたしが必要としてるときにそばにいてほしい人だった。今は、この少女が彼を必要としてるの」

「彼女に必要なのは医療支援と警察の保護よ。そのボードに載ってる少女たち、彼女たちが必要としてるのは、ドリアンが知ってることをひとつ残らずわたしに話すこと」

「すごい、えらーい、仰せのとおり」メイヴィスはまた腰をおろし、片手でお腹に優しく円を描きだした。ピーボディが戻ってくると、そちらに目をやった。「ありがとう。だからそういうことなのよ」

メイヴィスはまずボトルの蓋をひねり、水を少し飲んだ。

「彼はうまく言い繕ったり、態度をころりと変えたり、ごまかしたりしなきゃならなかったみたいだけど、彼女は同意してる——あんたに話すことを、中立地帯で。つまりそれがさっき言ったハウス——あたしたちの家」

「メイヴィス——」

「お願いよ」メイヴィスは手を伸ばし、イヴの手を握った。「彼女はセントラルには来ない。だってそうでしょ、あの頃のあたしだってそれはしなかったと思う。でも、あんたとはあたしの家で会って、あんたに話をする。あんたがいくつか約束を守ってくれたら。セバスチャンは知ってるの——それで彼女を説得できたの——あんたがあたしには嘘をつかないってこと。あたしも彼女たちに嘘はつかない」

「どんな約束？」

「彼女を逮捕しない。ダラス、彼女はあの少女を殺してないのよ」

「それはわかってる。ピーボディ？」

「誰がやったにしろ」ピーボディが口を開いた。「犯人はドリアンに罪を着せようとしたんです。わたしたちにはそれがわかってます。彼女は証人で、容疑者ではないんです」

「あんたは彼女を逮捕しないと約束して」メイヴィスは繰り返し頼んだ。「母親のもとに返したり、施設や里親の家や隠れ家《セーフハウス》に放り込んだりしないと約束して。彼女は今、安心してるの」

「あなたはわたしに、子どものギャング団にペテンや盗みをやらせてる男の、どこにあるかもわからない家に、重要証人を逃避させることを約束してほしいの？」

「あれはギャング団じゃないのよ、ほんとに。ファミリーみたいなもの。でも、待って。セバスチャンはこうも考えてる。彼女があんたと話をしたあと、あんたたちがドリアンの友達を殺した犯人を見つけるまで、警察のセーフハウスに隠れてるよう説得できるだろうって。特にもうひとりいていいなら、彼女を発見した子が一緒に行くなら」

「ダラス？」ピーボディがおそるおそる、もう一度口を挟んだ。「最優先するのは彼女を見つけて、彼女と話して、知ってることを全部聞きだすことですよね。あとのことはわたしたちでやれます。ＥＤＤも目下、作戦準備に取り組んでますから」

「セバスチャンを告発したり逮捕したりしないでよ」メイヴィスは慌てて言った。「彼女は彼を信頼してるのよ、ダラス。あんたがこの件で彼を追うようになったら、彼女はあんたを信頼しなくなる」

「わたしがこれに同意したら、わたしは上からの命令を迂回《うかい》しなければならなくなるのよ。それだけじゃない、あなたがどこに住んでるか、あるいはこれからどこに住むかを彼らに知られてしまうでしょ」

「あんたが彼のことをどう思ってるかはわかる。でも、あたしは自分が何を知ってるかちゃんとわかってる。セバスチャンはけっしてあたしや、あたしの大事な人たちを傷つけない。それにね、そのなかにはあんたの頑固な尻も入ってるのよ。

あたしたちは二人とも傷つき、ひとりきりだった。それがどれほど怖かったか」

今度はイヴが立ち上がって歩きだした。たぶん、たぶんだけれど、イヴの体を駆けめぐっているのは、何よりも怒りだ。あとは、メイヴィスが信頼を置いている男への条件反射的な不信感。そのほかは、越えてはならない線はどれもあいまいになり、いくつもの隙間が残った。

さらにボード上に並んだ顔。あの少女たち。そして、モルグの抽斗《ひきだし》にいるあの少女。

「ドリアンとマイナ・キャボットが友達だったなんて、どうしてわかったの？」

「二人は同盟を結んだって彼が言った。そして一緒に逃げたけど、別々になったって。彼はそれしか言わなかった。彼女からあんたに話してほしいから」

それは自分の推論と合致する、と認めないわけにはいかない。

「これに同意したら、彼に一度だけチャンスをあげる。ドリアンが躊躇《ちゅうちょ》したり嘘をついたりしたら、この話はなしよ」

「それなら納得」

「いつ？」

「あんたが約束してくれたって彼に伝えたら、すぐ準備する。ほかにも言いたいことがあるんだけど」

「いいわよ、ほら、どうぞ」

「あんたが彼をどう思ってるかは知ってるし、理解できる。でも、彼はショックを受けて、すごく動揺してた。あたしはこれがどういう事態かわかる、全部じゃなくてもわかることはたしか。それに、彼があんたと同じくらいこれをやってるやつを突き止めたいのもわかる。この話がうまくいかなかったら、彼はあんたのためにドリアンの話を録音しておくつもりだったの、何から何まで全部。でも、彼は直接話すほうがいいと思ってる、わかるでしょ？　彼女はあんたの顔を見て話せるし、あんたは彼女の顔を見て聞けるから。どっちにしても、彼はそのゲス野郎どもを捕まえるのに必要なものをあんたの手に握らせたいの。そのために自分の身が危なくなろうとも」

「あなたが中立だっていうのが気に入らない」

今はもうほほえみを浮かべ、メイヴィスは立ち上がると近づいてきて、イヴに抱きついた。「あたしがこう言ったらどう？　あんたがこの少女を、この少女たちを助けるのをあたしが助けられたら、あたしは大丈夫って実感できると思う。あたしだったかもしれないし、あんただったかもしれない。それを修正するのを手伝わせて」

「彼に連絡しなさい」

「あんたはあれを言わないと」

「めんどくさいわね。わかったわよ。約束する」

「ピーボディ？」

「約束します」

「オーケイ。うちにいるスタッフはもうすぐ仕事を終えるから、あたしは家に戻って子守《ナニー》を家に入れてあげて、ベラミーナを公園に連れていってもらう。あの子にはこれを聞かせたくないから」

「ナニーってなんのこと？」

「あたしたち、オーガストを雇ったの――そのほうが安心なら彼を調べてもいいわよ。もうピーボディがやったけど」

「オーガスト・フラー」ピーボディが言った。「五十八歳、元特殊部隊員。離婚歴あり、子どもは男がひとり、二十六歳、軍諜報部《ちょうほう》の大尉。目下メイヴィスの警備責任者の娘と交際中。全員前歴なし」

「なんでその男がナニーになりたがってるの？」

「そろそろ自分の人生にも光や明るさがあってもいい頃だって言ってた。それに、息子の成長を見守った頃が懐かしくてしかたないんだって。今のところは頼んだときだけ来てくれる。でも、彼はベビーシッターじゃないから、ナニー」

「わかった。あちこち連絡して」

「後悔させないよ。いい予感しかない。ちょっと待っててね」

メイヴィスが連絡を取るために出ていくと、イヴはまっすぐコーヒーのもとへ行った。

「いい予感がするとはとても言えない気分」

「わたしはお二人の中間ですね。でも、ダラスがいつも言うように、どんな些細《ささい》なことも大事です。ドリアンは些細な情報をたくさんくれますよ」

「たぶんね」

コーヒーをがぶりと飲んだとき、ロークがやってきた。

「もう準備はすんだの？」

「大方はね。フィーニーが不足分を埋めている。あっちは彼らに任せて、不動産物件のほうで僕にできることがないか確かめにきたんだ」ロークは背後に目をやった。「メイヴィスがリンクで何かとても真剣に話しているのを見たよ」

「ええ、そういうこともあるのよ」そこでイヴは考えた。ロークはセバスチャンと会ったことがあるし、あらゆる種類の詐欺に関してあらゆる角度から知っているにちがいない。これが詐欺だとは思っていないが、それでも……。

「不動産物件の検索は必要ないかも。ドリアン・グレッグに関する情報を入手した」

「ほう、それは素晴らしいニュースだ。それなのにきみは嬉《うれ》しそうな顔をしていないね」

「うますぎる話や付随するものが気に入らないの。セバスチャンが――メイヴィスのセバスチャンが、彼女を見つけた。というか、彼女が彼を見つけた。今はまだどっちかはっきりわからない」

「うーむ」

「そう、うーむ。あなたにも一緒に来てもらったほうがいいと思う。あなたは彼と波長が合うけど、わたしは合わない。わたしたちはこの対話で、ドリアンはセーフハウスに入る必要があることを彼に納得させなければならなくなるはずなの」

「ドリアンはいつから彼のところにいるんだ?」

「わからない。ほんと、いまいましい。彼はわたしが先手を打てるような情報をメイヴィスに教えなかったの、あの子から直接話を聞いたほうがいいと言って」

「それはまったく理にかなっているな」

「そうなんだけど――」メイヴィスが戻ってきたので、イヴはそこで話をやめた。「ロークも一緒に行くわ」

「いいわよ、でも約束はしてもらう」

「バカなこと言わないでよ、メイヴィス。彼は誰も逮捕できないのよ。警官じゃないんだから」

「それについては神々に感謝だ」ロークは熱意を込めて言った。

メイヴィスは片手をお腹に、もう一方の手を腰に当てた。「それでも約束はしてもらわないと」

イヴは目を押さえ、冷静になろうと深呼吸した。「わかった。ローク、わたしがした約束を破らないとメイヴィスに約束して」

「僕は内容がわからないことに約束をするのか？」

「あとで説明するわよ」イヴはキレぎみに言った。「いいからやって」

イヴには取り合わず、ロークはメイヴィスのほうを向いた。「それが必要なのかい？」

「ごめんね、でもそうなの」

「なら約束しよう。僕は警部補が合意したことを固守する」

「素敵。ひゅうー。あと一時間ちょうだい。ベラを家から遠ざけておきたいし、スタッフにも帰ってもらう。そのほうがいいから。あたしは帰るから、あと一時間ぐらいしたら来て」

「ピーボディ、メイヴィスに同行して」

「あたしを信用してないのね！」

「信用してるわよ。わたしはまだほかのスタッフのことをよく知らないから、あなたをひとりで帰していいか心配なだけ。ピーボディが一緒に行く」

「オーケイ、了解。今日はマスター・バスルームたちをやってるのよ、ピーボディ」メイヴィスはピーボディを指さし、自分を指さし、それから両手で親指を立てる《サムズアップ》しぐさをしてみせた。

「うわあ、どうしよう！」ピーボディが駆け寄っていく。「待ちきれないです」

「だよね」メイヴィスは言った。「またあとでね」最後にもう一度ボード上の少女たちを眺めた。「あんたたちは正しいことをやってるよ」

メイヴィスと一緒に歩きだしながら、ピーボディはイヴのほうを振り返り、声に出さずに言った――任せてください。

二人が去ると、ロークはイヴに向き直った。「よし、いいだろう。僕は今、何を約束したんだい？」

イヴは両手で顔をこすった。「これが正しいことを、あなたがさっき呼びかけた神々に願うわ」

そしてイヴは説明した。

ロークは耳を傾け、口を挟まず、イヴのペースがゆるむのを待った。

「きみがあの男を信用できない理由はよくわかる。メイヴィスの押さえつけもあって、きみが正しいと感じられないことに同意させられたと思う気持ちもよくわかる」

「〝だが〟って言おうとしてるでしょ。〝だが〟って言ったらあなたを殴りたくなりそう」

「だが」ロークはかまわず言った。「あの少女が生きていることはわかった。彼女を誘拐して監禁したうえ、マイナ・キャボットを殺した者たちに見つかったのではないこともわかった。セバスチャンに対してどんな感情を抱いているにせよ、彼女は無事生きているんだ」

「彼がドリアンをかくまってるあいだに、わたしたちはどれだけ多くの人手と時間を注入したと思うの？　たぶん彼女は去年ニューヨークに来たとき、彼のギャング団と行動を共にしだしたのよ。そののち、彼女は姿を消した。でも、彼はそれを報告しなかった。ああいう子たちは出入りが激しい――どれだけの子が哀れな末路をたどってると思うの？」

「たしかにそういう見方もできる。もうひとつは、しばらくのあいだだけでも、彼らには行き場所があるという見方だ。殴られたりレイプされたり虐待されたりすることのない場所。きみにはきみの見方がある」ロークは続けた。「きみがそう考えるのは至極当然のことだ。僕の場合はもう少し柔軟性がある。それはともかく、彼女が何を知っているかはもうすぐわかるんだよ、イヴ」

「それがなかったら、わたしは彼の急所に蹴りを入れてるわ」

「きみには完全にその権利があるから、気分を軽くするものをあげよう」

イヴはロークに冷静なまなざしを投げた。「わたしにおもねってるのね」

「いや、まあそうかな。でも、きみの言うことももっともだと思ったんだよ。それはそれとして、ウィロビーが――彼女は鋭いね――確立したプロファイルに三人加えた。おまけに、僕がドラムロールを叩《たた》かなくても彼らは目立つだろう。三人とも自由に使える広々とした金融プールを持っている――もちろん、その額はさまざまだ」ロークは話を続けながらコーヒーを取りにいった。

ＥＤＤのラボにいると飲み物のチョイスはフィジーしかなかったから、もう今後半年間は人工甘味料を口にしたくない。

「経歴もさまざまで、法執行機関とのトラブルの噂《うわさ》がある者もいる。小児性犯罪やほかのルートからの購入を繰り返す者もいる」

「仕事が速いわね」

「時間が迫っていたからね。目下ＥＤＤのチームは僕たちが考案したハッキングツールに取り組んでいる。完成までにはまだ作業が残っているが、時間は充分あると僕は踏んでいる。完成すれば、僕たちは買い手のアカウントに侵入し、きみがこの組織を壊滅させるのに必要な情報を引きだせるだろう」

「もしかしたらそれはＦＢＩがやるかも」

「そんなバカな」

「わたしも同じ気持ちよ。でも明日、彼らに応援を要請する。ＮＹＰＳＤ主導での共同作戦を強硬に求めるつもり。わたしの主張は認められるはず。ニューヨーク外でのＦＢＩの手柄につながるデータを渡せればなおさらね。それに、被害者たち――この少女たちと、うまくいけば、過去に連れてこられた者たちの少なくとも何人か――を見つけて救うことにつながれば」

イヴはコーヒーを飲み、歩きだした。「ドリアンが状況を変えてくれるかもしれない。

彼女がニューヨークの拠点がある場所を教えてくれたら、わたしたちはオークションの主催者や買い手を警戒させることなく彼らを倒す共同作戦を練る。それは取り組める。それは実現できる。EDDを使って建物のなかに入り、客のふりをする。必要ならそのデータをFBIに渡して援護してもらう。わたしたちはオークション・サイト、それに関わる者たちを突き止める」

「先を読んでいるんだね」

「そう、わたしは先を読んでる。連鎖反応みたいな感じ」イヴは手をあげ、親指と人さし指の間隔を開けた。

それが理解できたとき、ロークはイヴの思考がまるで自分のもののようにわかると思った。「ドミノだ」

「そう、そう、それよ。一列に並べて、ひとつ倒せば全部倒れる。わたしたちは正しく並べて、正しいものを倒せばいいだけ」

あと二日足らずで、とイヴは思った。けれどプレッシャーはない。

「じゃあ、ドリアンがこんなふうに見つかったのは運がいいと考えよう」イヴが唸《うな》ると、ロークはほほえんだ。「きみは彼女のことが心配だった。夢に出てくるほど心配していた。彼女は無事に生きている。きみはその状態が続くようにしてやるだろう。ひとまずのところはね」

ロークは時計を見た。

「僕はきみと事件に関連する仕事をしているとフィーニーに知らせておこう」

「ドリアンのことは言わないでよ。この厄介なグレーゾーンに、これ以上人を巻き込む気はないから」

「僕も言うつもりはない。ＥＤＤとは家に戻ってからリモートで作業できる。あるいは自宅のラボにチームを呼んでもいい。いちばんよさそうな方法を採るよ。あの若き証人と話をしたら、もっと情報も増えるしね」

「歩いていきましょう。少しは頭もすっきりすると思う。車はあるかもしれないけど歩きたいの」

「歩いていって、それから車を取りに戻ってこよう。僕はフィーニーの承認を得てくる」

「そうして。わたしはブルペンの様子を見てくる」

ロークと合流すると、イヴは落ちついて考えられるようグライドを使い、十代の、おそらく心の傷を負った証人をどう扱うべきか考えた。

「あまり強く押すと、彼女は前言を取り消してしまう。かといって、ちゃんと押さないと、必要な情報を省いてしまう。わたしは彼女の、警官や役人との経緯には触れないことにする」イヴは言い足した。

「方法は見つかるよ。必要になったら、場の空気をやわらげるピーボディもいる」

「子どもは難しいわね。特に……マイラを呼んだほうがよかったかも」

「そうだね。だけどまずこれを片づけよう。その少女はすでに数で負けているだろう？」

「それに、マイラにもあの腹立たしい誓いをやってもらわなきゃならないし、彼女はただでさえ忙しい身なんだしね。メイヴィスはあの子を——ベラを家から出しておくって。賢明だわ。彼女は六十歳に手が届きそうな元特殊部隊員を雇ってて、その男にナニーの仕事をさせるんですって」

「オーガスト」

外を歩きながら、イヴはロークを睨んだ。「知ってたの？」

「数日前に、あの家の進捗状況を見にいったときにちょっと挨拶した。ベラは彼にとてもなついていたよ」

「ピーボディは彼のことを調べたの」

「もちろんそうだろう」

「あなたも調べたのね」

「もちろん。話すつもりだったんだが、うっかり忘れていた。ここ数日二人とも忙しかったからな」

「あなたはミッドタウンのあの洒落《しゃれ》たオフィスにいるはずなのよね」

避ける間もなく、ロークはイヴの手を取った。「そこにずっといたよ。万事うまくいっている。それに、この手の作戦で腕を振るえて充実した気分だと認めずにいられない。そうなった原因は唾棄すべきことだが、仕事自体はじつに刺激的だ」

「いくつ法を破ったの?」

「ひとつも破っていない——そのテンプレートをフィーニーに渡したあとはね。そこで少し法を曲げたかもしれないけど」

「わたしは今、法を少し曲げてる」イヴはつぶやいた。

「法じゃない」ロークは訂正した。「規則だ。きみにとっては同じかもしれないが、もうすぐまたそれを曲げることになる」

「彼女がセーフハウスに行くことを拒んだら……その選択肢はないわね」イヴは心を決めた。「わたしたちはなんとしても彼女を説得しなきゃ。それについては考えがあるの」

「わが家に連れてくるという考えじゃないことをあの神々に祈るよ」

「まさか、ちがうわよ。そんなわけないじゃない。彼女は間違いなく被害者で証人だけど、トラブルメーカーの扱いにくい子でもあるのよ。わたしにはたぶんうまくいく考えがあるの。たぶんだけどね」

メイヴィスの新居の近くまで来ると、イヴは遊び場のほうを眺めた。ピンクとブルーのショートパンツを穿《は》いたベラが黄金色の巻き毛をなびかせ、男性がブランコを押すたびに甲高い声をあげている。

その男性は頑健に見える。がっしりしたボクサー体型、トレーニングで刻まれた上腕二頭筋の彫り。ジーンズとTシャツ姿で、髪型は丸刈りに近い。体と同じように、顔も彫りが深く、鋭い顔立ちを濃いブラウンの肌がさらに引き締めている。

サングラスのせいで目は見えないが、ブランコを押しながら口元に穏やかな笑みを浮かべているのは見える。どうやらブランコに乗っている女児を相手に、無尽蔵の忍耐力を発揮しているようだ。

「軍人っぽいわね」イヴは彼を品定めした。「それに、誰かがベラに何かしようとしたら、そいつを噛《か》み砕いて、かじった骨を吐きだしそう」

「メイヴィスはここで見つかった遺体のことを重く受け止めている。彼はベラのナニーであると同時にボディガードなんだ。いや、それ以上かな」

「なら、よかった。それはいいことだわ」

イヴが話しているとき、ベラが二人を見つけた。

「ダス！　オーク！　ダス！　オーク！」

ベラは安全シートから這《は》いだそうとしてから、両腕をオーガストのほうへ伸ばし、大喜びでむにゃむにゃ言った。

オーガストはベラを抱き上げ、イヴたちに会釈すると、ベラが駆け寄れるようにそっと地面におろした。

ベラはこちらまで来ると、イヴの脚に抱きついて這い上がろうとした。

「はいはい、わかったわよ」イヴはベラを持ち上げてやり、お返しによだれだらけの熱狂的なキスをもらった。

「ランコ！　オーグとランコ」

「そうね、わかったわ」

「警部補、オーガスト・フラーです。ローク、またお会いできて嬉しいな」

「オーグ」ベラがにこにこしながら言う。「ダスもランコ、オーグ。ダスもランコ！」

「ありがとう、ベラ。でも、わたしたち仕事があるの」

「あう！」ベラはロークを横目で見て、媚《こ》びるような笑みを浮かべた。「ランコ、オーク」

それから彼の頬をペタペタ叩いた。

「きみの誘いは断れないよ、ダーリン。だけど、僕はダラスに付き添わないといけないんだ」

「あぅ」

「上手に滑れるところをお二人に見てもらったらどうだい？」

「わーい！」ベラは身をよじって地面に降り立った。「みて、みて、みて！」そして、小さな滑り台へ駆けていった。

イヴは子どもの頃に見た、滑り台のスリルを知る夢を思いだした。ベラはそんな夢は見ないだろう。ベラは夢の世界に生きているのだから。

イヴはベラがいちばん小さな滑り台の階段をのぼり、尻を落ちつけ、両手を高くあげて、悲鳴をあげながら滑り降りてくるのを見守った。いつものクレイジーな笑い声を立て、ベラは階段までまわってもう一度滑り降りた。

「彼女は素晴らしい、あの子のことです。彼女の身には何も起こらないようにする、信じてください。あの子には出会って五分で心を奪われました」

「あなたはニューヨークの出身なの、ミスター・フラー？」

「私ですか？　いいえ、私はどこの誰とも知れぬ人間なんですよ。しかし、息子がここに住んでいます。私は失った時間を取り戻そうとしているんです。時間をもとに戻すことはできないが、埋め合わせることはできる。ベラといる時間はボーナスをもらったようなものです。彼女は曇った日でも太陽を連れてくる。

さあ、グッバイしようね、ベラ。ダラスとロークはお仕事があるんだ。幸運を祈ります」とオーガストは言い添えた。「私には事情はわかりませんが、何かあることはわかります。だから、幸運を祈ります」

二人がようやく去っていくと、イヴはうなずいた。「彼なら間違いない。いい人を選んだわね。彼らが誰か人を雇うなら、あの子が追いまわしたくなるような初々しい娘にすると思ってた」

「彼らが初々しい娘を選ぶなら、その彼女は武道の心得がある身元のしっかりした者だろうな」

「そのとおりね。彼らは注意を怠らない。これからは敷地内に二人の警官が暮らすことになるし、あなたが設計したセキュリティシステムもあるし、メイヴィスに仕事《ギグ》があるときはあのオーガストも警護チームに加われるから大丈夫ね」

「それでも少しは心配なんだろう？」

「彼女が今やってることにバカに熱心だから」

ゲートに近づくと、イヴはそこで足を止め、なかを覗《のぞ》いた。「もう本物の芝生になってる。ピーボディが植えたくてしかたなかった花みたいなやつもある。それに、木も二本立ってる」

「裏庭もかなり手を入れたよ。家のなかも。工事はなおも進行中だが、正しい方向に沿って進んでいる。予定より少し早いくらいなんだ。もっとも、何が起こるかわからないけどね」

ロークはインターコムを押し、コードを打ち込んだ。「ゲートに着いたよ。歩いてきたんだ」

「二秒待って！」メイヴィスの声がはっきり聞こえる。

ゲートが開くと、ロークはまたイヴの手を取って通り抜けた。

「彼らはきみに進捗状況を見てほしがるだろう。話し合いの前かあとに。時間が押しているのはわかるが、少しだけ付き合ってやってくれ。彼らの心はこの家にあって、それがすでに見て取れる」

「この話し合いがどう進むかわからないから約束はできない。でも、すごい、びっくり、サイコーとかなら言える」

「まずはそこからだ」

私道《ドライブ》を歩いていくと、メイヴィスが出てきてポーチに立った。「ちょっと早かったけど、セバスチャンたちもこっちに向かってる。ほんとよ。少しなかを見てまわる？　二軒のキッチンはほとんど完成した。両方とも超絶サイコー」

「落ちつきなさい」イヴは命じた。「わたしは約束したでしょ」

「わかってる、わかってる。なんだかそわそわしちゃって」

メイヴィスはイヴをなかに引っ張った。「いい感じでしょ？」

そこはがらんどうに近かった。そこらじゅうに掛けられた防水シート、きちんと片づいている道具類、職人の仕事台、壁のペンキを剥がした跡。

それに光、光が降り注いでいる。

「ここはあんたが最後に見たときからあまり変わってない、でも生まれ変わる。オーケイ、パウダールームははらわたを抜かれ、そして——なんだっけな——裸にされて、廻り縁《モールディング》やなんかを修繕して、たぶん音楽室みたいな感じになると思う。それか、シッティング・タイプの部屋か書斎タイプの部屋。考えがころころ変わるの。

でも、ここは！　タ・ディ・ダ・ディ・ダー！」

色。色があふれている。裏庭に続くガラスの壁から光が降り注ぎ、色があふれて飽和状態になっている。

飢えた兵士の大軍に食べさせるほどの広さがあるカウンターは、部屋の奇抜さをやわらげる青みがかったクリーム色。その奥のタイルは尋常ではない配色だが、見た目には美しいパッチワークになっている。省略された色は思いつけない。赤、青、緑、黄。オレンジにピンク、その他すべて。

その上のキャビネットは、前面のガラス張り以外はそのテーマに沿っている。

普通ならやりすぎだと感じるはずなのに、ぴったりだと思える。メイヴィスだから。

壁はカウンターに使われているのと似た色合いの淡い青で、木造部の自然な艶が美しい輝きを放っている。照明からはあらゆる色の涙の雫《しずく》がこぼれ落ちている。

その雫は天然木の床にまで届いていて、効果をあげている。

どういうわけか、すべてが効果的だった。

かたわらには食事をするスペースがあり、その反対側はくつろぐためのスペースで、すでにソファや椅子が住人より先に暮らしている。その光景もどういうわけか完璧だった。

「いいわね、すごい」

メイヴィスはつま先立った。「本気？　それとも〝なんだよこれは、あいつ、やらかしちゃったな〟を隠すため？」

「いいえ、本気よ。何から何まであなたらしい。バカみたいにハッピー」

「あたしもバカみたいにハッピーよ」泣きじゃくりながら言うと、メイヴィスはイヴを抱き締めた。「ホルモンのせいよ！　あたし、ここがすごく気に入ってるの。まだ住めないけど。ベラが慣れるにはまだまだ時間がかかるし、やることもまだいっぱい残ってるし。でも、ラウンジにスクリーンを設置したら、映画の夕べをやって、ソファでくつろげる。あ、そうだ、あたしのスタジオ。あんたも絶対――」

ゲートのインターコムが鳴り、メイヴィスは話をやめた。

「はい、はい、きっとセバスチャンだ。ゲートを開けてくる」

「僕がやるよ」ロークが言った。

「ありがとう。あたしはレオナルドに教えてくる――彼は二階にいて、デザインセンターのなんかをやってる――あそこはすごいよ。それからピーボディはと、彼女はちょっと隣に行って、喜びを味わってる」

「レオナルドを連れてきて」イヴは言った。「ピーボディにはわたしが知らせる」

「オーケイ」と答えながらも、メイヴィスはもう一度イヴの手を握り締めた。「あんたかあたしだったかもしれないんだよ、忘れないで」

「わかってるわよ」

15

別に友好的に接する必要はない、とピーボディに合図を送りながらイヴは思った。ただ詳細や場所を聞きだすだけ。あの子から引きだせるかぎりの情報を手に入れればいい。それからあの子の安全を確保する。

それにロークがいみじくも言ったように、数ではこちらが勝っている。だからイヴはこのエリアを見まわしながら、事情を聴くための最善の方法を考えた。セバスチャンのことをどう思うかは関係ない──彼のことはあまり考えたくないが──彼はドリアンを連れてきてくれたのだから。こんな形ではあるけれど。

もし──それは明らかなことのようだが──彼がドリアンの信頼を得ているなら、可能なかぎりの手を使って彼を利用するまでだ。

「そこが回転している音が聞こえるよ」ロークはイヴの頭を指先で叩《たた》いた。「この話し合いを少しばかり有機的《オーガニック》にやったらどうかと提案するのは無駄かな?」

「有機的《オーガニック》なんていらない。わたしはすでにこの時点で線を越えてるのよ。それは正当化できるけど、越えたことには変わりない。ドリアンにはあの椅子に座ってもらう。わたしはあっちの椅子で彼女と向かい合う。ピーボディは三つ目の椅子。あなたと残りの人たちはあのバカでかいソファね」

「きみは彼女がセバスチャンに頼りすぎるのは歓迎しない」

「そう、歓迎しない」ガラスドアが開き、ピーボディが急いで入ってくると、イヴはそちらを向いた。「あなたはあっち、あの子はあそこ」イヴは言った。「優しいタッチが必要になったら、会話に入ってきて」

低い話し声が聞こえて、そちらに向き直り、待った。

赤いロングシャツ姿のレオナルドは大木のように背が高く、ほかの者たちより頭ひとつ上に出ている。肩にかかる銅色の髪は艶やかで、髪とほぼ同じ色の目は暗い憂いを帯びていた。

彼の気持ちが落ちつくことを願い、イヴは〝わたしたちに任せて〟と目で訴えた。セバスチャンを一瞥《いちべつ》すると、その優美な顔には懸念の色が浮かび、その手は少女の腕にそっと添えられていた。

ドリアンは左脚を少しかばっているものの、それを除けば健康そうで、力強ささえ感じられた。髪はＩＤ写真を撮ったときより長くなり、カラスの濡れ羽《ぬれば》色に濃い金色のハイライトが巧みに配されている。

その体からは憤りと敵対心が発散されている。その強さは想定以上だった。

「ドリアン」セバスチャンが口を切った。「こちらはダラス警部補だよ」

「ええ、知ってる。もしあたしを送り返そうと――」

「ドリアン」セバスチャンは優しくたしなめた。

少女は何も言わず肩をすくめた。

「何か飲み物をあげようね」なんとかホスト役を務めようとしているレオナルドが、にっこり笑いかけた。「フィジーは好きかな?」

「フィジーは大丈夫。チェリーがいちばん好き」

「よしよし。セバスチャンは?」

「水をもらいます。ありがとう」彼はドリアンを目でうながした。

少女は少しだけ目を剥《む》いた。「そうね、ありがとう」

「座って」イヴはドリアンに手で椅子を示した。「セバスチャン」その隣のソファを示す。

癪《しゃく》にさわるけれど、イヴは彼にうなずいた。「話し合いのためにドリアンを連れてきてくれて、感謝するわ」

「彼女は試練をくぐり抜けてきたんです」

「知ってるわよ。だから二日前から彼女のことを探してたの」

セバスチャンはただ両手をあげ、力なくまたおろすと指示された椅子に座った。

「彼を困らせるのはやめなさいよ」ドリアンは噛《か》みつくように言った。「あたしがここに来たのは彼に説得されたから。あんたはあたしをフリーホールドに送り返したりしないって言ったからよ。あたしには母親とあの豚小屋で暮らす気なんてこれっぽっちもない。もしあんたが——」

「あなたの母親はもうあの豚小屋で暮らしてない。わたしが逮捕して、今は牢獄《ろうごく》で暮らしてるから。座ってちょうだい」

ドリアンは疑わしそうに目を細めた。「逮捕したってどういうこと?」

「手錠をかけて、複数の罪を告発して、フリーホールド署に引き渡したってこと。さあ、座って」

「どんな罪?」とは聞いてきたが座ったので、イヴも腰をおろした。

「児童虐待と育児放棄、それに彼女はあなたが家を出たあとも親専業者の給付金を受け取りつづけ、失踪届を出すことも怠ったから、詐欺罪。これは知っておいたほうがいいけど、隣人があなたの味方になってくれたのよ」

「ティフィーね、でも——」

「みんなよ。彼らも虐待と育児放棄を児童保護サーヴィス《CPS》に報告してたの、トルーマンを通じて」ドリアンが鼻を鳴らすと、イヴはうなずいた。「そのトルーマンは解雇された。これは検察官の考えしだいだけど、CPSに内部調査が入れば彼女も告発されて、逮捕される」

　ドリアンはレオナルドからフィジーを受け取り、小さな声で礼を言った。それでもまだ眉をひそめ、イヴを疑わしそうに見ている。

「そんなデタラメを並べるのは簡単よ。警官はいつだって嘘をつくんだから」

「信じる信じないはあなたの勝手よ。あなたは八月のどこかで家を出たのよね。わたしたちには正確な日にちがわかってないの」

「いつだったかな。そんなの覚えてる？　あたしはさんざんぶたれたり、母親が付き合う男たちにいやらしい目で見られたりするのが、もうたくさんだった。自分の面倒は自分で見られるの」

「それが本当なら、路上でさらわれたりしなかったでしょう。いつ、どうしてそんなことになったの？」

「ゲス野郎二人に襲われたのはあたしのせいじゃない」

「いつ、どうやって？」

「なんであたしにわかるのよ。あたしはただ歩いてただけ」

「夜、それとも昼間？」

「夜。クリスマスのライトやなんかを見ながらぶらぶらして、自分のことを考えてたの。そしたら後ろから誰かに注射されて……あとは覚えてないわよ。たぶん逃げようとしたけど、脚が言うことを聞かなかったし、あたしは意識を失ったの。バンかトラックに入れられたと思うけど、わからない。どっちにしても誰もそんなこと気にしなかった。あのときまでは……」

「マイナに出会うまでは?」

「彼女の名前を簡単に口にしないで」怒りが込み上げ、目に熱い涙が浮かんだ。「何も知らないくせに。それがどんなものかも知らないし、ちっとも気にしないくせに。彼女は死んだのよ。あんたもほかのろくでもない警官と同じで、自分は偉い人間だからなんでも思いどおりにできると思ってるのよ。あたしは人生の大半を殴られて過ごしてきた。やっとそこから抜けだせて、自分のやりたいことができるようになったの。そしたら、あたしはひっぱたかれて、電撃ショックを与えられて、何かを体に突っ込まれて、だけどあんたにはわかるわけがない。あんたは気にしない。あんたもビッチのひとりで、自分にそれができるっていう理由だけであたしをいじめるのよ」

「あなたはどこに連れていかれたの?」

「もう、うるさい」

「そこまでにしなさい」妊娠で膨らんだお腹を抱えたメイヴィスがソファからすっと立ち上がり、ドリアンのほうへ向きを変えた。「彼女にそんな口のきき方をするのは許さない、あたしの家ではね」

「あたしはあんたの家なんかにいたくないわよ」

「でも、いるでしょ。だったら少しは礼儀ぐらいわきまえてもらうわよ」

「メイヴィス」イヴは止めようとしたが、メイヴィスに言い返された。

「あんたは黙ってて」そしてドリアンに向かって話を続けた。「彼女は来る日も来る日も命がけで働いてる。彼女はへとへとになるまで働いてる、あんたのような子を救うために。なぜなら彼女はわかってるから。あんたはつらい人生を送ってきたと思ってる。ふん、たいがいの人がそうよ。あたしは彼女に約束してほしいと頼み、彼女は約束してくれた。もし彼女がそういう人じゃなかったら、セバスチャンは今頃、留置場にいるだろうし、あんたはコップ・セントラルの取調室にいるわ」

「オーケイ」イヴは腰をあげかけた。「ちょっとここで――」

「まだ終わってない！　セバスチャンはあたしにダラスのところに行ってほしいと頼んだ。だからあたしは行った。そのときダラスとピーボディは何十人もの顔を、あんたのような少女たちの顔をボードに載せていた。彼女たちが見つけて助けようとしてる少女たち。このひどい世の中にはそういうことを気にする人がほかに誰もいないから。あんたの友達をそばで見下ろしたのが彼女でよかったと思いなさい。彼女はその友達を苦しめ、殺した者を突き止めようと奮闘してる。彼女には犯人を捕まえるまでやめる気はないから」

メイヴィスは大きく息をついた。「ここはあたしの家よ。あんたはそこに座ってあたしの友達にあんな口のきき方をしちゃいけない。謝って」

イヴはもう一度口を挟もうとしたが、メイヴィスの目からレーザーのような閃光《せんこう》が飛んできて、沈黙を守った。

「まいったわ、レイディ」

「あたしは謝ってと言ったの」

「もう、わかったわよ。ごめんなさい。まいった」

イヴはやっと腰をあげた。「わたしに考えがあるの。みんな外の空気でも吸いにいって、わたしとドリアンを少し二人だけにしてくれない？」

「セバスチャンは一緒にいてくれるって言った」

「私は外で待っていよう。ちょうど空気を吸いたい気分だ。きみはもう怒りを発散したから、今度は私の知っている賢い子に戻って、話をよく聞くんだよ」

「ピーボディ、あなたも。数分間だけ」と付け足し、イヴは部屋からほかの者たちが出ていくのを待ってから腰をおろした。

そして沈黙が垂れ込めるままにした。

先に静寂を破ったのはドリアンだった。

「ねえ、彼女は完全にキレてたね。あたしはてっきり――」

「メイヴィス・フリーストーンについては、別の話をしましょう」イヴは誘いかけた。

「お先にどうぞ」

ドリアンは肩をすくめ、目をそらした。

「わたしは直感した」イヴは言った。「今のところはたしかなデータがないからただの勘だけど、マイナもあんなふうにあなたをかばったんじゃないかなって。メイヴィスは古い友達なの。最初に会ったのは彼女を逮捕したとき」

ドリアンは興味を覚えたらしく、目をかすかに光らせた。「マジ？」

「彼女は当時ペテン師だった。あなたより年は上だったけど、あなたの母親がどんな人かは見抜けたでしょう。わたしにも見抜けたと思う。それはともかく、わたしたちは長い付き合いなのよ。あなたとマイナにはそのチャンスがなかった。彼らはあなたを殺人犯に仕立てようとした」

「なんですって？」

「あなたが彼女を殺したように見せかけようとしたの。あなたの血を遺体につけておいて。それがあったから、わたしたちはあなたの身元がわかったのよ」

ドリアンは歯を剥きだした。「あんたはあたしがマイナを殺したと思ってる」

「わたしはそんなふうに言った？　そう見せかけようとしたと言ったの。わたしは腕利きの捜査官なのよ、わたしのパートナーもそう。わたしはあなたがマイナを殺したとは思ってない。あなたがやったんじゃないことはわかってる。彼女のことをすごく大事に思うなら、わたしが犯人たちを見つけだすのを助けて。彼らを捕まえれば、もうほかの少女たちを苦しめることをやめさせられる」

「知らないのよ!」ドリアンの頬を涙が伝った。「ほとんど思いだせないし、どっちみちあたしは何も知らないの」

「あなたが知ってることを教えて、思いだしたことを」

「あたしは母親から逃げだして、ニューヨークに着いた。そこが気に入った。あたしは自分の面倒は見られる、あたしにはできる。できたの。あたしは寝場所を見つけた」

「セバスチャンの仲間になってたの?」

「ううん、そのときはちがう。それはずっとあとのこと。あたしは歩いてただけ、そしたら彼らに捕まった。気がついたら……彼は戻ってくる? セバスチャンに戻ってきてもらっていい? お願い。思いだしたことはもう彼に話したの。彼にマイナの写真を見せられて、あたしは思いだした。彼はあたしが話すのを助けてくれる」

「わかったわ、でももうデタラメは言えないわよ、ドリアン」

イヴは開け放たれたドアまで行き、彼らに戻ってきていいと合図した。「わたしたちの話し合いはうまくいってる」少し間をおき、それからメイヴィスに両腕をまわした。「さっきはありがとう」とイヴはつぶやいた。「でも、あなた、すごく怖かったわよ」

「あの子は考えを改めたほうがいい。じゃないと、あたしはもっと怖くなる」

「わかってる。ナンバー・ツーのために平静を保って」

イヴは戻って、椅子に腰をおろした。「さあ、教えて」

「あたしは吐き気とめまいがした。あたしはあの部屋にいた。病室か何かみたいな部屋。そして——ああ——セバスチャン。お願い、代わってくれる？」

「彼女は気がついたら裸でベッドに固定されていたそうです。そして男が——彼らが使っている医者が——彼女を調べていた。処女であることを確認し、血液を採取した」

「あたしは抵抗した、悲鳴をあげた。でも、彼らはあたしに何かを与えて、あたしはまた気絶した。それからあたしは別の部屋にいて、ネグリジェのようなものを着せられてた。でも、またベッドに固定されてて、彼女がそこにいたの」

「誰が？」

「おばさま《アンティ》。あたしたちはそう呼ばなければいけないの。彼女はアカデミーの責任者だった」

「アカデミー」

「あたしたちはそこに収容されてた。外は見られない、外には出られない。夜は部屋に鍵をかけられるところ。あたしは今からアカデミーの一員だとアンティは言った。いい子でいたら、規則に従って、自分自身を磨く努力をすれば——クソくらえだよ——大切に扱ってもらえると。栄養のある食事、上等の服を与えられて、マナーや身だしなみについて学べる。そのうち自分用のきれいな部屋と自分用のバスルームを与えられる。教育も身につくと。

あたしはふざけるな、ここから出してと言った。彼女はあたしを電撃棒《ショック》でぶった。彼女を怒鳴りつけたら、またショック棒を食らった。あたしが逆らうのをやめるまで何度も。ものすごく痛かった」

「わかるわ」

「あたしはずっと――何日ぐらいだったかはわからない――部屋から出してもらえなかった。栄養補給のために注射を打ったと彼女に言われた。行儀よくすることを覚えれば、本物の食事が与えられるとも。だからあたしは、そうしますと言って、従順なふりをして、制服を与えられた。日中はそれを着てないといけないの、スタジオ入りするときやセックスの授業があるときは別にして」

ドリアンは手の甲で目元をこすった。「あたしたちは服を脱ぐか、下着姿とかになるように命じられて、写真やビデオを撮られる。あたしは逃げだそうとしたんだけど、そんなことはできない。ショック棒をもらうか、部屋に戻される――瞑想室《めいそうしつ》、暗いところにひとりきりで閉じ込められる、いつまでも。彼らはあたしたちをほかの少女か、たまに男と一緒にベッドに寝かせて、いろんなことをやらせる。あたしはやりたくなかった」

「少女たちは何人ぐらいいたの、ドリアン？　教えてもらえる？」

「何人かはわからないけど、いっぱい。彼らは新しい子を連れてくる、年下の子も。まだ幼い子も。みんなすごく怖がってた。それか、ドロイドみたいに歩いてた、わかる？　あたしたちは体や髪や肌の手入れを学ばされた――彼らのやり方を。失敗したらショック棒が飛んでくる。失敗しなくても、ショック棒を使うやつもいた。あいつらはそれが好きなの」

「職員は何人くらい？」

「わからない。あたしたちは〈美少女〉のフロアにいて、そこには昼の寮母と夜の寮母《メイトロン》――夜のメイトロンがいた。夜のメイトロンはたいがいひとりだけ。あとは教師たち。医師たち。男たち――警備員みたいな。あたしたちのフロアにはたしか教室もあって、ほかのフロアの少女たちも授業に参加することがあったけど、その子たちはあたしたちのフロアでは眠らなかった」

ドリアンは急に息を吸い込み、震えながら吐きだした。「フィジーをもう一本もらっていい？　その話をすると喉がひりひりするの。さっきはごめんなさい。ほんとにごめんなさい」

「いいわよ」メイヴィスが腰をあげた。「あたしが取ってくるわ、ハニーベア」とレオナルドに言い、それからドリアンの前にしゃがみ込んだ。「あんたに起こったことはすごく気の毒だと思う。やつらは邪悪よ。人間でさえない、邪悪でできてる代物。これはダラスとピーボディに任せて。彼女たちはやつらに報いを受けさせるから」

「少し休憩する？」イヴはドリアンに尋ねた。

「ううん、全部吐きだしたい。そして、これを終わりにしたい。あたしは逃げだせなかった。逃げだす方法がなかったし、もう闘うことはやめたようなものだった。やつらはあたしたちに言って聞かせた、大金持ちのご主人さまを捕まえて豪邸で優雅に暮らせるようになると。あたしたちは幸せだと」

息継ぎをしたとき、メイヴィスがフィジーを持ってきた。ドリアンはそれをぐっと飲み、深く息を吐いた。

「あたしはバカじゃないから、それがどういう意味かわかった。そういうことになって、もし逃げだせなかったら自殺してたと思う。そんなときマイナが……あたしは――あたしにはそれまで彼女みたいな友達はひとりもいなかった、マイナみたいな友達は。彼女はあたしを助けてくれた、あたしに話しかけてくれた。それがどんなに心強かったか。逃げだす方法は見つかると彼女は言った。彼女の両親があたしを助けてくれるとも。彼女には弟がいて、両親がいて、それに……」

ドリアンはフィジーのボトルを両手で握り、体を揺らした。

「私が代わりに最後まで話したほうがいいかい？」セバスチャンが聞いた。

「ううん、自分で言う。マイナを尊重するために――そうしろって、あんたがあたしに教えてくれたみたいに」ドリアンは頬をぬぐい、フィジーをもうひと口飲んだ。「彼女は計画を練った。恐ろしい計画だけど、彼女はそれを考えだした。あたしは夜勤のメイトロンからエレベーターの通行証を盗んだ。それがあたしの役目だった、そういうのが得意だから。彼女は病気のふりをして、診療室に連れていかれるようにした。あたしは部屋をこっそり抜けだして、エレベーターで診療室があるフロアまで降りる。もし見つかったら……でも、計画はうまくいった。彼女は夜勤のナースの足にゲロを吐き、ガムを使って病室のロックがはずれた状態にした。それからあたしたちはエレベーターで合流して、ずうっと下のトンネルまで降りたの」

「トンネル？」イヴは聞き返した。

「彼らはそこから少女たちを連れ込んだ。連れだしたりもした――死んだ少女も何人かいた。自殺したり、彼らに痛めつけられすぎたり。彼らはそういう少女たちをそこから連れだすの。どこに連れていかれるのかはわからなかった。あたしたちは自分たちがどこにいるのかさえわからなかったの、そうでしょ？　ニューヨークにいるのか、なんならアラスカくんだりまで運ばれたのかもわからなかった。

あたしたちはトンネルまで降りて、歩いて、歩いて、そしたら彼らが追ってくる足音が聞こえたの。壁に梯子《はしご》がついてるのが見えて、あたしたちは登った。でも、あたしは落ちた。あたしは落ちて、すべてをぶち壊してしまった」

放りだすようにその言葉を口にすると、ドリアンはさらに体を揺すりつづけた。

「マイナはあたしが外に出るのに手を貸してくれて、あたしたちは隠れた。雨がすごく激しく降ってたけど、彼らは追ってきた。あたしは走れなかった、だから彼女が走った。彼女は言った、自分が逃げて彼らを引きつける、両親に迎えにきてもらって、あたしのところに戻ってくると。あたしが彼らに見つからないようにするために彼女は走りだし、それから悲鳴が聞こえた。あたしは立ち上がって助けにいこうとしたんだけど、脚が……あたしは倒れて頭を打った。

目が覚めたら、何があったのかわからなくなっていた。あたしは何も思いだせなかった。ただひどい痛みを感じるだけで、自分がどこにいるのかわからなかった。あたしは歩きだし、しばらく歩いて、冷却パックと薬を盗んで、隠れた。すごく寒くて、すごく熱っぽくて、すごく具合が悪かった。そしてマウザーがあたしを見つけ、セバスチャンのところへ連れてってくれたの。セバスチャンはあたしを助けてくれた。彼はちっとも悪くないのよ。だってあたしはマイナのことも、アンティのことも、ほかのことも全然思いだせなかったんだから。彼はあたしを助けてくれた。マイナ以外に、そんなことをしてくれた人はひとりもいなかった」

「私はニュースを見ました」セバスチャンはイヴを見つめた。「そしてあれこれ考え合わせたんです。あなたには私の言葉が受け入れがたいことはわかっていますが、私にマイナの写真を見せられるまで、ドリアンが何も思いだせなかったのは事実です」

「それを疑う理由がないわ」自分も同じ体験をしたことがあるのだから。「つらいとは思うけど、ドリアン、わたしにはどんなこまかい情報でも必要なの。あなたの思いだせる範囲でいいから、あなたが収容されてた場所につながること、ほかの少女たちの名前、そこで働いてる人たちのことがわかると助かる。マウザーがあなたを見つけた正確な位置も。そうすればあなたが来た道を逆にたどることができる。わたしたちは彼らの活動を阻止して、ほかの少女たちを助ける。あなたはその実現を確実にしてくれる。あなたとマイナは、わたしたちが彼らを阻止するための拠《よ》りどころなのよ」

「アンティにはパートナーがいる」ドリアンは鼻をすすり、涙をぬぐった。「マイナは彼女がその男と相談してるのを聞いたことがある。マイナはふりをするのがうまかったし、アンティは彼女をかわいがってた。お気に入りの子みたいに」

「そのパートナーの名前はわかる？」

「わからない。みんな名前は使わないの。あたしは研修生二三八番。あたしはただの番号だった」

「彼らはきみにそう思いこませようとしていただけだよ」ロークが初めて口を開いた。「きみはただの番号なんかじゃない。きみは信じられないほど勇敢な若い女性だ。そしてきみは彼らを出し抜いた」

「彼らはマイナを殺したわよ」

「それを心底後悔させてやろう」

「トンネルのことを教えて」

ドリアンはイヴに目を戻した。「すごく大きかったと思う。暗くて、黄色っぽいライトがついてるような感じ。どっちに進むかは当てずっぽうだった。そんなのわからなかったから。覚えてない。ほんとに覚えてないの。それで、彼らが追ってきた、足音が聞こえたの。だからあたしたちは声を出さないように進みつづけた。そしたら梯子があって、でも古くて、滑りやすくて、あたしは落ちた」

「外に出たときはどんな様子だった？」

「雨がすごく降ってた、前が見えないくらい。あたしたちはとても怖かった。建物がいくつかあったけど、あたしたちはそこがどこなのか知らなかった。当然よね。古い材木やなんかがあった」

「材木？」

「割れた板とかそんなやつ、よくわかんない。あたしたちは隠れようとしたけど、彼らの声が聞こえた、あたしたちを探してた。それでマイナはあたしに言った、そこでじっとしてて、静かにしてててって。そして走りだした。彼女は板切れを拾い上げた、先が尖《とが》ったやつ。あたしは止めようとしたんだけど、彼女は急いで走って、両親に連絡すると言って、でも……」

「工事現場みたいなところ？」イヴは話をうながした。「古い建物から古くなったものを出してきて、積み上げておくような？」

「たぶんそうかも。知らないわよ！」

「わかった、わかった。あなたはまた倒れたのよね」と念を押す。「そして頭を打った。意識が戻ったとき、あなたは何をした？」

「頭がこんがらがった。あちこちがものすごく痛くて、何があったのかも、自分が誰なのかもわからなかった。すごく具合が悪くて、あたしは……あたしは板切れを使ったと思う、歩くための杖《つえ》みたいにして、そして歩いた。それがどこなのかは知らない。あたしは歩きつづけて、薬を盗んで、また歩きだした。隠れたかったから。隠れなきゃいけないってことだけは知ってたの」

「よくわかったわ。じゃあ、話を少し戻しましょう。そのアンティという人についてもっと教えて」

「意地悪で、恐ろしくて、みんな彼女のことを怖がってた。彼女は自分の言うことをなんでも聞く子には優しいふりをするけど、それは嘘の姿」

「彼女の外見を説明できる？　年はいくつぐらいとか、黒人か白人かアジア人か、それとも混血人種かとか、身長はどのくらいとか、なんでもいい」

ドリアンは椅子の背にもたれ、フィジーを飲んだ。「できると思う。あたしは彼女を頭に浮かべることができる。いつも彼女の姿が頭に浮かぶの。背はあたしより高い。夜勤のメイトロン、あのいやな女より高い」

イヴは立ち上がった。「わたしより高い」

ドリアンは顔を横に傾けた。「たぶん同じぐらいだけど、もっと大きい。ていうか、あんたは痩せてるほうだから。彼女はちがう。おっぱいやなんかも大きいし。たぶん白人。少し混ざってるかもしれないけど、ぱっと見は白人で、本物のブロンドヘアをいつもひっつめ髪にしてる」

「目の色は？」

「ブルー、でも、彼のブルーとはちがう」ドリアンはロークを見た。「もっと暗くて、不快な色」

「いいわ。あなたにお願いしたいことがある。あなたが説明したら、それを絵に描いてくれる人がいるの」

「そんなの、どうやればいいか知らないし――」

「彼が知ってる。それが仕事なの。彼は意地悪じゃない。そのアンティの似顔絵ができたら、わたしたちは彼女の名前を手に入れる。彼女を見つけだす」

「それだけでできるの？」

「似顔絵はとても役に立つの。ほかにもあなたが説明できる人がいたらそれも役に立つけど、まずは彼女から始めましょう。彼女は責任者なのよね」

「完全に任されてる。自分のオフィスがあって、高価なスーツを着てて、彼女の言うことにはみんな従う」

「なるほど。もうひとつお願いしたいことがある。わたしは少女たちの写真を持ってるの、それをあなたに見てもらいたい。誰か見覚えのある子がいたら——そのアカデミーにいる子、過去にいた子がいたら教えてほしい」

「これからどうなるの？」

「わたしたちは自分たちの仕事をする、あなたはそれを助ける。そして、あなたは？」イヴはセバスチャンのほうを向いた。「わたしはほかの子が彼女を見つけた位置を知りたい。正確な位置と、正確な——あるいは、あなたにわかるかぎりの正確に近い時間を知りたい」

「ハドソン・ストリート近くのワッツにある建物——使用禁止の建物。正確な位置はあとでお知らせします。マウザーがドリアンを連れてきたのは、昨日の午前十一時頃。彼女は熱があり、脱水症状になっていた。脳震盪《のうしんとう》を起こし、足首をひどく捻挫し、膝の骨がずれていた。そう、治療したんです」セバスチャンはイヴに言葉を挟ませなかった。「病院か医療センターに連れていくべきだと言いたいのでしょうが、彼女は怯《おび》えており、いやだと言った。彼女はそれまでに自分で選ぶ権利がなかったように感じたから、私はその権利を与えた。

初めは何も覚えていなかったんです」セバスチャンは付け加えた。「それから自分の名前を思いだした。ファーストネームを。それ以外のことを思いだすと、彼女は自分の意志であなたに会いにきたんです」

「ちがう。そうじゃない」ドリアンが言った。「あたしは来たくなかったんだけど、セバスチャンが友達を尊重しないといけないって言ったの。マイナを尊重して、ほかの少女たちを助けようって。彼につらく当たるなら、あたしはその絵を描く人に説明しない。絶対にしない」

「きみはやるよ」セバスチャンは訂正した。「きみとマイナが味わった苦しみをほかの少女たちにも経験させるつもりはないから。だからきみはやる。私をがっかりさせないでくれ、ドリアン」

「まずはこれから始めましょう。ピーボディ、ヤンシーに連絡して、何時ならドリアンと作業できるか確認して。フィーニーにも連絡して、わたしたちが入手した情報を織り込んでもらう。古い材木の山、工事現場や打ち捨てられた建物、トンネル」

「了解です」ピーボディは腰をあげた。「ドリアン、ロークが言ったこと――あなたが勇敢だということ、それは真実よ。あなたは大変なことをやってくれてるの」

ピーボディが出ていくと、イヴはＰＰＣを取りだした。「これからあなたに写真を見てもらう」

「僕がスクリーンの設定をするよ」ロークが言いだした。「彼女がそっちで見られるように。その小さな画面よりはっきり見えるんじゃないかな」

「いいわね、やって」

壁面スクリーンに向かっていくロークをドリアンがちらっと見やった。「彼はそういうことができるの？　あんなスーツやなんかを着てるのに」

「彼はそういうことができるの。彼がスーツを着てるのは、そんなことやもっといろんなことができるから。ちょっと散歩しましょう」

「セバスチャンを置いていけない」

「外に出るだけよ。わたしは彼に約束した。だからあなたにも約束する」

「彼女はちゃんと約束を守る人だ」セバスチャンはドリアンに保証した。「壁の奥にいた少女たちのことを思いだしてごらん。さあ、警部補と一緒に行って、話を聞いてきなさい」

ドリアンは目を剥いたが、イヴと一緒に歩きだした。

「写真は見てもらうけど、その前に聞いてほしいことがあるの」

イヴはすでに工事が始まっている庭園、整地がすんだプレイ・エリア、ピーボディの池や噴水になるはずの、小石や管などの材料が集まっている場所を眺めた。

家とは住む人が作るものなのだ。

「あなたはセバスチャンと一緒に戻ることはできない」

「あたしは自分のしたいようにできる」

「いいえ、それはできないの、でも――いいから黙ってわたしの話を聞いて。でも、あなたには素晴らしい選択の自由をあげる。まず、わたしはあなたが母親のもとへ戻らなくてもいいことを確実にする。あなたが望まないなら、わたしには里親システムを回避する方法がある。黙ってと言ったでしょ」ドリアンが口を挟もうとすると、イヴはもう一度注意した。「わたしはかつてシステムの世話になったことがある――システムは機能するけど、それは担当者しだい。今はわたしがあなたのシステム。だからあなたにふさわしく機能するように心を配る」

「どうして？」

「それがわたしの仕事だから。そして、わたしもあなたと同じだったから」

「どんなふうに？」

「あなたには関係ないこと。あとはあなたが選ぶだけ」

イヴは向きを変え、反抗的な若い顔を覗《のぞ》き込んだ。

「あなたは彼らに追われてる。それを忘れないで、それを恐れて、わたしを信じなさい。

彼らに見つかったら、あなたの運命は二つにひとつ。その場で殺されるか、売られるか。どちらにしても、あなたはもう終わり。そんなことはさせない」

「あんたより強いやつは大勢いるのよ」

「わたしだけだと思ってるの？　わたしは捜査の責任者、そしてわたしのもとには、あなたを守るために命を懸けない者はひとりもいないの。あなたの選択肢のひとつはセーフハウス——彼らに見つからないところに滞在する、見張りの警官たちをつけて。それがひとつ。選択肢はもうひとつある。あなたが利口ならそっちを選ぶはず」

「どんなやつ？」

「学校」

「学校にいれば見つからないみたいなこと言って。バカじゃないの」

「この学校にいれば見つからない。あのスーツの男。彼がそれを創設した。セキュリティについて彼が知らないことは存在しない。すごくいいところよ。そこの責任者は、アンティとは正反対の女性。そこまで警官に同行してもらうし、あなたには約束してもらう——もし破ったら、わたしはセバスチャンを逮捕する——わたしがそのろくでもない組織を潰すまでは建物から出ないと」

「刑務所みたい」

「もし刑務所に自分の部屋があって、教育やおいしい食事も与えられて、ショック棒で叩く者や、裸にしてポルノビデオを撮ってから変質者に売り払う者が歩きまわってないなら、そうかもね。もし刑務所が音楽を演奏したり、絵を描いたり、おしゃべりしたり、学んだりできて、人間らしい扱いをされるところで、そう、刑務所みたいに番号で呼ばれるんじゃないならね。

わたしは昔、公立学校《ステートスクール》にいた」イヴは言い足した。「そこはまずまずの学校だった。でも、そこと比べたら、こっちはもう楽園《パラダイス》よ」

「なんでステートスクールにいたの」

「あなたには関係ないこと」イヴは繰り返した。「そこには屋上庭園があって、あなたが望むならカウンセリングも受けられる。制服を着る必要も、セクシーな下着を身につける必要も、どこかの変質者に売られちゃうんじゃないかって心配する必要もない。この事件が解決して、あなたがもういたくないと思ったら、どうすればいいか一緒に考えてあげる。セバスチャンは選択肢に入ってない。それはわたしが越えられない線だから。好きなのを選んで」

「〝学校〟って言ったら、マウザーも一緒に行っていい？」

堅く閉ざされた心に隙間ができた、とイヴは思ったが、形だけドリアンに疑わしそうな目を向けた。「さっきも出てきたマウザーっていうのは、いったい何者なの？」

「マウザーはあたしを見つけてくれた子。あたしが具合が悪くて怪我《けが》してたとき。彼はあたしを置いてくこともできたのに、そうしなかった。マウザーはあたしを助けてくれた。あんたがセバスチャンのことをどう思ってても別にいいけど、彼もあたしを助けてくれた。彼らはみんなあたしを助けてくれたの。マウザーがそうしたいって言ったら、彼も行ける？」

「なんとかやってみるわ。学校を選んで、わたしの話をよく聞いて。これが無事終わったら、あなたはトルーマンを訴えてギャフンと言わせてやる」

ドリアンは植物らしきものをつついた。「それって、あたしが弁護士を呼ぶとかそういうこと？」

「そのとおりよ。弁護士はあのスーツの男がつけてくれる。その弁護士は彼女から賠償金をふんだくる。彼女はたぶんお金を持ってない。というか、あまり持ってないけど、お金は問題じゃないの。大事なのは彼女に償わせること。彼女には責任があった。彼女がやると約束したことをやっていれば、あなたはあんな経験をしないですんだ。彼女には償ってもらう」

「なんであんな声とスーツを持ってる男が、あたしに弁護士をつけてくれるの？」

「彼が学校を創設したのと同じ理由。あなたを大事に思うから。学校を選んで、そこからスタートして。セバスチャンが文句なしのアホじゃないなら、彼も同じことを言うわね」

「彼はアホなんかじゃない！　そうね、たぶん、彼がそう言うなら、学校を試してみてもいいかな。マウザーが望んで、一緒に行ってくれるなら。気に入らなかったら、ずっといなくていいのよね」

「わたしたちはそこから始めましょう。じゃあ、写真を見にいくわよ。あなたはわたしが何人もの命を救って、その人でなしどもを逮捕することに力を貸すの」

16

ドリアンはすぐに三人の顔を見分けた。二人は〈美少女〉と呼ばれるグループ、もうひとりは〈奴隷〉または〈ペット〉のエリアにいたという。

ほかのグループの写真を見ているうちに、ドリアンは急に泣きだした。「彼女は死んだ、彼女は死んだの。名前は知らないけど、噂《うわさ》ではシーツで首を吊《つ》ったらしい。アンティはものすごく怒って、彼女のフロアのメイトロンはボコボコにされたんだって。マイナはその噂でトンネルのことを知ったんだと思う。よく思いだせないけど、そうだったと思う。マイナは彼女の死体がそこを通って火葬場まで運ばれると聞いたから」

「これはほんとにつらいわね。あなたはよくやってるわ」ピーボディの声には冷却バームのような鎮静効果があった。「それがいつの出来事か思いだせる？　どのくらい前のことだったか」

「あたしはあそこにはあんまり長くいなかったと思う。入ったばかりってわけでもないけど、メイトロンや看守たちがこの時期にしては寒すぎるとか文句を言ってたから」

「なるほど、いいわね。それは助けになるわ」

「彼女は死んだ。マイナは死んで、ほかの少女も死んだ。どうして助けになるの？」

「ほかの少女たちを助けることになるのよ」ピーボディが言った。「あなたが教えてくれることはなんでも、ほかの少女たちを助けることにつながる。でも、あなたがやめたかったら、ここでやめて、またあとでやってもいいの」

「あたしはもう起こったことは忘れたいの。忘れてるときは気楽だった」

「だけど、起こってしまったのよ」イヴはドリアンに言い聞かせた。「だから彼らに仕返しするの。でも、ここでいったんやめることもできる。あなたはわたしたちが手をつけるのに充分な情報をくれた。明日またやってもいいのよ」

目に涙をためたまま、ドリアンはセバスチャンのほうを向いた。「あんたとは一緒に戻れないって彼女が言った」

「そのとおりだよ」

「そんなのずるい」

「その気持ちはわかる。きみにあれもこれも頼むのは不公平だ。だが、我々はみんな、きみにとっていちばんいいことをしたいんだよ」

「彼女はなんか学校があるって言ったけど――」

セバスチャンは片手をあげてドリアンを制し、イヴのほうを向いた。「それは〈アン・

ジーザン〉のことですか」

「そういうこと」とイヴが肯定すると、セバスチャンは目に深い感謝のような色を浮かべた。

「ドリアン、これは素晴らしい贈り物だ。私はきみがこの機会を喜べるほど賢いことを願う。その学校には行ってみた」彼はイヴをちらっと見た。「好奇心に勝てなくて。そこは安全なだけじゃない、今やきわめて重要な役割を果たしている。そこはまさにきみが求めている場所なんだ。優れた教育、教師は生徒のことを気にかけてくれる人たちだ。実践教育も、芸術全般なんでも揃《そろ》っている。きみに起こったことをすっかり埋め合わせることはできないとは思うが、これはきみの人生の岐路だ。わかるね？　心をワクワクさせてくれる新しい道へ踏みだすチャンスだ。きみはそこで幸せになれると、私は心から信じている」

「あんたと一緒にいるほうがいい」

「メイヴィス、あなたも前に同じことを言ってたわね。だけど――」

「だけど」メイヴィスはうなずいた。「セバスチャンはあたしが一度も手にしたことがないものを与えてくれた。あたしを痛めつけたい者がいない場所。彼は面白いことや、あたしが喉から手が出るほど欲しがってた自由を与えてくれた。だけど、それは次へのステップのようなものにすぎない。あたしにはこんなことを選択する機会はなかった。あたしだったら、それを選ぶ勇気はなかったかもしれない。あんたは昔のあたしよりタフなことを願うわ」

「彼女はたぶんマウザーも一緒に行けるって言った、たぶんだけど」

「あの子を受け入れるんですか？」セバスチャンは静かに言った。「彼のことを何も知らないのに？」

「わたしはなんとかやってみると言ったの」イヴは言った。

「それは任せてくれ」ロークが言った。「だが、そこにはルールがあって、きみたちはそれに従わなくてはならない。きみがここでやっていることは、あの彼女たちのためになる」ロークはスクリーンを示した。「きみが〈アン・ジーザン〉でやることは、そこにいるみんなのためになる。きみときみの友達にはそのことに同意してもらう」

「警官を二人つけるわ」イヴは言い添えた。「念のために」

「僕はロシェルに知らせておく。なんとかなるだろう」

「会いにきてくれる？」ドリアンはセバスチャンに聞いた。「あたしはアンティやその仲間が全員捕まるまで外に出られないんだって。それが永遠に続くのかも」

「様子を見にいくよ。だが、それが永遠に続くはずがない。そうならないように、きみは協力しているんだ。きみのことをとても誇りに思うよ。マウザーに話してこよう。彼が同意したら——私はすると思うが——私が学校まで連れていく。それでよろしいですか？」

「彼の名前を知りたい――本当の名前を」イヴは言い張った。「家族がいるなら――」

「家族はいると思います。ですが、あなたが職業柄、そのことで彼を今すぐ問いつめなくてはならないようなものではありません。彼はまだ十一歳だ。心の傷の大半はなんとか押しのけてきたが、体の傷はまだ残っています。私はあなたがいつかそのうち、それに取り組むだろうと思っています」

「いつかそのうち」イヴは了解した。今ドリアンにいい影響を与えてくれるなら、その子を受け入れよう。「もし彼を虐待し、危険な状況に置いた者がいるなら、わたしたちはそれに対処する。そのためにも彼の正式な氏名が必要なの。デタラメは許さないと言っておいて」

「そうします」セバスチャンは腰をあげ、イヴに手を差しだした。「我々の方法は著しくちがうが、それぞれの最終目的については共通点がかなり多いことを認識しています。この件についてはあなたの……気転と柔軟性に感謝します」

「ここまではね」とは言いながら、イヴは彼の手を握った。

「わかりました。マウザーを受け入れる準備ができたら、メイヴィスを通じて連絡してください。いろいろありがとうございました」セバスチャンはドリアンに向かって両腕を広げた。「きみは強くて勇敢だ。そしてこんな明るい未来が開けている。またあとで会おうね」

ドリアンはまだセバスチャンにしがみついたまま、彼の耳元でささやいた。「あんたがどこにいるか、警察には絶対言わない」

「わかっているよ。きみは強くて勇敢で、誠実だ」

セバスチャンは足早に去っていった。ドリアンは両手の付け根で涙を乱暴にぬぐうと、ロークのほうを見た。「あんたはあたしに弁護士をつけて、ミズ・トルーマンを訴えてギャフンと言わせてやるって彼女は言うんだけど、そんなことほんとにできるの？」

ロークは眉を吊り上げた。「第一に、〝彼女〟には名前があるから、それを使うのが礼儀だ。第二に、ああ、僕はその手はずを整えられる。まずはきみを学校に連れていってあげよう」

「あんたは大金持ちなんでしょうね」

「たまたまね。そしてたまたま僕は、人生のごく最初の時期をきみのように送った。路上で過ごし、家に帰れば蹴りか拳が飛んできた。僕はもっとちがう人生を歩もうと決意し、そういう人生を作った。きみにもそうなるチャンスがあるんだよ」

ロークは立ち上がった。「ロシェルに連絡してくる。彼女がすべきことをやってくれるだろう」

彼が出ていくと、ドリアンはイヴのほうを向いた。「もっとできると思う」

「ピーボディ、学校での準備を整えて。わたしたちは次のグループをやりましょう」とドリアンに言った。「今夜はそこまでにしておく。ヤンシー捜査官――警察の似顔絵作成者よ――には明日、来てもらう。もう一グループだけやったら、ロークと一緒にあなたを学校まで送るわ」

「もしマウザーが来ないと言ったら――」

「一度にひとつずつよ、お嬢さん。さあ、次のグループをやって、それで今夜は終わりにするわよ」

イヴが頭痛を無視しているあいだに、ドリアンはさらに二人を識別した。

「よしと、今日のところはそこまで。セントラルまで歩いて戻って、そこからわたしの車で行く」

「車はもうまわしてあるよ」ロークはイヴに言った。「そのほうが楽だと思ったから」

「へーえ、すごい、上出来」イヴはメイヴィスとレオナルドに言った。「いろいろありがとね。また連絡するわ」

「あの子たちを助けられるのはきみしかいないよ」レオナルドは相手に逃げる暇を与えず、イヴを抱き締めた。彼がそうしているあいだ、メイヴィスはドリアンをひと睨《にら》みで釘《くぎ》づけにした。

「すごい機会をポンと渡されたら、チャンスをだいなしにしないで。その昔、頭がおかしくてだいなしにした本人が言ってるんだからたしかよ」

「あなたの頭はそんなにおかしくなかった」イヴはにべもなく言った。「行くわよ」

外に出ると、ドリアンはダラス警部補の専用車《DLE》をひと目見るなり言った。「ひゃあ、すっごいポンコツ。五分以上走れるように見えない」

「後ろに乗って、シートベルトを締めて」

例の目を剥《む》くしぐさをしてから、ドリアンは後部座席に落ちついた。「ねえ、後ろにもオートシェフがあるよ。すごすぎる。フィジーがまた飲める」

「だめ」イヴはいきなり飛ばしてゲートを出ると、あらゆる神に祈った。前方の車をすいすい追い越して渋滞を切り抜けることができ、これが一刻も早く終わりますように、と。

ロークが後ろを振り返った。「向こうでは食事ときみの学友が待っているよ」

ドリアンは鼻で笑った。「どうせ野菜《ベジー》ハッシュか、大豆ミート《ソイ・サプライズ》でしょ」

「それが驚くことに、彼らは選ぶ権利があってもどっちも食べるんだ」それでドリアンを笑わせると、ロークはイヴが渋滞を掻《か》き分けて進むあいだ、なんとか会話を続けて彼女の気をそらさずにいてくれた。

ロークにはあらゆる種類のワイルドなセックスの借りができた。

それでも、〈アン・ジーザン〉が入っている堂々とした静かな佇《たたず》まいの建物の前に車が停《と》まると、ドリアンは背中を丸めた。

「試しにやってみたらどうだい」ロークはアドバイスした。「いやだと感じたら、僕たちが別の方法を見つけてあげるから」

　気乗りのしない子を通りで追いかける羽目になりたくなかったので、イヴは垂直走行に切り替え、数台の車を上から追い越すと、荷積みゾーンに着地させた。

「超クール！」

「見た目で判断してはいけないことを学んだね」ロークが言うかたわらで、イヴは〈公務中〉のライトを点灯させた。

「わたしにあなたを追わせないでよ」イヴは警告し、歩道に降り立った。確実を期して、ドリアンの腕をしっかりつかみ、ロークと両側から挟んで正面玄関へ歩いていった。

ロークがブザーを鳴らし、なかに入るとロビーにロシェルが待っていて、隣にはクラックが立っていた。

　印象的という点に関しては、二人の組み合わせはトップレベルだ。

　クラックはダウンタウンでセックスクラブを経営しているが、今日は仕事用の服装ではなさそうだ。ダメージジーンズ、鍛え抜かれた体を誇示する黒のTシャツ。剃《そ》り上げた頭は明かりに照らされて光っている。

「よお、痩せっぽちの白人の姉ちゃん」

「よお、筋骨隆々の黒人の兄ちゃん」

　イヴがまだ何か言おうとする暇もなく、彼はドリアンに笑いかけた。「ヘイ、かわいい子ちゃん」

ドリアンは返事をせず、ロークのそばに少し寄った。

「ようこそ、ドリアン。わたしはロシェル・ピカリングよ。こちらは友人のウィルソン。なかを案内しましょうか？　通学生は朝まで来ないの。今はサマークラスとアクティビティに参加しているのよ」ロシェルは説明を始めた。「寄宿生は夕食を終えて、今は自由時間」

「マウザーが来るって話だけど」

「ええ、あなたの友達のトムね。こっちに向かっているところよ。あなたは彼を待って、一緒に食事をしたいと思って」

「ほんとに来るの？」

「ええ、そうよ。新しい学校生活を友達と一緒に始められるのは、あなたたち二人にとっていいことだと思う。でも、ここでも友達ができるわよ。上に行って、自分の部屋を見てみない？　途中で教室やほかのエリアも見せてあげる」

ドリアンが彼女のほうへ進んでいくのを見て、イヴは大いにほっとすると同時に、ロシェルに任せておけば大丈夫だと思った。

穏やかなブルーのスーツ姿、毛先が暴れている黒いカールヘアのロシェルは、ドリアンの手を取った。そしてスーツと同じくらい穏やかな声で話しつづけながら、ドリアンを連れていった。

「彼女はわかってる」クラックが言った。「俺のロシェルはやるべきことを心得てるんだ」

「わたしはあの子に安全でいてほしいの。警官を二人つけて安全を確保する」

「ああ、俺たちもそれはわかってる。彼らが着くまで俺はここにいるよ。俺のガードを通り抜けてあの子を傷つけられるやつはひとりもいない」

その言葉は信じられるし、彼のことは信頼できる。

それでもまだ残って校内を歩きまわっていたら、生徒たちが共有スペースのあちらこちらに集まっているのが見えた。音楽室で演奏している子たちもいる。安全を確保すべき場所が多すぎると思ったが、ロークがとうに万全の措置を講じていることに気づいた。

ロークのことも信頼できるし、その措置がたしかであることも信じられる。

私服の巡査たちが到着すると、その二人を品定めし、ピーボディの選択が間違っていないことを再確認した。ピーボディから説明を受けているだろうが、イヴはもう一度二人に説明した。

そして初めて、マウザーと対面した。

セバスチャンに連れられてきたのは、鋭い目をした痩せっぽちの子で、ドリアンより頭ひとつ背が低かった。慌てて身支度してきたらしいマウザーは、小さなダッフルバッグを抱えていた。

「なかを見せて」

マウザーはイヴを穴の空くほど見つめた。「令状はあるの?」

セバスチャンは黙ったまま、少年の肩を軽く叩《たた》いた。

「警官ってやつはほんとに」とぶつぶつ言いながらも、彼はバッグの口を開いた。

なかに入っていたのは、粗末な服、画面にひび割れがあるタブレット、ぼろぼろの長編コミック、虫眼鏡、歯ブラシ、ぴかぴかの小石が入ったブリキの箱、半分になったグミの袋、そして隠しポケットに現金三十二ドルと、手製らしき物乞いの許可証。

イヴは許可証を引っ張りだし、「本物?」と聞いてから自分のポケットにしまい、少年にバッグを返した。

「偽物だよ」と彼は答えた。

「俺はクラックだ」クラックは片手を突きだし、少年と握手した。「なかを案内してやるよ。ドリアンは上にいて、自分の部屋をチェックしてる」

少年は精いっぱい背伸びし、胸を張った。「彼女に何かしたらただじゃおかないぞ」

「俺の後ろに並べ」クラックは言い返した。「この子のことは任せてくれ」とイヴに言う。

「私をがっかりさせるんじゃないぞ」セバスチャンはマウザーの頭に手を置いた。「もっと大事なのは、自分をがっかりさせないことだ」

セバスチャンは彼らの後ろ姿を見送り、ポケットからディスクを取りだした。「彼の正式な氏名はトマス・グラントリーです。彼のファイルは調べると思いますが、大方はここに載っています。彼は悪夢を生き延び、そこから脱出してきた。あなたは彼をそんなところに追い返すような人ではないと信じています」

「それを決めるのは彼の経歴を読んでからにするけど、我々が例のアカデミーを閉鎖するまで、彼にはここにいてもらいます。もしドリアンが逃げだしても、なんとかここを抜けだし、何か方法を見つけてあなたのもとへ戻っても、わたしは彼女を見つけだす。そうなったとき、この件に関してあなたはわたしの敵になるでしょう」

「それは理の当然です。あなたは子どもたちを全員救うことはできない。私にもそれはできない。しかし、我々はそれぞれのやり方で尽力しています」

セバスチャンはイヴに小ぶりのバッグを手渡した。「これはマウザーがドリアンを見つけたときに彼女が着ていたものです。洗濯はしていません。普段はそうするんですが、どうも尋常ではなさそうだったので。いずれにしても、シャツとズボンはぼろぼろでした。

私はこのへんで失礼し、あの子どもたちのことは信頼できる人たちに任せます」

イヴは去っていく背中を見送った。「彼は何年ものあいだに、いったい何人のコソ泥や、押し込み強盗、ペテン師、詐欺師を育ててきたの？」

「彼のおかげで、いったい何人の行き場のない子どもたちが、虐待や窮状から救われただろう？」

「それは彼の仕事じゃないわ」

「そうかもしれないが、彼の天職であることは間違いない。そして彼はあの二人をきみの手に委ねた。自分が彼らの安全を守りきれないことを知っているからだ。この件はしばらく置いておこう、イヴ。きみはもう充分対処した」

「それもそうね」イヴはセバスチャンから渡されたバッグを開けた。「制服――その下にセクシーな下着がある。すでにほかの手が触れてしまったのが残念だけど、ハーヴォならば何か見つけてくれるかもしれない。これをラボに持っていって、彼女を呼び戻して、それから……」

イヴは探っていた手を止めた。「ズボンのポケットに何か押し込まれてる」

布越しに、イヴはそれを押しだした。「何これ、スワイプカードよ。割れたスワイプカード。その切れ端。倒れたときに割れたのね。たぶんトンネルのなかか、外に出てからかもしれない。そしてわたしたちはその切れ端を手に入れた」

「調べてみよう」

「さわらないで！」

「決まり事は知っているよ、警部補。ひょっとしたら、データが取りだせるかもしれない」

足音と話し声が聞こえてくると、イヴはそれらをしまってファスナーを閉めた。

　まるで小さなパレードのようだ、とイヴは思った。ロシェル、クラック、二人の子たち、二人の警官、みんな何かしゃべっている。

「食べるものを探しにキッチンへ行くところなんです」ロシェルが声をかけてきた。「ご一緒します？」

「ありがとう、でも、わたしたちはいいわ、家に帰って食べないと」イヴはドリアンを見た。「ヤンシー捜査官は朝のうちにここに来る。それまでに何か思いだしたり、思いついたりしたことがあったら、その巡査たちのどちらかがわたしに連絡してくれる」

「部屋は気に入ったよ」

「そう」

「外から鍵がかけられない」

　その言葉は胸にずしりと響いたが、イヴは何気ない口調を保った。

「ここは学校よ、刑務所じゃないの。あなたのポケットに入ってたスワイプカードのことを教えて」

「スワイプカード？」ドリアンは怪訝《けげん》そうな顔をしてから、目を大きく見開いた。「メイトロンのカード！　すっかり忘れてた！　あたしは――あたしはそのへんに落としておくつもりだったの、メイトロンが落としたように見えるかもしれないから。でも、また使うかもしれないと思って、ポケットに入れておいた。もしあたしが落としておいたら、彼らはあたしたちが逃げだしたことに気づかなかったかもしれない。もし——」

「〝もし〟を考えたってきりがないわ。さらに、もうひとつ。もし彼らがトンネルに監視カメラやアラームを取りつけてないと考えてるようなら、あなたも見た目ほど利口じゃないわね」

マウザーがドリアンに腕をまわした。「警官ってやつは大口を叩くんだ」

「まあ、ひどい、傷つくわ」彼のことは無視して、イヴはドリアンの目を見つめた。「マイナに起こったことで、あなたが〝もし、あのときああしていれば〟なんてことはどこにもないの。全部、彼らのせい。何を忘れてもいいけど、それだけは忘れないで。さあ、食べてきなさい」

「クラックがここには牛肉《カウ》のバーガーがあるって言うの。あたしたち、そんなの食べたことがない」

「じゃあ、カウバーガーを食べてきて。何か質問や問題があったら、わたしの連絡先は知ってるわよね」とロシェルに言う。「無理を聞いてくれてありがとう」

「いつでもどうぞ」

外に出ると、イヴはコミュニケーターを取りだした。「あの衣類を証拠品袋に入れて、巡査たちにラボに届けてもらう。その件でハーヴォに連絡する。割れたカードを証拠品袋に入れて、家に持ち帰る。フィーニーに連絡する」

「連絡のほうをすませたらどうだい？　僕はピーボディ役をして、証拠品を袋に入れるほうをやるよ」

パトロールカーを路肩に停めて荷物の受け渡しをするには少し時間がかかるが、それはある程度しかたないとイヴは思った。

あの子の安全は確保できたし、新しい情報も大量に手に入れたし、衣類と割れたスワイプカードという新しい証拠品も手に入れた。そして目撃者から身元の割り出しにつながる人相を巧みに引きだせる者といえば、ヤンシーをおいてほかにいない。

ロークが運転席につくと、イヴは助手席に腰を落ちつけた。

「ヤンシーをせかして、今夜のうちに彼女と始めてもらったほうがいいかも」

「だめだよ。彼女には少し時間をあげないと。おいしい食事、友達、安心してぐっすり眠る時間をやろう。明日になれば、頭ももっとはっきりしているよ」

「そうね、そうかもね。わたしはこれをしっかり結んでおきたいの。ＦＢＩがほどけないように。彼女をセーフハウスやシステムじゃなく、あそこに入れたことで、ＦＢＩはきっとなんだかんだと難癖をつけてくるのよ」

「きみはそこが安心で安全であることを主張すればいい。そしてきみの被害者であり証人である人物がより協力的になることを。精神的にもそのほうが安定することを――その点ではマイラが後押ししてくれるだろう」

「名案ね。彼女と話してみる」

ロークはリンクを取りだそうとするイヴの手を押さえた。「頭痛用に痛み止め《ブロッカー》を飲んでおこう」小型ケースをさっと開けた。「そして、五分でいいから目を閉じていてくれ」

逆らうのはやめてブロッカーを手に取ってはみたものの、イヴは首を振った。「ここでやめるわけにいかない。全部、明確にしておかないと」

イヴはマイラに連絡した。

「夜分にお邪魔してすみません。でも、お伝えしたいことがあって。報告書はすぐ仕上げますけど、少しその……逸脱した行動を取ってしまったので」

イヴは一部始終を語り、マイラの質問に包み隠さず答えた。イヴは強い欲求を感じた。休息が必要だと体が訴えている。少しだけでいいから。

それはできない。どうしてもできない。

「その子は無事で、安全で、きちんとガードされているの？」

「はい」

「何よりも大事なのは、その子自身が安全だと感じていること、そして心に傷が残るような恐ろしい体験をした者に対する訓練を受けた専門家がそばにいること。そうした環境に置くことで、あなたは彼女の信頼と協力を得られた。彼女をその環境に置いておき、生徒に提供される熟練したカウンセラー、教師、セラピストと話し合うことをわたしは強く勧めます。わたしも明日、彼女と話してみたいから時間を作るわ」

「ありがとうございます」

「あなたは彼女にとって正しいことをしたのよ、そんな体験をした未成年の子にとって」

「もうひとりの子は――」

「被害者であり重要証人である少女を支え、安心させる」マイラはあとを引き取った。

「それに、ほかの点ではこの捜査にはなんの関係もない。わたしは彼のファイルのコピーを送ってほしいけど、この捜査に適用するものとしてＦＢＩに報告する事柄のなかに、彼を含める理由は何もないと考えます」

「それについては部長の判断に任せるしかないですね」またひとつ心にぽっかり穴が空いたような感じだ、とイヴは思った。「これからすぐ、部長に最新情報を伝えます」

「それがいいわ。アドバイスが欲しい？」

「もちろん」

「ホロ・ブリーフィングをお願いしてごらんなさい。そのほうが直接会っている感覚に近い。その前に少し時間をおいて、頭をはっきりさせておくこと」

「わかりました。報告書は仕上がりしだいお送りします」

「急がないでいいわ。今の口頭報告だけで充分あなたにフィードバックできる。少し時間をおいてね」

時間がないのよ、とは思ったものの、こう答えた。「ありがとうございます。またご連絡します」

わが家への門が開くと、イヴは疲労と安堵《あんど》を同時に覚えた。

「彼女のアドバイスはどこまで受け入れるつもり？」

「ホロ・ブリーフィングは妙案ね。あの少年について言ったこともそのとおりだと思う。目下のところ、彼はFBIには関係ない存在だもの。わたしは彼のファイルを読んで、わたしがうまく言いくるめられてるんじゃないことを確認する」

ロークは車を停め、イヴのほうを向いた。「きみはひと息入れて、食事をとるんだ」

「ホイットニーへの説明がすんだら何か食べる。今はできないのよ、わかって、できないの。彼の反応を見て、彼がどう命じるかを知るまでは落ちつかないの」

家に向かう車中で、イヴの顔はますます青白くなっていた。それが疲労のせいだけでないことがロークにはわかっていた。自分の規則と規定をあいまいにさせられることから来るストレス。そしてドリアンの話を聞くことでイヴの心に棲《す》みついたにちがいない病。

だからロークはうなずいた。

「じゃあ、まずホロを準備しよう」

「あなたはスワイプカードを始めてくれる？　何か取りだせるかどうか確かめてほしいの」

「いいよ。だけど、きみのことが気にかかっていると本領を発揮できないかもしれないな」

「わたしに何か食べさせようとする安直な手ね」

「いや、本音だよ」

一緒に家に入ると、サマーセットと猫がぬうっと現れた。サマーセットが何を言おうとしていたにしろ、イヴの顔をひと目見るなり、それを呑《の》み込んだ。

「お帰りなさいませ。今夜はミートボール・パスタがよろしいかと存じます」

「まさに、うってつけだね」ロークはイヴを階段のほうへいざないながら言った。「ありがとう」

サマーセットは猫を見下ろした。「警部補はおまえにそばにいてほしいようだ。彼女は無理にでも自分を駆り立ててしまうから」そう付け加えると、階段へ向かってすばやく駆けていく猫を目で追った。

「さあ、これを片づけるわよ」さっさと終わらせてしまいたい、とイヴは思った。「わたしは部長に要請して、彼がそれに応じられることを祈る」

「きみがドリアン・グレッグを確保したことを知ったらいやでも応じるよ」

「そうね、その線でいく」

イヴはコミュニケーターをテキストモードにした。

〝部長、ドリアン・グレッグの所在が判明し、彼女を確保しました。わたしは長時間にわたる事情聴取をおこない、その報告書をこれから仕上げるところです。できれば、すぐにでもホロによる口頭報告をさせていただきたいと思っております。というのも、ドリアン・グレッグを確保し、彼女の全面的な協力を得るために、いくつか譲歩と取り決めをおこなったためです。ダラス、警部補イヴ〟

ロークはイヴにグラスを手渡した。「水だよ――水にしておくんだ。コーヒーはあとにしよう」

「いいわよ」イヴは水をごくりと飲み、事件ボードを眺めながら返事を待った。「ここに更新する情報がいっぱいある」さらに情報を増やしたかったので、イヴはトマス・グラントリーに関するディスクをコンピューターに差し込んだ。

「あの子の出身地はなんとバッファローなのね。彼は――」イヴは黙り込み、ファイルを読んだ。やがて、ブリーフィングの準備をしているロークのかたわらで、ため息をついた。

「父親の楽しみはあの子と妻をぶん殴ること、母親は自己治療にハマってる。彼女はどうやら何度か麻薬を抜こうとしたみたいで、当局はあの子を母親のもとに戻した。二人とも医療履歴がすごい。骨折、脳震盪《のうしんとう》、やがて父親は息子を火傷《やけど》させるようになる。息子が母親のもとに戻されて、父親は怒りを爆発させたの。火傷の写真まである。上半身と腹に集中してる。父親はとうとう逮捕され、今も服役中。母親はまた麻薬に戻ったみたいで、家を出た。どこかの簡易宿泊所で過剰摂取で死亡。当局は彼女を発見し——死後二日経過してた——彼女の身元を割りだし、子どもを探した。そのときにはもうあの子はいなくなっていた」

コミュニケーターが着信を知らせると、イヴはまた言葉を切った。

「ホイットニーは五分だけくれた」イヴはゆっくりと息をついた。「それでけっこうよ、わたしはここでやる。あなたはラボでやったら？」

「彼は学校とその安全性について、僕の話を聞きたくなるかもしれない」

「たしかに」

「ボードの前に立って、イヴ」

「なんで？」

「ボードの前に立つ、きみの後ろにはあの少女たちがいる。きみはそこに立って、彼女たちのために闘うんだ」

17

ホイットニーは威厳のあるスーツと地味なネクタイではなく、カーキのパンツに紺のゴルフシャツという姿でホロに登場した。イヴが一瞬とまどうと彼は話しだした。

「警部補、きみはいいニュースをもたらしてくれるんだね」

「部長。ドリアン・グレッグは仲介者を通じてNYPSDに保護を求め、我々に不可欠な情報をたっぷり提供してくれました。彼女は目下、安全な場所に置かれ、厳選した二人の巡査の監視のもとにあります。〇九〇〇時にヤンシー捜査官が彼女と会い、児童人身売買活動の責任者と思われる女性の身元割り出しを開始します」

ホイットニーは椅子に腰をおろしたが、イヴは立ったままでいた。

「我々はドリアン・グレッグを〈アン・ジーザン〉に収容しました」

ホイットニーの眉が吊り上がった。「なぜ民間の施設を選んだ? そこには未成年や民間人のスタッフが大勢いるんだろう?」

「何よりもまず彼女の協力を取りつけるためです、部長。第二に、ここ数カ月、後遺症となる苦難を耐え抜いた彼女に心身を休める時間を与えるためです。この決定について、さらにNYPSDを代表していくつかおこなった約束については、わたしが全責任を負います。すべてわたしが決断したことです」

「その決断を下すにあたって、きみは指揮官に連絡して許可を得る必要性は感じなかったのか？」

「感じました。そして、このドリアンとの取引に応じなければ彼女を失ってしまうことを強く感じつづけています。彼女の協力と、ある程度の信用を得ることは、マイナ・キャボットを殺したほか、何十人という未成年を拉致・監禁し、売買している者たちとその拠点を特定するうえで欠くべからざるものなんです。

部長、こうなるに至った詳細をご説明したいのですが」

「そのほうがいいだろう」

いぶかしげに目を細める相手を見つめたまま、イヴはメイヴィスを介した連絡、セバスチャンとのつながり、異例の話し合いについて説明した。

話し終えても胸のつかえは軽くならなかった。質問攻めに遭うことも、細部までひとつひとつ問い質《ただ》されることも覚悟していた。部長は容赦なかった。

「最初のうちの記憶に空白があるというのは信じられるのか？」

「はい、信じられます」

自分にも、骨折し血だらけでダラスの街をさまよった記憶はなかった。だから信じられる。

「そして、彼女がしぶしぶながらも名乗り出てきたのは、マイナのことを思いだしたからだという話も信じられます。彼女がいきなりセバスチャンに愛着と信頼を抱いたのは彼に助けられたからで、彼女の人生にはそういう人はひとりもいませんでした。警官もケースワーカーも、そうする責任があるいずれの当局も助けてくれなかった。彼がわたしと話をするように説得してくれなかったら、彼女が提供してくれた情報は手にしていなかったでしょう」

「情報にはそのアカデミーとやらの位置は含まれていない」

「ええ、そうですが、捜査の手がかりは与えてくれます。さもなければ我々が入手できなかったであろう詳細があります。それによって、このボード上にいる被害者たちの何人かは身元が確認できました。ドリアン・グレッグがそのアカデミーで目撃した者たち、ひとりはそこで自殺した者だと彼女は言っています。アンティと呼ばれる女性には、おそらく地位が上のビジネスパートナー、もしくは資金支援者がいることがわかっています。拉致した者たちを監禁している建物がある程度の階数以上であることも。我々には彼女がトンネルまでエレベーターで降りるために使ったスワイプカードの残片があります。トンネルの存在はその建物の検索を絞り込んでくれます。彼女が逃亡したときに着用していた衣服は目下ラボにあり、我々にさらなる証拠を与えてくれるかもしれません」

「最後の部分は、ことによるときみの捜査方法を正当化するかもしれないな、警部補。しかしながら、指示系統を無視し、未成年の被害者かつ重要証人を民間の非公認施設に収容した件について、きみには事後処理が残された」

「そうです。これはわたしの責任です。わたしは当未成年者のその時々の状況および精神状態に基づき、決断を下しました。わたしは彼女について責任を負っています。わたしのところに来たんです」

「きみはNYPSDに対しても責任を負っている」ホイットニーはあらためて強調した。「きみはその少女と彼女の――まあ、今のところはきみの呼び方で通そう――〝仲介者〟に約束したが、私は約束していない。我々にはセーフハウスのネットワークがある。訓練を積んだ児童保護のプロもいる」

「トルーマンのように」イヴは意志の力を結集して感情を抑え、抑揚のない口調を保った。「トルーマンが児童保護サーヴィス《CPS》のプロの多数派でないことは充分承知していますが、部長、ドリアン・グレッグの経験のなかには、ケースワーカーといえば彼女しかいなかった。もしわたしがCPSに援助を求めていたら、我々は彼女を失っていたでしょう。ロシエル・ピカリングも訓練を積んだプロですし、ドクター・マイラは当未成年者にせめてセラピーだけでも施すことを望んでいます。

彼女に選択の余地を与えないというやり方もあったでしょう。彼女を連行し、CPSや警官の付き添いのもと、公認施設に収容する。我々もいずれ、彼女からこの情報を引きだせたかもしれません。ですが、わたしはそのために彼女にさらなるダメージを与えることはやりたくありませんでした。

彼女は人生の大半を殴られ、虐待され、顧みられずに生きてきて、最後の数カ月は身体検査を受けることを強要され、電撃棒《ショック》で罰を与えられ、彼女のように閉じ込められたほかの少女たちとの性的行為を強要されました。彼女はマイナ・キャボットと友達になり、今はその友達が死んだことで自分を責めている。彼女は倒れて走れなかった。友達は彼女を守るために走り、死んだのです」

心の奥底では決意が揺らいでいる。屈することを望んでいるが、イヴはそれを自分に許さなかった。自分は警官として、人として、正しいことをしたのだ。その信念に従おう。

「そうです、部長、わたしは彼女をそれ以上苦しめたくなかったので、最善の判断をして、彼女に選ぶ権利を与えました。もしドリアン・グレッグと後ろのボードにいる少女たちを保護し、彼女たちの役に立つことができないのなら、わたしはバッジを持つに値しません。わたしは自分の姿勢を貫きます。そして部長、わたしは彼女たちのことに関して全責任を負います」

「彼女は自分にそこまでの擁護者がいることを知っているのだろうか」

「それはどうでもいいことです。大事なのは彼女を守り、マイナ・キャボットを殺した犯人を突き止め、彼女のような少女たちを食いものにし、苦しめ、しまいには奴隷として売っている組織を解体することです」

「これが終わったら、私はドクター・マイラと話し合ってみよう。さしあたっては、きみが選んだ施設の安全性と機構について、とにかく事細かに説明してもらいたい。指揮系統は私を見逃してくれないんだ」

「その領域について述べるなら僕のほうが適任でしょう」ロークがホロにすっと入ってきた。「僕ならあなたの質問に答えられるし、図面や青写真もお送りします」

イヴはそのままの位置に留《とど》まったが、頭のなかでは一歩下がって専門的な話をやり過ごした。もしホイットニーがドリアンを〈アン・ジーザン〉から連れだすようなことがあれば、あの子には傷となって残るだろう。自分自身にとってもだ、とイヴは認めずにいられなかった。

その子の幸せのためだという名目で、たらい回しにされるのがどんなものか知っているから。そしてこれも認めずにはいられないが、自分が決断したなかには、それを知っているからこそ下したものがある。

近づきすぎている、深入りしすぎていることは間違いない。今、自分にできるのは待つことだけ、指示と結果を受け入れ、任務を遂行することだけだ。

もしホイットニーにこの事件からはずれるよう命じられたら――彼にはそう命じる当然の権利がある――イヴは後任の担当者に、そしてFBIに、データの一切合切を引き渡すことになるだろう。

彼らはあの組織を潰す、それは絶対に間違いない。けれど、ドリアン・グレッグは二度と警官を信じなくなるだろう。自分が必要とされている人間だとは信じなくなる。そして機会がありしだい、また逃げだすだろう。

路上で暮らし、そのうち例外なく、あの人でなしどもが利用し、磨き上げ、仕込んだ体を売るようになる。

それについてもイヴに責任がある。いくつもの線を越えてしまったから。

「学校にしてはずいぶん高性能のセキュリティを設置したな」ホイットニーが感想を述べた。

「生徒、親または保護者、スタッフ、ゲスト講師には、安全な場所が確保されてしかるべきです。部長はロシェルの話も聞きたくなるかもしれません。彼女はドリアンのために考案した日々の注意事項や予定について説明できますから」

「我々がこの事件を解決したあとはどうなる?」

「ドリアンは本人が望むかぎり、生徒として〈アン・ジーザン〉に残ります。ロシェルはCPSの担当者との話し合いを開始し、ケースワーカー、さらに必要なら保護者との手はずを整えるでしょう。これは我が校が提供しているサービスのひとつです」

ホイットニーはしばし黙り込んだ。「ドクター・マイラに連絡してみよう。ひとまずのところは警部補、きみにはFBIの協力を仰ぐまでに数時間ある。この報告書を慎重に仕上げるように。そして、その悪の巣窟の位置を突き止めることを強力に推し進め、割れたスワイプカードからデータを取りだせ。ひとつでもいいから名前を見つけろ。そこから芋づる式に残りの者たちが割れることもある」

「承知しました。部長、謝罪を――」

「やめておけ」そう言い放つと、ホイットニーの姿は徐々に消えていった。

「あーあ」イヴはつぶやいた。

「きみはよくやっていたよ」ロークが声をかけた。

「わたしが？　どこがよくやってた？」

自制心を解いて、イヴはボードの前の床に座り込み、膝を抱え、そこに顔を押しつけて体を揺らした。

「イヴ」ロークはかたわらにしゃがみ込み、両腕をイヴにまわした。「もう大丈夫だよ。彼はきみの決断には何ひとつ異論がない。ただ仲間はずれにされたことに少しだけ気分を害しているだけだ」

「そうじゃない、そんなことじゃない。彼がわたしを捜査からはずさなかったことでもないの。全部よ、何もかも全部。鍵をかけられた部屋、暗い部屋に入れられること、暴力、レイプ。閉じ込められること」

ロークがイヴの背中を撫《な》で、髪を撫でていると、ギャラハッドが駆け寄ってきて、イヴに体をこすりつけた。

「彼女はもう安全だ、きみと同じように。これがすんだら彼女たちの安全も保てるよ」

「あなたは最初から正しかったのかもしれない。これはほかの者に任せたほうがよかったのかもしれない」

「僕は正しくなかったよ。間違ってもいなかった。きみのことが心配だったから、目の前で起こっていることが心配だったから。きみは無理してあれもこれもやろうとしているし、あまりにも感情移入しすぎ、そして傷ついている。しかし、僕のダーリン・イヴ、きみがこれを掻《か》き分けて進み、この悪を退治する方法を見つけだすことは一度も心配したことがない」

ロークは猫を撫でているイヴの顔を持ち上げ、キスした。

「きみは殺された子にとって正しいことをした、絶望して怯《おび》えている子にとっても、ほかの子どもたちにとっても。きみは彼女たちを優先させた。部長のことは熟知しているが、彼もそれは承知しているよ」

ロークはイヴの涙をぬぐった。「きみはそういう人間だ。それでこそ僕の愛する人なんだ」

「あの子を見て、あの子の話を聞いてると、体の内側が震えだす。わたしは猛烈に怒りたい、憤慨したいけど、その震えを乗り越えることができない」

「怒りが必要になったら、きみはそれを表すよ。怒った警官を演じさせたらきみの右に出る者はいない」

泣き笑いの表情で、イヴは猫を抱き締め、ロークにもたれた。「わたしは理路整然と考えたい。仕事をするためには理路整然と考えないといけない。理路整然と考えて、この報告書を仕上げないと」

「きみはちゃんと仕上げるよ。やつらにはきみを壊すことなどできない。きみはやつらにそんなことはさせない。僕もさせない」ロークはもう一度イヴにキスした。「それを言うなら、こいつもそうだ」と言って、ギャラハッドをじっくり撫でた。

イヴを胸に包んで、鎮静剤《スーザー》を呑《の》ませ、ベッドに運んでいきたい、とロークは心底思った。

しかし、イヴが何を必要としているかはわかっていた。

「さっそくそれを片づけてしまおう、警部補」さらにまた、ロークの唇はイヴの唇をかすめた。「僕はラボでスワイプカードに取りかかる。一時間もあればできるだろう。それからきみは食事をする。それは譲れないよ」

「わたしは建物を見つけないといけないの」

「それについては、食事が終わってから一緒に検討しよう。僕もこの件にはまり込んでいるんだ。あの少年、マウザーという子。彼を見ていると、昔の自分を見ているような気になることがある」

「偽の物乞い許可証とか」

「いや、僕はあの年の頃だってもっとうまくできたよ。危うく、習う気はあるかと彼に聞くところだった」

イヴはまた笑い、彼を引き寄せた。

「その代わりに、僕たちは彼を別の方向へ進ませてやろう。そうだ、ドリアンに弁護士をつけてやるんだった。そうすれば彼女はトルーマンを訴えて――引用するよ――ギャフンと言わせることができるから」

「そう、目当てはお金じゃないの」

「彼女はシステムが機能するのを目にし、職権を乱用した者が罰せられるところを目にすることができる。さてと」ロークは立ち上がり、イヴを引っ張りあげた。「そろそろ仕事を始めよう。今夜はミートボール・パスタが無性に食べたいからね」

「ありがとう」まだ猫を抱いたまま、もう一度彼にもたれた。「わたしを大事にしすぎないでくれてありがとう」

「僕のお巡りさんのことは知悉《ちしつ》している」

ロークが出ていくと、イヴはその場をもうしばらく動かず、猫に鼻を摺《す》り寄せた。落ちついてきた、とイヴは思った。気持ちがすごく落ちついてきた。「ありがとう」ギャラハッドの額に唇を押しつけると、猫を寝椅子まで運んだ。「もう大丈夫よ、わたしは仕事があるの」

そして、やつらには壊されないと思いながらコマンドセンターへ向かった。こっちがやつらを壊してやる。

イヴが報告書に取り組んでいる頃、ジョーナ・K・デヴローは最新の所有物を品定めしていた。

このルナと呼ぶことにした女は美しい。ミッドナイトブラックの完璧な肌、目は野生の色に近いグリーン。彼がつぶさに眺めるなか、彼女は背筋を伸ばして立っている。身につけているのはカラーだけ。その触れたら切れそうなカミソリのように鋭い頬骨も、光沢のある真紅に染めた唇も気に入った。肩まで垂らしたカールヘアは艶やかな黒で、唇と同じ真紅のハイライトが入っている。

胸は施術で豊かにしてあるものの、控えめだ。誇張するのは彼の好みではない。長い脚、張りのある全身の筋肉、すらりとしているが瘦せてはいない。

「次は歯だ」と言うと、彼女はふっくらとした唇を開き、よく見えるようにした。

真っ白で完璧だ。

彼はルナの周囲をまわり、非の打ち所がないことを確かめると、アイリスの目はいつもどおりたしかだと納得した。あの女はまぎれもなくかけがえのない存在だ。

ルナは――やはりいい名前だ――チュニジア生まれで、十四歳のときに誘拐され、その仕入れ旅行の際に獲得したほかの者たちと共に船に積み込まれ、トレーニングのためにニューヨークまで運ばれてきた。アイリスの綿密な明細書には彼女にいくら費用をかけたかが記されていた――歯科治療費、豊胸手術費等々。その投資は写真、ビデオ、レンタルによって賄われている。

そちらが儲《もう》かるおかげで、彼女を売らずに手元に置いておくことができるのだ。今年二十歳ということは、彼の狙いの核心を突いている。彼はこちらがあまり教育せずにすむ、経験を積んだ奴隷を好んだ。

「おまえはルナだ。私は誰かな?」

「あなたはわたしのご主人さまです」

その正確な英語の耳に心地よい響きに満足して、デヴローはほほえんだ。

「おまえはなぜここに来た?」

「あなたのあらゆる喜びにお仕えするためです」

「私にきちんと仕えるなら、おまえもきちんと扱ってやる。おまえの美しさを損なう気は毛頭ない。ここは私の部屋だ。おまえは私が命じたときだけ入ることができる。おまえは私が与えたものを身につけ、私が与えたものを食べる。私はときおり、ほかの者とおまえを共有することがあるかもしれない」

彼はそちらを向いてもう一度ルナの周囲をまわり、彼女の目に一瞬たりとも絶望が浮かんでいないことを確認した。

「もし私の機嫌を損じたら、私はおまえに暴力を加える。私を怒らせたら、おまえを殺すかもしれない。おまえは私のものだから私の好きにできる。私がおまえを欲していないとき、おまえは自分の続き部屋にいなさい。おまえがその特権を獲得したと私がみなすまで、おまえはそこから出てはならない。

わかったかね？」

「わかりました、ご主人さま。わたしはあなたのものです。喜んでお仕えします」

「よろしい。ベッドに寝なさい。これからおまえと性交する。私は激しいのが好きだ」

彼はルナを好きなように使った。それからもう一度使えるように薬を呑んで自分を奮い立たせた。彼女の感触はよかった。喘《あえ》ぎ声《ごえ》や呻《うめ》き声《ごえ》もよかった。

満足すると、彼女をひざまずかせ、口《オーラル》のスキルをテストした。彼女が奉仕しているあいだ——それはとても巧みだった——彼はアイリスに花を贈ろうと決めた、何かキラキラ光るものを添えて。

「おまえはひとまず下がってよろしい」彼は愛情を込めて——と自分では思っている——ルナの胸をぎゅっとつかんだ。そしてインターコムに向かい、家事奴隷に合図した。赤いスキンスーツとカラーをつけたブロンド娘が、即座に応じた。

「ルナを彼女の部屋に案内してくれ。彼女は食事をとるかもしれない。サラダ、焼きカレイ、玄米、アスパラガス」

「ただ今準備します、ご主人さま」

「シャワーをじっくり浴びなさい」彼はルナに命じた。「私があげたローションを使うといい。私が呼んだら、ただちに駆けつけるように」

「かしこまりました。ありがとうございます」

彼は手を振って二人を追い払ったが、最新の所有物の頬を涙が伝うのは見ていなかった。彼女がずっと頭を下げていたから。

すっかり満足して、彼もシャワーを浴びた。丹念に肌の手入れをすると、壁に掛かった鏡で顔と体を点検した。

欠陥はどこにも見つからなかった。

ゆったりしたシルクのシャツとラウンジパンツを身につけると、スイートルームを出て専用オフィスまで行った。そこで金庫の扉を開け、ほかの所有物を眺めた。

もちろん現金が入っている。金はいくらあっても充分だと思えない。そして、あのキラキラ光る宝石類――持っているだけで楽しいが、必要に応じてパーティの記念品のように配ることもある。

彼はブレスレットを選んだ。アイシーダイヤモンドと調和する火のようなルビー。赤と白のバラの花束にそのブレスレットを忍ばせて送らせよう。

彼は金庫を閉じ、自分への当然の褒美としてブランデーを注ぐと、重厚なデスクについた。「アイリスに連絡してくれ、個人用リンクへ」

三度目の呼び出し音にも応じないので、彼は顔をしかめかけた。

それから彼女の顔が画面に現れた。「ジョーナ、ご連絡いただいて嬉《うれ》しいわ」

「リンクを切ろうかと思った」

「あら、ごめんなさいね。静かな場所まで移動しなくてはならなくて。スカウトから報告が届いたところなの」

「それで？」

「あの恩知らずな少女の痕跡は見つからない。あの子のポテンシャルを考えると腹立たしくてしょうがないわ。我々の時間と手間を無駄にしてくれて。でも、そのほうがよかったと考えます。あの子は問題児のようだったから、欠陥商品になっていたでしょう」

アイリスは穏やかな笑みを向けた。「わたしがあなたのために作ったセレクションに、欠陥品や不出来な品がないことを祈るわ」

「それどころか、きみに連絡したのは、その常に変わらぬ審美眼の素晴らしさを褒めるためなんだよ。彼女はまさに私が頭に描いていたタイプだし、パフォーマンスも優れていた。彼女にはルナという名をつけた」

「まあ、なんて美しい名前。お優しいのね」

「きみにはささやかな感謝のしるしを贈るよ」

「あら、そんなことしてくださらなくていいのに」そしてアイリスは笑った。「でも、いただくわ。ちょうどよかった、あなたにお伝えしたいことがあるの。オークションの販促活動と計画はかつてないほどうまくいっています。わたしはこのイベントで多大な収益があがることを見込んでいるわ。アカデミーをイングランドで開校する件について、もっと真剣に話し合ったほうがいいかもしれないほど」

「私はかなり乗り気だ。以前から湖水地方にマナーハウスを持つことを考えていたんだ。むろん、おいそれとはいかないだろうし、金も注《つ》ぎ込まねばならないが、今やらなければ、いつまでたってもやらないだろう」

「おっしゃるとおりですわ」

「オークションが終わったらよく調べてみよう。商品の補充を忘れないように」

「ご心配なく。今夜、新しい研修生を手に入れたの――到着は明日の朝で、〈美少女〉グループ。ジョーナ、我々は需要と供給を満たしているのよ」

「なんて素晴らしい人生なんだ。そうだろう、アイリス?」

「これ以上望めないくらい。素敵な夜を過ごしてね、ルナと一緒に」

「それは任せてくれ。おやすみ」

彼は椅子に背中を預け、ブランデーグラスをゆっくりまわしながら、自分の世界は完璧だとつくづく思った。

両親はもちろん唖然《あぜん》としただろう。だが、彼らの住む世界やものの考え方は狭苦しく、生真面目だった。欲しいものをなんでも手に入れ、やりたいことをなんでもやり、道楽にふける喜びを彼らは知らなかった。

そうして彼らは死んだ。デヴローはかぶりを振り、ブランデーを口に含んだ。

彼らはあの狭い世界から足を一歩も踏みだすことなく、息子に——彼らのただひとりの子に——すべての金、地所、事業、権力を遺《のこ》した。

彼はそれを元手に自分のやりたいことをやった。そしてどうなったか見てみろ、その財産を大きく増やしたのだ。

彼の世界では、彼の広々とした世界では、彼は神なのだ。

彼はブランデーグラスを掲げ、自分のために乾杯した。彼の世界は彼が統治している。

誰もそれを止めることはできない。

事件ボードの更新を続けていると、ロークがやってきた。

「何か見つかった？」イヴは聞いた。

「食事をしながら話し合おう」ロークはまっすぐキッチンへ向かった。

食事をとらせようとして、ずるい手を使ったわね、とイヴは思った。それでも、二人は取引のようなものをしたのだから、ロークが二つの蓋付きプレートの上にパンのバスケットを載せて戻ってくると、イヴはボードから離れた。

「きみにスーザーを呑ませようとさまざまな手を考えたんだ」バルコニーへ続く、開け放した窓のそばのテーブルにプレートを置くと、ロークはパネルの奥にあるワイン棚まで引き返した。「だから言い合いや議論は全部スキップして、ワインをグラスに半分飲むことで手を打とう」

「わたしはいいわよ」

「よかった」ロークはワインを一本選んだ。「じゃあ、そういうことにしよう。食事と少しのワイン」ワインの栓を抜くと、彼はボトルとグラス二脚をテーブルまで運んだ。

あなたは床に座り込んで泣いたのよ、とイヴは自分に言い聞かせた。気まずい思いをしたことを認められないでいると、また同じことをやるわよ。

だからイヴはテーブルまで行って席につき、ロークが蓋をはずしたプレートを覗《のぞ》き込んだ。「わたしの弱みにつけ込むなんて冴《さ》えてるわね」フォークを取り上げたとき、はっとひらめいた。「サマーセットが用意したのね。やだ、そんなにひどい顔してた？」

「我慢強い警官の顔を自分の家でも続けなければならないのなら、いったいどこでやめればいいんだ？」

「そんなにひどかったんだ」それを受け入れ――それしかないでしょ？――イヴはフォークにパスタを巻きつけた。「もう回復した――一応はね」と修正を加えてから、パスタを味わった。「さあ、あなたが手に入れたもののことを教えて」

「まだそれが活《い》かせるところまではいっていない。セキュリティ・レベルの高いスワイプカードで、刑務所や機密情報を扱う施設で使用されるようなものだ。標準レベルではない――たとえばホテルや住居やオフィスビルで使うようなね」

「そこは刑務所よ」イヴは言い、丸々としたミートボールを突き刺した。

「そうだな。僕たちにはスワイプカードの二〇パーセントくらいがある。右下の角の部分。データは何層ものレイヤーに守られ、符号化されていた」

「じゃあ、何も手に入れられないの？」

ロークはパスタを巻きつけながら、イヴに鋭い目を向けた。「いいかい、まず、この手のスワイプカードはいくつかの場所で計画・開発されているだろう――アメリカに限って言えばね。その大半は政府の請負業者だろう。このカードがそこで作られた可能性はかなり低いと思うが」

「まったくありえないわけじゃないけど」イヴは考えてみた。「でも、民間業者よりは低いわね」

「その民間業者のひとつには〈ローク・インダストリーズ〉がある。そこで僕はうちのクライアントを検索してみた」

「どんなクライアント？」

「と、警官は尋ねる」ロークはパンを二つに割り、片方を差しだした。「金融機関、民間研究機関、高級リゾート、セキュリティを重視する個人、富豪と取引のある事業主。先に言うが、答えはノーだ、僕たちはこの件でクライアントを綿密に調べることはしてこなかった。なぜ必要がある？　しかし、僕はこれからそれをやる。少し時間はかかるだろうな」

「わかった。あなたがスワイプカードの切れ端から手に入れたのはそれだけ？」

ロークはまた鋭い目を向けた。「符号の一部を手に入れた。目下、自動《オート》で一連の解読プログラムに通しているところだ。どこまで深く進めば取りだせるかがわかったら、僕はそこまで掘り下げる」

「そのカードがあなたのところのものかどうか、わからないの？」

ロークはグラスを取り上げ、ことさらゆっくりと飲んだ。「イヴ、うちではこの手のレベルの、設計、符号化、独自化したスワイプカードは何百万と作っているんだ。その後クライアントがプログラムに独自のレイヤーを加えるかもしれないし、スワイプカードの持ち主のためにデータにレイヤーを重ねるかもしれない。

小さい会社ならその最終段階の加工だけを頼んでくるかもしれない。ID写真を加えたりね。しかし、離職を考えたら頼まないだろうな。誰かが辞めるとか、クビになるとか、あるいはたんにカードを破損するとか、なくすとか。だからこのレベルのカードを望むところは――たとえば客室のスワイプカードとして使う低層ホテルなど――以前のデータやプログラムを消去する技術をたいがい持っている」

「つまり、成果はなしってことね」

「カードの上のほうの部分があったら、コード署名が見つかったはずなんだ。だが、それはないから、僕は手元にあるものだけでやらなければならない」

「あなたに面倒をかけるつもりはないのよ。ただ、わたしにはそういうやつがわからないだけ」

「たとえば、きみのマスターカード。もしそれを盗まれたり、なくしたり、破損したりした場合、どんな手順を踏む？」

「ただちに報告する。それから、無効化してもらって、新しいのを発行してもらう。その前に頭が割れそうになるほど書類を書かされるけど」

「まさにそのとおり。僕たちが関わるこのレベルだと、スワイプカードは破損したら自動的に無効化されるだろう。彼らが盗まれたことに気づいたら、きっと無効化するにちがいないが、破損した場合は？　彼らにはどう見てもデータを消去する時間はないし、そういう場合を見通して対応する能力もない──そこまでダメージを受けていないスワイプカードが手元にあれば、はるかに簡単だけどね。だから彼らにはできない」

「彼らにはデータを消去できないってこと？」

「僕が言いたいのは、あの少女はかなり激しく転倒したということだ──スワイプカードはもろいものではないからね。折れたらおしまいだ、わかるよね。もう使用できない。カードのデータには持ち主の名前と与えられた許可レベル、そのカードが使用されるビルを所有もしくは運営している会社または個人、プログラマー、メーカーが載っている」

「そのデータにアクセスし──あなたにやってもらってるように──それからスワイプカードを偽造して、そういったエリアに出入りすることはできないの？」

ロークは笑みを浮かべ、さらにワインを飲んだ。「かつてそれは見事なヴァン・ゴッホがあった。しかし……その詳細を語る必要はないだろう。僕には数週間あったと言っておこう。計画や準備、そして必然かつ迅速な実行。何年も前の話だよ、ダーリン・イヴ。しかし僕たちは──大半の者がそうするはずだが──そういった悪さに備えて安全装置《フェイルセーフ》を導入している」

「でも、あなたは迂回《うかい》できるんでしょ」

ロークはパスタに戻った。「時間が充分あって、妻があまりやかましくなければね。話を戻すと、僕たちは持っているものしか持っていない、そして僕たちにできることをやるだけだ」

「あなたがこれまでにやってくれたのは、わたしたちがすでに知ってるか考えてたことを確認しただけ。そのアカデミーは資金が潤沢にあり、刑務所みたいなところで、さまざまなレベルのセキュリティを備えてる。洗練されてる――マイラは最初からそう言ってた。ドリアンは彼女の話によれば、フロア・メイトロンからスワイプカードを盗んだ。メイトロンたちは――そのフロアの者だけかもしれないけど――エレベーターを利用する許可を得てる。そしてそのセキュリティ・クリアランスによってトンネルまで降りることができる」

「誰でもトンネルを利用できるわけではないだろう。たとえば、フードサービス、クリーニング、事務用品などの業者は使いそうもない。その〝メイトロン〟というのはこの場合、看守と同じ意味だろうね」

「わたしもそう思う。彼らは火葬場を利用してる。トンネルを使って死体を外に出し、火葬場まで運ぶ。火葬場を経営してるのが誰にしろ、この件に関与してる。あるいはそこに一味がいて、報酬か何かを得てる。それも捜査の切り口のひとつになる」

「そして、葬儀場の数は何百万もありそうだ」ロークは付け加えた。「どうやって探すんだい？」

「まず、ニューヨークでこの火葬サービスを提供してる葬儀場の所有者もしくは経営者、あるいは従業員で犯罪歴のある者を探す。未成年の女性に対する犯罪がいいけど、それに限らない」

「なぜそれに限らないんだ？」

「脅迫や見返りも考えられるから。過去に逮捕されたこと、もしかしたら服役してたことを隠したい者を探す。それから、給料のほかに副収入がありそうな者、金回りがよくなった会社を探す。わたしにはそれを調べてる時間がないから、誰かにやらせる」

「時間ならあるけど」

「時間があるなら、あのスワイプカードから手に入れられるだけのものを引きだして、わたしがアカデミーの位置を絞り込むのに協力してもらうほうがいい。彼らがビルの名前の部分を回収したのは返す返すも悔しいわ。それがあれば、わたしも警官らしく行動を起こせるのに」

彼女が戻ってきた、とロークは思った。イヴは間違いなく復活した。「そこなんだよ、警部補。この一連の出来事を通じて、彼らはいったい何度きみの怒りに火をつけたか絶対気づいていない」

「怒りは関係ないでしょ」イヴはミートボールを食べながらフォークにパスタを巻きつけ

た。「少しはあるかも」と譲歩した。「休憩してるときは。でも、公式捜査が進行中のときは、少しより少し多めに怒ってる」

イヴはパスタを食べ、さらに巻きつけた。「わたしはその、少しより少し多めの個人的な怒りを込めて願う。アンティとかいう者とそのパートナーの喉にパンチを食らわせることができますようにと。わたしは願うだけで我慢する――でもそれは、やつらを逮捕して、起訴できるだけの証拠を揃《そろ》えて検察に渡して、やつらがその哀れな人生の残りを檻《おり》のなかで過ごすことが決まったあと」

イヴは肩をすくめてパスタを食べた。「きっと素敵なボーナスになるわね」

たしかに彼女はやっとここまで戻ってきたと思い、ロークはイヴにほほえみかけた。

18

ロークがＩＴラボへ戻っていくと、イヴは食事の後片づけをし、彼の広範囲にわたる事業のなかに、ドリアンとマイナをアカデミーから脱出させたスワイプカードを製作している部門が偶然ある可能性を考えた。

偶然なんてものは気に入らないが、よく考えてみると、〈ローク・インダストリーズ〉は無尽蔵にものを製作しているから、可能性がないとしたらそのほうが偶然だろう。

その結論に満足して、イヴはコマンドセンターに戻り、コーヒーをプログラムした。

この街にはトンネルがいやというほどある。使用中のもの、使われなくなったもの、不法居住者や路上生活者が群がっているもの。さらには地下組織の巣窟。セックスショップ、セックスクラブ――街頭では見つからないような潜りの店。ジャンキー、泥棒、強姦魔《ごうかんま》、そしてその手の場所をさまようことが冒険だとか刺激的だと感じる者たち。

彼らがそういった連中と手を組むのは、便利で有利になるからかもしれないし、別の種類のトレーニングの場にもなるからかもしれない。

とはいえ……そこには洗練という要素が欠けているし、セキュリティの点でも、匿名性の点でも危険という要素が加わる。スカウトを歩きまわらせ、冒険を味わってみたい少女や、仕事にありつけると思うストリートキッドを探させたかもしれないけれど。

そのつながりはとりあえず念頭に置いておくが、リストのトップには置かないことにした。地下鉄のトンネルは却下できるし、ジャンキー、ホームレス、見捨てられた子の溜《た》まり場になっているトンネルも却下していいだろう。

共同溝《ユーティリティトンネル》は使える。アカデミーへの入口を封鎖したり隠したりしておき、人がいないときに利用する。無人だということは簡単にわかる。彼らはそのトンネルを監視しているにちがいないから。そうでなければセキュリティに重大な欠陥が生じてしまう。

それも調べるが、まずは放置された、もしくは使用されなくなったトンネルから始めてみよう。

イライラさせられる一時間が過ぎると、イヴは立ち上がり、コーヒーのお代わりを注ぎ、部屋を歩きまわった。

「何かちょうだい」と戻ってきたロークに言う。「もう何もかも多すぎていやになってるから」

「名前の一部をあげよう。ラストネームの一部と、それを補えそうなデータ」

ロークがイヴのマシンまで行き、キーをいくつか叩《たた》くと、壁面スクリーンにデータが流れるように表示された。

「ｌｉａｍｓｏｎ」イヴは読み上げた。「ｖｅｌ　５、それからそれは……４ｔｈ、ｍｅｎｔ２０６。オーケイ、あれはレベル5ね——彼女のセキュリティ・クリアランスのレベル。住所のほうはフォース・ストリートか、フォーティーンスか、トゥエンティフォースか、そんな感じ。リアムソン——それがラストネームね」

「割れた角度からすると、それはラストネームの後ろの部分だ」

「そうね、わかる。あの日付は？　日付に見える。ゼロ——ファイブ——セブン。年？　二〇五七年？　誕生日じゃないわね。入社日かな？」

「見事に読み解いたね」ロークはそこまで絞りきれていなかった。「彼女のシリアルナンバー、彼女に与えられたナンバーだという可能性はある。もしくは、長い数字の一部か。きみにもっとあげられたらよかったんだが、これが精いっぱいなんだ」

「入手情報が増えたわよ。ドリアンが逃亡したあと隠れてた位置もわかってるんだし。彼女はずいぶん歩いたと言ってるけど、そう感じただけかもしれない。怪我《けが》してたし、痛みがあったし、めまいやショックもあった」

イヴは地図をスクリーンに表示させた。「とりあえず、ヒューストン・ストリートから北側の東と西に集中する。仮にこの組織で四年間働いてるとして、この人物は少なくとも中間レベルのクリアランスを与えられ、子どもを誘拐し、虐待し、売り払うことを商売にしてる者たちのもとで働くことをいとわず、夜は子どもたちを閉じ込めることに責任を負ってる。だとすれば、まともなアパートメントで暮らす余裕はあるし、当然、職場に近いところを選ぶと思う」

「フォーティーンス・ストリートから行くんだね」

「そこから始める」イヴはうなずいた。「それでもまだ住居の候補はとんでもなくたくさんあるけど、おそらくアパートの二階の二〇六号室でしょう。彼女が女性だということはわかってるから――」

「フォーティーンス・ストリートにあるアパートの二〇六号室に住み、ラストネームがリアムソンで終わる女性を検索する」

「わたしたちは運に恵まれるかも、恵まれないかもしれないけど――」

「僕にやらせてくれ」イヴを脇によけると、ロークは椅子とキーボードを横取りした。

自分でもできるのに、とイヴは思ったが、彼のほうが速いことは認める。そこがだめなら南へ行き、それからブルックリンまで下がろう。メイトロンだかなんだか知らないけど、この女は職住に距離を置きたいのかもしれない。

ひょっとしたら057は日付じゃなくて、彼女の識別コードの一部かもしれないし、リンクナンバーとか、あるいは――。

「マーリーン・ウィリアムソン」

「まさか、冗談でしょ。そんなに速く？」

「四十三歳、独身、子どもはなし、結婚の記録も同棲《どうせい》の記録もなし。住所はウェスト・フォーティーンス・ストリート二〇六号室。〈レッド・スワン・プロダクションズ〉に夜勤警備員として二〇五七年四月から勤めている」

「レッド・スワン、データを見せて」

「もうすぐスクリーンに表示されるよ」

「モバイル・ビデオ撮影会社、何それ？」

「会社の所在地がないということだ。抜け目ないな。僕は深く調べる」

「そう、そう、調べるけど、わたしたちにはそれが隠れ蓑《みの》だということはわかってる。幽霊会社よね。充分なデータを記入した書類はちゃんと提出してるかもしれないけど、そんなのインチキよ。さあ、出かけましょう。あなたが運転して」

「ウィリアムソンのアパートメントに行く気なら、彼女は仕事中なんじゃないか？」

「そうよ、だから車のなかでレオに連絡して捜索令状を手に入れてもらう。彼女が帰宅したときに逮捕できるように逮捕状も。あなたが運転して。わたしはほかの準備をする。マクナブとピーボディにリストに載ってる雇い主を調べさせる」イヴはドアのほうへ歩きだした。「赤い白鳥なんていないわよね？」

「この星にはいないな」

「インチキ」イヴはつぶやき、リンクを取りだすとドリアンを警護している巡査に連絡した。

「あの子と話したいの」ロークに反対される前に指を立てて制した。

「彼女は部屋で寝ていますが。起こしたほうがいいですか？」

「ええ、至急」

「少々お待ちください、警部補」

「彼女はウィリアムソンを識別できる」イヴはロークに言った。「わたしは令状を入手してもらうためにレオをごまかす必要はないし、彼女も判事をごまかす必要がない」

ロークがリモートでガレージから呼びだした車に乗り込んだとき、ドリアンが画面に現れた。「いったいなんなのよ、もう」

「これから画像を送る。その人に見覚えがあるかどうか教えて。もしあるなら、どこでどんなふうにかも」

ロークが門のほうへ車を走らせる横で、イヴはＩＤ写真を送信した。

「うわっ、あいつだ！　びっくり！　メイトロンよ。あたしがスワイプカードを盗んだあのフロア・メイトロン」

「自信ある？」

「何言ってんの、あるわよ。あたしの目は節穴じゃない。あの最悪のビッチはあたしをひっぱたいたり、電撃棒《ショック》で打ったりしたのよ。似顔絵みたいなやつはまだやってないのに、どうやって彼女の写真を手に入れたの？」

「自分の仕事をして。ヤンシー捜査官の朝の予定はそのままだから、わたしが変更を伝えないかぎり、その準備をしてて。ベッドに戻っていいわよ」

「でも、どうやって──」

「最悪のビッチに報いを受けさせたいんでしょ？」

「決まってるでしょ！」

「ならベッドに戻って、わたしにその仕事をさせて。巡査と代わってくれる？　急いで」

「警部補？」

「しっかり見張っててね、巡査。今夜また動きがあったら、あなたに知らせるから」

「待機しております、警部補」

「今夜もあまり眠らない者がいるようだね。それに」ロークはイヴが唸《うな》ると言い足した。

「きみはまったく正しかった。目撃者の証言があれば令状は取りやすくなる」

「彼女はアカデミーの場所につながるようなものを部屋に置いてあるかもしれない。そうじゃなくても、わたしは彼女が帰宅するまで警官たちを張り込ませる。それから彼女を取調室に入れて、白状させる」

「きみならやれるだろう」

ダウンタウンへ急進するなか、イヴはレオに連絡した。

画面に登場した地方検事補《APA》は、ふわりとした金髪をタオルでくるんでいた。着ているものはローブらしく、真っ赤な地に熱帯の鳥が翼を広げて飛んでいる柄だった。

「あのねえ」レオは言いだした。「わたしはやっと家でゆっくりくつろげる夜を過ごしてたの――素敵な癒やしタイム。バブルバスとワインとキャンドル、顔のお手入れ、そして仕上げに、横になってロマコメ映画を見ようとしてたのよ。そこに素晴らしい流れを加えてくれる気はないんでしょ？」

「令状が欲しい」

「わたしのショックと驚きを見て。キャボット&グレッグ事件？　あの児童人身売買の件なの？」

「マーリーン・ウィリアムソン。グレッグは彼女が夜勤のフロア・メイトロンだと確認した。グレッグが監禁されてた場所の寮母《メイトロン》で、彼女に身体的暴行と虐待を加えた。グレッグはウィリアムソンのセキュリティ・スワイプカードを盗んだ――彼女とキャボットはそうやって脱出したの。わたしたちはグレッグが逃亡したときの着衣のポケットからそのカードの切片を回収し、そこからそれがウィリアムソンのものであることを裏づけるデータを取りだした」

「そして、ドリアン・グレッグから彼女がそのメイトロンであることの確たる証言を得たのね？」

「断言した。わたしはウィリアムソンの写真を見せて、この人物に見覚えがあるかと尋ねたの。グレッグは迷うことなく彼女がそのメイトロンだと確認した。彼女の住居の捜索押収令状が欲しい。逮捕状も」

「彼女のデータがあるなら送って。あなたが欲しいものを手に入れてあげる。その腐った女を逮捕して、ダラス。そしてやつらを全員逮捕しましょう」

「そのつもりよ。無理押しして」イヴは通信を切り、ピーボディにつないで情報を伝えた。

「今から向かいます。わたしは検索をやります。マクナブは電子ワークのほうでロークの手助けができます。これは待ち望んでた突破口ですよ、ダラス」

「そのとおり。またあとで」イヴは通信を切った。「どこか、令状が届くまでのあいだ車を停《と》めて待つ場所が必要ね」

「地下に駐車場があったと思うよ」

「そう思う根拠は？」

「僕の勘違いでなければ、そこは僕の持ち物だ」

「わたしのショックと驚きを見て」でも、考えようによっては好都合かも、とイヴは認めた。

「すべての所在地を頭に入れておくことはできそうもないが、そう確信する理由がある。

最近、そのビルのテナントであるフィットネスセンターの改修工事を終えたばかりだったから」

「高級ビルなんでしょ、わたしが思ってたような」

「自分の目で見て判断してくれ」ロークは鋼鉄とガラス造りの中層ビルに顎をしゃくり、地下の駐車場に車を乗り入れた。ライトが点滅してから照明が灯《とも》り、ゲートが開いた。

「どうしてあなたが通過できることがわかるの？」

「僕たちの車には全部センサーがついているから対応できるんだ」ロークは駐車スペースに車を入れた。「まっすぐ彼女のフロアまで行ってもいいし、ロビーに行ってもいいよ。きみは夜勤の警備員と話をしたいかもしれないからね」

「ええ、話したい」

「捜査キットも必要だろう」

「それも持ってるんだ」

ロークはトランクから捜査キットを取りだし、車をロックした。

二人は足音がこだまする駐車場を歩き、エレベーター乗り場まで行った。

「飽きたりしないの？」イヴは聞いてみた。「ほら、〝なんだよ、また俺のビルか？〟みたいに」

「とんでもない」ロークはイヴを軽く押してエレベーターに乗せた。

ロビーと命じるロークの隣で、イヴはフロア案内に目をやった。地下駐車場が三レベル、フィットネス・アンド——なんと——屋内プール・レベル、ロビー、売店レベル、そして住居は一階から十二階までで屋上レベルもある。

「テナントはいくつ入ってるの?」

「すぐには言えないが、その情報が欲しいなら手に入れてあげるよ」

「いい、ただの好奇心だから」

イヴはロビーに足を踏みだした。

静かだ。空気は涼しく、ほのかにいい香りがする。光沢のある黒い床、そこに散った金色の斑点模様がエッジを効かせ、ウルトラモダン・アートと呼ばれる色鮮やかなスラッシュや渦巻きからなるアート、天井から吊り下がる黒と金をねじり合わせたメタルライト、ガラスの筒から突きでている風変わりな花などと調和しているように感じる。

艶のあるU字形のカウンターにいた夜勤の警備員は、スツールから腰をあげてすばやく出てきた。黒いスーツに金色のネクタイという姿で、インクブラックの髪はグラデーションがかかっている。

「サー——失礼、警部補、夜間責任者のローハンです。ご用件を承ります」

「マーリーン・ウィリアムソン」

「まだ職場だと思います。彼女は夜勤ですので、顔を合わせることはめったにありません。

勤務時間がだいたい同じなんです」

「彼女が今夜何時に外出したか、通常なら何時に帰宅するか知ってる？」

「彼女は私が九時に来たときからロビーを通っていません。ですが、今も申し上げたように、顔を合わせることはめったにないので。私が承知しているかぎりでは、彼女はたいがい朝の五時半か六時頃帰宅されます。私自身は通常五時から五時半のあいだに退勤しますが、ごくたまにすれ違うことはあります」

やっぱり好都合だと思いながら、イヴは令状が欲しくてたまらなくなった。「今朝はどうだった？」

「見かけてないですね。ミズ・ウィリアムソンをここ数日見かけていないのはたしかですが、それは珍しいことではありません」

「よかったらロビーのセキュリティ画像をチェックして——」と言いだしたとき、イヴのPPCが着信を告げた。「今のはいったん忘れて。わたしはウィリアムソンの住居に立ち入ることを許可された令状を持ってる」

「わかりました。何かお困りのことや、私でお役に立てることがあれば、なんなりとお申しつけください」

「ありがとう。まもなく捜査官が二人到着するから部屋に通して。我々が部屋にいるあいだに彼女がふいに帰ってきたら、彼女には何も言わず、我々にこっそり知らせてほしい」

イヴが名刺を手探りしだすと、ロークが自分の名刺を取りだした。

「かしこまりました。ほかにご用がありましたらお知らせください」

ロークと共に、イヴはエレベーター──黒に金色の斑点模様──まで行った。「彼はどこで見つけたの？」

「さあ、定かじゃないけど、確認しておくよ。彼はまばたきひとつしなかった。あれには感心したよ」

「彼女が予定どおりの行動を取るなら、彼女が戻ってくるまでにわたしたちには数時間ある」イヴは体重を踵《かかと》からつま先に前後させ、体を揺らした。「家探しするには充分だわ。何か見つかったら、作戦部隊を組んでそのアカデミーのガサ入れをして、子どもたちを救いだす。彼女が逃げだした場合に備えて、ここに警官を張り込ませておく」

「そうなったら、満足のいく形で任務を終えられるんじゃないか？」

「ええ。どうして全部そういうふうにいかないのかしらね」

エレベーターから二階に降り立った。淡いグレーのカーペットが敷きつめられ、シルバーがかった壁には大胆なアートが飾られている。照明の状態は良好で、各アパートメントの黒いドアに設置されたセキュリティも万全だ。

イヴは二〇六号室の前で足を止めた。

「記録開始。ダラス、警部補イヴ、ならびに民間コンサルタントかつ当ビルのオーナーであるローク。我々はこのアパートメントに立ち入る令状、同所を捜索し証拠品を押収する令状を持っている。その証拠品とは、未成年女性マイナ・キャボットの誘拐殺害事件、未成年女性ドリアン・グレッグの誘拐事件、同所の住人マーリーン・ウィリアムソンその他の者たちによる児童人身売買の容疑に関連するものである」

「かなり本格的だね」ロークがつぶやいた。

「万事抜かりないようにするため」イヴはブザーを押し、待った。「住人は応答せず、当該未成年女性たちが監禁されている未知の場所で勤務中であると思われる。マスターを使用して立ち入ります」

ロークはイヴの手を押さえた。「その前に、僕がここのアラームをすべて解除しておこうか？　そのアラームが彼女のリンクと連携している可能性がある」

「なるほど、やって」

ロークが作業しているあいだ、イヴは廊下に目を走らせた。教会のように静かだ。その言い回しが実際はどういう意味にしろ。けれど、これらの黒いドアの奥でスクリーンを見ている者、やかましくセックスに励んでいる者、人を叩きのめしている者がいるとしたら、ここの防音装置が非常に優れていることがわかる。

「もういいよ」ロークが言った。「アラームとロックは解除された」

「すごーい」イヴはまず拳でドアを叩いた。

「マーリーン・ウィリアムソン、我々は警察です。部屋に立ち入る許可を得ています」

イヴは武器を抜き、姿勢を低くしてなかに入った。

最初ににおいが鼻をついた。死のにおいだが、人間のものでも動物のものでもない。

「照明、オン」と命じ、武器を持った手で広々としたリビングエリアを薙《な》ぎ払った。

落ちついた色合いの家具がきちんと並んでいて、異状は見当たらない。ダイニングエリアには光沢のある白いテーブルと椅子が置かれていた。死はテーブルの上にあった。透明の花瓶に活《い》けた花がだらりと垂れ下がり、なかの水が異臭を放つほど濁っている。テーブルにはしおれた花びらが散っていた。

「室内は確認するけど、彼女はここにいない。最低でも二日は帰ってきてない。コーディングしてキッチンをお願い、彼女がオートシェフを最後に使ったのがいつか確かめて」

武器を手にしたまま、イヴは廊下を進んだ。ホームオフィスとして使用している狭いバス付きの部屋。主寝室はもっと広く豪華で、埃《ほこり》が薄く積もったドレッサーの上にもしおれた花があった。

ベッドは軍隊式きちょうめんさで整えられているものの、飾りや華やかさはあった。マスター・バスの一輪挿しに入れられた花らしきものは枯れていた。

「ちがう」イヴはつぶやいた。「この花たちは今日枯れたんじゃない。きちょうめんな人ね」と、こちらにやってきたロークに言う。「表向きは――リビングエリアは保守的で、地味とさえ言える。この個人空間は自分に甘くして、ふわふわした枕やフリルのついたカーテンで飾ってる」イヴはクローゼットを開いた。

「ここもそう。片側は黒かグレーのきっちりした服――仕事用。反対側はもう少し羽目をはずした感じの服」

「彼女が最後にオートシェフを使ったのは、あの少女たちが逃げだした日の夜だった」ロークは報告した。「七時――ほぼ七時きっかり――に、夕食用のテンダーロインステーキ――本物の肉だ」と付け足す。「新じゃがいもとなすのロースト。アイスティー」

「それで枯れた花と積もった埃の説明がつく」

「少し調べてみたんだが」捜査キットから〈シール・イット〉の缶を取りだしてコーティングするイヴのかたわらで、ロークは話を続けた。「その日を含めて朝食はだいたいオムレツか半熟卵にフルーツ、全粒粉パンのトーストだ。午前七時、これもほぼきっかり。そして、ほぼ午後二時きっかりにサラダを食べている。その日の夜は七時三十八分に食洗機を使っている。朝からの食事で予測される食器のほかに、ワイングラスが一脚あった。ワインクーラーには素晴らしいピノ・グリージョの栓を抜いたボトルが一本入っていて、ワインラックには上等のワインが取り揃《そろ》えられていた」

「子どもたちを苦しめた報いを受けた」イヴは結論を言った。「彼らは逃亡騒ぎのあと、ウィリアムソンをほかの場所に移らせたか、あるいは殺した。わたしは絶対に後者だと思う。少女たちは彼女の監視の目をすり抜けただけじゃなく、彼女のスワイプカードを使って脱出した。処刑するだけの理由がある」

「判決は確定した」ロークが締めくくった。

「彼女にはまだわたしたちに教えてくれることがある。ホームオフィスから始めるわよ」エレクトロニクス関係はロークに任せるつもりだったし、マクナブが到着したら彼にも頼めるので、イヴはホームオフィスのクローゼットへ向かった。

「こっちは鍵がかかってる。いいわね」イヴは肩をぐるぐるまわした。「誰かさんには秘密があるってこと」

「鍵を開けてほしいかい？」

「それより」イヴはレコーダーを手で押さえた。「あなたのピッキング道具を貸して」

「僕が持っているってどうしてわかった？」

「いつも持ってるから。貸して」

ロークは小さなケースを取りだして、イヴに渡した。

レコーダーをふたたび作動させ、イヴは解錠に取りかかった。もちろんロークがやるより時間はかかるが、どちらにしても練習したかったのだ。

「パスコードとフェイルセーフだ」デスク・ユニットに取り組んでいるロークが、イヴに教えた。「なるほど、僕も賛成しよう、誰かさんには秘密がある」

「彼女を転居させたか殺したのが誰にしろ、それは考慮に入れてなかった。少なくともこれまではね。例の大掛かりなオークションが近づいてるし、逃亡騒ぎの後始末もあるし、ドリアンを追うハンターを野に放たなくてはならないし。忙しい、忙しい。ウィリアムソンは歯車のひとつにすぎない」

「それほど日はたってない」ロークは座って、デスク・ユニットのセキュリティを突破する作業を始めた。「彼女が自宅にいないと気づく者のことは特に心配してないと思う。警察が彼女の身元を突き止めることも心配してないよ、彼らが割れたスワイプカードの残りを発見したならなおさらだ」

「さらに」細い汗が背中を伝い、ものすごくイライラさせられる。それでもイヴは根気よく作業を続けた。「彼女は独り暮らしだし、夜は働いてる。昼間か休日に客があったかどうかは確認する。隣人たちにも話を聞く。でも――開いた！」

「おめでとう」

「ほっといてよ、ずるい男め」イヴはクローゼットを開けた。「標準的なオフィス用品と、あらら、金庫――これはあとでね。ディスク用の収納ボックスが二つ」それを引っ張りだし、ワークカウンターに載せてざっと調べた。

「なんてこと、ローク、彼らはラベルを貼って分類してる。研修生を――番号で。えーと六五番から二五三番まで。彼女は少女たちの記録をつけてた、自分のための記録」

ブザーの音に、イヴは手を止めた。「わたしが行く、続けてて」

イヴは大急ぎでドアまで行くと、すばやく指示した。「マクナブ、セキュリティを調べて、少女たちが逃亡した夜以降ここに入った者がいないか確かめて。ピーボディ、このフロアの住人たちの聞き込みを開始し、最後にウィリアムソンを見た者を突き止める。彼女はあの夜以来、ここに帰ってきてないの」

「ただちに」

「マクナブ、ここが終わったらロークに力を貸してあげて。ピーボディ、フロントにいるローハンに連絡して。わたしはセキュリティ録画画像《フィード》と来客ログが欲しいの。ウィリアムソンを――そうね、とりあえず、ここ三週間以内に訪ねてきた者がいないか知りたい。ここ五日間のロビー、このフロアの廊下、エレベーター、駐車場のフィードが欲しい」

「彼女は消えたんですか、それとも死んだとか?」ピーボディが尋ねた。

「わたしは死んだと思ってる。でも、逃亡した可能性もある。彼女のホームオフィスに金庫があった。なかに何かあるとすれば、それが何かあとで確認する。聞き込み開始」

イヴは急いでロークのもとに戻った。「状況は?」

「もう少しだ。彼女自身にそのスキルがあるのか、かなりの腕を持つ者を雇ったのか。じつに見事な仕事ぶりだよ。あと二、三分くれ」

待っているあいだに、イヴはディスクを選んで自分のPPCに挿入した。「彼女にはそのスキルがあるみたいね。ディスクは暗号化されてる。これを切り抜けることはできるけど、また時間がかかる。フィーニーを呼ぶわ」

ロークは顔をあげた。「イヴ、もうすぐ十二時だよ」

「彼は警官よ」リンクを取りだすと、イヴは連絡を取りながら主寝室を調べにいった。

旧型のリンク――緊急用のスペアとして取っておいたのだろう、タブレット、下着用の抽斗《ひきだし》に紙幣――二千ドルがしまわれていた。

「泥棒はそんなところなんて探さないみたいにしまっちゃって」

セクシーな下着、けれど女性用のおもちゃしかないところを見ると、ひとりで楽しんでいたらしい。決まったベッドの相手はいない、とイヴは判断した。

柔らかい絹のような生地の下着とナイトウェア、シンプルで重宝しそうな装身具、実用的な靴はビジネス用、セクシーさを強調する靴はパーティ用。

「でも、あなたはあまりパーティには行かなかったんじゃないの、マーリーン？　ここにあるものはすべて、それがあなたのねじれた途方もない空想の世界での出来事だと物語ってる。あなたにはちゃんと有給休暇もあるのかもね。そのときがパーティタイムかもしれない。ここではないどこかで羽目をはずす。

何かわかった？」イヴは振り返りもせず、ピーボディに聞いた。

「彼女のことをよく知る人はひとりもいません、少なくともこのフロアにはいませんでした。向かいの部屋に住む女性から少しだけ話を聞きました。彼女はウィリアムソンが夜働いてることを知ってて、それは朝ジムに出かけるとき、ウィリアムソンが帰ってくるのを何度か見かけたからだそうです。彼女は週に一度リモートで在宅勤務をしてるから、午後にマーケットに買い物に行くときも、たまにすれ違うことがあるそうです。でも、会えば会釈を交わす程度だと言ってました」

ピーボディはメモを見た。「訪問者を見た覚えはないけど、ウィリアムソンが近所づきあいをしたくない空気を発していたので、話しかけないことにしてたとか。

廊下の先に住んでる男性は、彼が友人に会いにいき、彼女が仕事に出かけるとき、たまにエレベーターで一緒になったそうです。彼が尋ねると、彼女は夜働いてると答え、そして拒絶するような態度を示した――と彼は言ってます」

「わかった、そのフィードを手に入れて。わたしはeチームの様子を見てくる。フィーニーもこっちに向かってる」

ホームオフィスに戻ると、マクナブはデスク・ユニットの前についていて、ロークはクローゼットのなかでしゃがみ込み、かたわらの金庫の扉は開いていた。

「ログインできたよ」マクナブがイヴに言った。「俺はファイルから始めてます。ウィリアムソンは疑い深い母親だね、ダラス。何から何まで暗号化してる」

「フィーニーが来るわ」

「それも悪くないけど、でもここには俺たちがいるし、ロークなんてほんの五秒くらいで金庫を溶解したよ」

　隣にしゃがみ込むと、ロークが宝石ケースを取りだした。「本物なんでしょ」

「そうだろうな。シンプル、優雅、見事な台、見事な石」ロークはケースを開き、中身が見えるようにした。ネックレス、ブレスレット、イヤリング、指輪。「ちょっとした美しいコレクションだね」

「いくらぐらいになると思う？」

「一見しただけで？　二十万ドルくらいかな。保険をかけてあることがわかれば、正確な値段もわかる。こっちも見てごらん」ロークは別の箱を取りだし、開いた。「たっぷりの紙幣」

「彼女は下着用の抽斗に二千ドル隠してた。こっちはもっと多いわね」

「合わせてだいたい……五十万というところかな。賢いね、銀行に全部預けないのは。彼女はしかるべき金額より多くもらっているようだ。そして彼らは危険を避け、少なくともある程度は現金で支払っている。そのほうがあらゆる点で資金を洗浄しやすい」

「彼女は姿を消したんじゃない。こんなものを全部残して逃げるわけがない。現金は必要になるし――ここにはパスポートもある、それに使ってない予備のリンク。逃げるなら、宝石も、現金も、パスポートも、未使用のリンクも持っていったでしょう。彼女は逃げなかった」

イヴはしゃがんだまま踵に体重を乗せた。「ここには何もない、彼女の寝室にはアカデミーを感じさせるものは何も見つからなかった。あのディスクと彼女の個人的なファイルを調べないと」

「もうすぐだよ」マクナブが言った。

イヴは立ち上がった。「全部セントラルに持ち込みましょう。そこなら道具もあるし、そのほうが速い。フィーニーに連絡して、ここじゃなくそっちで会おうと伝えて。わたしは念のため細部を確かめる。わたしの判断が間違ってて、彼女が二、三日のうちに穴に隠れてるところを見つかるなんてことになるといけないから」

イヴは室内を見まわした。「押収して。ピーボディとわたしは再度このアパートメントをとことん捜索し、セキュリティフィードを確認してからあなたたちと合流する。あなたに言っておくけど――」

ロークは遮った。「言われなくてもわかっている」

イヴは肩をすくめた。「条件反射みたいなものよ。セントラルで会いましょう」

イヴはこまかい指示を与えるため歩き去った。

けれど、自分は間違っていない、とイヴは思った。マーリーン・ウィリアムソンはトンネルを抜ける最後の旅に出たきりもう戻ってこない。

19

ピーボディと共に、ウィリアムソンのアパートメント内のあらゆる抽斗《ひきだし》、クローゼット、キャビネット、小部屋を捜索した。しかしアカデミーやそこを運営している者につながるものは何も見つからなかった。

セキュリティ集中管理室《ハブ》でフィードをつぶさに眺め、ウィリアムソンはマイナ・キャボットが殺害された夜の二〇〇〇時に自宅を出たことが確認された。

その後、どの時間のどのフィードにも帰宅したところは映っていなかった。

三十日間の来客ログに、ウィリアムソンを訪ねるためにサインインした者はひとりもいなかった。

行き止まり《デッド・エンド》だ。あらゆる点で。

「コーヒー」車に乗り込むなりイヴは言った。

「ああ、いいですね」心からのため息をつき、ピーボディはそれをプログラムした。「彼女が生きて隠れてる確率はゼロ以下です。でも、スワイプカードを盗まれただけで本当に処刑されたなら、ずいぶん残酷な気がします」

「子どもたちを盗んで変質者に売るのも残酷」

「ええ、そのとおりです」ピーボディはコーヒーを飲み、あくびをし、また飲んだ。「でもそれが、彼らにとってはビジネスなんですね」

「これもそうだった。従業員をクビにするか懲らしめると、その従業員は腹を立て、怒りまかせに警察と取引しようとするかもしれない。なんでそんな危険を冒すの？」

「死人に口なし」ピーボディは言った。

「死人は語るわよ。死んでようが生きてようが、ウィリアムソンはわたしたちにいろいろ教えてくれる。電子オタク《eギーク》たちが彼女の暗号を解読したら、もっと語ってくれる。今のはことわざなんでしょ？」

「ええ、それは――」

「そういうことわざのせいで、バカなことをしでかす者もいるの。〝オーケイ、もう死んだ、これで片づいたぜ〟でも、そうはならない。殺人課の警官を超えられる者なんていない。おまけに、なぜこのゲス野郎たちが彼女のアパートメントを消し去ることを考えなかったかわかる？　彼女はなんの価値もなかったから。彼女もただの番号にすぎなかった。夜勤メイトロンのウィリアムソン、従業員番号何番。使い捨てにできる。そして彼らに何百万ドルも失わせた。彼らにとって肝心なのは利益なのよ」

イヴはセントラルの駐車場に車を乗り入れた。

「彼女はある程度の年月そこで働いてました」ピーボディが言い添えた。「おそらく、頭を低くして仕事に励み、波風を立てなかったはずです。彼女が記録をつけてたなんて誰が思うでしょう？　自分が預かった子たちの、という言い方でいいですかね」

「囚人」イヴは訂正し、エレベーターへ向かった。「経歴データによれば、彼女は刑務所の看守だった。この組織に加わる前、アッティカの刑務所で十年勤務してた」

エレベーターに乗り込むと、イヴはEDDのフロアを命じた。「彼らはきっとスカウトしてるのよ」と話を続ける。「刑務所とか少年院とかで。適格性を確かめるため、詳しい身元調査と精神鑑定をおこなう。彼らはすべてに納得するタイプを求めてるから。給料ははずむ、嬉《うれ》しい特典も与える――それに電撃棒《ショック》で子どもたちを打つ機会も」

「精神鑑定。たしかに。彼らは雇った者たちがサディストで反社会的人間《ソシオパス》であることを知っておく必要があるから」

「たぶん――ほぼ間違いなく――最初の数カ月、というより一年は従業員を監視する。そのあとは抜き打ち検査。依存症の者や、配偶者や絆《きずな》の深い家族がいる者は用心して避けなければならない。ウィリアムソンのような者は？　親密な間柄の者はなく、きちょうめんで、ルーティンをいとわず、時間を厳守し、ほどほどの欲がある。彼女はきっと従業員の鑑《かがみ》だったでしょう、ドジを踏むまではね」

うか」

「わたしはその身元調査を経て〈レッド・スワン〉に転職した従業員の検索を始めましょうか」

「やってみて」とイヴは言い、二人はエレベーターを降りた。「ここ五年間ということにする。ひとり見つかればいいのよ。生きてる者がひとり見つかれば」

イヴはまっすぐＥＤＤのラボへ向かい、ガラス壁を透かして作業中のｅチームを眺めた。フィーニーはそっけないベージュのシャツ姿で、ゆるめた汚らしい色のネクタイはねじれている。マクナブは赤いバギーパンツと、アトミックカラーの渦巻き模様がついた赤いＴシャツ姿で、細い腰をぴくぴく動かしている。そしてロークは、なぜかまだパリッとしている淡いグレーのドレスシャツの袖を肘までまくり、髪を後ろで結わえていた。

そこにはカレンダーも加わっていた。最強のラインアップを完成させた彼女は、青と緑のストライプのバギーパンツ、お日さま色のタンクトップという姿で、新しいヘアアレンジはインクブラックのショートボブに、虹色の房飾りや羽根飾りがついているという奇抜なものだった。

イヴはドアを押してなかに入った。騒音レベルは図書館の静けさから夜のクラブのやかましさに跳ね上がった。

音楽はがんがん鳴るというほどではないものの、間違いなく躍動している。ｅチームがコミュニケーションを取るたび、会話の断片が——異星人のフェレンギ人でもなければ聞き取れないかもしれないが――その音楽を切り裂いた。

マシンはビーッ、ブーッ、カタカタという音を立てている。

室内にはコーヒーの香りと、そのマグやフィジーから立ち昇る砂糖のにおいと、それほど減っていないドーナツの箱から漂うにおいが充満していた。

「まったく、どうしたらこれでちゃんと考えられるの？」イヴは声を張り上げた。

カレンダーが肩越しに振り返った。「おっと、ママが帰ってきた。音楽を止めて。これが鳴ってるほうが考えられるのよ」音がしだいに小さくなるとそう言った。「ほら、糖分による興奮《シュガーラッシュ》みたいに」

「彼女を仲間に加えたんだ」フィーニーが作業の手を止めずに言った。「解読しなきゃならないデータが山ほどあるし、急ぎたかったんでね」

「それは賛成。何か手に入れた？」

「ウィリアムソンはきちんとレイヤーを重ねてあった」ロークが言った。作業に熱中しているときはたいがいそうなのだが、ロークのアクセントはいくぶん強くなっている。「しかも、クソいまいましいことに、もうひとつあった。僕にはわかったけどね。これが見えるかい、イアン？　彼女はこのクロスジャブをロールダウンとツーステップで挟んでいるんだ」

「いくらなんでも、やりすぎだよ。手を貸してほしい？」

「いや、もう大丈夫だ。ほら、このロールダウンは見せかけだ。トリプル・スラッシュと反転したアンパサンドと馴《な》れ合いになっている。よくできてはいるが、こんなものはたやすく……ほらそこに。見つけたぞ」

「何を見つけたの？」マクナブのシャツのように頭が渦を巻いていたイヴは、詰問した。

「いったい全体、何を見つけたのよ？」

「あの少女たちのファイルを手に入れた──少女たちの今から遡って二年半分の記録。ウィリアムソンはコードを変更したから、カレンダーはその前の二年間、フィーニーとマクナブは彼女の個人的記録をやっている」

「見せて、誰かひとり見せて」

ロークは最初の少女をスクリーンに表示した。

「この顔は見覚えがある。彼女はボードに載ってた。見せて──ううん、あなたが手に入れたもの全部を会議室に転送して」

「どの会議室？」

「わたしたちは第一会議室にいる。ピーボディ」

「一緒に行きます」

「住所が欲しい」ラボを出しなに、イヴはぴしりと言った。「場所を知りたい。従業員の検索」とピーボディに言う。「さっそく始めて。頼むわ、ひとりわかればいいのよ」

「わたしはここでマクナブのマシンを使えます。殺人課にあるものよりずっと高性能です。結果は会議室に送ります」

「そうして」

　イヴはひとりで下へ向かい、グライドを駆けおりた。スワイプカードを使って会議室に入ると、ボードに目をやったままオートシェフまで行った。自分のコーヒーの香りにほっとしながら、その少女を見つけた。

「ジェイシー・コリンズウォース、十二歳、デトロイト」ロークがスクリーンに転送してくれたデータと並べ、顔とデータが同じであることを確認した。それだけではなかった。

　ウィリアムソンはその少女が〝入学を許可された〟日を記載し、健康状態と彼女が〝矯正〟と呼ぶものについて簡単な報告を記していた。歯科治療、肌と髪の管理、運動と栄養摂取。

　ジェイシーは甘やかされて育ち、扱いにくく、反抗的な、言語能力が貧困で罵り言葉を多用する子だとイヴは見なした。身体的には攻撃的で、躾《しつけ》と薬物による修正が必要とされた。

　目を引くのは、躾とその方法の日時、薬物を投与した日時だ。

　態度や言動が改善されるのに七週間かかっている。

　ウィリアムソンは研修が進むなかで、スキルレベル――彼女のものさしで測ったレベルだろう、とイヴは思った――を書き留めている。研修生は最大の潜在能力に到達するため、毎日自分に合わせて調合された薬を少量服用する。ジェイシーのレベルは十段階のうち八まで達していた。

ウィリアムソンはジェイシーのオークションでの価格を六百万ドル、メイトロンかつ躾係としての自分のボーナスは六百ドルと見積もっていた。彼女の付記から、これは期待外れだったことが読み取れる。

イヴはボードに加えた三人を含め、少女たちをひとりずつ読んでいった。

そして、マイナ・キャボット。

「あなたは覚えが早かったでしょ?」ウィリアムソンのデータを読みながら、イヴはつぶやいた。「調子を合わせて、脱出の機会を待つ。このビッチのメモによれば、最初はわがままで強情だったけど、協力的で、従順で、なんでも学びたがる子になったとか。あなたのレベルは十段階の十、オークションの見積もり価格は千二百万から千五百万ドル。だから夜勤の看守には最大千五百ドル入る。彼女はあなたを成功と評価してる」

イヴはデータを読み、歩きまわり、また読んでは歩いた。

自殺したとドリアンが言っていた子がいることは、ウィリアムソンのメモで裏づけられた。彼女は給料から千ドル差し引かれた。失敗。

「彼女は少女たちに評価をつけてるの」イヴは振り返らずに言った。ピーボディが入ってくる足音が聞こえたのだ。「段階は一から十まで。彼女はドリアンのことがほんとに気に入らなかった。あの子にショック棒を使ったことが二十回以上ある。彼女は厳しく躾けた甲斐《かい》があったと思ってて、あの子の評価を十段階の九にし、オークションの価格を千二百万ドルと踏んでる。生意気な子が好きな買い手もいるから。

生意気な子」とイヴは繰り返した。「その評価どおりなら、彼女はボーナスとして千二百ドルもらえる。少女たちの誰かが死ぬと千ドル差し引かれるの。抜かりのないビジネス。うまくいけば、利益の配分を受け取る。失敗すれば、自腹を切る」

「大丈夫ですか?」

「いたって順調。まだ六カ月分しか読んでないのに、すでに三人追加したのよ。幼い子。六歳から十歳」

「わたしも二人見つけたと思います」

「二人って?」うわの空で振り返り、それから頭がはっきりした。「検索で?」

「はい。検索はオートで続けてます。これを早くお知らせしたかったから。スクリーンに表示しましょうか?」

「ええ、ぜひぜひ」

「わかりました、一人目はマクシーン・プライアー、元軍人、十六年前に名誉の、とは言えない除隊。二〇五六年から二〇五八年までアトランタのメトロステート刑務所で看守として勤務。そこでも軽い処分を受けてます。彼女は〈レッド・スワン〉に警備員として雇われた。住まいはアトランタになってますけど、住所がデタラメでした。そこで深く調べたら、チェルシーに該当するものがありました。L・M・プライアー名義、彼女は髪の色を変え、顔も手を入れてますけど、何もかも一致します。一度結婚し、十五年前に離婚。子どもはいません」

「よくやった。次を教えて」

「セシル・B・ドゲット。彼はボルティモア・シティの警官になり、十二年勤務したが、過剰な制圧行為、恐喝、上司の命令無視によって解雇される。メリーランド州の地方にある軽警備刑務所の看守の職を得たのち、ここ五年間は〈レッド・スワン〉で採用担当者として勤務してます」

「上品な会社ではスカウトのことをそう呼ぶの？　住所は？」

「メリーランド州、ボルティモア近郊。彼は自分名義の黒いバンを所有してます。配偶者や子どもはいません。さらに掘り進んでみたら、豪邸、ボート、パンサーZXコンバーチブル・ロードスターも所有してました。彼は申告してる年間賃金よりかなり豪勢な暮らしをしてます」

「スカウトには売り上げの何パーセントが戻るのかしら。これはいいわね、ピーボディ。まずはマクシーン・プライアーを起こすわよ」

「令状はいりますか?」

「彼女は真っ先に自分の上司たちと彼らの弁護士たちに連絡するでしょうね。なんとかそれを思いとどまらせないと。マーリーン・ウィリアムソンを利用できる。あなたは不利よ、あなたは死ぬわよ。それから——」

イヴは言葉を切った。マクナブが軽やかな駆け足でやってきた。

「到達した」走ってきたために少し頬が赤いマクナブは、成功の喜びを顔に浮かべている。「まいったよ、こだわりすぎの何層ものレイヤー、粉々にされたファイル」

「場所は、マクナブ」

彼が住所を読み上げはじめると、イヴはスクリーンに地図を表示させた。「わたしが候補に入れたやつだ。そこは何をやってるところ?」

それを呼びだす前に、マクナブが教えた。「〈リライアブル・デリバリーサービシーズ〉のデリバリーハブ兼倉庫。九十年か百年前ぐらいに創業して世界中に展開してる。だけど本部は昔からずっとニューヨークにある」

「その建物の所有者は?」

「そのビジネスの経営者と同じ男が所有してる——一切合切」マクナブは説明した。「ロークはその男を知ってるよ、少しだけ。みんなこっちに向かってるけど、警部《キャップ》が先に飛んでいけって言うから飛んできた」

マクナブはいったん話をやめ、ハアハアと荒い息をついた。

「ジョーナ・K・デヴロー、彼が二十何歳かのとき、専用シャトルが日本海に落ちて両親が死亡し、ビジネスを受け継いだ。彼は全財産を手に入れた」

「すでに数十億ドル規模の事業だ」会議室に入ってきたロークが補足する。「彼の監督のもと、事業は円滑に続いている。もっとも彼は、ここ十年かそこらは事業を拡大していないがね。彼はニューヨークでの住まいとしてロングアイランドに本宅を構えている。ほかにも、たしか南フランスとケイマン諸島に別荘があるはずだ。まだ確認していないが、それ以外にもあるだろう」

「その男を知ってるの？」

「ほんのいくらか。彼がまだ少年の頃に両親が設立した基金があって、僕が支援しているいくつかの企業にも、惜しみない寄付をしている。彼とはチャリティーイベントで数回接触したことがあると思うが、ここ数年は一度も顔を合わせていない。まあ噂《うわさ》にすぎないが、彼は自分の家で過ごすほうが好きらしい。結婚は一度もしていない。ただし女性関係は派手なことで知られている。たいがい相手はプロで若い女性のようだ。子どもは相手にしないよ」ロークは急いで付け加えた。「そんな噂は耳にしたことがない。知っていれば、とっくにきみに教えていただろう」

「若いってどのくらい？」

「二十代か三十代。彼は現在六十代か七十代になったばかりで、若い女性を好むのはさほど珍しいことではないだろう」

「彼のことをもっと知りたい。ビジネスのこと、〈レッド・スワン〉のこと」

「それを手に入れるために僕たちはここにいるんだ」フィーニーがイヴに言った。「カレンダーは上で〈レッド・スワン〉のほうを推し進めてる。僕たちはデヴローやリライアブル・デリバリーサービシーズを調べるのに高性能機器を必要としないから、ブルペンを使えると判断した」

「どうぞ使って。その建物についてわかることは全部手に入れてほしい。入手できるなら至るところを知りたい」

「任せとけって。もう一時間くれ」フィーニーは目をこすった。「あと大量のコーヒーをくれ」

イヴは時間を確かめた。なぜか午前四時を過ぎていた。

「時間についてはたしかなの？」

「一時間だ」フィーニーは確約した。「もっと少なくてすむかもしれない」

「なんでも必要なものを使って、なんでも必要なものを飲んで。ピーボディ、さっきのを続けて。何人の者を〈レッド・スワン〉に結びつけられるかやって、検索にデリバリーサービスも加えましょう。そっちにも人が必要なはず、彼が本業として隠れ蓑《みの》を経営してるとしてもね」

ひとりきりになると、イヴはボードを振り返った。自分はあの少女たちにたどりつくだろう。いいえ、なんとしても彼女たちを救いだす。

そのためには、もっとデータが必要だ。人手も必要だ。

リンクを引っ張りだし、イヴは人を集めはじめた。

カーマイケル巡査を含むブルペンの部下たちに連絡した。レオ、ウィロビー、SWATのローウェンバームも加えた。気は進まなかったが部長を起こし、その建物が川の近くにあることを考えて、空と海からの応援を要請した。

それから椅子に腰をおろし、会議室のコンピューターを使って自分でもデヴローを調べてみた。EDDはきっと必要なものを手に入れてくれるだろう。けれど、イヴは金持ちの――とてつもない金持ちの男たちのことを考えた。彼らがおしゃれな女性――あるいは男性――に腕をまわしている姿がいかに社交欄を賑《にぎ》わすかを。

イヴは過去に戻り、デヴローがエスコートしていた女性たちの写真や名前を調べることにした。〝アンティにはパートナーがいる〟というドリアンの言葉を思い出す。

デヴローはビジネスと趣味を混同しているのかもしれない。あるいはかつてそういうことがあったのかもしれない。彼はどこかでそのパートナーと出会い、関係を築き、相手との信頼を固めなければならない。

目が焼きつくようで、数分でいいから閉じさせてくれと懇願している。首筋は針金のようで、肌の下でうなったりよじれたりしている。

もうすぐ強壮剤《ブースター》が必要になるだろう。できれば服用したくないが。

イヴは写真と短い記事に目を通した――タキシード姿のデヴローと、華やかなロングドレス姿の女性。洒落《しゃれ》たスーツと、洒落たカクテルドレス。

ブロンド、ブルネット、赤毛、曲線美、ほっそり、と相手はさまざまだが、彼女たちには共通点がある。若くて、目を奪われるような美人。

けれど何ひとつ、誰ひとり、ぴんとくるものがない。知名人、遺産相続人、セレブ、トップモデル。

目がぼやけてきたので、こすってはっきりさせた。もっとコーヒーを飲もうかと考えた。

こんなことは時間の無駄だと思い、集中がそれてあやうく見過ごすところだった。

その写真は二十五年以上前のもので、メトロポリタン美術館で開催されたメット・ガラをセレブ雑誌が特集していた。豊かな金髪のデヴローが、均整のとれた女性の腰に腕をまわしている。女性は体に張りつく赤いロングドレス姿で、見事な胸と、同じく見事な、流れ落ちる滝のようなダイヤモンドとルビーを誇示していた。シルバーがかった淡いブロンドヘアを肩まで垂らし、片側だけ耳の後ろへ持っていき、キラキラ輝くピン飾りで留めていた。

白鳥の形をしたルビーのピン飾り。

「〝ダイヤモンドとルビーの髪飾りをつけたアイリス・ビーティは〟」イヴは読み上げた。

「〝〈レッド・スワン〉の悪名高きマダム、とみずからの過去を語る。彼女はクライアントたちと触れ合いながらメット・ガラの高尚な雰囲気を楽しんでいるだろうか。従来どおり慎重なミズ・ビーティは、性労働者が認可され合法になった今でもクライアントの名は明かさない〟」

アイリス・ビーティ」イヴはコンピューターに命じた。「公式IDとデータを表示」

年は重ねたもののいまだに美しいその顔を眺め、氷のように冷ややかな目を覗《のぞ》き込んでいたら、そこに捕食者が見えた。イヴは立ち上がり、髪を指で梳《す》き、歩きながら彼女の経歴を読んだ。

「あらまあ。あなたを捕まえた」走り寄ってくる足音は無視して、イヴは続きを読んだ。

「〈レッド・スワン〉」カレンダーが誇らしげに言った。

「アイリス・ビーティ」

「えー、マジか」息を吐きだし、カレンダーはスクリーンの画像を眺めた。「あたしたちはダラスのeスキルをずいぶん過小評価してたわね」

「警官のスキルよ。eスキルはほとんど使ってない。彼女がデヴローと一緒に写ってる写真を見つけて、彼女はバカみたいな赤いスワンのピン飾りを髪につけてたの」

「いい根性してるわ」

「あなたはどうやって見つけたの？」

「彼女はバカみたいな本を書いてたの、もう知ってる？『レッド・スワンの飛翔《ひしょう》』。検索してたらひょいと現れた。二十年代に流行《はや》った高級エスコート・サービス。彼女は長期にわたって、一発数千ドルの料金が払える客にデート相手を見つける商売を続けてた。あたしが読んだあらすじによれば、その本にはゴシップがいっぱい載ってるみたいだけど、誰が誰を買ったとかそういうことについては、知らん顔をしてる。その本を執筆したのはセックス労働が合法になって規制されたあと。

それであたしは彼女をデヴローと結びつけた――昔なじみですって。ただの友人じゃないかも。そしてデヴローは、彼女がエスコート・サービスを始めるとき資金援助した」

「それはまだやってるの？」

「やってない。彼女は売り払って引退した」

「売り払ったのは事実でしょうね。合法、規制、監視、書類仕事、ライセンス料金、税金？　利益に食い込む。それに初期の頃の客はきっと、彼女に――さっきなんて言ってたっけ――知らん顔してもらうために、法外な料金を支払ってた。でも、彼女は引退してない。方向を変えただけ」

「そうみたいね。彼女の公式データの住所はというと、引退して移り住んだと思われるフランスの農場。インチキ。そして経済状況のデータは、ざっと見ただけだけど、なんか怪しい」

「どんなふうに怪しいの？」

「もっと持ってるはず。それに信用取引はやってない、まったくなし。全部キャッシュ。そして出ていくのも入ってくるのも、だいたいドルに固定してる——それかユーロ。どんなことでも」

「それも隠れ蓑ね。調べればわかる。彼女はニューヨークにいる。隠れ蓑はもっと増やすつもり。もっとたくさん。わたしたちはそれを調べて、それを見つけだす。でもまずは、彼女を見つけだす」

イヴはふたたび時間を確かめ、例の一時間が過ぎたことに気づいた。

「顔認識システムにかけてみてくれる？　別のIDが現れるかも。待って」イヴはコンピューターに移動しはじめていたカレンダーを呼び止めた。「スワンを試して——彼女にとっては意味のある名前でしょ。アイリス・スワンから始めて、フランスも探してみて」

カレンダーがその作業に取りかかると、イヴはドアのほうを向き、ピーボディを見た。

「ほかのみんなももうすぐ終わります」ピーボディが言った。「わたしはあと五人見つけました、ダラス。九五パーセント以上の確率の者」

「ボードに載せて」

「元警官と元軍人――少なくともこの五人はそうです」ピーボディは彼らをボードに載せた。「元警官はスカウトとして、元軍人は看守や警備員として採用してるようです。どちらにしても、これまでのところは。看守に女性二人と男性ひとり、スカウトに女性と男性ひとりずつだと思います」

ピーボディはこちらを振り向いた。「〈レッド・スワン〉を調べてたら、住所が存在しないコンサルティング会社が出てきたんです。ほかにも二、三。ウィスコンシン州のダンスカンパニー、これは合法に見えます。〈シグ・ルージュ〉という名称の会社はプロヴァンス――フランス」

「フランス」イヴは繰り返した。

「ええ、そこは――えーと――ビデオ撮影です」

「そこはつながるわね」

ピーボディはひと呼吸おいた。「そうなんですか？」

「ほかには？」

「その昔に消滅したエスコート・サービス。廃業してから十年近くになります」

「それはどう定義するかによるわね。彼女は運営してた」イヴはアイリス・ビーティのID写真をスクリーンに再表示するよう命じた。

「あれは――」

「わたしには確信がある、あれがアンティよ。アイリス・ビーティ」

「別名アイリス・スワン」カレンダーが告げた。「フランスのＩＤ」

「彼女のデータを確かめれば」イヴは言った。「隠れ蓑のビデオ撮影会社と住所が同じだとわかる」

「フランスまで行くんですか？」

ピーボディの問いは無視して、カレンダーがスクリーンに並列表示させた写真を見比べた。「スワンは髪を変えてる――長くて色も濃い。でも、それ以外は変えてない。虚栄心――彼女は自分の顔が好きなの。そして彼女はフランスにはいない。このニューヨークにいる」

これでもう、あなたのことがわかるわ、とイヴは胸のなかでつぶやいた。

「わたしたちは現地の当局に情報を与える」イヴは先を続けた。「彼らがその場所を急襲してくれるでしょう。ヨーロッパに少女たちを送り込みたいなら、ヨーロッパに拠点があるほうが便利よね。彼女はそっちの抜き打ち検査をする。そこまでひとっ飛びして、問題なく運営されてるのを確かめる。でも、彼女はニューヨークで暮らしてる。その場所がメインの拠点なの。

わたしはその罰当たりな建物のデータが欲しい。ピーボディ、入手できるものはなんでも手に入れて。九十分後に総括ブリーフィングをおこなう」

「誰が説明するんですか?」

「誰も彼もよ。さあ行って」

イヴはボードまで戻った。「そう、彼女はこの者たちを見つけたのよ。カレンダー、経済状態の調査を開始するわよ。まずはマクシーン・プライアーから。何か怪しい動きがないか、第二の口座がないか、何か――」

イヴはいったん口を閉じた。こちらに向かってくる複数の足音が聞こえる。「それはあとにしましょう」入ってきた彼らに文句を言いかけたが、フィーニーの目が輝いているのを見て思いとどまった。

「わたしから先に」すでにビーティがスクリーンに表示されているので、そう言った。「アイリス・ビーティ、元セックス労働者、廃業したエスコート・サービス会社〈レッド・スワン〉の元所有者兼経営者、ジョーナ・デヴローの元愛人。彼女のことはアンティと呼んで」

「でかした、カレンダー」

カレンダーはフィーニーに向かって、肩をすくめてみせた。「ダラスとあたしは同時に彼女を見つけたみたい。ちがう角度から、同じターゲットを」

「彼女はIDを持ってた。フランスのID、アイリス・スワンという名前で。それぞれの名義のフランスの住所のひとつは幽霊会社、もうひとつはビデオ撮影会社と称してる」

「それも隠れ蓑だな」フィーニーはオートシェフにコーヒーを取りにいった。

「おそらくね。それにおそらく、研修施設か、少女たちを出荷するための一時保管所を兼ねてるかもしれない。いっぽう、ピーボディはニューヨークの〈レッド・スワン〉の従業員を七人見つけて、身元を割りだした。ニューヨークの〈レッド・スワン〉はモバイルのコンサルティング会社と称し、実在住所は持ってない」

「便利だな」

「あなたの番よ」

「デヴローには合法的な金がうなるほどあり、株や投下資本もある」フィーニーが説明を始めた。「リ《R》ライアブル・デ《D》リバリー・サ《S》ービシーズは非公開会社で、彼は単独の所有者であり、がっぽり稼いでる。我々が発掘した二つの陰の口座は必要としてないようだ。もっと深く調べないといけないな」フィーニーは言い足した。「あの男はその点に関してはアホじゃないから、少し時間がかかる。お次は……きみの番だ」とロークを指さした。

ロークはいつのまにか着替えていた。ドレスシャツとスーツのズボンではなく、黒いTシャツとジーンズ姿になっている。

「彼はスイスにある法人口座らしきものの登録者だ。そこでは古典的な手を使い、その有《L》限《L》責《C》任会社に〈シグ・ルージュ〉という名称をつけている」

「レッド・スワンをフランス語にした」

「そのとおり。ネヴィス島にも〈RSプロダクションズ、LLC〉という会社を持っている。どちらも現在の残高は二億ドル以上で、どちらもアイリス・スワンは取引の登録者に名を連ねている」

「あなたも彼女を捕まえてたのね」イヴは感嘆のため息をついた。

「三度目の幸運だ」ロークは話を続けた。「金の流れから、これらの口座は明らかに彼らがおこなっているビジネスの費用を支払うため、そして利益の一部を移転させるためのものだとわかる」

「そしてすべての件に関して彼らを結びつけてくれた、しっかりとね。根城。わたしはその根城が欲しい」

「ここのマシンにコピーを送っておいた」ロークはこちらに近づき、カレンダーの後ろをまわって、何枚かの青写真をスクリーンに表示させた。「これらは正式に提出されたものだ。見ればわかるように、メインレベルにはロビーエリアがあり、客は配達してほしい品物を持ち込む。事務職員なんかが働くオフィス、梱包《こんぽう》した荷物、箱、木箱などの保管エリアもある。地下のガレージはトラック、バン、その他の車用と、出荷エリア、搬出入口。上階にはオフィス、保管エリア、会議室、従業員のロッカールームや休憩室がある」

「それはおかしい」イヴは首を振った。「オフィスが場所を取りすぎてる。そこは絶対、誘拐した子たちを収容するための場所じゃない」

「そうだね。無駄な空間が多すぎる。ここは将来的な構造と計画のための場所だろう。僕たちが確信しているこの建物を利用する目的と、さらにその目的のための充分な資金を考慮に入れると、上階はもっと活用しやすくする必要があると思った。正面玄関を除けばすべて不法に、許可なく改造できるかもしれない」

「それじゃ、わたしが作戦を練る助けにならない」

「そうだね、でもこれならどうかな」

ロークは別の青写真をスクリーンに表示させた。その構造の細部、スペースの使い方を見るなり、イヴは公立学校《ステートスクール》時代の記憶がさっとよみがえった。

「どうやってこれを手に入れたの？　無理よ——デヴローのファイルをハッキングして手に入れたデータは使えない。そこから得たものは何ひとつ証拠として通用しない」

「僕がこういう仕事をするのは今日が初めてに見えるか？」フィーニーが自分の顔を指さした。「誰に仕事を教わったのか思いだすんだな、嬢ちゃん。我々は自分たちの判断に従う。ロークはどこかに青写真があるはずだと判断した。いくら網の目をすり抜けていようが、向こうだって計画は練るはずだ。ロークはちょちょいと調べ——どんな線も越えずに——デヴローが気に入って使ってる建築家を見つけた」

口を開こうとすると、フィーニーは指を立てて制した。「僕は地方検事《PA》に連絡し——いきなりトップに連絡し、借りを返してとお願いした。昔の知り合いでね。すんなりとはいかなかったが——説得するのに情報を見直したりしたから——そのファイルをサイバーサーチする令状を手に入れた。そして見つけた。きれいなやり方だ。被告側弁護士はぶうぶう言うかもしれないが、こいつは正当なものだ」

「わかった、わかった。この図面は十年前のものね。彼らはこれをけっこう長いことやってる」

「この建物はもともと倉庫で、下層レベルはオフィスになっていた」ロークが説明を代わった。「その青写真はあるが、彼らは土地占有面積を使って、自分たちの必要を満たすように再構成したと言えば充分だろう。ここには少女たちを収容する部屋がある。そういった小部屋や浴室が四フロアあり、各フロアにおそらくスタッフ用と思われる休憩エリアがある。この広いエリアは研修エリアや教室だろう。エレベーターも各フロアに一基ある。窓はない。階段には強化ドアと警報器がついている」

「メインレベルには」イヴはあとを引き取った。「隠れ蓑のデリバリーサービスのロビー、保管エリアと作業エリア、搬出入口とガレージへの経路がある。それとセキュリティハブ。その上の階はスタジオ、シャワーエリア、キッチンエリア、セキュリティハブ、教室。そのいちばん奥にバスルームとエレベーターがついた広いオフィス——ビーティのオフィスでしょうね。下層レベルは診療室、病室、掃除用品入れ、従業員用ロッカールーム。最上階には」とイヴは続けた。「窓がある。プライバシースクリーンが降りてるだろうけど、窓がある。広々としたスペース。リビングエリアとダイニングエリア、パウダールーム、広いキッチン、広い寝室とバスルーム、ホームオフィス、ホームジム、娯楽室。彼女はそこに住んでる。アンティは素敵なペントハウス・アパートメントをあてがわれてる」

イヴはポケットに両手を滑り込ませた。どんな疲労を感じていたにせよ、それはもう消えていた。

「トンネル。どちらの図面にも地下にトンネルが延びていた。正式な図面によれば古いトンネルはふさぐことになっている。でも、彼らはそうしなかった。そのトンネルはどこに続くの？」

「それはわかっているし、見せられるが……マクナブ」ロークは彼のほうを向いた。「見つけたのはきみだ」

「彼らがそこを通って死体を運びだしてるなら、処分する場所に近いほうがいいと彼らが思うことを見抜かなければいけない」マクナブは手を伸ばし、指で軽くピーボディに触れた。「子どもたちにそんなことをすると考えるだけでぞっとするよね。エレベーターを降りたら東へ行き、分かれ道を南へ行く。そうするとその上に何があるか。〈クワイエット・レスト〉。葬儀場と火葬場だ」

「素晴らしい。みんな、ほんとによくやってくれたわ」イヴは髪を掻《か》き上げた。「その葬儀場について何もかも知りたい」

「手に入れてあるよ」マクナブが言った。

「全員でそこに乗り込むわよ」

スクリーンを眺めながら、イヴはその前を行ったり来たりした。どうやればうまくいくかは見える。焦ってはいけない、そう簡単にはいかない。でも、きっとうまくいく。

「オーケイ、メンバーには声をかけてあるの、ウィロビー、巡査たち、SWATからローウェンバーム、部長、レオ。マイラにも加わってもらう。どうやればうまくいくかはわかってる。それを今から話し合いましょう。問題点があったら、彼らが到着するまでに修正する」

20

問題点はある。あのサイズの建物、地下のトンネル、セキュリティ、なかに敵が何人いるかは不明。さらに、未成年の民間人が何人いるかも不明だ。それからタイミングの問題、フランスの当局とデヴローがいるロングアイランドの当局との連携、スカウトたちの所在。

仲間と問題に取り組んでいるうちに、疲労がこっそり戻ってきた。

「この部屋にいるなかで作戦に参加したい者は、市警推奨の強壮剤《ブースター》を飲んで。わたしもそうする。我々の大半はもう二十四時間かそれ以上起きたままで、これに取り組んでるんだから」

「そいつは苦手なんだよ」フィーニーがぼやいた。

「列を乱さないで。一時間休んでと言いたいけど、その一時間がないの。だからブースターを飲んで。希望者は十分休憩して。そのへんを歩いたり、外の空気を吸ったり、効果がありそうなことならなんでも。ピーボディ、サインしてブースターを六つ持ちだし、全員の名前を記録して」

そう話しているところへ、ウィロビーがやってきた。

「早かったわね」

「早起き鳥は虫を捕まえる。オークションについて新たにわかったことがあるので、直接お話ししようと思って。どっちにしても作戦に呼んでもらったし」

「少しは眠ったの？」

「二時間ぐらい。事態は動いてます」

「ピーボディ、やっぱり七つ。十時頃ブリーフィングをおこなうから、あなたもそのときに新情報を発表して」

ウィロビーはスクリーンとボードに目をやった。「ずいぶん新しい情報が増えたみたいですね」

「彼らの根城を突き止めた。午前中に急襲する」

「ほんとに？」両手を打ち合わせ、ウィロビーはスクリーンを凝視した。「あれがそうですか？　あれは……あれはわたしが利用してるリライアブル・デリバリーサービシーズの営業所だ。マジかよ、あそこには何十回も行ったことがあるんです。もう、怒った。わたしもこれに参加させてください」

「だからここにいるんでしょ」

「よかった。誰かの尻を蹴らないと気持ちがおさまりません。わたしがあのカウンターの前に立ってたとき、あの少女たちは……人でなしどもめ」

「我々は少女たちを救いだす。十分ちょうだい、ウィロビー」

「はい、いいですよ。少し歩いて怒りを冷まさないと」

ウィロビーが出ていって二人きりになると、イヴはロークのほうを向いた。

「わたしのことは心配しないで。心や感情の状態についての話。わたしはちゃんと制御してるし、制御しつづけるから」

「いつまで？」

「これが終わるまで。言うべきじゃないのはわかってるけど、わたしはあなたに言おうとしてる。わたしの心と感情のためにこれを終わらせる必要があると。もうひとつ言いたいことがある。あなたがいなかったら、わたしたちはここまで来なかった、これを終わらせることができるとわたしにはわかってるこの地点まで。あなたがいなかったら、わたしはここまで来られなかった。e作業のことだけじゃないわよ。わたしの気持ちがぐらついても、あなたがそばにいるとわかってるから、だからわたしはぐらついたりしないって、あなたに言える。わたしたちは全員、これにうまく対処しなければならない。あらゆる段階で、どんな不測の事態にも、どんな未知の事態にも――向こうは人数が多すぎるから。うまく対処しなければならないの、そうじゃないとこれは終わらない」

ロークは古いグレーのボタンをまさぐっていたポケットから手を出し、イヴの肩に置いた。

「きみはとても落ちついているよ。僕が心配していたとしても、きみは一時間前にそれを解消してくれた。それでも、きみはひどく疲れているね」

「それ故にブースター。〝それ故に〟って、いったいどういう言葉？」

ロークはただイヴを抱き寄せ、彼女の頭に頬を預けた。「約束してほしいことがある。これが終わったら、きみは気持ちをぐらつかせたくなる。それを自分に許してやってくれ」

「これが終わったらね。あなたは自分の役割をうまく果たしてるわね？」

「そうだよ。僕はきみのそばにいるよ、警部補。その前も、最中も、そのあとも」

「わたしはあなたを愛してるって言うつもり。そしたらこの抱擁を解かないと」

「僕はきみを愛してると言うつもりだ」ロークはイヴの顔を指で上向かせキスした。「さあこれで抱擁を解ける。一時的にね」

「計画を立てましょう――これが終わったら、たくさん寝て、たくさんワインを飲んで、たくさんセックスする」

「セックス、睡眠、ワイン、もう一度セックス」

「それでいいわ。離れて」イヴは後ずさりして、スクリーンを見つめた。「うまくいくわ」

「僕はそれを信じているよ。きみの着替えを持ってきてあるんだ。きみのロッカーに入れておいた。自分のために十分使ったらすっきりするよ」

「たぶんそうかも。シャワー、着替え、ブースター。そうね、ありがとう。あなたはもうシャワーと着替えをすませたみたいね」

「そうだよ。だからきみもすっきりすることは保証する」

「十分で戻るわ」

イヴはロッカールームに直行し、お湯らしきものがちょろちょろとしか出ないシャワーでも贅沢《ぜいたく》に感じるようでは、自分にはそれが本当に必要だったのだと思った。

そして、ロークらしいやり方で彼が用意してくれた黒いシャツとズボン、新しいブーツ、魔法の裏地がついた薄手の黒いジャケットに着替えると、ふざけた真似《まね》は許さないという気分になりたいことを彼が察してくれたことがわかった。

十分もかからずに、イヴは会議室へ向かった。

三メートル離れた地点からでも、イヴはその芳《かぐわ》しいにおいを嗅ぎつけた。

ベーコン、コーヒー、砂糖。

あの人声からすると、警官たちはイヴを出し抜いてさっそく食べはじめているのだろう。

会議室に足を踏み入れると、またしてもロークらしいとイヴは思った。会議テーブルにはさまざまな保温皿が並んでいた。山盛りになったふわふわのスクランブルエッグをひと目見るなり、ロークがセントラルの食堂の代用食を注文したのではないことがわかった。ベーコン、ソーセージ、ベーグル、そして紛《まご》うかたなき〈ジャコウズ〉のあのスティッキーバン（シナモンロールにナッツや蜂蜜などを加えたもの）。

eチームも、ピーボディ、ウィロビー、バクスター、トゥルーハートも、自分の皿にあらゆる食べ物を盛っている。声をかけるまもなく、ジェンキンソンとライネケが駆け込んできて、イヴの後ろに立った。

「ああ、これこそブリーフィングと呼べるやつだ！」そう言いながら、ジェンキンソンはスティッキーバンに突進した。

彼を責めることはできない。

笑みを浮かべて、ロークはイヴの分のスティッキーバンを持ってきた。

「わたしは料理を積み込んだ突入・救助チームを持つことになるのね」

「燃料を補給したチーム」ロークは訂正した。「きみも卵を少し食べておくといいよ」

目の前にあったので、イヴはスティッキーバンをかじった。

彼らはぞろぞろ入ってきた。イヴはローウェンバームと彼が連れてきた二人の警官に、テーブルまで来るよう合図した。厳密には来る必要のないサンチャゴとカーマイケルと制服警官たちもやってきた。

そしてマイラが登場し、ジェイミー・リングストローム――フィーニーの名づけ子で、夏のインターンの大学生――を連れていた。イヴは無言で彼を指さした。「キャップが僕も参加して、ブリーフィングのときスクリーンを操作してほしいって言ったんだ」

「わたしもお願いしたの」マイラはジェイミーの腕を軽く叩《たた》いた。「彼は救助する被害者たちと年齢が近いから、彼女たちを安心させて落ちつきを失わないようにしてくれるかもしれないでしょ」

「ここと、バンのなかと、ドクター・マイラが一緒の場合だけ参加を許す。突入には加わらない。今回はね」ジェイミーが逆らおうとしたので、イヴは付け足した。「だけどあなたはマクナブの手間を省いてくれるから、それは助かるの。受け入れなさい」

「了解です」

「食べて。部長が来るのを待って、それから開始する」

パーティなんかじゃないのよ、とイヴは思った。スティッキーバンを見つけたジェイミーが〝やったー！〟と声をあげたのだ。

「この少女たちは頭が混乱しているし、恐怖や行き場のなさを感じるでしょう」マイラは今度はイヴの腕に手を置いた。「少女たちがどの程度まで洗脳されているか、どれほどトラウマを抱えているかは知りようがない。ジェイミーがいれば、もちろんウィロビーも実年齢より若く見えるからそうだけど、役に立つかもしれないわよ」

「わかってます」

「そうよね。あなたはここまでこの捜査を見事にやってきた。その仕事が終わったら、わたしの仕事が本格的に始まる。わたしは二人のセラピストに声をかけてあるの。信頼できる人たちで、わたしの仕事を助けてくれる」

「わかりました。それはあなたの領域です。何か食べたほうがいいですよ、あの食い意地の張った連中が皿まで舐《な》めてしまわないうちに」

「あなたもね」

けれど、イヴはドアのそばで待った。早く始めたくてじりじりしていると、ピーボディが卵とベーコンを盛った皿を持ってきてくれた。それとブースターも。

「空《す》きっ腹《ぱら》で飲まないほうがいいですよ」

「そうね」もうブースターが必要だとは思えない。やる気がみなぎっているのを感じるからなおさらだ。しかし、さっきの指示には自分も含めてしまったのだからしかたない。

イヴはスクランブルエッグを二口ほど流し込むと——絶対、食堂のやつじゃない——ピーボディが渡してくれたコーヒーと一緒にブースターを飲んだ。

「彼らはすでに要点をつかみはじめてます」ピーボディが言った。「フィーニーはジェイミーがスクリーンを操作できるように基本を教えてます。ウィロビーはトゥルーハートを赤面させせました。二回」

「なんてことしてくれてるのよ」

「いいえ、いいことだと思いますよ。彼女はこの作戦の役割を担ってます——重要な役割を。仲良くなるのはいいことです。わたしたちは椅子をもっと運んできたんです。それで足りるかどうかわからないけど」

「大丈夫よ。座りたい人ばかりじゃないから」

そしてようやく、ホイットニーがこちらに歩いてくるのが見えた。隣には痩せてひょろ長いティブル本部長もいる。習性からイヴは気をつけの姿勢を取った。

「本部長。部長」

「警部補」ティブルは室内を見まわした。「朝食のビュッフェか。妙案だな」非難を受ける覚悟をしていたイヴに、彼はそう言った。「私はこの二時間、フランス当局とホロ・ブリーフィングをおこなった。部長もスカウト活動の容疑者について国内の当局と同じことをおこなった。私はシナモンロールをひとつとコーヒーをもらおうかな。きみはどうする、ジャック？」

「妻の耳に入ることがないのなら。我々は座らせてもらうよ、警部補。準備ができたら始めてくれ」

準備などとっくの昔にできていたが、あと二分かけることにし、お偉がたが席につくのを待ってから、部屋の中央に進みでた。

「食べながらでも、立ったままでも座っていてもかまいません。ジェイミー、スクリーン表示」

足を動かす音、椅子が床にこすれる音がした。

ロークは思ったとおり、部屋のいちばん後ろに立っている。その隣にはローウェンバームがいた。四方に散ったほかの者たちは片手にコーヒーマグを持ったまま、やはり立っていた。

「事件の背景についての詳しい説明は省きます。ここに集まったなかには、捜査当初から関わっている者もいます。それ以外の者たちも警官です。目も耳も注意を怠らない状態を保てないようでは、警官とは呼べません。

まずはマイナ・キャボットから始めます。ジェイミー、行くわよ」

イヴは概要を説明しながら、準備する時間があまりなかったジェイミーが、ちゃんとついてきていることを認めないわけにはいかなかった。

イヴは質問が来れば答え、正当な理由があれば詳細を付け足し、自分の目から見た児童人身売買組織の枠組みを構築した。

「我々が身元を確認した未成年女性たちは、ニューヨーク、ニュージャージー、ペンシルヴェニア、ミシガン、メリーランド、ヴァージニアで誘拐されました」イヴがよどみなく名前を挙げるかたわらで、ジェイミーは彼女たちの写真を表示させていった。

「捜査の結果、彼女たちは〈レッド・スワン〉という隠れ蓑の会社を介して給料をもらっているスカウトたちにより、選別・誘拐されました。ピーボディ捜査官が容疑者たちの優先順位リストをまとめてあります。捜査官」

「セシル・B・ドゲット」ピーボディが腰をあげながら言った。

「あのクソッタレ野郎」

イヴはカーマイケル巡査に注目した。彼を知ってから長いが、あんな怒りに燃える目を見たことや、あんな口調で話すのを聞いたことはこれまでに一度もない。

「警部補」カーマイケル巡査は即座に言った。「申し訳ありません」

「あのクソッタレ野郎を知ってるの？」イヴは聞き返した。

「私は――我々は過去に悶着《もんちゃく》があったんです」

「詳しく」

「はい。彼は警官でした、ボルティモアの」

「そうね」

「ずいぶん昔の話です。私は十二歳でした。両親は私と妹とまだ幼い弟を連れて、ボルティモアの祖母の家を訪ねました。私の母の母親です。母と祖母と叔母は、出産予定の友人へのお祝いを買いに出かけた。父はその夜、我々――子どもたち――をアイスクリームを食べに連れていってくれました。その帰り道に、車を停《と》めさせられたんです」

「交通違反で？」

「いいえ、ちがいます。あの男はそれを言い訳にしましたが。彼は車の窓に近づき、父の顔に銃を突きつけ、車から降りろと命じた。妹は悲鳴をあげ、弟は泣きだしました。彼は父を車から引きずりだし、ボンネットに思いきり叩きつけ、そのせいで父は唇を切り、鼻血を出しました」

「ドゲットはパートナーか研修生と一緒だった？」

「いいえ。彼はこの車は盗難車だと言った。父は子どもたちに車のなかでじっとしているように言い聞かせ、これは自分の車で、車のなかには登録証があるし、財布には免許証も入っていると彼に告げたんです。父は子どもたちには手を出さないでくれと懇願しました。ドゲットはかがみ込み、父の耳元でささやいた。何を言ったのかはわかりませんが、父の目には恐怖が浮かんでいた。我々のことを案じて」

室内は水を打ったようになり、イヴにはカーマイケル巡査の息遣いが聞こえた。

「人が集まってきて、叫んだり動画を撮ったりしはじめました。彼は父に手錠をかけ、地面にうつ伏せにさせると、車のなかを覗《のぞ》き込んだ。私は撃たれるのだと思いましたが、彼はただ睨《にら》んだだけで、父が告げた場所から登録証を取りだした。そして時間をかけて免許証と照らし合わせた」

カーマイケル巡査は咳払《せきばら》いした。「私は今でも確信していますが、もし人が見たり動画を撮ったりしていなかったら、彼はもっとひどいことをしていたでしょう。しかし彼は手錠をはずし、今回はついてたなと父に言いました。そして自分の車のほうへ歩いていき、走り去った。ボンネットに叩きつけられた父の顔は血だらけでした。両手は震えていた。見物人の何人かが近づいてきて、大丈夫か、何か手を貸そうかと尋ねた。しかし父は、子どもたちを早く家に連れて帰りたいと答えるだけでした。私はスクリーンに表示されたあの顔を知っている、あの名前も知っている。けっして忘れられません」

「お父さんはその出来事を報告したの？」

「さあ、それはわかりませんが、録画していた誰かがオンライン上にばらまいたので、翌日、警察が祖母の家に来て、父はもちろん、私や妹にも話を聞きました。弟はまだ小さすぎたんです。私はその後、動向を追っていたので、彼が停職処分を受けたことを知りました。しかも彼がそんなことをするのは初めてではなかった。だから私はあの顔を知っているんです」

「彼はクビになるべきだった、罪を告発されるべきだった。彼が警官にあるまじき人物だということは当時から明らかだった。正義が動くのはあまりにものろいし、たまにシステムがその動きを邪魔することもある。今回はそうはいかないわよ、巡査。今回は、ドゲットを彼がいるべき場所に我々が放り込んでやる」

「わかりました。そうなることを信じています」

「ピーボディ、少し急いで」

「アンジェラ・デリンスキー」

ピーボディはスカウトから看守の疑いがある者に移っていった。イヴはそのあとを受けて、アイリス・ビーティ／スワン、そしてジョーナ・デヴローの説明をした。

「この者たちは既知の容疑者であり、この組織の中枢人物です。我々は彼らの拠点をいくつか突き止め、NYPSDもしくは関係当局がその任に当たります。我々の主要ターゲットは誘拐された少女たちが収容されている建物です。二次ターゲットは、容疑者たちのニューヨークの住居、葬儀場、デヴローのロングアイランドにある邸宅となります。主要ターゲットの青写真はこちらです。ジェイミー。

この建物は七階建てで、ほかに地下エリア、トンネルへの経路があります。ローウェンバーム警部補、どこに部下を配置するのが最適かという判断はあなたに任せる。でも、あらゆる出口をふさいでほしい、トンネルからの出口も含めて」

「それはなんとかするよ」ローウェンバームは力強く言った。

「eチームは我々に必要な〝目〟と〝耳〟を提供し、通信を遮断し、最上階にあるビーティの住居に備わっているものを含め、全エレベーターを止めます。さらに我々には空と海からの応援がつきます」

「ちょっと割り込んでいいかな」フィーニーが立ち上がった。「我々は青写真より役に立ちそうなものを作り上げた。携帯できるレベルにすぎないが、それでも……」

　フィーニーはリモコンを取りだし、部屋の中央に向かってスイッチを押した。三百六十度回転するホロ画像がゆっくり浮かび上がった。「こいつは回転できるんだ。動きは少しぎこちないだろうが」

「いいわね」イヴはぐるりとひとまわりし、ホロ画像のなかのハドソン・ストリートとおぼしき通りに入っていって、うなずいた。「すごくいいわ。オーケイ、戻して。このようにして我々はターゲットを倒します。何より大事なのは、すべての被誘拐者を安全に取り戻し、救出することです」

　イヴはあらゆる段階のあらゆる動きを説明し、ほかの者が示した代案のほうがより堅実だと判断したときは調整した。eチームのタイミングと責務についてはフィーニーに説明させた。それからホイットニーとティブルにお願いし、ニューヨーク外の場所についての計画のあらましを語ってもらった。

　そしてニューヨークの拠点に戻り、チームを編制した。

「被誘拐者の移送手段を用意し、ドクター・マイラにその監督をお願いします。彼女たちを待たせておく会議室も用意します。事情聴取をしなければなりませんが、それはウィロビーと性犯罪特捜班《SVU》が対応し、ドクター・マイラとセラピストたちに同席してもらいます。身元が確認され、検査と事情聴取が終わったなかで、家族か保護者がいる者は解放して彼らの手に委ねます。それ以外の者たちは児童保護サーヴィス《CPS》を介することになるでしょう」

　イヴは部屋を見まわし、もっとも献身的な精鋭を選んだという自信を深めた。

「全員、防護ベストを着用すること。突入チームは破壊槌《はかいづち》を用意。トンネルチームは暗視ゴーグル、ガスマスク、催涙弾を。救出チームは我々がかぞえたあとに頭数をかぞえて、彼女たちを救いだし、乗り物まで運ぶ。質問は？」

　質問は誰からも出ないだろう。彼らは皆自分の仕事を心得ている。

「準備して。各チーム、各方面の車両は駐車場のレベル・ワンに待機している。我々は二十分後に出動します」

　イヴはカーマイケル巡査のそばまで行った。「これが終わって、事件がすっかり片づいたら、わたしはドゲットをこっちに移送させる。でも、それには少し時間がかかるかもしれない。あなたが二、三日休暇を取ってボルティモアに帰りたかったら許可する」

「ありがとうございます、警部補。私は彼に会いたくありません。これで充分です。あの野郎のおかげで、私は警官になれました」

「いいえ、あなたは自分の意志でなったの。あなたにそっちを向かせたのは彼かもしれないけど、あなたはあなただから警官になった。ほかの誰かだったら――それも責められないことだけど――警官なんかみんなくたばれと言ったかもしれない。わたしが知ってからずっと、あなたは日々制服に恥じない働きをしてきた。それがあなたなのよ、巡査」

「ありがとうございます。感謝に堪えません」

カーマイケル巡査が去っていくと、ローウェンバームが近寄ってきた。「五分だけ、我々の配置を一緒に確認してほしいんだ。すべての場所を」

イヴは彼と一緒に配置を確定した。それから部長と本部長のほうを向いた。「主要ターゲットの作戦を観察なさりたいですか？」

「我々はここに残り、囚人の護送や、被害者の移送の調整に当たろう」ホイットニーが言った。「それに、ニューヨーク外の場所やそちらの作戦本部と連携を取る。指揮官はきみだ、警部補」

「了解しました。部長、午前九時にヤンシー捜査官がドリアン・グレッグと似顔絵作成に取りかかる予定です。我々がビーティの身柄を確保したら、ヤンシーにドリアンをここまで連れてきてもらいたいのですが。彼女にビーティの身元を確認してほしいんです。ほかに見知った顔があればそちらも」

「マイラの許可は出ているのか？」

「もらっています。マイラはその未成年女性にとっても、いいことだと思っています。レオは裁判の勝利を決定的なものにするだけだと信じています」

「そのときが来たら、彼女に観察室に入ってもらおう。児童の権利擁護者をつけて」

「よろしくお願いします」

「子どもたちを救いだすんだ、警部補」ティブルが言った。「子どもを利用して利益を得ていたゲスどもを厳しく罰してやれ」

「そのつもりです」

会議室を出ると、ピーボディとばったり出会い、防護ベストとイヤフォンを手渡された。

「すごくワクワクしてます」

イヴは一緒にエレベーターへ向かいながら、パートナーをしげしげと眺めた。「ブースターをいくつ飲んだの？」

「ひとつだけですよ。それで充分。やつらをぶっ潰してやりたい。悲鳴をあげさせ、慈悲を乞わせてやりたいんです」

「フリー・エイジャーらしくないわね」

ピーボディは鼻を鳴らした。「あとでキャンドルを灯《とも》し、バランスを取り戻すために瞑《めい》想《そう》します。今はぶっ潰す」

「本当にそういうことをするの？　キャンドルを灯すとかそういうやつ」

「あなたのガリガリの尻にかけて。失礼！」ピーボディは動揺して、イヴにぎょっとした目を向けた。「張りきりすぎてるんです」

「聞かなかったことにする――今回だけよ」

「張りきりすぎて」とピーボディは繰り返した。「怒ってます。そして冷えてます。冷えきってます。だから対処できないんじゃないかと心配しないでください。キャンドルを灯すとかそういうやつは本当にやります。わたしたちが見たことややったことを相殺してくれるんです。それと、マクナブとのホット・ジャングル・セックスのおかげで平静を失わずにいられます」

イヴが目を引きつらせると、ピーボディはにやにやした。「聞き流してくれると思ったんですけどね」

「聞き流せるわけないでしょ。でも、わたしはあなたが百パーセント必要だから、あとで尻に蹴りを入れてあげる」

「いつだって何か楽しいことが待ってる」

イヴが警官で混み合うエレベーターを避けて歩きだすと、ピーボディは小走りにあとを追った。

グライドに乗るとイヴはリンクを取りだし、「バランス的なことをしないと」と言って、ナディーンに連絡した。

「ダラス」ナディーンが言いかけた。

「しゃべらないで、聞いて。あなたにできること、できないことを言う。これからある住所を教える。そこに行って、カメラを連れて。ライブ中継はなし。ライブ、中継は、なし」イヴは繰り返した。「通りの反対側から動かないこと。通りを渡ってその場所に行ってはいけない。誰かに話しかけてもいけない。わたしがいいと言うまで、その映像は流さないで。このとても具体的な指示に全部従うなら、セントラルに来て、こちらが選んだ何人かにインタビューすることを許す」

「彼らを見つけたのね。なかに入るのね」

「今はしゃべらないでと言ったばかりでしょ」イヴは一拍おいた。「あなたは被害者を見つけるのを助けてくれた。彼女は無事よ。あなたにはこれをあげる」と言って、住所を読み上げた。

イヴは通信を切った。駐車場まで階段で降りながら、納得してうなずいた。「キャンドルよりこのほうがいい」

「いいですね、優れてるし、思慮があります」

「そんな感じ。さあ、優れてて思慮深い感じで行くわよ」集まっているチームのほうへ向かいながら、イヴは防護ベストをはおった。「通信手段を点検して」イヴは命じ、イヤフォンを耳に入れた。「任務を遂行し、あの組織を潰し、彼女たちを連れ帰る」

イヴは割り当てられたバンの後部座席に乗り込み、あとから乗ってくるメンバーの頭数をかぞえた。ピーボディ、ローク、マクナブ、フィーニー、ジェイミー、そして巡査組はシェルビー、デュボック、マーシャル。「全員揃《そろ》った。出動」

カーマイケルとサンチャゴの捜査官チームは火葬場、制服組は容疑者たちの住居へ向かわせる。ジェンキンソンとライネケと彼らの制服組はトンネルへ。

ホイットニーに連絡してニューヨーク外の場所の状況、海と空への指令を確認した。

「目標に近づいてる」フィーニーがイヴに教えた。

大半の者にとってはただの日常だ、とイヴは思った。街はただの蒸し暑い朝を迎え、往来する車は唸《うな》り、広告飛行船はがなり立て、出勤する人々はカートのコーヒーを飲み、観光客はぽかんとあたりを眺め、早朝からやっているキャップ、Tシャツ、まがい物のデザイナーバッグを並べた露店へ急ぐ。

慌ただしく、やかましく、せっかちで、活気に満ちている。

いっぽう、ある建物のなかにはスクリーンで見た者が今もいて、そこの暮らしは恐怖と苦悩、欲と邪悪に満ちている。

それを終わらせるときが来た。

「数は」イヴは言った。

「スキャン中」説明を受けていたので、ジェイミーはトンネルから始めた。「二人感知した。移動速度や位置から車のなかにいることがわかる」

彼が方向と場所を教えると、イヴは街頭パトロールに情報を伝えた。「彼らを捕まえ、通信手段をシャットダウンし、車を捜索・押収して」

「地下レベル」ジェイミーは続けた。「四人。三人は立ってる、四人目はあお向けに寝てる。高い位置に。あれは診療室だな。ひとりがそこを去り、上に移動してる。エレベーターだ、メインレベルを通過していく。メインレベルの正面側に熱源が五つ、三人が立ち、二人が座ってる。裏側にあと四人」

　青写真をスクリーンに重ねてあるので、イヴはデリバリーサービスのカウンター、バックオフィス、搬出入口を確認できた。ジェイミーがスキャンを上に移動させると、そのフロアのキッチンエリア、ダイニングエリア、寝室らしき部屋、スタジオを確認した。

　ジェイミーの動きに合わせて、頭のなかで数をかぞえていく。

「熱源は百七十二もある。拘束された者が何人いるか確認できるわけないわ。カレンダー、聞こえてる?」

「はい」彼女はイヴの耳のなかで答えた。

「散歩して」

「了解」

　隣のスクリーンに、発送箱を小脇に抱えて歩道を歩いているカレンダーが映った。彼女が建物に入っていくと、イヴは一番目のスクリーンで熱源を追った。

　カウンターへ近づき、荷物を発送するだけ、その荷物がスキャンされる——標準作業手《SO》順《P》。

まもなくカレンダーの声が聞こえてきた――イヤフォンからだけでなく、モニターのオーディオを通しても。

「暑くなりそうだね」

「はっきり聞こえる」受付係が応答するとイヴは言った。「カウンターの隠しマイクが作動した」

「よろしくね」カレンダーが陽気に言い、彼女の熱源がフロアを戻っていく。「完了」

「荷物の〝耳〟を作動」

「作動中。カウンターに女性二人、男性ひとりはバックオフィスを出たり入ったり」

「ローク」

「ああ、こちらに向かってくる。僕はあと二分くらいで通信をシャットダウンできるはずだ、正面と裏の監視カメラも。マクナブはちょっとしたおまけに取り組んでいる」

「おまけって?」

「建物内の監視システムに侵入しようとしてる――監視カメラだけだよ」マクナブが答えた。「それをこっちに送ることができるはずなんだ。通信がシャットダウンされるまで、あるいはシャットダウンしたように見えるまでは完了できない。もうすぐそこまで来てるよ」

「シャットダウンと同時にできる?」

「フィーニー、もしそれがうまくいったら、あなたとジェイミーでできるだけわたしたちに供給して――子どもたちを優先的に。人数、位置、容疑者たちとの距離」

「任せてくれ」

「僕のほうは行けるよ」ロークが言った。「きみがもういいと判断したら」

「中央司令部、全チーム、通信のシャットダウンまで五……」イヴはロークを指さした。

「四、三、二、一」

「完了」

「ハッキング完了。はいどうぞ、キャップ」

「我々は突入する、全チーム、全所に告ぐ。我々は突入する」

「そのはず」

21

イヴはバンの後部から飛びだし、ピーボディ、マクナブ、制服組があとに続いた。「状況」建物の正面へ向かいながらイヴは要求した。

「バクスターのチームは裏へまわっている」ロークが報告する。「水際のトンネルの出口は封鎖した。ジェンキンソンのチームがトンネルに侵入している。トンネル内には今のところ、きみの部下以外の動きはない」

ジェイミーが付け加えた。「二階には子どもたちが二十二人いるよ、ダラス。スタジオに二人、ベッドに寝てる。クソッタレが三人そばについてる。ほかの子たちは教室みたいなところで座ってて、そこには大人が二人いる。廊下にも大人が二人」

「続けてて。我々は突入する」

武器を抜くと、通行人たちが散っていった。それを無視して、イヴは正面のドアから入った。

「手をあげて。全員両手をあげなさい。ＮＹＰＳＤ。撃つわよ」ポケットに手を滑り込ませようとした男に警告する。

裏手が騒々しくなり、制服組が駆け込んでくる重い足音が響いた。

「拘束、連行、身柄確保」イヴは命じた。「上に移動」と言い足し、階段のほうへ駆けていく。

「ロークはビル内のロックを解除してる」背後からマクナブが声をあげた。「一括システムじゃないだろうけど、でも――」

イヴは階段のドアに取りつけられたロックにさっと目をやり、後ろに下がった。「ぶち壊して、巡査」

破壊槌《はかいづち》を持ったデュボック巡査が進みでた。二度思いきり叩《たた》きつけただけで、イヴは破れたドアをくぐり抜けた。「離れて」と命じ、武器をこちらに向けて振りまわしているスーツの男をスタナーで気絶させた。

警官たちは自分たちの持ち場へ散らばった。キッチンエリアと教室はこの上のレベルにある。叫び声、慌ただしい足音、武器を発射する音、ほかの地点からの報告が、イヴの耳のなかで響いている。

シェルビー巡査を伴い、イヴは足音荒くスタジオを目指した。背後から空気を引き裂くような悲鳴が聞こえ、キッチンエリアで何か大きくて壊れやすいものが砕ける音がした。続いて、電撃棒《ショック》のピシッと鳴る音、スタナーの低い音が聞こえた。

イヴはスタジオのドアを、その標準ロックを飛び蹴りで壊した。

ベッドに未成年が二人、大人は男が二人、女がひとりいるのを確認した。

「動いて、座ってもらう。少女たちを連れていって、シェルビー」

「わたしたちは警察よ」シェルビーはベッドのほうへ移動しながら言った。「もう大丈夫よ」

「ひざまずいて、早く！」イヴは噛《か》みつくように言った。「両手は頭の後ろ」

女は手にしたショック棒をイヴのほうに振り、スタナーが腹に命中するとぶるぶる震えながら倒れた。

ビデオ撮影者はカメラと三脚をイヴに向かって振りまわし、もうひとりの男は突進してきた。攻撃を避けるため、イヴはさっとしゃがみ込んでスタナーを発射した。カメラは部屋の向こうまで飛び、撮影者が床に倒れるなか、イヴは体を起こしながら二人目の男に蹴りを入れた。男はイヴが立ち上がる前にダウンしていた。

シェルビーのほうを振り返ると彼女は武器を手にしていた。「ありがとう。反射神経がいいわね。救出と身柄拘束、二階のスタジオ」イヴは命じた。「未成年女性二人、容疑者三人。容疑者たちは意識不明。少女たちのそばにいて、巡査。救出チームが来るまで」

「警部補――」

「この子たちだけにしないで」イヴは抱き合って泣いている少女たちを見ながら言った。

「このフロアの安全は確認したから、上に行く」

　イヴは武器であたりを払いながらスタジオを飛びだし、耳のなかで鳴る声を聞き分ける。その話し声からすると、トンネルの安全は確保、メインレベルも確保され、ウィロビーのチームは三階で交戦中、バクスターのチームは応援に向かったようだ。

　幼い少女が悲鳴をあげ、泣きわめき、警官が叫んでいる。

　ピーボディが容疑者二人を取り押さえ、拘束具をかけていた。マーシャル巡査はパニックになった少女たちをなだめようとしている。ピーボディの顔は苦痛にゆがんでいた。

「やられたの?」

「ショック棒がかすめただけ。すごく痛むけど、大丈夫です」

「よく聞いて!」イヴが叫ぶと、泣き声はだいぶ静まった。「わたしたちは警察なの、悪者じゃない。あなたたちはもう大丈夫、ここから出してあげる」

「救助チームが向かっています」マーシャル巡査が言った。

「それまでここで待機してて。シェルビーはスタジオで二人の少女と一緒にいる、三人の容疑者は倒れた。ピーボディ、わたしと来て。このフロアの安全を確認する」

「あたしたちを置いていかないで!　置いていかないで」少女のひとりが金切り声をあげた。「ママに会いたい!」

「置いていかないわよ」ピーボディはいつもの穏やかな声で言った。「もうあなたたちをいじめる人はひとりもいないの。わたしたちはあなたをママのところへ連れていってあげるわね」

しょうがない、とイヴは思った。「ここにいて、マーシャルと一緒に。救助チームが少女たちを連れていくまで」

「ダラス」

「ここにいなさい」

イヴは安全を確認しながら進んでいった。誰もいない部屋、独房と変わらない。ロックを取りつけた保管エリアには、ショック棒、カラー、警棒、スタナーがしまわれていた。子どもたちに使う武器が多すぎる。

またもやロックされたドア――二重ロック。イヴはこのフロアの間取りを思いだした。高確率でここはアンティのオフィスだろう。

「ローク、聞こえる?」

「聞こえるよ」

「ビーティのオフィスの前にいるの。ロックを解除できる? 今は破壊槌を手に入れられないし、ここのは階段のドアみたいに厳重にロックされてるの」

「もうロックされてないよ」

「あら、ならいいわ。待機してて」

イヴはドアを押しあけ、室内を武器で薙《な》ぎ払った。

使い勝手のよさそうな贅沢《ぜいたく》な部屋だ。洒落《しゃれ》たデスク、高性能のデータ&コミュニケーション機器、凝ったデザインの家具、専用バスルーム——イヴは青写真を頭に浮かべた。

そしてオフィスのドアを閉めると、外の音は何も聞こえてこない。

「EDD、わたしがいる場所の熱源を教えて」

「あなただけだよ、警部補《LT》」ジェイミーが答えた。

「最上階は」

「ひとり」

「そこにいるのね」イヴはつぶやいた。

「ウィロビー、三階です。異状なし《クリア》。負傷した巡査ひとり、少女たち二十六人、人でなし十三人。バクスターのチームが応援に来てくれて、今はマクナブのチームの応援でひとつ上の階へ向かってます」

「二階はクリア、安全を確保した。上に行って。ジェイミー、さっきの熱源を監視してて。彼女が動きだすならどこへ行くのか知りたい」

三階では救出チームが少女たちを出口へ誘導していた。泣いている少女たち、沈黙している者たちは目を潤ませている。

「ダラス」ウィロビーは額の汗を手でぬぐった。「性犯罪特捜班《SVU》からもう二人呼ぶ許可をください。ここには被害者が多すぎる」

「許可する。負傷した巡査は？」

「警棒で腕を殴られたんです。折れたみたい。医療チームがこっちに向かってます」

「わたしは上に行く」イヴは指を一本立て、待てと合図した。耳のなかでジェンキンソンが話しかけている。「了解。医療員に彼女を運ばせて、容疑者たちを移送する者を呼んで。診療室のフロアはクリア」とウィロビーに言う。「医師を確保、医療員と称するほかのスタッフも、意識を失ってテーブルに固定されてた少女も。彼女は今朝運び込まれた――トンネルから出てきたあの車で」

「そいつらは捕まえたんですか？」

「そいつらは捕まえた。わたしは上に行く」イヴはもう一度言った。

次のフロアで、イヴは逃げようとする女性が繰りだしてきた素手のパンチをかわした。そして相手を殴りつける寸前でやめた。攻撃してきた女性はたぶんまだ十二歳くらいだったのだ。

「ほら、ほら」イヴはパンチをブロックした。「わたしは警官よ。あなたを連れだしにきたの」

「クソお巡りなんかクソくらえ」

キックをよけ、くるりとまわって、背後から少女に腕を巻きつけた。

「やめなさい、ほら、やめて」

「殺してやる！」

「やめなさい！　まったくもう、トゥルーハート」彼は唇から血を流しながら駆け寄ってきた。

「すみません、警部補。子どもたちが何人か散らばってしまって。みんな怯《おび》えているんです」

「それはわかるけど——やめなさいって言ったでしょ！」少女がトゥルーハートを蹴ろうとしたので叱りつけた。「わたしたちはクソNYPSDで、あなたたちをここから助けだそうとしてるの。ここにはあのゲスどもに誘拐されて苦しめられてる少女たちが大勢いる。わたしたちはその少女たちを助けたいの。放してあげるから、逃げたいなら自力で逃げて」

「あたしは生まれてからずっと自力で生きてきたの」

「ふーん、悲しい身の上ね」階段のドアから救出チームがやってくると、イヴは安堵《あんど》のため息を漏らしそうになった。「あなたは彼らと一緒に行って、こんなことをあなたや、ほかの少女たちにしたゲスどもを檻《おり》に入れるのに協力するか、あるいはこのまま逃げてやつらにそんなことを続けさせてやるかのどっちかよ」

「やつらはくたばれ、あんたもくたばれ、みんなくたばれ」

「行きなさい」

「いいわよ、それなら」イヴは少女を解放した。

少女はくるりと振り向いて、イヴを睨《にら》んだ。

「ロッティ」イヴは言った。「ロッティ・クラグね」

「どうしてあんたがそんなこと知ってるの？　あたしは自分がどこにいるのかも知らないのに。あんたなんか、くたばっちまえ。あたしはキャリーを置いていけないの」

「キャリーって誰？」

少女はギラギラした目を細めた。「研修生二八二番」と挑戦的に言った。

「やつらはビデオに撮るために彼女を下に連れてって、変態野郎や――」

「彼女の特徴を教えて」

「白人で、長いブロンドヘアで、それから――」

「目はブルーで、体重は四十五キロくらい。キャリー・ホイーラー」ボードに載っていた少女だ、とイヴは思った。「彼女は保護した。彼女と一緒にいた少女も。二人をそこに拘束しておいた三人のろくでなしは拘束されてる」

「あんたは嘘をついてるのかも」

「嘘をつく人ばかりじゃないんだよ」トゥルーハートが言うと、少女は鼻を鳴らした。

「あんたはどこの星から来たの？」

イヴはバクスターと二人の巡査が少女たちを誘導していくのを眺めた。

救出チームに言う。「ドクター・マイラに連絡し、キャリーがどこにいるか探してもらって。そうすればロッティが自分の目で確かめられるから」

「あんたが嘘をついてるなら、あたしはあんたを見つけだして、思い知らせてやる」

「うわぁ、怖い。このフロアはクリア？」イヴはバクスターに聞いた。

「間違いなく」

「上に行きましょう」イヴは少女を自由にした。「バカなことしないでね。バクスター、トゥルーハート、一緒に来て」

イヴは歩きだした。「ジェイミー、最上階の状況」

「動きまわってる、今、動きだしたところ。それまでは朝食をとったりなんかしてたんだと思う」

「そっちへ向かう。次のフロアをクリアして」イヴはバクスターに言った。「わたしは最上階をやる」

「応援はいるかい？」バクスターは聞いた。

「一対一でも勝ち目はありそう」

イヴは小走りに階段をのぼっていった。これまでに五十八人の少女を保護したという報告が耳に届いた。さらに十二人もまもなく保護される。容疑者は八十六人が身柄を確保された。

「ローク、彼女のドアにちょっと魔法をかけて。ジェイミー、彼女はどこにいる?」

「バスルーム。僕が思うに、彼女はその、排出してた。今は手を洗ってるみたい」

「それは残念。わたしが捕まえたときにちびる確率が下がった。ドアの前まで来たわよ」

「アラームを見つけた。今、停止させている。そこで待っていて」

「早く、早く」イヴはささやき、つま先で床を叩いた。

「彼女は寝室にいるよ、ダラス」ジェイミーが教えた。

「ロックは解除した。僕のお巡りさんをよろしく」

「いいわよ」

　ドアを押しあけた。ビーティは寝室から出てくるところだった。

「ハイ、アンティ。両手をあげて、壁のほうを向いて」ビーティは後ずさりして寝室のドアをバタンと閉めた。ロックをかける鋭い音が聞こえた。

「やれやれ、これで話がちがってきた」

　イヴはドアに近づき、足で蹴って開けると、さっと脇によけた。そして、スタナーの光線が背後の壁に命中する音を聞いても驚かなかった。

「月並みな文句だけど、言っておかないと。この建物は包囲された。あなたはもうどこへも逃げられない。だからね、両手をあげて出てきて」

「こっちに来て、捕まえなさいよ」

「ダラス、ローウェンバームだ。プライバシースクリーンを焼き切ったから、最上階の対象を直接狙える。やってほしいか？」

「そうやってわたしの楽しみを奪うの？　ちょっと待ってて」

床に飛び込み、開口部に向けて掃くように光線を放つと、相手が応射した光線が頭上を通過していった。

苦痛の呻《うめ》き声《ごえ》を聞き、イヴは大いに満足した。

ビーティは膝をついていた。光線がかすめた右腕を震わせている。彼女のスタナーは床に転がっていた。

「どうぞ、撃ってみたら。今度はかすめる程度じゃすまないわよ」

「あなたが何者なのか知っているわ。ビッチ」

「あ、そう。わたしもあなたがどんなやつか知ってる。武器のほうへ一歩でも動いたら、意識不明のあなたをここから運びだすことになるから面倒なの。あなたはもうおしまい、わかった？　少女たちは救出した、あなたのまともじゃないスタッフは身柄を確保された。さあ、うつ伏せになって、両手を後ろにまわしなさい」

「わたしは命令に従わない。わたしが命令するの！」

そう言うなり、ビーティは突進してきて飛びかかろうとした。判断する時間は一瞬あったが、すでに決めてあったので一瞬さえもいらなかった。

イヴは武器を持った右手を下げ、左手を使った。

顔面に一発。

「それはマイナ・キャボットの分」

ビーティは頭をがくんとのけぞらせた瞬間、目をどんよりさせた。それからひと声唸《うな》ると、イヴの武器をつかもうとしながら、反対の手で右クロスを決めようとした。イヴはその攻撃をほぼかわし――拳が少し顎をかすめた――ビーティのデザイナーズ・ハイヒールを履いた足をブーツで踏みつけた。

「それはドリアン・グレッグの分かも。そしてこれは？」アッパーカットを放つと、ビーティは白目を剥《む》いた。「それ以外の少女たちの分」イヴは彼女をまたいで、落としたスタナーをブーツで押さえた。

足元で伸びている女を眺めながら、イヴは息をつき、呼吸を整えた。

「対象はダウンした」

戸口に人がいる気配を感じて、イヴはさっと武器を構え直した。それからかぶりを振りながら武器を下げた。そこにいたのはロークだった。

「あやうく光線を浴びるところだったわよ、相棒」

「きみの反射神経は信用している。もうバンにいる必要がなくなったから、きみがどうしているか見にきたんだ」ロークは自分の顎を指先で叩いた。「ちょっぴり食らったね？」

「相手にはもっと食らわせた」

「そのようだな。チームの連中は今、少し忙しそうだ。看守のひとりがまだ確保されていない武器保管庫にたどりついた」ロークは片手をあげた。「が、もう収拾した。そうじゃなきゃ、悠々とここまであがってきていないよ」

「負傷者は？」

「はっきりしたことはわからないが、ピーボディによれば、きみの部下たちはいずれも軽傷だったようだ。ドクター・マイラはすでに少女たちを二十人くらい診た。医学上のほうだ。だから彼女たちはセントラルに連れていける。フィーニーはすでに電子機器に取りかかっている。きみは何時頃ここを出たい？」

イヴはしゃがみ込み、ビーティの両手を背中にまわして拘束具をかけた。「今すぐがいいけど、全チームからクリアをもらって、誰かがやってきてこいつを運びだしてくれたらすぐ。

あ、ピーボディがやってきた」ドアのほうを向くと、パートナーは片目を腫らして駆けつけてきた。

「全部クリアです。最後のひとりの少女も連れだしました。悪いやつらは拘引されてすでに移送されたか、身柄を確保されて移送を待ってる状態です」

「よかった。その目は誰にやられたの？」

「エルボージャブ。ジェンキンソンは二人から胸を撃たれ、防護ベストを着用してても尻もちをつきました。彼は怒ってます。でも、わたしたちはやつらをボッコボコにやっつけてやりました」

「わたしたちはやつらをやっつけた。やっつけられた連中の手続きを始め、誰か筋肉隆々の者を寄こして彼女を運びださせて。彼女はライト級じゃないから」

「ダラスはもう行くんですか？　ほんとにわたしと一緒じゃなくていいんですか？」

「セントラルに戻ったらあなたが必要になる。ロングアイランド・チーム」イヴはコミュニケーターに向かって話しかけた。「我々はあと……五分で参加する」ロークが指を五本あげたのでそう言った。それから床に落ちているスタナーを指さした。「それを証拠品袋に入れて持ち帰るのを忘れないで、ピーボディ。よくやってくれた、目に冷却パックを当ててね」

「ダラスは顎に痣《あざ》ができてますね」

「くそっ」イヴは顎をこすった。「まあ、よくあることよ」

イヴはこの部分がいやでしかたなかったが、タイミングが肝心なのはわかっているので自分を甘やかすわけにはいかなかった。屋上に着くと、イヴは待機しているジェットコプターを一瞥《いちべつ》し、文句を呑《の》み込んだ。

ジェットコプターに乗り込んでシートベルトを締めると、ほかの連中――フィーニー、マクナブ、ローウェンバーム、それに彼の部下二人と制服組二人――もそれにならった。ロークが操縦席につくかたわら、イヴはリンクを取りだし、邸宅を見張っているロングアイランド警察治安本部《PSD》にこれから向かうことを知らせた。

大金持ちの初老の変態となれば、人員は相当抱えているだろう――この空飛ぶマシンが立てる命を脅かすような咆哮《ほうこう》以外のことを考えたかったので、イヴは思案した――けれど、向かってくる敵がはたして何人いるのかは見当がつかない。

ジェットコプターは屋上から離昇し、弾丸のようなスピードで街の上空を翔《かけ》ていく。イヴは恐怖をぐっとこらえ、フィーニーのほうを向いた。

「これを空からできるっていうのはたしかなの?」

「おもちゃを少し追加したからな」フィーニーはロークをちらっと見たが、詳しい説明は省いた。「充分近くまで行ったら、やつらのアラーム、監視カメラ、通信を遮断する」

「誰か気づくでしょう」

「ああ、そうだよな。だからきみはすばやく行動しなければならない」

「我々は外にいるターゲットを確実に無力化する」ローウェンバームはイヴの視線に応えて言った。「我々はそのためにいるんだ、ダラス」

イヴと、制服組、マクナブ――フィーニーが彼を必要としないならだが――がやるべきことは、なかに入り、邸内に配置された警備員を倒し、デヴローのもとまで行き、そいつを逮捕するということになる。

彼が罪もない民間人を邸内に置いている可能性はある、その恐れは大いにある。たぶん彼にとってはただのビジネスなのだろうが、特典も欲しがるのではないか？

「接近しているよ、フィーニー」

「こっちは準備万端だ」

イヴはまたもや恐怖をこらえて、そちらを見た。その地所が見える――敷地を取り囲む真っ白な高い壁、青々とした芝地、何もかもが兵士のように整列した庭園、青く輝く水をたたえたプール、そのかたわらにガラス張りの邸宅があった。

緑なす九ホールのゴルフコース、小さな果樹園、門番小屋《ゲートハウス》、別棟が二つ、ジェットコプター離着陸場。

そこを世の中から切り離している壁と同様、邸宅も白を基調としていた。上から三階分には石造りのテラスが張りだし、上り下りできる広い石段がついていて、そこここに置かれた花や盆栽の鉢が美しさを添えていた。

高い窓はダイヤモンドのように輝いている。

「サイレントで着陸する」とロークが言うと、イヴは目を閉じたい衝動と闘った。

咆哮がぱたりとやむと――まさかそれが恋しくなるときが来るなんて――イヴは衝突す

る心の準備をしたものの、ロークが請け合ったように、ジェットコプターは青く輝く水や、緑なす緑の上を滑るように飛んでいる。

「チャンスの窓が開いたよ、フィーニー」

「我々はそれを通り抜ける。妨害開始。アラーム停止」

「着陸まで十秒」

「カメラ停止」

「五秒」

「通信停止。この子はほんとに素晴らしいな！」

羽根のようにふわりとはいかなかったが、覚悟していた骨まで震えるような衝撃もなかった。

幸運に感謝するでもなく、イヴはジェットコプターから降りた。「所轄が応援に来るときのためにゲートを開けておいて」

「快適な旅だった」ローウェンバームは降りながら言うと、ただちに真剣な表情に戻り、部下たちと共に展開していった。

着陸の衝撃と同じように、イヴは多方面からのすばやい迎撃を覚悟していたが、目標の邸宅まで半分進んだときに別棟から男がひとり出てきただけだった。

彼はあたりを見まわし、イヴを見つけた。彼は武器を抜くまもなく、スタナーで撃たれ、倒れた。

「マクナブ、邸内の熱源、どこに何人か」

「キッチンに二人、小さいほうのダイニングルームに二人——ひとりは座ってる——エントランスホールにひとり、みんなメインレベルだよ。二階に二人、三階には誰もいない。キャップはここであとを引き受ける、俺は外に出る」

イヴは立ち止まり、後戻りし、間取り図を頭に描きながら、小さいほうのダイニングルームのものとおぼしき窓のほうを向いた。

「あんちくしょうは朝食をとってる。そばに女性が立ってる。彼女はカラーをつけていて、裸同然。

マクナブ、外の石段を使って、巡査たちを連れて二階の安全を確保して」振り返ると、ロークが近づいてきて、かたわらに立った。「エントランスとダイニングはわたしたちでやる。ローウェンバーム？」

「二人だけ、どちらもゲートハウスにいる。確保した」

「キッチンをお願い。わたしが行くまで誰も動かないで」

「了解」

「あそこに通用口がある」イヴは邸宅の側面を指さした。「フィーニーはあのロックを解除できるかしら？　彼らがほかの者たちを倒す前に、デヴローのところまで行きたいの」

「僕なら手動で簡単にできるよ」

「じゃあ、そうしてもらう」

　邸内では、ステーキと卵とコーヒーの朝食を味わっているデヴローがルナにほほえみかけた。「ゆうべはとてもよかったよ。大いに満足したから赤肉をレアで食べたくなった」

「ありがとうございます、ご主人さま」

「おまえを売り払うまでに、あと数年楽しめると思う」彼はルナの内腿を撫《な》で上げた。「おまえのおかげで、私はすっかりお祝いムードになった。今夜は親しい友人を数人招いて内輪のパーティをするつもりだ。彼らもきっと、私と同じくらいおまえに満足するだろう」

　彼はルナの体の中心を指先で軽く撫でた。「嬉《うれ》しいかい、ルナ？　興奮するかな？」体を撫でまわされながら、ルナは前方をじっと見つめていた。「あなたの喜びはわたしの喜びです」

「気持ちが入ってない」デヴローはきつい口調で言った。

　ルナは彼を見下ろし、その目を覗《のぞ》き込んだ。そして笑みを浮かべ、腰を揺らした。

「その調子だ。今夜は面白くなるぞ。おまえをこのテーブルに寝かせて、肉料理《アントレ》として味わう。客が見ている前でおまえを抱くのも楽しいだろう。彼らがおまえを好き放題にするのを眺めるのも楽しいだろう。おまえを酷使し、いじめるのを眺めるのはな」

彼は痕がつくほど強くルナの太腿をつねり、それから食事に戻った。

「どうか、あまりやりすぎないで。ほどほどに」

「おまえは我々がむさぼり食えるメインディッシュになるだろう。ひとりはおまえのヴァギナ、ひとりはおまえの尻、ひとりはおまえの口だ。おまえが潜在能力を最大限に発揮して、私と私の客をもてなすのを見たい」

「わたしの潜在能力」

「そうだ。そろそろまた毎月パーティを開こうと思う。おまえはパーティの主役だ」ルナが何も言わないと、デヴローは目を険しくした。「こんな恩恵を与えてやり、おまえを優れたものとして展示してやると言ってるのだから、感謝ぐらいしてもいいだろう」

「感謝します」ルナはオウム返しに言った。

「そう、感謝だ。そのことに対してと、これに対して」彼はステーキを小さく切り、それを床に放り投げた。「食え。床に両手と両膝をついて食え。そうすれば自分が何者か思いだすから。おまえは私の犬だ」

ルナは顎が胸につくほどうなだれた。犬。自分はかつて犬を飼っていたことがあり、その犬をとてもかわいがっていた。かつて、自分は少女だった。かつて、自分は自由だった。

心の涙は流れつづけた。

ルナがしゃがんで両手と両膝をつくと、彼は笑った。

「いい子だ」

気づくと、彼女の手はナイフをつかんでいた。彼女は首のカラーが切り裂くような痛みを与えても、ナイフを彼の喉に押し込んだ。

ルナは悲鳴をあげた。苦痛への悲鳴、長い年月の恐怖と屈辱への悲鳴。そしてもう一度、ナイフを突き刺した。

「なかに入れ、ダラス！」フィーニーが叫んだ。「ダイニングルーム、熱源のひとつが消えかかってる。エントランスにいる対象が駆けていく方向だ」

「突入！」イヴは命じ、ロークがロックを解除したドアから駆け込んでいった。

金色の砂岩タイルの床と高い天井を持つ広々としたホワイエの向こうに、広い階段が延びている。その向こうから悲鳴が聞こえてくる。イヴは警戒を右から左、そして上へと移動させながらタイルの上を走っていき、日差しが降り注ぐ、人けのない豪華な部屋に飛び込んだ。

そのとき、悲鳴がやんだ。声が聞こえる――女性が静かな声で何か懇願している。イヴはその声を聞きながら前進を続け、やがて左手に折れた。

戸口を抜けてダイニングルームに入ると、コーヒーと血のにおいがした。かつてジョーナ・デヴローだった男は、ハイバックの椅子に沈み込み、びっくりしたように口を開け、その目は前方を見つめていた。喉と胸と肩の傷口から血が流れだしている。そのそばに、白いTバックとブラの上に透明の薄手のローブをはおり、太い黒のカラーをつけた女性が立っていた。

血しぶきを浴び、手にしたナイフからも血を滴らせている。

彼女はイヴに向かって歯を剥き、また攻撃するかのようにナイフを高く振り上げた。

「ナイフを捨てて。わたしたちは警察よ」イヴは大きな声を出さず、その女性をじっと見つめつづけた。

「彼女を傷つけないで。お願いだから彼女を傷つけないで」

イヴは黒いスキンスーツとカラーをつけた二人目の女性のほうへ片手をあげた。「わたしたちは彼女を傷つけるために来たんじゃないの。あなたは下がってて」

「お願い、あなたは何もわかってないのよ」

「ローク」

「僕たちはよくわかっているよ」ロークは二人目の女性のほうへ歩きだした。

「ナイフを捨てて」イヴは繰り返した。「そして、彼から離れて」

「わたしは彼を殺した」

自分もあんな目をしていたのだろうか、とイヴは思った。リチャード・トロイの死体の上にかがみ込んだとき、彼を何度も突き刺した血だらけのナイフを握り締めていたとき。

「ナイフを置いて」イヴはさらにもう一度言った。「あなたのカラーをはずしてあげないといけないから」そして自分の武器を下げた。「もう誰もあなたを傷つけない。下がってて」

制服組のひとりが別の戸口から入ってくるとそう命じた。「全員、下がって」

「わたしはもう戻らない。絶対戻らない」その女性はナイフを自分の喉元へ持っていった。「死んだほうがましよ」

「やめなさい。わたしを見て。あなたの名前を教えて。あなたの名前は？」

「彼らにさらわれたとき、名前も奪われた」

「取り戻すのよ。あなたの名前は？」

「わたしは――わたしの名前はアマラ」彼女は目に涙を浮かべて言った。「わたしはアマラ・ガルビです。でした。です。でした」

「あなたがもしそのナイフを自分に使ったら、アマラ、彼が勝つことになる。彼らはあなたを自分の家から、あなたの家族のもとから連れ去った。家族はいるの、アマラ？」

「いました、昔は。でも――」

「わたしたちはあなたをそこに戻してあげる、あなたの家に、あなたの家族のもとに」

「わたしは彼を殺した。彼に死を与えた」

「彼らはあなたの人生を盗んだのよ」イヴは慎重に近づいていった。「わたしたちはあなたが人生を取り戻すための助けになりたいのよ、アマラ」

「彼は言った——彼はパーティを開いて、彼のお客はわたしを好き放題にできると」

「それは儀式《イニシエーション》です」もうひとりの女性はロークがカラーを無効化すると、身を震わせて泣いた。「ここに初めて連れてこられたとき、彼はわたしにも同じことをしました。わたしは彼が死んで嬉しいです。彼が死んでよかった。わたしにその勇気があったらと悔やまれます」

「もうそんなことは終わりよ。この件はもう終わり」イヴは訂正した。そういうことには本当の意味での終わりはないから。「あなたは彼を止めた。だからこの件はもう終わり。ナイフを渡して、アマラ。残りの人生を生き抜く手伝いをさせて。それにはわたしを信じてくれないとだめよ。お願い」

イヴは左手をあげ、ナイフを握ったアマラの手を握り締めた。手をねじって奪い取ることも、武器を使って軽く麻痺《まひ》させることもできた。けれど、イヴはアマラに決めさせたかった。

「彼はもう終わり」イヴはつぶやいた。「あなたを傷つけることも、ほかの人たちを傷つけることももうできない。あなたはもう安全よ、アマラ。わたしにナイフを渡して。渡してくれたら、あなたを家族が待つ家に連れていってあげられる」

アマラが手を放すと、イヴは制服警官にうなずき、ナイフを彼に差しだした。「さあ、カラーをはずしてあげる。こっちに来て」

「彼は言った――わたしは犬だと彼は言った。そして彼は笑った、彼は笑った。わたしは彼を殺した。彼を殺したの。あのナイフを取り上げ、そうしたらあの痛みが、あの痛みが。わたしは気にしなかった」

「わかるわ」

けれど、アマラは首を振った。「いいえ、無理よ、無理。あなたには理解できない」

アマラが泣きだすと、イヴは武器をホルスターにしまい、彼女を抱き締めた。「できるの」イヴはささやいた。「わたしにはわかるのよ」

22

イヴは幽閉されていた家事使用人たちとアマラを医師の監督のもと、セントラルへ移送させた。ローウェンバームのチームが対処した二人の警備員は、ローウェンバームたちが付き添い、別の輸送手段で送られた。

「わたしは現場で遺体の正式な検分をしたい。EDDチームには電子機器を調べてもらって、移送するものに標識をつけてほしい」

「このサイズの家だぞ?」フィーニーはあたりを見まわした。「もっと大きな船が必要だ」ロークのクラシック映画好きのおかげで、それが《ジョーズ》の名台詞《めいぜりふ》だとわかり、イヴは噴きだしそうになった。「そうね。最優先させるのは、どんなものでもいいからオークションに関するデータ。それについての情報が増えるほど網は広がる」

「すぐに取りかかるよ。所轄の何人かに手伝ってもらおう」

フィーニーはデヴローのほうを見た。「できれば刑務所で何十年か過ごして痩せ衰えていくところを見たかったが、公正な裁きがおこなわれなかったとも、簡単に罰が当たったとも言えないな。遺体のほうは所轄の誰かに手伝ってもらいたいかい？」

「ううん、大丈夫。検分が終わったら、彼らが遺体袋に入れて標識をつけられるでしょ。そしたら、わたしは戻らないと」

「また長い一日になるが、昨日とはちがうな？　いい一日だ」

イヴはうなずき、捜査キットを持って遺体に近づいた。一瞬、デヴローの顔に父親の顔が重なった。

それがすうっと消えると、イヴは仕事に取りかかった。

検分といくつかの手配がすむとダイニングルームから出て、少し歩きまわって深呼吸する時間を自分に与えた。

この邸宅は大きさと広範さにおいてはロークの城に匹敵するだろう。どうやらデヴローはアンティークや、居心地のいいスペースと呼べそうなものには興味がないらしい。ここにあるのは、硬質で、まぶしくて、斬新なものばかりだ。

金は――彼の先祖の金は――デヴローを満足させなかった。ビジネスの成功と周囲の尊敬、貴重なものを手にするだけでは不充分だった。彼は自分の言いなりになる人間が欲しかったのだ。

女性と少女。

ロークはイヴを見つけると、その顔を両手で包み、そっとキスした。

「わたしは大丈夫よ」

「わかるよ。きみは自分らしさを発揮してアマラに対処したと伝える間がなかったんでね。彼女をすぐに気絶させれば、ことはもっと手っ取り早くすんだのに」

「彼女はもういやというほど傷ついてた」

「彼女はきみのことを忘れないよ。さてと、僕たちがオークションについてのデータの山を掘り当てたことを謹んでお知らせしよう」

「彼はそれも陰で糸を引いてた」イヴは言った。「たぶん別の部門だか隠れ蓑《みの》会社だかを設立して、嗅ぎつけられないようにしてたでしょうけど、それを率いてたのは彼よ」

「きみにはすぐわかったんだね?」それから首をかしげた。「だけど、すでに見当はついてたんだろうな」

「パワー。何もかもパワーに行き着く。彼の権力。ビーティにも少しはそれがあったのか、早く確かめたいわ。わたしはなかったと思う。共有するには大きすぎる権力だし、そのことが彼の欲深さを示してるの。でも、わたしはどっちにしても突き止める」

「ここにはデータもあるし。きみはあらゆる取引——前回のオークションや〈レッド・スワン〉が関与したもの——の日付を手に入れる。買い手、被害者、落札価格。全部だ」

大いに満足すると同時にほっとして、イヴは両手で顔をこすり、凝った意匠のエントランスホールを歩きまわった。

「今回のオークションで、わたしたちはまだ買い手のふりができる？　買い手のなかには新規の者がいるかもしれないし、彼らは人間を買うことをなんとも思わないやつらよ」

「もちろんできるよ。フィーニーとマクナブはすでにデータをセントラルに送信した」

「よし、よし。それは全部ＦＢＩにあげましょう。わたしはティーズデールにウィロビーをＮＹＰＳＤの連絡係として使ってもらうことを要請する。彼女はほんとによくやってくれたもの」

「優れた決断だね、警部補。僕は今のところここにいる必要は特にないから、きみさえかまわなければ一緒に戻るよ」

「かまわないわよ」かまわないどころじゃない、早くこの硬質でまぶしい家から遠ざかりたくてたまらない。「あなたは着替えて仕事に行かなくていいの？」

「ちょっと寄らなければならないところがあるが、着替える必要はない。なんたって僕はボスだからね。だけどきみの着替えは届けさせよう」

「なんで？」

「きみがアマラを抱き締めたとき、彼女についた彼の血はまだ乾いていなかった。だからきみにも血がついた」

「あっ」イヴはうつむき、シャツとジャケットについた血痕を見て息を吐きだした。「やっぱり、このままでいい。やつらを取調室に入れたとき、これを見せてやるの」

イヴはピーボディに状況を確認してから、ヤンシーに連絡してドリアンをセントラルに連れてくる手配を頼んだ。

「ヤンシーの話では、ドリアンはビーティを確認したそうよ」イヴは復航のためにシートベルトを締めながら言った。「でも、今度は生身の人間たちがいるから、ドリアンや少女たちの誰かが、ほかの容疑者たちに対しても同じことができるか確かめてみる」

イヴはシートの背にもたれ、つかのま目を閉じた。「あの尖《とが》った木材をマイナ・キャボットに突き刺した者は突き止められないかもしれない。犯人はひとりじゃない」

「犯人は彼ら全員だ、そうだろう?」

「わたしはそう思ってる。裁判所もそう判断してほしい。でも」

ロークは手を伸ばし、イヴの手をこすった。「その勇敢な子が始めたこと、それをきみは完成させようとしている。罰は下るよ、イヴ、罰が下り、正義がおこなわれる。その罰と正義のおかげで、彼女の家族も少しだけ心に区切りをつけられるんだ」

イヴには彼らが見える。母親、父親、弟が、身を寄せ合って悲しみに沈んでいるところが見える。

「彼らはけっしてそれを忘れられない」

「忘れられる人がいるとは思わないが、きみがやったことは彼らがそれを乗り越える助けになるだろう。それに、今夜か、明日か、来週にでもターゲットになりそうな少女はいるんだよ。その少女はそんなことなど夢にも知らず、これからも人生を歩んでいく。それがマイナとドリアン、彼女のために闘ったきみときみの仲間たちのおかげだとも知らず。それは幸せなことだと思う。その少女が何も知らずに生きていけることは」

イヴはロークを見た、彼を心から愛していると感じた。「成長したらとんでもない娘になったりしてね」

ロークはイヴを見た、彼女を心から愛していると感じた。「成長したらとんでもなく優秀な警官になったりしてな」

イヴは考えた。「まあ、その可能性は五分五分ってところね」

セントラルに着陸すると――なんと素晴らしい安堵感《あんどかん》――イヴはジェットコプターから降り、ロークはそのままミッドタウンのオフィスへ飛んでいった。

一大逮捕劇の噂話《うわさばなし》でやかましい殺人課まで降りていった頃には、五分間だけ静寂とコーヒーの時間が欲しくなった。巨大マグのコーヒーを飲めるなら二分間でも許す。

けれども、いきなりレオに遭遇した。

「よかった、戻ってきてくれて。ジェンキンソンとライネケは取調室A、カーマイケルとサンチャゴはBにいて、ピーボディはウィロビーと――彼女は第三会議室で被害者たちに対応するかたわら尋問もこなしてるのよ。わたしは――」

「会議室――第一会議室が使える」自分のオフィスでの二分間が消えていくと思いながら、

イヴはつかつかと廊下を歩いていった。

「わたしはすでにひとり手に入れた。彼女はあっさり仲間たちを裏切った」レオは話を続けた。「どうやらマーリーン・ウィリアムソンと親しかったようで、彼らがウィリアムソンを処刑したときから逃げだす準備をしてたんですって。彼女は証言してくれるし、もうしゃべりまくってる」

「彼女に何をあげたの？」

「地球での懲役二十年――それは譲れない、余地なし」レオは片手をあげて制した。「彼女はすでにビーティやその他大勢を裏切ってるのよ。そのなかには、わたしたちがまだ捕まえてない者も何人か入ってる――もうじき捕まえることになるけど」

会議室に入ると、イヴはまっすぐコーヒーを目指した。

「わたしはちょうど取引を最終的に認めたところなの」レオはさらに続ける。「これは勝利するわよ、ダラス。あなたはこれに加わった者たちを大勢抱えてる。わたしたちは彼らから自白を引きだすつもりはないけど、彼女が提供してくれたものだけで裁判は有利に進められる」

「わたしはアイリス・ビーティから自白を引きだすつもり」

「彼女の弁護士のガードをくぐり抜けなきゃならないわよ。噂によれば大物を呼んだらしいから」

「名前は」

「サンプソン・メリット、超大物でイーストワシントン、ニューヨーク、ニューLAに事務所を持ってる」

「彼女はその男をすぐ使えたの？」

「そうなんでしょうね。彼はすでにここにいて、彼女と相談してるから」

「彼女の口座は凍結できる？」

「彼女がアカデミーに先立って合法的に稼いでたものを調べて、それと分けないといけないし、それに――」

イヴはその考えを手で追い払い、コミュニケーターを取りだした。「カレンダー、何をやってる途中でもそれをやめて、こっちをやってほしい。サンプソン・メリット、弁護士、ニューヨーク、イーストワシントン、ニューLA。調べて、深く。アイリス・ビーティとアカデミーとのつながりを見つけてよ。彼の泥を手に入れて、彼は泥まみれになるから」

「ショベルを持ってこないと」とカレンダーが言うと、イヴは通信を切った。

「メリットについてはいろいろ耳にするけど、ダラス、きな臭いにおいは嗅いだことがないわ」

イヴは首を振った。「ビーティは彼をいつでも使える。彼はすっ飛んできた。何か弱みを握られてるのよ」イヴはボードを指さした。「これは醜悪な行為よ。メディアの手に入ればもっと醜悪な形で、白日のもとに引きだされる。その手の大事件を引き受けるのは金が欲しいからじゃない――こんな形で自分の評判を危険にさらす必要はないもの。もしかしたら彼はただのクソ野郎で、これに飛びついてきたのは大金が入るうえ、スクリーンでも顔が売れると思ったからかもしれない。でも、そうじゃない場合もある。きな臭いにおいは嗅いだことがないですって？　少女をオンラインで買うろくでもない大金持ちたちが逮捕されだしたら、大勢が同じことを言うほうにいくら賭けたい？」

「言われてみればそのとおりね」

「状況を教えてくれる？」

「ドゲット、元ボルティモアの警官、逮捕されてこちらに護送中。マクシーン・プライアー、逮捕されて目下尋問中――彼女はあまり輝いてない弁護士で手を打ったけど、リップグロスは輝いてた」

レオがメモを読み上げるあいだ、イヴは歩きながら情報を吸収していった。

「ビーティにはもうしばらく気を揉《も》ませておく。できるだけ多くの容疑者のことを調べてみるわ。ドリアン・グレッグをここに連れてこさせてあるの。ほかの少女たちにもビーティを確認することはできるだろうけど、まずドリアンにやらせてあげたい。マイラはほかの少女たちにもやらせていいか判断してくれる。彼女は第三会議室にいるの？」

「わたしがさっき確認したときにはいた。わたしも戻って、これを続けたほうがいいわね。

ボスとあと地方検事補《APA》も二人来て、観察や職務をやってる」

　イヴは第三会議室まで行き、ドアをそっと開けた。百人くらいの少女たちが集まっていて、何人かで固まっている者たちもいれば、じっと静かに座っている者たちもいた。その顔の多くはボードで見覚えのあるものだった。

　イヴはマイラに合図した。

「お仕事の邪魔をしてすみません」近づいてくるマイラに言った。

「いいえ、ちっとも。こちらは捗《はかど》っているわよ——氏名を聞いて、診断して、両親や保護者と連絡が取れた者もいるの。現時点でわかっているうちで、いちばん長く監禁されていた子は二年前に誘拐された。いちばん短い子はほんの昨日だったんですって」

「診療室から救出した子ですか？」

「そうよ、九歳、オハイオ州コロンバス郊外で、ピアノのレッスンの帰りに誘拐された」

「わたしはビーティとほかの何人かを面通しのために並ばせたいんです。どの子がそれに耐えられるか、識別できるかをあなたに判断していただきたいんです」

　イヴはアカデミーでやり合った少女を見つけた。年下の子の肩に腕をまわして一緒に座っている。思いきって部屋の奥へ進んでいき、彼女の前にしゃがみ込んだ。

「わたしのこと覚えてる、ロッティ？」

「うん」

「キャリー。何か欲しいものはある?」

「あたしは家に帰りたい」キャリーは言った。

「わたしたちはそうできるように今、頑張ってるところよ」イヴはロッティに目を戻した。

「あいつらに仕返ししたい?」

「もちろんに決まってるじゃない」

「よかった。もう少ししたらあなたを呼ばせる。あなたには何人か見てもらいたいの。向こうからあなたは見えないし、あなたの声も聞こえない。誰か見たことのある人がいたらそう言って」

「この子を置いて行けない」

「大丈夫よ」

イヴは立ち上がりかけた。

「シャツに血がついてる。あいつらの?」

「そうよ」

「よかった」

イヴは戸口まで戻った。「あの子です」とマイラに告げる。「あの子は耐えられます。一緒にいる子は、どうでしょうね」

「キャリーね。ご両親に知らせて、今こっちに向かっているわ」

「両親を見もせずにそんなことはしてないですよね」

「何もかもがあの二人は善人だと指摘している。彼らにはほかに、キャリーより年上のお子さんが二人いるの」

「隣にいる子のことを教えてあげてくれますか？　彼女はキャリーを置き去りにしないんです。置き去りにしないし、キャリーのそばに行くために闘ったんです。わたしにご両親と話すチャンスがなかったら、それを伝えてください」

「そうするわ」

「面通しの準備ができたらお知らせします」

観察室まで行くと、なかから部長が出てきた。

「きみのオフィスを使おう」と言い、先に立って歩いていく。オフィスに入ると、部長はオートシェフに手を振った。「もしかまわなければ」

「もちろんです」イヴはコーヒーをプログラムした。

「フランスでの作戦で四十二人の被害者を救出し、八人の容疑者を逮捕した。目下、巡査がひとり病院に運ばれ、重体に陥っている。ほかの負傷者たちは、どちら側も全員軽傷だという報告が入っている」

ホイットニーはコーヒーを飲んだ。「デヴローは死んだのか」

「はい、我々が到着したときには死んでいました。アマラ・ガルビ、二十歳は六年近く前にチュニジアで誘拐されました。彼女はカラーをつけられていたんです、部長。ほかの被害者たちも、我々が救出したときにはつけていました。ガルビはテーブルからナイフを取り上げたとき命の危険を感じ、精神が極度に不安定な状態でした。彼女は――」

「私を納得させる必要はないよ、警部補」

「デヴローの住居から救出された被害者全員の名前は明らかになっています。未成年はひとりもいません。彼女たちはさまざまな年齢のとき、さまざまな状況で誘拐され、ニューヨークの当該アカデミー、またはフランスの施設で訓練されてから売られたり貸しだされたりしました。デヴローはあの邸宅に彼女たちが到着すると、ひとり残らず何度もレイプし、彼がパーティと呼ぶ儀式で招いた客と共に彼女たちをレイプし、虐待しました。現時点では、ガルビ以外の者たちは家事使用人と呼ばれていました。彼女たちはそれが彼の慣例だということで話が一致しています。彼は最近、ほかの女性を下取りに出していました」

「なるほど。その女性の状態や居場所はわかっているのか？」

「まだです。ＥＤＤが彼の記録を調べています」

「よし、わかった。これらの対象者のなかには連邦犯罪の容疑に直面する者もいる。私はティーズデール捜査官と話をした。きみの準備ができしだい、きみと相談することになるだろう」

「裁量の余地を与えてくださり、ありがとうございました」

「だいぶ与えたな」ホイットニーはあらためて強調した。「そしてきみの判断は正しかった」

「恐れ入ります」ドアの枠を叩《たた》く音に、イヴはそちらを向いた。「ヤンシー捜査官。ドリアンは？」

「ブルペンにいますよ、警部補、ロシェルと児童保護サーヴィス《CPS》のミズ・ヴェラと一緒に。あの子はとても頑張ってくれました。見せましょうか？」

イヴは手招きし、彼がスケッチブックを開くのを待った。「彼女は手描きのほうが好きなので、コンピューターで作らず、手で描きました」

「それはアイリス・ビーティだわ。すごくよく似てる」

「全身も描いてみました」ヤンシーがページをめくると、イヴは血が騒ぎ、早くビーティを取調室に入れたくなった。

「ほんとにすごくよく似てる」イヴはつぶやいた。

「彼女は細部までよく思いだしてくれました」ヤンシーはもじゃもじゃのカールヘアを掻《か》き上げた。「僕はさらに二人の容疑者を描きました。彼女はもっと提供してくれると思いますが、彼女を連れてきてほしいというお話だったので」

「彼女のために容疑者を整列させるつもりなの。残りの絵を見せて。それは殺された夜勤のメイトロン、そして医者、こっちの名前はまだわからない」

「シリル・ガムだ」ホイットニーが情報を提供した。「今サンチャゴとカーマイケルが彼を尋問しているが、彼は口をつぐんでいる」

「彼を面通しの列に並ばせたら、そのあとでも黙っていられるかしらね。よくやったわ、ヤンシー。ファイル用にコピーを取って、原画は地方検事《PA》に渡して。部長、ピーティと彼女の弁護士を取調室に呼ぶ前に、尋問の記録を確認したいのですが。レオの話ではすでにひとり寝返ったそうなんです」

「きみの準備ができたら知らせてくれ、ダラス。そしていつもながら、よくやってくれた、捜査官」

「ちょっと時間稼ぎしてて、ヤンシー。彼女にもうひとりやらせてみて。彼女を忙しくさせておきたいの」

「喜んで」

　彼が出ていくと、イヴはデスクについて尋問記録の検討を開始した。

　一時間集中したところで、ピーボディの重い足音が聞こえてきたので手を止めた。

「お願いです、コーヒーを、どうかわたしに」

　イヴは親指をオートシェフのほうへ振った。

「フィラメニア・ホロヴィッツ」ピーボディはコーヒーにありつくと話しはじめた。「掃除監督兼家事インストラクター。彼女は〈家事奴隷〉に選ばれた研修生を指導してました。勤続三年、そしてですね、考えられます？　彼女には娘がいるんですよ、十代の娘たちが。それなのにこれをやってたんです。働かなければならなかったんです――えーん、えーん――お金が必要だったんです。誰も傷つけてない、役に立つ技能を教えてただけです――しくしく――泣き虫女」

「状況は？」

ピーボディはコーヒーをがぶりと飲んだ。「卵みたいにあっさり口を割りました。わたしは悪玉警官のほうをやったんです。ウィロビーはまだ子どもみたいに見えるから、わたしが厳しくなるしかなくて。彼女はビーティやほかの仲間を裏切り、実際に起こってることはまったく知らなかったと言い張ろうとしてます。そんなたわごとはショベルですくって払いのけてやったけど。ＡＰＡのひとりのカーライスが彼女に対応して、二十年で手を打ちました。彼女がどんなに満足してるか見てください」

「ウィロビーはどこ？」

「フィーニーと相談してます。何かオークションに関することで状況に変化があったみたいです。彼女と話してる暇はなかったんですけど、何があったんですか？」

「死んだデヴローがその元締めだったの。ビーティはそのことを知ってたかもしれないし、知らなかったかもしれない」

「つまり、彼は二重取りしてたんですね」

「そういう言い方もできる。彼は売買や下取りをしたり、オークションの会費や手数料を稼いだり、参加者たちを前もって見たりすることができた。彼のように商魂たくましい男なら、ちょっとした恐喝ぐらいあちこちでやってたんじゃないかと思う」

「つまり、四重取りですね。デヴローを刺した女性はどうなるんですか？」

「確認しないといけないけど、罪にはならない。チュニジアにいる家族――両親ときょうだいが二人――にまだ連絡が行ってないとしても、まもなく知らされるはず。とりあえず今のところは、大勢の被害者たちのことはマイラや、セラピスト、性犯罪特捜班《SVU》に任せておいて、わたしたちは卵を割ることに専念しましょう」

「その準備は万端です」本当に万端らしく、ピーボディはボクサーの構えで前後にステップを踏んでみせた。「誰から行きますか？」

イヴは時計を見て、これ以上先に延ばすことはできないと判断した。「わたしはビーティとほかの容疑者たちの面通しをやるつもり。マイラには相談してあるから、それに耐えられそうな被害者を何人か選んでくれてる。ヤンシーに付き添ってもらってドリアンにもやらせる」

ピーボディの目に浮かんでいた戦闘の光がやわらいだ。「彼女たちに力を取り戻させようとしてるんですね。彼らに奪われた力を」

「目的は重要目撃者に確認してもらうことだけど、副次的効果も期待できる。わたしは準備するからドリアンを連れてきて。ほかの者たちも一緒に」

被告側弁護士的な異議の数々はPAの判断に委ねよう。ビーティの尋問が遅れるのは別にかまわない。その間にサンプソン・メリットが思いついた手を眺めることができるのだから。尋問はしぶとい容疑者から始めることにした。フランク・ベスター、警備員、その卵の殻にはまだ薄いひび割れさえ現れていない。

ドリアンは腕を組んでマジックミラー《ワンウェイ・ガラス》の前に立ち、整列した男たちを見ていた。「三番、あの男」とためらわずに言う。「彼が歩いてるのを見たことがある」

「どこを歩いてた？」

「アカデミーよ、ほかのどこだと思うの？　彼はときどきスタジオに入ってきて見張ってた。昼間はたいがいアンティのオフィスで彼女と会ってたけど……彼に何かしゃべらせることはできる？」

「どんなことを言わせたい？」

「うーん。三方向に分かれて、あのメスどもを見つけだそう」

イヴはインターコムの前まで行った。「三番、前に出なさい。これを繰り返して――三方向に分かれて、あのメスどもを見つけだそう」

彼は唇をゆがめたが、その文句を繰り返した。

「彼だわ、彼よ。あの夜トンネルにいて、あたしたちが隠れてるとき外に出てきた。彼はマイナが走りだす前にそう言ったの。マイナは彼がそう言ったから走った、あたしは走れなかった」

「三番、下がりなさい。ドリアン、あなたはドクター・マイラと一緒に外で控えてて」

「なんで？」

「ほかの人たちにもあの列を見てもらいたいから」

「でも、あたしは彼だって言ったじゃない。あたしの言うことが信じられないなら――」

「完全に信じてるわよ。でも、どうして楽しみを独り占めするの？　彼を識別できる人が増えるほど、彼の罪は重くなるのよ」

六人の目撃者から、五つのたしかな証言を得られた。イヴは下から階級をあがっていった――警備員、メイトロン、インストラクター、医療スタッフ、そして最上位と思われる者に到達した。

次の整列グループのなかにビーティを見つけると、ドリアンははっと息を呑《の》んだ。

「四番、四番、四番。四番、あれがアンティよ。彼女だわ。神に誓って、あれは彼女に間違いない」

「わかったわ。息をして。少し深呼吸して」

「彼女は報いを受けるべきよ」

「受けるわよ。彼女を見て。すでに報いを受けてる」

「あんなんじゃ足りないわ」

「足りるようになる。あなたが全部くれたから、わたしは足りるようにしないといけない。さあ、あとはわたしに任せて。あなたは学校に戻って、これから自分の人生を生きていくのよ。あなたが何かを成し遂げれば、それも彼女に報いを受けさせることになる。この瞬間から、あなたが賢いやり方をするたびに、彼女は報いを受ける」

「どうして？」

「彼女はあなたから何もかも奪いたかった、ところがあなたは何もかも取り戻すから。彼女はあなたをつまらない人間にしようとした、でもあなたは大した人間になろうとする」

ドリアンの目に涙が光り、あふれだした。「それでもマイナは死んでるのよ」

「わたしにはそれは変えられない。でも、あなたがこれからすることはすべて、マイナの勇敢な行動に意味を与える。それを忘れないで。それを続けて。ロシェルが待ってるわよ」

ドリアンはビーティに最後の一瞥《いちべつ》をくれた。「地獄で朽ち果てろ」そう言い残して、出ていった。

「よくやったわ、イヴ」

イヴはマイラに向かって首を振った。「まだ終わってません」

「そうね、だけどあの傷ついた少女の傷は癒えはじめている。あなたはその理由のひとつなの」

「わたしがあの子くらいの年のときには、あんな根性は半分もありませんでした」

「それはまったく賛成できないわね」

イヴは自分でも少し深呼吸してから、次の目撃者を呼び入れた。

アイリス・ビーティに関しては、六人の目撃者から六つのたしかな証言を得た。

「そろそろ彼女の仕上げに入って、きっちり封じてやりましょうよ」レオが言った。「取引はしない」イヴが何か言う暇もなく続けた。「わたしは彼女の裁判で検察官のテーブルにつくのが待ち遠しいわ。そして、この事件では最初から最後までメリットに勝ち目がないほうに賭ける」

「彼女を取調室に入れるけど、わたしが彼女の口を割らせることができないほうに賭けないで」

「賭けるもんですか」

「わたしはその弁護士に揺さぶりをかけてやろうかと思ってたの、だけど――」イヴはカレンダーが駆け込んできたのでいったん口をつぐんだ。「だけど、いったい何を手に入れたの?」

「ものすごいパワーのショベルを使って、えーと――ま、いいか――みんなオークションのことや死んだ男のe機器のことで忙しかったから、ロークに連絡してリモート・アシストをお願いしたの」

「結果が先。やり方についてはあとで話せるから」

「サンプソン・メリットはオンラインではディープダディという名で通ってる――ていうか、地下の児童ポルノサイトをぶらつくときのハンドルネームで、例のオークションにもこの名前で登録してる。彼は同じオークションに別のハンドルネームで参加し――これまで見つかったかぎりではもう十年間もそれが続いてる。さらにさらに、彼はロングアイランドのデヴローの邸宅からさほど遠くないところに私邸を所有してて、権利証は別名で、隠れ蓑会社やらなんやらデタラメだらけ。彼が二十七年連れ添ってる妻と共有してるのはこの家だけじゃない」

「ディープダディ？」イヴは聞き返した。

カレンダーは歯を剥《む》いた。「そう、ほんと、気色悪いやつ。でも、彼はこれに関わってる。ここまで降りてくる途中でフィーニーに連絡したんだけど、メリットがアカデミーやそのオークションのために、あまり合法じゃないことに手を貸してるかどうか、確認してみるって」

「逮捕するには充分？」イヴはレオに尋ねた。

「ちょっと調べて、ボスと相談してみる。二十分ちょうだい。三十分かも」

「わたしは二人を取調室に入れておく」そしてティーズデールと相談しよう、とイヴは思った。「それで二十分はもつでしょ、三十分かも」

「わたしに全部送って、カレンダー」レオは言い、歩きだした。

「わたしにもね。よく見つけたわね、捜査官」

「なんかいい感じ。すごくいい日みたいな感じ」

「その調子で頑張って」イヴはコミュニケーターを取りだした。「ピーボディ、ビーティと彼女の弁護士を取調室に入れてから、わたしのオフィスに来て、急いでね」

レオにあげた二十分で戦略を考えてから取調室に入ると、オレンジのジャンプスーツを着せられ、ベストの状態とはとても言えないビーティは、彼女の一流弁護士と並んで座っていた。

「記録開始。ダラス、警部補イヴ、ならびにピーボディ、捜査官ディリアはこれより、ビーティ、アイリス、別名スワン、アイリスの尋問を、彼女の記録上の弁護士メリット、サンプソン同席のもと開始します。対象となる事件は——」イヴはため息をつき、何件もの事件番号を読み上げた。

「あなたはこれをいつまでもぐずぐずと引き延ばした」メリットが言いだした。「私はすでに申し立てを——」

「あなたが申し立てるたわごとなんてどうでもいいの。あなたの依頼人は現行犯逮捕された。そこには百三十六人の未成年者が監禁されていて、身体的、精神的虐待を受けた証拠は山ほどあり、児童人身売買、誘拐、殺人の証拠も明確に存在している。あなたはそういったことをすべて認識していたわよね、弁護士」

「私の依頼人はこれらの告発を全面的に否定し、黙秘権を行使する」

「あなたの依頼人はアンティと呼ばれる女性と同一人物であることが、容疑者の列《ラインアップ》で、六人の目撃者によりたしかに確認されている。アンティは誘拐、強制監禁、拷問、性的虐待、人身売買に関与している組織を運営していた」

メリットは薄笑いを浮かべた。「目撃者は、推定するに、未成年だろう。そしてあなたの説明によれば、その者たちは精神的虐待を受けていた。指導を受けた証言が裁判で通用するかは大いに疑問だな」

イヴはスケッチを取りだした。「警察の似顔絵作成係のために、あなたの人相を説明したのが誰かわかる？　ドリアン・グレッグよ。彼女にはやられっぱなしね、アイリス」

ほかの者たちのスケッチを取りだし、イヴはそれをテーブルに放った。「これも全部そう。メイトロンたち——あなたたちが殺した者も含めて——講師たち、警備員。まったく驚いたわよ、わたしが正式な令状を持って入っていったら、二人の囚《とら》われ人《びと》、未成年女性がそこでベッドに寝かされて、ビデオを撮られてたの。あなたが彼女に首根っこを押さえられてることはわかってるのよ、メリット。でも、あなただって彼女がこれで負けることはもうわかってるでしょ」

「何を言っているのかさっぱりわからない」

きびきびしたノックの音に、イヴはほほえんだ。「きっとあれで説明がつくわよ」立ち上がってドアを開けると、レオと制服警官二人が立っていた。

「あなたの令状よ、警部補。サンプソン・メリットを児童人身売買、児童への性的虐待、詐欺、未成年の誘拐、未成年の強制監禁を共謀した容疑で逮捕する令状」

メリットはいきなり立ち上がった。「なんだこのふざけた真似《まね》は？」

「これは紛れもない事実よ、ディープダディ。巡査たち、こちらの卑劣野郎を留置課《ブッキング》にお連れして」

「これは不法行為だ」

「いいえ、あなたが不法なの。ロングアイランドの隠れ家に、あなたが自分の醜悪な趣味のために幽閉してる者を我々が見つけたら、彼女たちもきっと賛成してくれるわ。彼をわたしの尋問部屋から連れだして」

巡査たちが彼を引っ立てていくと、レオが入ってきて腰をおろした。

「レオ、APAシェールが尋問に加わります。さて、あらら、アイリス、弁護士がいなくなっちゃったようね。ところで、我々はあなたの口座の大半を凍結できるようになったの。新しい弁護士が雇えるといいけど。あなたには弁護士をつける権利がちゃんとあるのよ。

あなたが望むならつけてあげる。さっさと話して」

「地獄に落ちろ」

「それはお断り。わたしはもっとゆとりが欲しい。あなたやあなたの手下たちがいるから、そこは人でいっぱいになりそう。あなたはもう捕まったの」イヴは身を乗りだした。「現行犯で捕まった。我々には犯人を識別し、状況を説明できる目撃者がいる――未成年ばかりじゃないのよ。あなたのスタッフの何人かはすでにあなたとその仲間を裏切った。そういう者はもっといっぱい出てくるでしょう。こっちにはあなたがつけた記録もあるの――細部まで行き届いた記録。それにあなたのセキュリティフィードもある。我々はあなたのスカウトたちを逮捕した。まだ逮捕されてない者たちもいずれ捕まる。あ、そうそう、プロヴァンスにあるあなたの支店は潰した。最後に聞いたところでは、大勢がペラペラしゃべったり寝返ったり裏切ったりして、あなたの足を引っ張ってるそうよ」

イヴは楽しそうにため息をついた。「おまけにあなたの弁護士も捕まえた。彼が取引に飛びつかないようなら、わたしは猿の叔父さん《びっくりもいいところ》だわ。それって、どういう意味？」とピーボディに聞いた。「猿の叔父さんはやっぱり猿じゃない？　あとで話し合いましょう」

イヴは猿問題を振り払った。「あなたは人生経験を積んでる――ここにも分別のないやつがいる――でも、あなたには人生を二度以上過ごしてもらう。自分がもう終わりなのはわかってるでしょ」

「わたしは取引するわ」ビーティは言った。

「あなたが？　わたしたちはあなたを捕まえたのよ、アイリス。なぜ取引するの？」

「あらゆることに資金を提供していた人物、あらゆることを作り上げた人物を教える。すべての罪の免責と引き換えに、わたしは首謀者を教える。それにわたしが知っているすべての買い手と売り手を。わたしはいっぱい知っているのよ。たとえば、サンプソン・メリットから始めてもいいわ」

「メリットはすでに終わってる。それに免責なんて論外なの」レオが諭した。「高望みしないで」

「だったらどうして、あなたに何かあげなくちゃいけないの？」

「地球外の施設で、仮釈放の可能性なしの終身刑複数回を考えてみたら」

「地球で五年」ビーティはこの場を仕切っているかのように、テーブルの上で両手の指を組み合わせた。「取引する気がないなら、あなたはここにはいないでしょ」

「取引じゃないの、これはプレゼントよ。プレゼントをあげるほど、あなたのことを知ってるわけじゃないけど。地球で二十年」レオは指を一本立てて、イヴの反論を制した。

「ただしあなたの情報が、あなたが名前を挙げる者たちの身元確認、逮捕、訴追につながる場合に限る。ニューヨーク検察局からあなたに提供してもいいと許可されたのはそれがすべて。これで満足できないなら話はおしまい」

「書面にして」

レオは腰をあげた。イヴは乱暴に席を立ち、レオのあとを追った。

「えーと、ダラスとレオは退室します。待ってるあいだに何か飲みたいですか、ミズ・ビーティ？」

ビーティは気取った顔でピーボディを一瞥した。「ドライマティーニをよく冷やして。あとはスパークリングウォーターがあれば充分でしょう」

「ピーボディが退室しますので尋問停止」

廊下に出ると、ピーボディは穏やかな表情を捨て、小躍りしながら自販機まで行った。

三人が戻り、記録を再開すると、ビーティは合意文書を注意深く読み、それからサインした。

「名前は」イヴはきつい口調で言った。「トップまでのぼっていってよ」

「ウェイド・C・ヤンキン、国際金融、持ち家多数。アリス・アン・ドブズ、海運会社の相続人、五代目」

ビーティはずらずらと名前を挙げていった。フィーニーの初期報告で知っていた名前もいくつかあったが、イヴは記録のためにビーティに全部挙げさせた。

ビーティが口を閉じると、イヴはせがんだ。「マイナ・キャボットを殺したのは誰？」

「わたしたちがたっぷり投資した研修生を失った責任はメイトロンのウィリアムソンとナ

ースのパークスにあると思っているけれど、彼女は夜勤警備員のデヴィン・キュネスと揉めているときに殺されたの。あの少女はみずから死を招いたのよ。キュネスがあの木の槍《やり》を取り上げたとき、そこへ飛び込んでいったようなものだったから。彼女は彼にやられる前に三回も彼を傷つけたのよ」

よくやったわね、マイナ、とイヴは思った。

「トップに行って」

「ジョーナ・K・デヴロー、リライアブル・デリバリーサービシーズのオーナー。最高峰よ。アカデミーは彼のお金で創設された。ヨーロッパにも規模は小さいけれどそれと対をなすものを創設した。それは彼のコンセプトだった、素晴らしい発想だった。教えるために、仕込むために必要なものを完備した、人にサービスを提供するために選ばれた者たちを向上させる研修施設。もちろん、彼は采配を振ることを楽しみ、何人かの——女性、彼は個人的には少女にあまり興味がなかった——奴隷を所有する特典を楽しんだ。けれど収益源からもたらされる利益は大きいまま推移してきた」

「販売、レンタル、ポルノの売上」

「もちろん。高品質の商品はかなりの利益を見込める。わたしたちは高品質の商品を生産していた」

「あなたとデヴローで」

「彼は資金を持っていた、わたしは経験と専門知識を持っていた」

「それを詳しく説明して、アイリス」

彼女は手順を初めから終わりまで詳しく説明した。誘拐、移送、トレーニング、罰、褒美、セキュリティ。あらゆる詳細が記録された。

「デヴロー、デヴロー、なんだか聞いたことがあるような」イヴは立ち上がり、顔をしかめ、歩きだした。そして足を止め、にっこりした。「そうよ、今朝モルグ行きになったあの金持ちのサディスティックな変態野郎だわ。彼は死んだのよ」

「死んだ？　そんなことありえない」

「ありえるの。彼が虐待してた女性のひとりが、もう奴隷なんていやだと決心した。卑劣なやつらのパーティで輪姦《りんかん》されるのはいやだって。彼はあっさり死んだ。あなたはそうはいかない」

ビーティは唇を震わせ、それからぎゅっと引き結んだ。「あなたの言葉は信じないわ。わたしは家事奴隷もジョーナのお相手も、すべて自分で選んだの」

「百聞は一見にしかず」イヴは犯行現場写真を取りだした。「今日はアホらしいことわざばっかり言ってる」

ビーティはしばらく動かず、長年のパートナーの血まみれの死体をじっと見つめていた。

「ジョーナ・デヴローは先見者であり、友人でもあった」

「あなたはその人を取引のためにわたしたちに差しだそうとしたのよ」

「彼は自己保存というものを理解している男性でもあった」ビーティはその写真を爪で押しやった。「わたしには二十年も服役できないと思っているの？」

「あら、できると思ってるわよ――でも、それですむかしらね。間違ってるかもしれない」と言ってイヴは立ち上がり、ドアを開けた。「ティーズデール特別捜査官、出番よ。ＦＢＩなの」イヴはビーティに教えた。「連邦犯罪がすごく多くて厄介だから。例の誘拐は州をまたいでるし、未成年者の輸送もそうだし、国をまたいでるのは言うまでもなく」

「わたしたちには取引がある。記録してあるし、文書にもなっているわ」

「その取引は有効よ」レオが腰をあげた。「ニューヨークにかぎってはね。連邦犯罪は？　我々にはどうにもできない」

「そうだ、これを引き渡す前にもうひとつあった」イヴは戸口で足を止めた。「あなたの先見の明があるお友達だけど、彼はオークションを――まもなく始まる大きいやつ――裏で運営してて、アカデミーに請求した費用を自分のものにしてたの」

「そんなの嘘よ！」

「だって、彼は死んだのよ。なぜわざわざ嘘をつく必要があるの？　さあ、あなたの番よ特別捜査官」

「ありがとう、警部補。いつでも喜んで」

「こちらこそ。ダラス、レオ、ピーボディは退室します。記録終了」

イヴはそこで待ち、ティーズデールが容疑を読み上げるかたわらで、二人の捜査官がビーティを連れだしていくのを見送った。

「計画がうまくいくのは気持ちいいわね」イヴはレオに向かって肩をまわした。「あなたも不意を突かれた顔を眺めるのが好きになるわよ。そのキュネスとかいう野郎を連れてきて、ピーボディ。マイナのために卵みたいにパカッと口を割らせてやりましょう」

「ただちに！」

「上出来だったわね、ダラス。わたしたちはみんなよくやった」

「まだ終わってないけど、そうね、みんなよくやってくれた。彼女はうまく乗りきれると思ってた。二十年服役して、たぶん檻《おり》のなかから何かビジネスをやって。ビーティにとっては、彼女たちのことなんてどうでもよかったのよ、レオ。あの少女たちは利益を生むものでしかなかった。でも、デヴローには何か感じてた、それがわかった。彼を平気で裏切って取引したかもしれないけど、なんらかの感情はあった。友情なのか、尊敬の念なのか」

「自分が見捨てたクライアントたちに抱くよりも、強い感情があったわね。そのクライアントたちはこれからボーリングのピンみたいに倒していく。大好きなスポーツ」

「ボーリングが大好きなの？」

「ちがうわよ、悪いやつらをボーリングのピンみたいに倒すこと。キュネスのことでわたしが必要になったら連絡して。わたしはボスのところへ行かなくちゃ。あとで何かドリンクをおごるわね」

「日曜の午後、うちでバーベキューする」

「ほんとに？　待ちきれないわ」

「なんでバーベキューなんて言葉が口から出てきたの？」イヴは自分に尋ねた。それからオフィスまで行ってコーヒーを飲んでから、マイナ・キャボットを殺した犯人と対決した。

エピローグ

車が門を抜けてわが家が見えてくると、幸福を感じることもある。疲労を感じることもある。今夜はその二つを同時に感じた。

車を停《と》めて外に出ると、イヴはしばらくその場に佇《たたず》み、夏の穏やかな夕日に照らされる木々や、芝生や、花々を見つめた。今の自分にはこの世界が必要だ。家のなかで待っているすべてが必要だった。

そしてなかに入ると、そこにサマーセットがいた。

やっぱり、すべてではないかもしれない。

皮肉攻撃をする気分ではなかったので、小走りについてくる猫を従え、まっすぐ階段へ向かった。

「警部補」

「今日はやめて、サタン」

「警部補」彼はもう一度呼び止めた。

イライラして、イヴは振り向いた。「何よ？」そして彼の顔に浮かんでいる表情を見て、動揺した。「ローク。ロークは大丈夫なの？」

「ええ、上におられます。お元気です。私はナディーンのニュースを見ました」

「なーんだ」彼に脅かされただけで、十年も年を取ったような気分になった。「それならよかった」

「警部補」これで三度目だ。「あの少女たちは皆このニューヨークにいて、誰もそれを知らなかった」

「知ってた者もいたわよ。それをやった者たちは、死ぬほど長いあいだ檻《おり》のなかで過ごすことになる。あのね――」

「私にも娘がおりました」

イヴのイライラは消えた。彼の顔に浮かんでいたのはそれだったのだ。悲嘆のようなもの。「知ってる」

「あの子は無垢《むく》な娘で、愛されていた。その少女たちのように」

全員が愛されていたわけではないと言いたかったが、言わずにおいた。

「やつらはあの子を傷つけ、レイプし、殺した。私の娘を。あのときあそこに、あなたのような警官がいたら、やつらにはそんなことなどできなかっただろうと思います。だが、あのときはいなかった、あそこにはいなかった。娘を取り戻した家族のために、私はあなたに感謝します」

「わたしがひとりでやったわけじゃないの。そうなるには――」

「指導力です」サマーセットは遮った。「全体の気風はトップによって決まります。少しお休みになられたほうがよろしいようで」

「そのつもり」イヴは階段をのぼり、途中で立ち止まった。「あのすべてをやった張本人、彼は大金を相続し、それを利用し、人に痛みと苦しみを与えることに使った。ロークが自分の基礎をどうやって築いたかには興味ないけど、それをどんなふうに使ってるかは知ってる。避難所《シェルター》、学校、その他もろもろ。そこでも全体の気風はトップによって決まってる。彼にそれを始めるチャンスを与えたのはあなたよ」

イヴはまた階段をのぼりだした。猫は急いで先に行っている。まず寝室に行き、何日ぶりだろうと感じるほど長く身につけていた武器用ハーネスをはずした。ロークの様子を確認すると、シャワーを浴びていた。ああ、本物のシャワーだ。そして――。

そのとき、彼が入ってきた。

「あらゆるものを網羅したナディーンのニュースを見たよ」

「ええ、フィーニーがオークション《LEO》のデータに侵入できたって言ったから、全部彼女に教えたの。あちこちの低軌道衛星や捜査当局が変態を捕捉したり、少女や女性を救出したりするのに大わらわ。全員を捕まえるのは無理だろうし、そういうやつらの種は尽きないけど、でも……手入れのときにわたしを困らせてくれた子のこと知ってる？」

「ああ、知っているよ」

「ロッティ・クラグ――彼女はわたしのボードに載ってた。彼女はキャリーの両親が迎えにくるまで、キャリーをひとりにしようとしなかった。キャリーの両親は彼女をひとりにしなかった。彼らは緊急監護権を取得したんだけど、永久監護権を申請すると言ってた。世の中は腐ったやつばかりじゃないの」

「そうだね」ロークはうなずき、近づいてきてイヴを胸に包んだ。

「カレンダーのアシストをしてくれてありがとう――そのあとのオークション関係も。あなたの時間をもっと減らしちゃったわね」

「僕にはもっと時間があるよ。そして今、僕がいちばん欲しいのはきみとの時間だ」

「ちょうどよかった、わたしもそう思ってたの。捜査はマイナ・キャボットから始まって、彼女を殺した犯人で終わった。卵みたいに割れたわよ。今日はそういうのが流行《はや》ってた。わたしにはそれが必要だった。個人的なことなのはわかってるけど、この事件のすべても個人的なことだったと思う。でも、それももう終わった」

イヴは自分が今、必要としているすべてをぎゅっと抱き締めた。

「わたしはシャワーを浴びにいくところだったの。この時間をそこで過ごすのはどう？

裸でびしょ濡《ぬ》れになるの」

「その時間なら間違いなくある」ロークはイヴの両手を持ち上げ、代わるがわるキスした。

「あ、あとひとつ」イヴはロークの手を握ったまま、バスルームのほうへ後ずさりしていった。「あなたが言ってたバーベキューパーティみたいなやつに、みんなを招待したような感じになってる。日曜日。今度の日曜日かな」

ロークは立ち止まり、首をかしげた。「僕がセントラルを出たあとに頭でも打ったのかい？」

「自分でもそう思ったけど、何か影響を受けたのかも。人が大勢いたでしょ。すごく。そして家に帰ってきたら、サマーセットと会話をしたの。会話よ」

「きみを裸にして徹底的にじっくり調べて、きみが替え玉じゃなくイヴ・ダラス本人だということを確かめないといけないな」

「いい考えね。結果を教えて」

ロークには長い時間はいらない、自分はまさしく本物を愛したのだと確認するのに時間はかからない。

訳者あとがき

イヴ&ローク・シリーズ第五十六作『232番目の少女』（原題：*Desperation in Death*）をお届けします。おかげさまで引き続き好評をいただいている同シリーズですが、今回はどんな事件や出来事がイヴとロークを待っているのでしょうか。

時は二〇六一年六月、そう前作と同じです。なんなら前々作とも同じです。このシリーズは五十六巻も続いていますが、第一作の事件が二〇五八年二月ですから、実際に流れている時間は三年ちょっとにすぎません。それほどまでに近未来のニューヨークは、あの手この手の殺人事件でいっぱいなのですね。

本作はある少女のモノローグ的な場面で幕を開け、〈プレジャー・アカデミー〉という怪しげな学園の様子が描かれたあと、イヴ・ダラス警部補がバッテリーパークで別の少女の死体を見下ろしている場面へと続きます。一見強盗の仕業のように見えるものの、イヴの冷徹な目はそれが偽装であることを即座に見抜きました。そしてわずかな手がかりをもとに、敵の正体が少女たちを食い物にしている組織だということを徐々に明らかにしていくのですが、ただでさえ手がかりが少ないうえタイムリミットまで設定されてしまい、イヴたちは完徹覚悟で捜査に当たります。電子探査課《EDD》、鑑識課などの力強い協力を得、個性的かつ粒ぞろいのメンバーが集まった作戦チームは、巧妙に姿を隠す敵にじわじわと迫っていき……。

最先端技術を駆使しつつもコツコツと情報を収集する地道な捜査、敵の根城に突入するアクションシーンというメリハリのきいたストーリーをご堪能ください。

捜査陣にはブルペンのいつものメンバー（含ジェンキンソンのありえないネクタイ）に加え、前作の『幼き者の殺人』でEDDのインターンとして捜査に加わったIT界の若き天才ジェイミーが、今回もITスキルと勘のよさを発揮します。さらに四〇六分署からセントラルの性犯罪特捜班に異動してきたウィロビーが初登場し、捜査をサポートします。EDDのメンバーたちと比べても遜色がない奇抜なファッション、狐《きつね》色の肌、琥珀《こはく》色の瞳、シャープな顔立ちという彼女は、仕事熱心ないっぽう、惚《ほ》れっぽい性格でもあるようです。好みのタイプはセクシーで頭のいい人だそうで、さっそくロークとトゥルーハート捜査官に胸を熱くしていました。

懐かしい顔というところでは、第二十七作『見知らぬ乗客のように』で再登場した若すぎる起業家ティコにまた会えたのも嬉《うれ》しいことでした。この少年はミッドタウンで露店を営むばかりかダウンタウンにも二店舗目を構えるという辣腕ぶりで、路上の様子や客になりそうな者たちに鋭い目を光らせながら得た情報を、イヴに提供してくれるのです。もちろんタダではありません。今回はイヴに〝サイコー〟なサングラスを警官割引で買わせました。

もうひとりの懐かしい顔は、第三十九作『堕天使たちの聖域』で登場したセバスチャンです。彼はメイヴィスが心細い思いをしていた少女時代に、安全な場所と生きる目的を与えてくれた父親代わりの人物です。イヴが事情を聴くために初めて会ったときは――豊かな茶色の髪、穏やかな淡いブルーの目、丹念に手入れされた山羊《やぎ》ひげ、おまけに古いペーパーバックの上できちんと両手を組んでいた――と、まるで大学教授のような印象を受けました。しかし彼がイヴの引く〝線〟の外側にいる人間であることは間違いありません。当時ロークがセバスチャンの教養を感じさせる声、身だしなみのよさを評価したのに対し、「彼は泥棒で、非行少女たちの悪癖を黙認してるやつよ」とイヴは言い返していました。法と決まりを守るイヴは、今回も心の葛藤に苦しむことになります。セバスチャンは当時も今も「我々は方法こそちがえど、目指すゴールは同じだ。虐げられたり捨てられたりした者たちを助けること」という立場を変えていません。

さて、次の第五十七作"*Encore in Death*"では『幼き者の殺人』の訳者あとがきで青木悦子さんから紹介があったように、ハリウッドとブロードウェイのスター同士のカップルをめぐる毒殺事件が描かれます。第五十八作"*Payback in Death*"では、NYPSD内務監察部の元警部の自殺に見える事件を担当したイヴは、完璧な遺書が残されていたにもかかわらず他殺だと直感します。これは彼が現役時代に刑務所送りにした悪徳警官の報復なのか……。

イヴとロークはこの事件の前に、ようやく長い休暇を取ります。仕事人間の二人がどんなふうに休暇を過ごすのか、そちらも興味津々ですね。

まずは次回の華やかな世界で起こる事件を楽しみにお待ちください。

二〇二三年十月

小林浩子

訳者紹介　小林浩子

英米文学翻訳家。おもな訳書にJ・D・ロブ〈イヴ&ローク〉シリーズをはじめ、メリーナ・マーケッタ『ヴァイオレットだけが知っている』、エリカ・スワイラー『魔法のサーカスと奇跡の本』（以上東京創元社）ほか多数。

mira

232番目《ばんめ》の少女《しょうじょ》 イヴ&ローク56

2023年10月15日発行　第1刷

著　者　J・D・ロブ

訳　者　小林浩子《こばやしひろこ》

発行人　鈴木幸辰

発行所　株式会社ハーパーコリンズ・ジャパン
東京都千代田区大手町1-5-1
03-6269-2883（営業）
0570-008091（読者サービス係）

印刷・製本　中央精版印刷株式会社

ISBN978-4-596-52718-9

mirabooks

名もなき花の挽歌
イヴ&ローク54
J・D・ロブ
新井ひろみ 訳
ニューヨークの再開発地区の工事現場から変わり果てた女性たちの遺体が次々と発見された。彼女たちの無念を晴らすべく、イヴは怒りの捜査を開始する…。

幼き者の殺人
イヴ&ローク55
J・D・ロブ
青木悦子 訳
夜明けの公園に遺棄されていた女性。時代遅れの派手な格好をした彼女の手には〝だめなママ〟と書かれたカードがあった。イヴは事件を追うが捜査は難航し…。

明けない夜を逃れて
シャロン・サラ
岡本 香 訳
余命宣告から生きのびた美女と、過去に囚われた私立探偵。喪失を抱えたふたりが出会ったとき、運命は大きく動き始め…。叙情派ロマンティック・サスペンス!

翼をなくした日から
シャロン・サラ
岡本 香 訳
元陸軍の私立探偵とともに、さまざまな事件を解決してきたジェイド。カルト組織に囚われた少女を追うなかで、自らの過去の傷と向き合うことになり…。

すべて風に消えても
シャロン・サラ
岡本 香 訳
最高のパートナーとして事件を解決してきた私立探偵チャーリーと助手のジェイド。最大の危機と悲しい別れが、二人にこれまで守ってきた一線をこえさせ…。

明日の欠片をあつめて
シャロン・サラ
岡本 香 訳
特別な力が世に知られメディアや悪質な団体に追い回されるジェイド。相棒の探偵チャーリーを守るため彼女が選んだ道は——シリーズ堂々の完結編!